MINGUO TONGSU XIAOSHUO
DIANCANG WENKU

民国通俗小说典藏文库·张恨水卷

中原豪侠传

张恨水 ◎ 著

中国文史出版社

小说大家张恨水（代序）

张赣生

民国通俗小说家中最享盛名者就是张恨水。在抗日战争前后的二十多年间，他的名字真是家喻户晓、妇孺皆知，即使不识字、没读过他的作品的人，也大都知道有位张恨水，就像从来不看戏的人也知道有位梅兰芳一样。

张恨水（1895—1967），本名心远，安徽潜山人。他的祖、父两辈均为清代武官。其父光绪年间供职江西，张恨水便是诞生于江西广信。他七岁入塾读书，十一岁时随父由南昌赴新城，在船上发现了一本《残唐演义》，感到很有趣，由此开始读小说，同时又对《千家诗》十分喜爱，读得"莫名其妙的有味"。十三岁时在江西新淦，恰逢塾师赴省城考拔贡，临行给学生们出了十个论文题，张氏后来回忆起这件事时说："我用小铜炉焚好一炉香，就做起斗方小名士来。这个毒是《聊斋》和《红楼梦》给我的。《野叟曝言》也给了我一些影响。那时，我桌上就有一本残本《聊斋》，是套色木版精印的，批注很多。我在这批注上懂了许多典故，又懂了许多形容笔法。例如形容一个很健美的女子，我知道'荷粉露垂，杏花烟润'是绝好的笔法。我那书桌上，除了这部残本《聊斋》外，还有《唐诗别裁》《袁王纲鉴》《东莱博议》。上两部是我自选的，下两部是父亲要我看的。这几部书，看起来很简单，现在我仔细一想，简直就代表了我所取的文学路径。"

宣统年间，张恨水转入学堂，接受新式教育，并从上海出版的报纸上获得了一些新知识，开阔了眼界。随后又转入甲种农业学校，除了学

1

习英文、数、理、化之外，他在假期又读了许多林琴南译的小说，懂得了不少描写手法，特别是西方小说的那种心理描写。民国元年，张氏的父亲患急症去世，家庭经济状况随之陷入困境，转年他在亲友资助下考入陈其美主持的蒙藏垦殖学校，到苏州就读。民国二年，讨袁失败，垦殖学校解散，张恨水又返回原籍。当时一般乡间人功利心重，对这样一个无所成就的青年很看不起，甚至当面嘲讽，这对他的自尊心是很大的刺激。因之，张氏在二十岁时又离家外出投奔亲友，先到南昌，不久又到汉口投奔一位搞文明戏的族兄，并开始为一个本家办的小报义务写些小稿，就在此时他取了"恨水"为笔名。过了几个月，经他的族兄介绍加入文明进化团。初始不会演戏，帮着写写说明书之类，后随剧团到各处巡回演出，日久自通，居然也能演小生，还演过《卖油郎独占花魁》的主角。剧团的工作不足以维持生活，脱离剧团后又经几度坎坷，经朋友介绍去芜湖担任《皖江报》总编辑。那年他二十四岁，正是雄心勃勃的年纪，一面自撰长篇《南国相思谱》在《皖江报》连载，一面又为上海的《民国日报》撰中篇章回小说《小说迷魂游地府记》，后为姚民哀收入《小说之霸王》。

1919 年，五四运动吸引了张恨水。他按捺不住"野马尘埃的心"，终于辞去《皖江报》的职务，变卖了行李，又借了十元钱，动身赴京。初到北京，帮一位驻京记者处理新闻稿，赚些钱维持生活，后又到《益世报》当助理编辑。待到 1923 年，局面渐渐打开，除担任"世界通讯社"总编辑外，还为上海的《申报》和《新闻报》写北京通讯。1924年，张氏应成舍我之邀加入《世界晚报》，并撰写长篇连载小说《春明外史》。这部小说博得了读者的欢迎，张氏也由此成名。1926 年，张氏又发表了他的另一部更重要的作品《金粉世家》，从而进一步扩大了他的影响。但真正把张氏声望推至高峰的是《啼笑因缘》。1929 年，上海的新闻记者团到北京访问，经钱芥尘介绍，张恨水得与严独鹤相识，严即约张撰写长篇小说。后来张氏回忆这件事的过程时说："友人钱芥尘先生，介绍我认识《新闻报》的严独鹤先生，他并在独鹤先生面前极力推许我的小说。那时，《上海画报》（三日刊）曾转载了我的《天上人间》，独鹤先生若对我有认识，也就是这篇小说而已。他倒是没有什么考虑，就约我写一篇，而且愿意带一部分稿子走。……在那几年间，上海洋场章回小说走着两条路子，一条是肉感的，一条是武侠而神怪的。《啼笑因缘》完全和这两种不同。又除了新文艺外，那些长篇运用的对话并不是纯粹白话。而《啼笑因缘》是以国语姿态出现的，这也不同。在这小说发表起初的几天，有人看了很觉眼生，也有人觉得描写过于琐碎，但并没有人主张不向下看。载过两回之后，所有读《新闻报》的人都感到了兴趣。独鹤先生特意写信告诉我，请我加油。不过报社方面根据一贯的作风，怕我这里面没有豪侠人物，会对读者减少吸引力，再三请我写两位侠客。我对于技击这类事本来也有祖传的家话（我祖父和父亲，都有极高的技击能力），但我自己不懂，而且也觉得是当时的一种滥调，我只是勉强地将关寿峰、关秀姑两人写了一些近乎传说的武侠行动……对于该书的批评，有的认为还是章回旧套，还是加以否定。有的认为章回小说到这里有些变了，还可以注意。大致地说，主张文艺革新的人，对此还认为不值一笑。温和一点的人，对该书只是就文论文，褒贬都有。至于爱好章回小说的人，自是予以同情的多。但不管怎么样，这书惹起了文坛上很大的注意，那却是事实。并有人说，如果《啼笑因缘》可以存在，那是被扬弃了的章回小说又要返魂。我真没有料到这书会引起这样大的反应……不过这些批评无论好坏，全给该书做了义务广告。《啼笑因缘》的销数，直到现在，还超过我其他作品的销数。除了国内、南洋各处私人盗印翻版的不算，我所能估计的，该书前后已超过二十版。第一版是一万部，第二版是一万五千部。以后各版有四五千部的，也有两三千部的。因为书销得这样多，所以人家说起张恨水，就联想到《啼笑因缘》。"

不论张氏本人怎样看，《啼笑因缘》是他最有影响的作品，这一点毫无疑问，可以随便举出几件事来证明。《啼笑因缘》发表后，被上海明星公司拍成六集影片，由当时最著名的电影明星胡蝶主演，同时还被改编为戏剧和曲艺，在各地广泛流传；再有《啼笑因缘》被许多人续写，迫使张氏不得不改变初衷，于1933年又续写了十回，张氏在《我的写作生涯》中说："在我结束该书的时候，主角虽都没有大团圆，也没有完全告诉戏已终场，但在文字上是看得出来的。我写着每个人都让读者有点儿有余不尽之意，这正是一个处理适当的办法，我绝没有续写下去的意思。可是上海方面，出版商人讲生意经，已经有好几种《啼笑因缘》的尾巴出现，尤其是一种《反啼笑因缘》，自始至终，将我那故事整个地翻案。执笔的又全是南方人，根本没过过黄河。写出的北平社会真是也让人又啼又笑。许多朋友看不下去，而原来出版的书社，见大批后半截买卖被别人抢了去，也分外眼红。无论如何，非让我写一篇续集不可。"这种由别人代庖的续作，出书者至少有四种：惜红馆主《续啼笑因缘》、青萍室主《啼笑因缘三集》、康尊容《新啼笑因缘》和徐哲身《反啼笑因缘》。虽然远不如《红楼梦》续作之多，但在民国通俗小说中已经是首屈一指了。张氏在《我的小说过程》一文中还说："我这次南来，上至党国名流，下至风尘少女，一见着面便问《啼笑因缘》。这不能不使我受宠若惊了。"

《啼笑因缘》使张氏名声大振，约他写稿的报刊和出版家蜂拥而至，有的小报甚至谣传张氏在十几分钟内收到几万元稿费，并用这笔钱在北平买下了一所王府，自备一部汽车。这自然不是事实，但张氏当时收到的稿酬也有六七千元，的确不能算少。这样，他就可以去搜集一些古旧木版小说，想要作一部《中国小说史》。就在此时，日寇侵华的"九一八事变"爆发，张氏的希望随之化为泡影。作为一位爱国的作家，在国难当头的状况下自不会沉默，张恨水在 1931 至 1937 的几年间，先后写了《热血之花》《弯弓集》《水浒别传》《东北四连长》《啼笑因缘续集》《风之夜》等涉及抗敌御侮内容的作品。

1934 年，张恨水到陕西和甘肃走了一遭，此行使他的思想发生了很大的变化。张氏在《我的写作生涯》中说："陕甘人的苦不是华南人所能想象，也不是华北、东北人所能想象。更切实一点地说，我所经过的那条路，可说大部分的同胞还不够人类起码的生活。……人总是有人性的，这一些事实，引着我的思想起了极大的变迁。文字是生活和思想的反映，所以在西北之行以后，我不讳言我的思想完全变了，文字自然也变了。"此后，他写了《燕归来》，以描写西北人民生活的惨状。

抗日战争全面爆发后，张恨水取道汉口，转赴重庆，于1938年初抵达，即应邀在《新民报》任职。抗战八年间，他除去写了一些战争题材的小说外，还有两种较重要的作品，即《八十一梦》和《魑魅世界》（原名《牛马走》），均先于《新民报》连载，后出单行本。抗战胜利，张氏重返北平，担任《新民报》经理，此后几年他写了《五子登科》等十来部小说，但均未产生重大影响。1948年底，张氏辞去《新民报》职务。1949年夏，他患脑溢血，经过几年调治，病情好转，张氏便又到江南和西北去旅行。1959年，张氏病情转重，至1967年初于北京去世，终年七十三岁。

张恨水一生写了九十多部小说，印成单行本的也在五十种左右。说到张氏作品的总特色，一般常感到不易把握，因为他总在不断地变。其实，这"变"就正是张恨水作品最鲜明的总特色。

张恨水是一个不甘心墨守成规的人，他好动不好静，敢于否定自己，这正是作为开创者必须具备的素质。读一读张氏的《我的写作生涯》，就会发现他总是在讲自己的变，那变的频繁、动因的多样，在民国通俗小说作家中实属仅见。……待到《金粉世家》《啼笑因缘》相继问世，张恨水的名声已如日中天，他在思想上的求新仍未稍解，他说："我又不能光写而不加油，因之，登床以后，我又必拥被看一两点钟书。看的书很拉杂，文艺的、哲学的、社会科学的，我都翻翻。还有几本长期订的杂志，也都看看。我所以不被时代抛得太远，就是这点儿加油的工作不错。"

追求入时，可说是张恨水的一贯作风，不仅小说的内容、思想随时而变，在文字风格上也不断应时变化。仅就内容、思想方面的变化而言，在民国通俗小说作家中也很常见，说不上是张氏独具的特色，但在文字风格上也不断变化，就不同于一般了。张氏在《我的写作生涯》中经常提到这方面的事例，譬如他曾提及回目格式的变化，他说："《春明外史》除了材料为人所注意而外，另有一件事为人所喜于讨论的，就是小说回目的构制。因为我自小就是个弄辞章的人，对中国许多旧小说回目的随便安顿向来就不同意。即到了我自己写小说，我一定要把它写得美善工整些。所以每回的回目都很经一番研究。我自己削足适履地定了好几个原则。一、两个回目，要能包括本回小说的最高潮。二、尽量地求其辞藻华丽。三、取的字句和典故一定要是浑成的，如以'夕阳无限好'，对'高处不胜寒'之类。四、每回的回目，字数一样多，求其一律。五、下联必定以平声落韵。这样，每个回目的写出，倒是能博得读者推敲的。可是我自己就太苦了……这完全是'包三寸金莲求好看'的念头，后来很不愿意向下做。不过创格在前，一时又收不回来。……在我放弃回目制以后，很多朋友反对，我解释我吃力不讨好的缘故，朋友也就笑而释之，谓不讨好云者，这种藻丽的回目，成为礼拜六派的口实。其实礼拜六派多是散体文言小说，堆砌的辞藻见于文内而不在回目内。礼拜六派也有作章回小说的，但他们的回目也很随便。"再譬如他在谈及《金粉世家》时说："以我的生活环境不同和我思想的变迁，加上笔路的修检，以后大概不会再写这样一部书。"诸如此类的变化不胜列举。

张氏的多变还体现在题材的多样化。他说："当年我写小说写得高兴的时候，哪一类的题材我都愿意试试。类似伶人反串的行为，我写过几篇侦探小说，在《世界日报》的旬刊上发表，我是一时兴到之作，现在是连题目都忘记了。其次是我写过两篇武侠小说，最先一篇叫《剑胆琴心》，在北平的《新晨报》上发表的，后来《南京晚报》转载，改名《世外群龙传》。最后上海《金刚钻小报》拿去出版，又叫《剑胆琴心》了。"第二篇叫《中原豪侠传》，是张氏自办《南京人报》时所作。此外，张氏还写过仿古的《水浒别传》和《水浒新传》，他说："《水浒别传》这书是我研究《水浒》后一时高兴之作，写的是打渔杀家那段故事。文字也学《水浒》口气。这原是试试的性质，终于这篇《水浒别传》有点儿成就，引着我在抗战期间写了一篇六七十万字的《水浒新传》。""《水浒新传》当时在上海很叫座。……书里写着水浒人物受了招安，跟随张叔夜和金人打仗。汴梁的陷落，他们一百零八人大多数是战死了。尤其是时迁这路小兄弟，我着力地去写。我的意思，是以愧

6

士大夫阶级。汪精卫和日本人对此书都非常地不满，但说的是宋代故事，他们也无可奈何。这书里的官职地名，我都有相当的考据。文字我也极力模仿老《水浒》，以免看过《水浒》的人说是不像。"再有就是张氏还仿照《斩鬼传》写过一篇讽刺小说《新斩鬼传》。张恨水的一生都在不停地尝试，探寻着各色各样的内容及表达方式，他甚至也写过完全以实事为根据、类似报告文学的《虎贲万岁》，也写过全属虚幻的、抽象的或象征性的小说《秘密谷》，他的作风颇有些像那位既不愿重复前人也不愿重复自己的现代大画家毕加索。

张恨水写过一篇《我的小说过程》，的确，我们也只有称他的小说为"过程"才最名副其实。从一般意义上讲，任何人由始至终做的事都是一个过程，但有些始终一个模子印出来的过程是乏味的过程，而张氏的小说过程却是千变万化、丰富多彩的过程。有的评论者说张氏"鄙视自己的创作"，我认为这是误解了张氏的所为。张恨水对这一问题的态度，又和白羽、郑证因等人有所不同。张氏说："一面工作，一面也就是学习。世间什么事都是这样。"他对自己作品的批评，是为了写得越来越完善，而不是为了表示鄙视自己的创作道路。张氏对自己所从事的通俗小说创作是颇引以自豪的，并不认为自己低人一等。他说："众所周知，我一贯主张，写章回小说，向通俗路上走，绝不写人家看不懂的文字。"又说："中国的小说，还很难脱掉消闲的作用。对于此，作小说的人，如能有所领悟，他就利用这个机会，以尽他应尽的天职。"这段话不仅是对通俗小说而言，实际也是对新文艺作家们说的。读者看小说，本来就有一层消遣的意思，用一个更适当的说法，是或者要寻求审美愉悦，看通俗小说和看新文艺小说都一样。张氏的意思不是很明显吗？这便是他的态度！张氏是很清醒、很明智的，他一方面承认自己的作品有消闲作用，并不因此灰心，另一方面又不满足于仅供人消遣，而力求把消遣和更重大的社会使命统一起来，以尽其应尽的天职。他能以面对现实、实事求是的态度对待自己的工作，在局限中努力求施展，在必然中努力争自由，这正是他见识高人一筹之处，也正是最明智的选择。当然，我不是说除张氏之外别人都没有做到这一步，事实上民国最杰出的几位通俗小说名家大都能收到这样的效果，但他们往往不像张氏这样表现出鲜明的理论上的自觉。

张恨水在民国通俗小说史上是一位名副其实的大作家，他不仅留下了许多优秀的作品，他一生的探索也为后人留下了许多可贵的经验。

目　录

1

自 序

　　民国二十三年，我曾做了一次西北旅行。到洛阳的时候，自不免去看看龙门石刻。就在半路上，遇到了三五百便衣队伍，各人背了步枪，领队的人挂着手枪；但并无旗帜，军队不像军队，民众不像民众，好生可疑。后来到了西安，遇到一位厅长胡君，曾问及此事。因为胡君是在豫北当过专员的。他说，这是河南的壮丁队。他们原是民间的结合，作为保护治安用的。全河南省境都有，统计起来，有好几百万人。这几年来，官厅已加以组织与利用，只是官方的力量，还没有深入民间，这支壮丁队，不曾予以主义的熏陶，也不曾予以严格的军事训练。他们不能脱离民间传统的封建思想，而且好谈小忠小义，即近小说上的江湖结交，若想好好地利用，必须灌输民族意识，教以大忠大义，可惜我（胡君自言）已不在河南做官，不能管这事。而且我觉得以毒攻毒，最好就用通俗教育的手腕，在戏剧小说歌唱上，把他们崇拜的江湖英雄，变为民族英雄，让他们容易接受这教训。足下（指笔者）是作章回小说的，你就是治这种病症的医生，我愿供给你材料，足下其有意乎？当时我笑着慷慨答应了。约了由兰州回来，再做长谈。

　　后来我回到西安，却是匆匆小住，没有续谈这件事。只是我再过河南，又看到两回壮丁队，而且听到人说，他们的思想实在不健全。那时，"九一八事变"已三年之久，国人抗日的意识也与日俱深。我就深惜着有这样优厚的人力，未能予以利用。虽然那时中日外交尚未反脸，受着日寇的压力，不能明白在华北或中原有抗日武力组织，可是暗地的教育与训练是可以留意的，何况这是现成的局面呢？

旅行之后，我回到北平小歇。曾和我四弟牧野谈及此事，他劝我作一部武侠小说，适应此项观众。我笑着说，我虽作过一两部武侠小说，类似唱老生的戏子，反串武生，透着外行。他就介绍我认识他的国术老师孙先生，告诉了我许多武侠故事。又在我亲戚那里，遇到他的国术老师李三爷，也告诉了我一些材料。于是我就有些底子了，但我还没有开始写这类小说。

民国二十五年，为了日寇势力在平津日彰，且盛传他们有黑名单，对付有抗日思想的报人和文艺人，我便移家南下，住在南京，并办了一张小型的《南京人报》。这报副刊有三种，其中一种系我自编的。我特别卖力，同时撰两个长篇，一篇系《鼓角声中》，系社会小说。另一篇就是这篇——《中原豪侠传》。我写这篇小说的最大的原因，就为了上述的起意与利用现成的材料。第二，当时公开地写抗日小说是不可能的，我改为写辛亥革命前夕，暗暗地写些民族意识，也是由华北南下的人所不免要发泄的苦闷。第三，我也觉得武侠小说，在章回体里，占有重要的地位；而原来的武侠小说，十之七八，是对读者有毒害的，应当改良一下，我来试试看。第四，那是生意经了，在下层社会爱读武侠小说的还多，我要吸引一部分观众读《南京人报》。这是我坦白的话。

说到这里，可以扩充来谈谈中国的武侠文字。其由来久矣，周汉社会就有游侠，司马迁为此，还在《史记》里特撰一篇《游侠列传》。只是专制时代游侠代表民众说话，是与官方对立的，就有个"侠以武犯禁"的限制。后代史家，思想不如司马那样开阔，也就没有人再作《游侠列传》；而能载游侠事迹的，除了私人笔记，就只有章回小说了。我们不要看轻这类小说，由《水浒传》至《彭公案》《施公案》，造成了民间一种极浓厚的侠义思想；但这种小说，限于作者时代的背景，只是提倡小仁小义，甚至杂入奴才思想（如《施公案》黄天霸之为人），不合现代潮流。而作小说者，正如笔者，不必个个内行，在叙述技击上，渲染了许多神话，因之故事的叙述也超现实，以致落入幻想。而这种小说传布民间，将本来好游侠的民众思想，又涂上一种神怪的色彩，渲染复渲染。其好的影响，不过是教民众扶弱锄强，而不好的影响，却是海盗。远之如流寇，近之如义和团，少不了都是受这类小说一些毒害。我们既不能将武侠小说以及笔记之类一举焚毁铲光，那就当加以纠正。我自然不配做这样的大事，但我既是一个章回小说匠，在天职上，我也该尽一份力。所以生平写过几篇武侠小说，也都是这一点意思。

有人说，过去的武侠小说，让它自然受淘汰，干脆我们不谈武侠，不更好吗？这我不敢苟同。因为武侠这一类人物，中国社会上实在是有的。不用老远举例，笔者的父亲耕圃公，就是一个懂技击、尚侠义的人物。以我先父为例，他老人家是将门之子，没有民间那套江湖气，也不闹神怪。所以，武侠中人，其实不是小说中口吐白光的怪物。而且他们重然诺，助贫弱，尊师，敦友，造成社会上一种"顽夫廉，懦夫立"的风尚，也未可厚非。罗马希腊的诗歌许多颂扬当年武士的，即不必有何功能，也未见毒害，为什么我们不能有？中国是个积弱之邦，鼓动人民尚武精神的文字，在经过时代洗礼之下，似乎只应当提倡，而不应当消灭。

我向来有一种观念，中国人民有几项不必灌输而自然相传的道德信仰，第一个字是孝，第二个字是侠。孝的信仰较为普遍，你无论对什么人说他不孝父母，都是极大的侮辱与极严重的指责。侠之一字，却流行于下层阶级，他们每每幻想着有侠客来和他打抱不平，而自己也愿做这样一个人。这种信仰，在现代要囫囵吞枣地应用，当然有商量余地，可是大半是可接受的。《孝经》一书谈孝之意义甚广，就是我们现在也在说着"临阵无勇非孝也"。至于侠的说法，却始终是含糊的传授、含糊的应用，这倒是谈民间思想的人所可考量的。

中国的侠几乎是和技击不可分开的，因为没有技击术，这个人就无法取得人的信仰而做侠客。所以谈游侠，必定谈技击。我们的技击，是世界所独有的东西。虽然口吐白光、飞剑斩人千里之外，绝无其事，然而飞檐走壁，内功、外功、轻功这些技击术，却实实在在有的。这种人，就是在当今的重庆，你也不难找到。因之用文字形容侠客，就不能不写些技击，而技击不高明也不能胜任侠客之所为。这篇《中原豪侠传》对于技击有许多叙述，其因在此。

有了以上这些复杂的原因，我就在《南京人报》上，每天撰载一段《中原豪侠传》。虽然与胡君所期，专为河南民众写的小说，意义有点儿不同了，然而也未尽脱那个立意的范畴。只是在小说发表不久，胡君就逝世了，也就无法再得他要供给的材料，以践我的宿约。这是我一点儿遗憾。报办到一年多，卢沟桥难作，恰好我也写到了辛亥革命之时。我以一个书生，自己筹资办报，战事一起，便不能维持，加之我又得了一场重病，不能写文章，于是就把这篇小说结束了。战后入川，办报只成了我的回忆，更也不曾想到这篇小说。去冬《万象周刊》社的编者刘自勤老弟，是《南京人报》同事，居然在朋友那里翻到几十册该报合订本，把这篇小说剪贴成书，劝我交该社出版。我自己校阅之下，觉得也还可用，就把残缺的地方补写若干，成了这二十六回的旧稿新书。

关于写的立意及经过，说得已够了。若问故事的本身，那却完全是虚构，我不过利用许多传说聚合在开封一个地方，用泰平生一个主角表现出来。这也是小说匠故伎，应当表明。至于技巧方面，我不便老王卖瓜，自卖自夸。唯篇中多用倒叙法，以前也有过，却不如这篇几乎全用，却是不得已，用来代替神话的。（武术家之传说，有时也不免有神话，未敢引用）这是一种尝试，附述于末。

三十三年二月二十日于重庆南温泉北望斋茅屋下潜山

张恨水序

第一回

古寺卖书奇人隐负贩
通衢喝彩烈士激同胞

武侠这种人中国各级社会里都绘声绘影地传着，加之在小说家的笔下、戏台上戏子的搬演，更把武侠形容得像妖魔鬼怪一样。其实把这两个字拆开来解释，那也是很平淡的事。武是有武力，侠是豪爽之士。累赘一点儿来解释，他是一种有力气，而且轻财重义、扶弱锄强的人。这样说来，这种人虽是难得，可绝不是人群以外的人，社会上总可以找得出来的。不过做侠客的人，他有扶弱锄强的志趣，不懂武术的人倒是不能胜任。

向来说武侠的人，只着重一个武字，忽略了那个侠字，以至于说侠客口里能吐出白光杀人，身体可以在空中飞来飞去。现在我们在小学校读过几天书的人，就有点儿科学常识，知道人的肉体绝不能飞；也可以知道人的口里绝不能吐出白光。因之很多人根据这两点，断定武侠这种人，由古到今，完全是捏造的。若是真有这种人，现在国家到了这种样子，他们为什么不替国家出一出力呢？这不但许多人如此想，就是我自己也这样地想。可是最近十年，我寄寓在北方，因为朋友的介绍，也会到几位武林里面的人，由于他们当面各种表演，果然有许多不可思议的地方。所谓内功轻功，有点儿涉于神妙的所在，却也不假。尤其对于信义两字，非常之着重，说武侠实在是有的，却也并不过分。

我的四舍弟，他本是学图画的，他感到终日把笔画画太宁静了，请了一位孙老师来家教他的拳棒。这位孙老师，每逢星期一、三、五下午两点钟准到，前后没有差过五分钟。有一天大雨，平地水深一尺，连在家里的人，觉得穿过一个院子，也很不容易，可是孙老师骑了脚踏车，他还是准时来到。我们问他："这大雨何必来？"他说："下大雨能不做人吗？能不吃饭吗？要做人，要吃饭，我自己的事，我自己就当做。"

有了这回事，我更相信他们武林中人，有为人独到之处。偶然得着闲工夫，同两三个武林中人坐在一处喝茶谈天，也就知道了许多武术界的故事。当然，这里面总也不免有些神奇过甚，可是大部分是事实。若是把这几分事实，再加上对倍的描写，又何尝不是一部飞仙传呢？不过作小说的人，也应当守作小说的道德，绝不应当只图笔下快意，造许多诲淫诲盗，或者成仙做佛的事来麻醉读者。看小说不必就是有益之事，也不应该让人为此受害。因之我听了许多故事，却始终没有敢写出来。

最近我忽然一想，若把他们的传说，偏重于神道意味的，改为一种国家种族思想，那就一切故事整个搬出来，都加倍有意义了。把小说身价抬高些，也不过是一种文艺品，不是写历史，何必那样认真；因此，我就决定了写这部《中原豪侠传》。武术界向来带有秘密结社的意味，他们的徒弟，往往不知师父姓甚名谁；就是知道，也不能向外人胡说。我们作小说的，一知半解，无论实与不实，就更不能秉笔直书。所以这下面的人名地名，有三分真，也有三分假，读者茶余酒后，说起来开开心，也不必去考据凿实。您若是说在下所诌，全是谎言，那我也不去强辩，因为小说家者流，根本就是道听途说啦。

说了许久，这话从何说起？说的是清朝末季辛亥年。那个时候，国家积弱多年，列强常常嚷着瓜分中国，稍微有心的人，虽不能拿起政权替国家做事，却也在民间暗暗布下革命的种子，预备做一番事业。谈到有心人，在这三字上面，就引出了本书的开场人物。

那是十月小阳春天气，太阳在天空上照着，又没有什么风，一不飞黄沙，二不冷。汴梁城里的大相国寺，下午一点多钟，正正集合着中下等社会的人，开始热闹。提起这个大相国寺，大有来头，在宋朝就建筑了的。所以《水浒传》上提到鲁智深上东京，就投奔的是这里。到了后来，成了一个平民市场，颇有点儿像北平的天桥、南京夫子庙。大相国寺里，茶棚酒馆，戏场、书摊、什么玩意儿全有。在东廊下一片空场子边，有一家大茶馆，人语喧哗，正纷纷地上着人。

在茶馆子外，搁着一条宽板凳，凳头上支了一只小木箱子。在箱面上横了许多的白麻绳，夹住了二三十本刻印的小册子。书面上大字印着书名，有《朱洪武》《风波亭》《吴三桂》《让台湾》《曾国荃打南京》这些名目。在箱子上，横直三根竹竿，架了一个小架子。架上横了一方白布，上写："'郁必来堂'，精印古今故事，每册卖钱十二文。"

在架子下，郁必来跨凳坐着。看他约莫五十上下年纪，头上戴了软梗黄草帽，上身穿蓝布腰袄，拦腰紧了一根青布带子。长方脸，高鼻子，黑黑的两撇短八字胡子，两只大眼睛倒是闪闪有光。他左手上举了一本小册子，右手一面指着书，一面向大家唱道："那崇祯王是个好皇帝，听说是敌兵到忙坐朝堂。有太监忙把那景阳钟来撞呀，满指望文武臣来上本章。谁知道做官的把良心尽丧，一大半早已是暗把贼降。便算是有几个懂得廉耻，一听到外城破，躲躲藏藏。这时候一个个贪生怕死，谁顾得金銮殿有一孤王。打破了景阳钟一臣不到，崇祯帝一摆头两泪汪汪。我太祖逐元胡血战十载，为汉人定下了这锦绣家邦。到如今各朝臣食禄不报，眼睁睁在一旁坐看国亡。"

他唱到了这里，把脚一顿，手一挥，停了书不唱，道着白道："那崇祯皇上，一看大事不妙，转向后宫。早听得人声大嚷，料是李闯贼兵已快攻皇城。手提了三尺宝剑，寻到十四岁的公主，举剑便砍。"他说着，将手又是一挥，做个劈剑之势。他唱得这般有声有色，早是来了一大群人团团围住，听他向下唱说。他却把书按住，向大家道："这一段书，唱的是崇祯皇帝吊死煤山，还有吴三桂在山海关请清兵，全卖十二个钱一本，哪位要？"

在人丛中有一个人答道："我要。"只这一声，转出来一个人。他头戴瓜皮小帽，正中嵌了一块玉牌，身上穿了枣红绸棉袍，外套一字琵琶襟蓝缎背心，细皮白肉，圆圆脸儿，两只大眼，约莫二十多岁，分明是一位公子哥儿，却不带那瘦怯的模样。这卖唱本的向他看了一看问道："少爷，你也买这唱本吗？"那少年后面跟有一个老听差就插言道："怎么样？你这个唱本子，不卖给我们吗？"那个老头子笑道："并非我不卖给你们。我想像你们这位少爷，是个读书的人，什么诸子百家的书，不烂熟在胸里头？倒要看我们这小唱本。"

那青年笑道："我听你唱得很好，在大相国寺里，不容易找到你这种人物，你倒是个有心人。"他这一句"有心人"说了出来，却把那老头子的脸色一顿，仿佛是吃了一惊，同时，把眼光向那青年周身打量着，看他现出什么样子来。他不吃惊，那青年也不留意。只见他一会儿工夫，脸上忽然呆板，又忽然微笑，而且把他的眼光很快地向箱子上所撑的架子看了一下。那架子上不是有张纸条，写着"郁必来堂"的招牌吗？这个堂名根本就透着奇怪。加上那笔画的粗细，字里头很有分别。"郁"字是半边的"有"字粗大，"耳"边细弱，"必"字是中心一撇特粗，"来"字是下面那个"人"字粗。留心看去，这里面正含着"有心人"三个字。那青年也就脸上变了颜色，嘴里仿佛微微地哦了一声，就笑问道："你贵姓是郁吗？"他笑答道："招牌就是我的姓名。"

少年道："这个唱本，好像书店里还没有刻本出卖，是你自己编的吗？"郁必来笑道："少爷，假使我能编出这种唱本来，我就不在大相国寺里混饭吃了。"这少爷一面说着话，一面向郁必来脸上手上全都打量过了，便笑道："你所有的本子，请每样全卖给我一本。"郁必来笑道："少爷这样光顾我，那是周济我穷人，我感谢不尽。"说着，低了头把箱子里的书本子，一阵乱捡着，捡了一大叠书本，双手捧着，送到那少年面前，笑道："不成敬意。"少年接过书道："什么，你要把这许多书全送给我吗？你这种做小本生意的人，恐怕赔蚀不起吧？"郁必来笑道："一个人要交朋友，就不讲那些了。哈哈！"他又道："我说了一句交朋友，那有点儿冒昧，像我这样一个卖唱本的人，够得上同少爷交朋友吗？"

那青年笑道："掌柜的，你说这话，未免小看了我。你不要看我穿了这一身漂亮的衣服，老实告诉你，这不过是我奉了父母之命，这样装扮起来的，因为不这样，不像一个少爷。可是就算扮成了一个少爷，这又值几个大钱一斤？"说完，就哈哈大笑起来。郁必来听了这话，向青年看了一眼，两手一拍道："痛快之至！我倒没有见过这样豪爽的大少爷。"他口里说着话，眼光已是在这位少爷周身上下打量着。他看出来

4

了，他那瓜皮帽子下面，正戴的是一条假辫子，那辫子外面剃出来的头皮，和假辫子显分着一条界线，这就笑道："怪不得你少爷这样大方，原来是出过洋的文明种子。你少爷贵姓？"

那少爷笑道："我和你一样，在姓名之外，另有一个绰号。你的绰号是有心人，我的绰号是太平生。因为我姓秦，我很不愿意我家里在宋朝出了一个不好的人，我就把姓的下半截改了一改，改成姓泰。可是真要姓泰的话，那就成了旗人。我真要变成了旗人，那是一件笑话。"说着，又跟着打了一个哈哈。他说完了之后，却向郁必来看了一眼，立刻拱了两拱手道："我并非和你老板开玩笑，这是实话。我因为这个泰字和大字加一点同音，于是乎我再转一个弯，就叫太平生，那意思说，我是太平年间生下来的。"郁必来笑道："好名字！人总要太平生，太平死。"那听差从一旁插言道："你这人做生意买卖，也太不会说话。"太平生笑道："你也特妈妈经，说一个死字，有什么要紧？一个人能望到太平生太平死，那就不错，就怕是还不容易望到呢。"

正说着话，却看到庙里的人纷纷向外走动。其中有几个人走得快些，更让人注了意。那老听差倒是肯管闲事，拉住一个走动的人就问出了什么事，那人笑道："快看去吧，捉到了革命党。"那老仆听了这话，没有什么感觉，太平生的面皮就先红了，便道："是谁？"老听差道："哪知道是谁，反正不是什么好人吧？"太平生道："哪里有许多革命党？我要去看看。"说着，也忘了人家给的那些书本，随了众人，也跟着向庙外跑。听差扯了他的衣襟道："少爷，这有什么可看的？我们回公馆去吧。"他并不理会，只是向庙外走去。

这大相国寺门口，正是汴梁城里一条热闹街市。太平生到了门口看时，两旁店铺屋檐下，挨肩擦背站着看热闹的人。那扎青布包头、身穿青布军衣的人，二三十个人一队，扛了枪由西而东匆匆过去。街上的青衣警察，拿了长圆短棍子，只是向两旁轰赶闲人，因之那条大街，除了两旁看热闹的，中间倒是闪出了一条长的空当，偶然过来一两个人，也是跑着闪到一边去。大家交头接耳轻轻地说话，并不时地把眼睛向东西两边看了去。这里虽没有很大的威风摆了出来，可是在大家不能大声说话的时候，这街上却暗藏一种杀气似的。恰好天上的太阳已经收起来了，又是阴惨惨的，带着黄沙刮了几阵风，立刻让人感觉到一种说不出来的凄楚。

过了一会子，有两三个骑马的差官，跑得街道嘚嘚作响，扬长而过。那种人，在长袍子外面，罩上一件青羽绫挖云头的马褂，在马褂下挂着一柄绿套子腰刀。头上戴着紫色围帽，在帽后拖了一对喜鹊尾巴，马跑起来，颠得那两撇尾子一闪闪的。很可以看出来，这几位差官，是如何得意。但是他们得意，这街上的观众，就透着心慌，虽不说话，把眼睛老远地望着，直望到那几匹马走得全不见了，方才正过眼睛来。

可是那几匹马去后，随后又有一群马，风起云涌，由前面跑过。这一群马，不是以前那三个人的样子，两匹马一排，是比着式子来的。那挂腰刀的地方，有的换了皮套子，乃是六轮子手枪。在最后几个人是单马了，其中一个蓝开衩袍子，上罩团龙马褂，头上戴了蓝顶子花翎帽。圆圆的一张面孔，嘴上抹了两撇八字须。只看他绷着面皮，两眼朝前直看了去，这官威就大了。

他过去之后，老百姓又交头接耳一阵。这街上嗡嗡的人语声，到了这时更向下沉寂一些，便是在身边的人说话，也有些听不出来。太平生紧皱了两眉，把两手反背在身后，只管对去的人望着，那衣襟被人连连扯了几扯，回头看时，老听差低声道："少爷，回去吧。这是杀革命党，仔细受了惊。"太平生将手一拐，把老听差的手拐了开去，而且皱了眉轻轻地喝道："你不要拉扯。"那老听差倒不怕碰钉子，过了一会子，又轻轻地扯了他两下衣襟。他把两脚一顿，回过头来，向老听差瞪着。可是出乎他意料的，便是那位卖唱本的郁必来背了箱子，也斜伸出了一只脚，脸上带了笑容，向太平生微微点了两下头。

他虽不说什么，但在他那收敛着英光的眼神中，在他那嘴唇微微上翘的耸起的短胡子中，知道他很有一番意思的，因问道："掌柜的，这一下，就搁了你的生意不少吧？"郁必来将身子颠了两颠，微笑着没有答复。

正在这时，远远的一阵整齐的脚步声，就由远而近走了过来。在路心拿了棍子轰赶闲人的警察又活跃起来，把棍子东指西戳着，口里乱喊着"站开站开"。随着这喊声，脚步声又来到了面前，乃是省城里的一队新兵，扛枪背弹走了过来。当他们走过来的时候，到底是气势雄壮得多。看热闹的老百姓，不但声息全无，不约而同地，全向后退了两步。

在那一队之后，却有一位没有辫子的青年，反绑了两手，被两个士兵挟住着走过来。他上身穿了一件西服衬衫，已经有不少的灰尘斑点，胸面前的领带歪到一边去，下面倒是穿了西服裤子，但是一只脚穿了皮鞋，一只脚是光着。

那个革命党，虽然被人反绑了两手，脸上并不变改颜色，且带了笑容，昂头叫着道："同胞们，你们听着。我们全是汉人，我们的国事应当我们自己来过问，可是现在的藩人强占了我们的土地，夺了我们的政权二百多年，不但欺压我们供他们享受，而且到处是贪官污吏，除了剥削民脂民膏而外，什么也不懂。因是弄得各强国都看我们不起，把我们当了四等国，朝朝暮暮，全想瓜分我们。我们若不赶快革命推倒清廷，马上就要做亡国奴了。我今天为了同胞来革命，虽然我丢了脑袋也很高兴。只望我这一死，给同胞一个纪念，然后大家都跟着革命，把民族振兴起来，我死也甘心了。人生总有一死，死算不了什么，只要死得有价值，或砍或剐，那全不算一回事。同胞，你觉得我的话好不好？我的话若是不错，就请大家喝一声彩。"

这一句话喊毕，街两边看热闹的人，就齐齐地喝了一声彩。那郁必来站在后面，不但是喝彩而已，而且还高声答道："你是一条好汉，我佩服得很。"那革命党依然大声喊着，一步一步向前走去。虽然人已看不见了，那革命的声音，还遥遥地可以听见。

太平生回过头去看郁必来时，他面皮红红的，好像生气的样子。太平生道："郁老板，你很赞成他的话吗？"郁必来笑道："赞成他的人，恐怕也不止我一个。你看这里许多人，不全在叫好吗？我们一个穷百姓知道什么？革命党总是出洋的留学生。"

太平生听了这话，不由得心里一动，正要跟着问他的话时，因为过路的兵队已经走光了，这里看热闹的人就哄然地散开，拥挤了一阵。在人浪汹涌中,太平生和郁必来就失散了。依着他的意思,还要走进庙去,找这位卖唱本的。老听差就拉住道:"少爷,快回家吧!大人知道你我出来的。现在街上有事,我们不回去,他一定很挂心。"太平生心里也有他的事,就随了这老仆,匆匆地回家去。

说到这里,可以介绍这太平生的家世。他父亲秦镜明,是一位河南即用道,乃是个进士出身,不但文笔很好,就是处世做人的方法,他也很是透彻。他是江苏人,却在北京有两代之久,已经染着很浓厚的北方人习惯了。唯其如此,他做官的手段也很高明,同开封抚、藩、臬三位上司,都联络得好,因之屡作阔差,现在是现任粮饷局提调。秦镜明在开封是头等红人,道班里面,没有一个人赶得上他的。

他有一妻二妾。大夫人无出,这位少爷是二夫人生的。少爷原名佐才两字,小名并生,因为是在太原出世的。并生出洋留学的时候,也用的是这两个字。回国之后,就更改得平易些,叫着平生,所以秦平生就成为太平生了。

平生随着老仆回到家来,先向书房里走了去。这书房外面,是一个小小的花园。与书房相对着,是一间精雅的小签押房。这间屋子,秦镜明不上衙门的时候,总是坐在那里的。这时平生由外面走了进来,镜明捧了一根水烟袋,架着腿在抽烟,隔了窗子看到,这就叫了一声"平生"。那名字叫出来是非常之短促,含有一种生气的意味在话里。平生只好放轻了脚步,走到签押房里去。

这秦镜明一人在屋子里还想着闺房乐事,禁不住发笑。现在儿子进来了,他立刻就把面孔板起来,把两撇八字胡子,先用手摸了两下。平生走进来,看到父亲瞪了眼睛看过来,那长方的脸加上了一层怒气,最是难看。他老远就把脚停住,垂手站定了。秦镜明道:"你由哪里来?我找了你半天,也看不到你。"平生道:"带了秦升,到大相国寺里看看。"镜明道:"你这真叫胡闹!大相国寺里九流三教什么坏人都有,那里是有身份的人不去的!你一位大少爷,怎么跑到那里去?而且我听说捉到的革命党,正要游街示众,拿去正法,街上少不得纷扰,你何必杂在里面?"平生笑道:"革命党怕他干什么?他也是一个人。"秦镜明

8

道："你们出过洋的少年，总是这样，一口的狂话。这些亡命之徒，无法无天，无父无君，什么事做不出来？蜂虿犹毒，况革命党乎？"

平生只好静立着，听父亲把话说完，并不再加辩驳。约莫停了五分钟，这就跟着问道："父亲还有什么话吗？我想到书房里去看看。"镜明道："我没有什么事，只因为好久没有看到你，所以把你叫来问问。这一程子，我看你总是不大安心在书房里读书，你到底有什么事这样忙？"平生道："我也没有到哪里去，不过是在后面花园子里，练习拳棒。"镜明道："现在作战是枪炮当先的，拳棒练习好了，又有什么用？你读书读得烦了，写写大字，画画梅花，也不无小补。将来出来做事，拿书画来应酬人，也是一条门路。"

平生听了这话，真有些不能入耳，便不等父亲把话说完，缓缓地向后退，退到院子里。到了书房里，那紫檀木大理石的桌上，一本线装书，将一块砚池盖子压住了。他翻了一阵，在书的中页，有一折角之处，将那书页掀开，里面却夹有一张字条。抽出字条来看，上写着："马已牵到。明日天明，请到古吹台会面。两浑。"平生把这字条看过，立刻揉成了一个字团，向衣袋里插了去。他站定了凝神想了一想，这就点了头微笑。

他书房里那个管杂事的小听差小三儿，正站在书房门边徘徊着要进不进的样子。平生问道："这本书是什么时候送来的？"小三儿道："今天满街的人看杀革命党，我也挤在人里面看，有人塞一样东西到我手上来。我低头一看，是一本书，可又没有看到是谁送给我的。拿着书就回来了，革命党也没有看到。"平生笑道："你要看革命党做什么？"小三儿将右手大拇指一伸，笑道："那是好汉呀。听说他们是要打跑旗人替我们汉人夺回江山来。"平生道："你看见过革命党吗？"小三儿摇头道："哪里看见过？若是看见过，我今天也不追着去看了。"平生笑道："你不要看也罢，他们全是一班凶神恶煞。"小三儿一急，把汴梁话也急出来了，他道："你说啥话儿，俺早听到说，他们全是白面书生，一多半还是出洋留学生呢。他们的头子，是在外国的，俺全知道。"

平生听了这话，不由脸色一动，因问道："这些话，你怎么知道？"

小三儿道："起先我也不知道啥叫革命党，自从开封城里捉到几回革命党以后，大家就传说起来了。茶馆里，酒馆里，哪个不谈？"平生听说，情不自禁地两手一拍道："果然如此，这事就好了！"小三儿看到他这种样子，倒不免吓了一跳。他又自言自语地笑道："这样看来，流血不是一件无意味的事，越是流血，越能找出他的代价。"说了这话，自己拿起几册《民报》，打开翻着看。

那个时候的《民报》是订册的杂志，是革命党的言论机关，凡是有血气的青年，都偷偷摸摸地弄上一本看。因为做官的人糊涂万分，还不知道什么叫检查邮电，所以这些反抗清朝政治的报纸，很顺通地可以寄到读者的手上。自然，看《民报》，那也是相当危险的事，但是却没有什么人是为了看革命文字去犯罪的，到底清朝末年，比清朝初年的文字之狱，要轻松得多了。平生在家里的时候，唯一的消遣品，就是这几本《民报》。

他看着正得意的时候，却有一阵嘚儿滴嘚的骡车轮子声，送到耳朵里来，他忽然将书本一放，笑道："有客到了。"小三儿还在书房门口站着呢。他就笑道："是鹿小姐和他们家二太太来了吧？你到外面去看看。"小三儿听了这话，飞也似的跑了出去。平生也站到书房门口，背了两手，微昂着头，向墙外听去。不多大一会子，小三儿跑了进来，喘着气道："是是是她，二太太没来，后面跟着一个乳妈，提了一大包东西进来。少爷，你不要去看看吗？"平生笑骂道："胡说！我看什么？"可是他如此说着，却已动脚向外走了来。

第二回

儿女子情跃屏惊艳侣
大丈夫事试马说明师

这开封的房子是北方式样，本来就院落宽大，加之秦镜明是一位有名的候补道，公馆布置是当然的宏丽。由书房到前院来，转过回廊，还要经过两个大院子。在前院中是一列绿油屏风门，共八扇，门上有一尺长的护墙，挖空花纹，总共起来，约莫有六尺高上下。在墙的里边，有几棵小树、一丛竹子。平生进进出出，每逢到没有人的时候，老远地做一个势子，就跳了过来。当他跳的时候，并不管是穿长衫还是穿短衣，高兴就是一蹦。有两次，屏门外正走着人，他跳了过来，直扑到人家身上。他自己不觉得怎么样，这一下子，却把别人碰得跌出去几尺远。他连来两次之后，觉得这不是玩意，就停止不跳了。这次听到鹿小姐来了，心里过于高兴，这就忘了以前犯规的事，两手撩起衣摆，又是临空一跳。

当他跳过墙的时候，早听到有人娇滴滴哟了一声，定睛一看，正是鹿小姐。平生立刻牵直了衣服，闪到屏门一边站定。鹿小姐要到里面院子里去，非经过这屏门不可。当她哟一声的时候，身子向后一缩，她退了两步，这时看清楚了是秦家大少爷，那一颗甜蜜的芳心，早是跳了几下，红着脸，低低问了一声大爷好。这就将旗袍纽扣上的手绢抽下来，待要捂嘴，又不抬上去，微微一笑。

鹿小姐她是一位汉军旗人，她的装束完全是满洲姐姐的风味。这个日子，她穿了一件最时髦的银灰色锦缎长旗袍，袖口上滚着那两三寸宽的花瓣。长方的脸儿，一双秋叶眉，配着两只大眼睛。头上梳着一大把乌光油亮的松辫子，直拖到腰杆下去。她那窄小的天脚，鱼白竹布袜子，外面套着挖云头的紫缎子鞋，简直是不带一点儿汉人小姐的风味。大概旗家姐姐，全是厚德载福的样子。可是这位鹿小姐，她和别人模样有些不同，那瘦小的身材，穿了长衣，格外显着玲珑。她的脸子，虽也脱不了旗人那种典型，然而她是由上而下，慢慢地清瘦着，是整个的鹅蛋脸。人家的胭脂，是满脸涂着，鹿小姐却是在颊上，微微地抹着两块长长的红晕。远远地看去，很像一个画上的美人。

平生小时在北京读书，又和她家是邻居，是和她常见的，只是那时无所谓，并不搁在心上。这次由外国回来，到了开封，遇到那些小脚黄脸姑娘，实在看不上眼。后来鹿小姐到公馆里来做客，遇到了两回，这真是瓦砾丛中捡到了一块白玉。而况彼此在小的时候，又是会过面的，现在彼此成了人了，相见之下，各人心里更有那一番说不出来的滋味。旗人规矩很大，鹿家又不能随便去的，见面很难。所以平生一听到鹿小姐来了，就高兴得忘其所以。

平生这就先发言了，因笑道："今天怎么有工夫到我们这里来走走？"鹿小姐倒着向后退了两步，退得靠近了墙，这就微笑道："干吗说这样客气的话？我没短着来给老伯伯母请安啦。"说着又是扑哧一笑。平生道："鹿小姐你笑得有点儿奇突，我有什么好笑的事吗？"鹿小姐道："我听说大爷还在家里练拳，原有点儿不相信。可是现在……"说着，又把脖子扭扭，接着道："你真成，这么高的一堵墙，一跳就跳过来了。"平生笑道："这真是淘气，你瞧怎么样？"她听了这话，还想向后退着，无知身子已是靠了墙，可退不动了。她两手拿了花手绢，低头微微地笑着。平生道："鹿小姐，你看我练武够资格不够资格？"鹿小姐道："啊！你这满口新名词儿，我可听不懂。明儿个见！"说毕，扭转了身躯，就要转过屏风门去。平生道："怎么是明儿个见呢？今儿我们还见不着吗？"

可是这样说着，鹿小姐已走进屏风去了，至于是不是听到却不知道。只见她穿了那长旗袍，犹如一个长柳条子在风里吹摆着一样，摇摇摆摆的，直升进后面屋子里去。平生来不及转过屏风去，又是两手卷起了衣襟底，露出裤脚来，跟着起个势子，再跳回屏风里去。当然，他这样跳一下，落地是有点儿响声的，加之他又碰到竹叶子，窸窣一下响。鹿小姐听了声响，不免回转头来，看到平生从容落下，嫣然一笑地说了两个字。那两个字的声音很细微，大概是说淘气。可是她也并没有多少话，说完了这两个字，就走了。

平生在院子里踌躇了一会儿，于是背了两手在身后，绕了那丛竹子，看竹子根下冒出小笋子没有。这样总有半小时，他都不肯离开这丛竹子。他亦是等待着什么，那是可想而知的。就在这时，一个紧扎了辫子根的十三四岁小丫头，跑得辫子连连地摔着，一直要跑出院子去。平生道："小菊，上哪儿？穿得这一身花花哨哨的。"

小菊笑道："太太让我到对面刘公馆里去，请刘太太斗牌。太太说，到人家去，要干净些，换了这么一件花布褂子，这就花花哨哨吗？"平生道："斗牌有些什么人？"小菊将一个食指指点着平生道："回头少爷不到上房瞧瞧？"平生道："太太们斗牌，有我什么事？"小菊笑道："有鹿小姐呢。"平生笑道："这孩子，越来越胆大，一点儿也不怕我了。我揍你。"小菊笑道："我瞧见过，你两个指头打碎过三四块青砖，谁受得了哇？"说着，一扭头就噔噔地跑走了。

平生站在院子里，昂着头出神了一会儿，觉得到上房去一趟也好。只是一位大少爷，特意去看内眷打牌，在开封这官场，还绝不许可，须得另想一个法子才好。正在这样凝神的时候，却听到丁零零的响声，接着有人口里念着阿弥陀佛。平生再凝神一听，这念佛的和佛铃声，同在院子墙隔。平生大声答应着："哦！"先跳着到屏风墙上，再跟着一跳，跳上了院墙。站在院墙上向外面巷子里看了一看，这就毫不犹豫，向下跳了去。在他这样一跳之后，把他那副儿女心肠完全抛到一边，直到夜深十点左右，方才回公馆。

那位鹿小姐虽在上房打牌，她一颗芳心却完全放在书房里，以为这位秦大少爷总得借一点儿缘故，到上房里来看看。不想打了一下午牌，直到上灯时分，还不见他的人影子。心里这就狐疑着，莫非自己刚才进门的时候，对他少说了两句话，所以他不高兴？若在平时，或者还可以借着小丫头的口传漏一点儿消息。现在坐了许多人在打牌，要向丫头有意无意地说一句话，很怕引起人家的疑心，只好闷在心里头了。也奇怪，自己并不想露什么颜色，偏是两块脸腮红得像火烤了一样，连耳朵根子都烧得通红。她本不觉得有人会知道，但是那一颗芳心不知道什么缘故，只管扑扑地乱跳。过了一会子，丫头女仆们跟着来摆桌椅板凳，要开晚饭了。她心里有一个转念，他不会在书房里吃饭吧？假使他要到这屋子里面来吃饭的话，这倒和他有见面的机会。吃过了晚饭，已经是八点钟了，这在开封城里，那已经是很晚的时间，鹿小姐叫人传出话去套车，也就跟着告辞走了。

等平生回家来的时候，鹿小姐去了已是很久。他不用得到上房里打听，只在大门口一站，未看到鹿小姐坐来的那一辆骡车，心里便已了然，于是直向书房里走去。书房里书桌上放着一盏白瓷罩子灯照着屋子里很亮，小三儿拢着两只袖子，正伏在书桌上打瞌睡。平生走进房来，先咳了一声。小三儿身子一哆嗦，猛然间抬起头来，立刻微笑着道："大少爷才回来。"他红着半边脸腮，印了几条皱纹，还蒙眬着两眼呢。平生道："上房里有客，你不去伺候，倒偷懒，躲在这里打瞌睡。"小三儿笑道："鹿小姐早走啦，我去伺候什么？"平生道："她是什么时候去的？"小三儿道："吃了晚饭走的，她不能再等了。"平生道："胡说，谁说要鹿小姐等我？"小三儿两手揉着两只眼睛，慢慢地踱出书房门去了。平生叫道："你回来。你到上房去，和太太要点肉松和咸菜。"小三儿在门口答道："我知道，告诉太太，说少爷今晚要在书房里念一晚书，煮好了稀饭预备着呢。"平生笑道："我这玩意儿，你都晓得，以后我就玩不出去了。"小三儿道："这个你放心，我绝不能走漏你的消息。"说着，一缩脖子，又伸了一伸舌头。

到了次日早上，天色是刚刚发亮，平生一个翻身就跳了起来。他也管不到平常的那番漱洗手续，穿好了衣服，只把冷的湿手巾，擦了一把脸，又把茶壶里隔夜的冷茶，喝了两口，也不开大门，就溜到后面小园子里，爬上了树，跳过院墙，就径直地向城外走去。在离城五里路的地方，有个名胜地方，叫古吹台。据人说，这里是古师旷吹笙的所在。虽是这一层，后人无法考证，但是就全开封而论，倒是游人常来游历的。

那里是平原上，突立着一个高土台。台子约莫有上十亩地面，盖了几重台阁，台后面一条弯弯的小河沟，簇拥着一大片绿树林子。在树林子里也点缀了几处亭阁。平台前面，下了十几层台阶，列着一堵木牌坊，大书"古吹台"三个字。在木牌楼前面，一条很长很宽的人行道，列着一排若断若续的老柳树。再向东行，经过一道平桥，那里有一大片广场，间或有几家半村半郭的人家，杂了一些麦田。在大清早的时候，这个地方是没有人来到的。

平生一口气走到牌楼前，早有一个短装人，按了一匹白马，手撑了腰在那里站着。那白马正垂了长颈，口里还嚼着食料，人和牲口全是很安闲地在那里等人的样子。平生跑了两步，抢着到了马边，深深地便是一鞠躬，因笑道："老师倒早来了，我真惭愧得很。"那人微笑道："这一件事，你倒不能和我相比，我住在城外的人，随便什么时候来全可以。你是住在城里的人，非等着开城，如何能出来？你看这马怎么样？"

平生站到马身边，用手在马毛上从头至尾轻轻地抚摸了一番。在抚摸的时候，更向马身材打量着，因点头笑道："这马虽是身材不大，膘很好，大概有三四百里的脚程。"那人将手摸摸胡子，微笑道："你倒是有点儿眼力。这是蒙古马，在平原上跑起来，没有什么见奇，若是跑起山路来，那比平常的马就要利落个对倍。趁着现在人少，你骑着遛上两趟试试。"

平生在师父手上接过缰绳，牵着马慢慢地遛了两个圈子，用手一拍马鞍子，正待跳上去，却又站定了。那人笑道："为什么不上去，怕这匹马的脾气不好吗？"平生摇摇头道："那倒不是。我现在想起一件事来了，昨天我到大相国寺去，遇到一个卖唱本的，那情形很是古怪，我看他不像平常走江湖的人。"他师父笑道："不像一个平常走江湖的人，这话有点儿欠妥。能走江湖的人，这人就绝不平常。"平生道："不是那样说。因为这个人卖的唱本，都是很有意思的，全是吴三桂请清兵、岳飞被杀风波亭一类故事。而且学生受了师父的教训，对于同道的人，也多少看得出来一点儿。"那人就笑道："据你这样说，这人倒是有点儿来历。你且说出来，他是怎么一个样子？"平生道："他是一张大长方脸，脸上有几个浅麻子。嘴上两撇八字胡须，盖不了嘴唇。看起来，约莫有五十上下年纪，但是精神饱满，没有一点儿衰老的样子，口里说着一口保府话。"

那人突然就插嘴问道："他说的是保府话?"平生道："我也因为他说的是保府话，很有点儿疑心。他自己说是姓郁，我想那是靠不住的。因为他有块招牌，是郁必来堂。这四个字，笔画粗细不一，把字里含着'有心人'三个字特意地透露了出来，那是故意告诉人，含点儿访友的意味。"那人笑道："我有点儿明白了……"这句话说完，他立刻把话忍住了，没作声，微笑地摇了两摇头。平生道："那到底是个什么人?"那人昂着头想了想，笑道："不用说了，我反正明白。"他说完了，又摇了两摇头，笑道："你看见了那人，你还不知道到底是什么角色。我没有看到他，不过是从你的口里听出那人的形象，我又知道那人是谁呢? 你先骑着这马，试试它的脚程，有话不妨回头再说。"

平生看他那种样子，分明是心里有些把握。学武术的人，最重一个义字，对于教师，更重一个敬字。在老师面前领教，只能听老师的话，却不许追问老师的。平生这一位师父，正是他心里最敬重的，那更是不敢追问了。只把这人的名姓来说，平生就也不很清楚，其余是不消说得。

原来，平生是随着一位姓王的老师学艺的。这王老师看他是一位英俊少年，前途很有出息，就介绍他去拜师兄马老师学艺。马老师不但姓马，而且会做兽医，能替马治病。治马之外，又善于骑马，无论什么坏脾气的马，他总有法子驾驭。此外他还有许多事情，都在马身上的，人家就都叫他马老师。至于他是不是真姓马，那就很难说。他在南门外小街开了一家兽医馆。三间黄土屋子旁歪斜着两株老柳树。这柳树干上，是终年不脱马，总有一匹或两三匹马系在那里。他的屋檐下，以至于窗户台上，全堆了大大小小的干药草。尤其在瓦檐缝里，将绳子拴了两个大干葫芦，在空中挂着，被风吹着只管打旋转，好像在店门口悬了两只怪灯笼。因为如此，人家都说他干葫芦马医生家。大家说惯了，把治马的马医生，当成姓马的马医生。生人问他是姓马吗? 他答应是。熟人问他是姓马吗？他答应得很有趣，说是我你交了这么久的朋友，连我姓什么，你还不知道吗？人家这就没有法子再向下追问了。好在你叫他马老师，他倒是一点儿不犹豫地答应着，这也就不必再疑惑他不姓马了。平生为了这点缘故，所以对于这位老师，也就随着众人，叫一声马老师。马老师究竟是什么名字，自己也是不知道的。既是马老师的名字，自己全不知道，马老师对于郁必来的真名实姓，不肯说出来，也就在情理之中了。

当时平生犹豫了一会子，不免看着马老师的脸色出了神。马老师道："你的意思怎么样？非知道那人不可吗？傻孩子，你先试试你的马吧。"平生听了老师这话，似乎他愿意告诉又不愿意告诉，倒摸不出他意思所在，昂头想了一想，接着便笑道："那我还是先骑马吧。"他右手牵好了缰绳，左手连连拍了两下马鞍子，然后耸身一跃，跳上马去。马老师站在旁边，斜伸了一只脚，微微地笑着，然后把手一抬，叫了一声走。这马就像懂得他的话一样，拨开四蹄，飞跑了过去。平生两脚踏住了鞍，两手握了缰绳，把马鞍子夹得紧紧的，不敢松一点儿。不料这马身材虽小脚程却是很快。只看到两旁的树木呼呼地向后倒，无论平生怎样用法驾驶，也收不住缰来。

一口气约莫跑了十几里路，平生累得只喘气，正在为难，忽然那马自缓了步子，约再走二三十步，在一座黄土岗子下就站住了，平生这才有工夫抬起头来，看到了什么地方，却见马老师笑嘻嘻地站在路边。平生这真不免大吃一惊，因道："老师，我的马跑得这样快，你还比我先到，你简直会飞了。"说着，跳下马背，牵了马迎上前去，马老师笑道："你这真是孩子话，你不仔细看看，你到了什么地方？你是骑着马，兜了一个圈子，你还不知道呢。"平生看看，却是离古吹台不远。自己这倒奇怪起来，分明一直向前，怎么兜了大半个圈子？马老师见他有些发呆的样子，便笑道："在这一点小小的事上，我知道你骑马的本领还差啦。无论马跑得怎样的快，我们骑马的人，总要定住了神，不能慌张。若是连方向都分不出来，假如一天有事，你骑马出去，救一个人，或者是自逃性命，马乱跑起来，把人驮到敌人营寨里去了，你还以为是到了

17

自己家里呢，那岂不是一桩笑话吗？"

平生听着，不由得红了脸，答不出话来。马老师笑道："我以为你一定要说，马的脾气坏，不容你去分别方向。你怎么不这样说？"平生笑道："老师说我不会骑，那就是我实在不会骑，我要狡辩，那就不老实了。"马老师点点头道："好！年轻人要像你这个样子才好。人生在世，能吃亏，能认错，那总是有成就的。这匹马虽是有脾气，但是它和人混熟了，就很听话的。你今天试了一试，总算难为你，还是交给我喂养，不必牵回去。你若有工夫，每天可以骑着跑几里路，将来你有了正事，用得着它的时候，说骑走就骑走，那就痛快了，你打算什么时候到山西去？"平生道："山西的情形，我不大熟悉，已经有另一位同志去了。"

马老师道："你……"说到这里，把话突然停住，向四周张望了一番。因低声道："听说你们同党有到北京去想干一番事的。志向自然是好，但是这种做法，只能吓吓那些混账王公大人，并不见得在革命这件事上，有什么效力吧？譬如开封，就关住了好几个，真可惜！"平生道："话不是那样说，老师。"他说着话，把马牵到一棵柳树下，将马拴上了，然后将掖在腰带里的衣摆抽了出来，扯扯衣襟，扑去身上的灰，挺了胸，正色道："学生对于这件事，正想同老师谈谈，老师有工夫吗？"马老师看他显出那份郑重的样子来，便答道："你不用问我有没有工夫，你只说和我商量的事情是我懂得吗？若是我懂得，老师绝不留下半个字不告诉你。"平生见老师说得这样诚恳，便正了颜色道："只要老师肯说这句话，这事就妥了。学生所说当然都是老师能够做得到的。"

马老师向四周一看，正有一片青草地，细密密的，像在地面上铺着一块绿色的毡子一样。于是向地面上指着道："既是你有要紧的事商量，那我们就坐下来慢慢地谈着吧。"他说了身子向下一蹲，半环着右腿，两手抱了左方的膝盖，做一个等人开口的样子。平生也坐下来，先将一层忧郁的颜色送上了脸腮，然后叹了一口气。马老师笑道："做大事的人，要沉得住气。只要你认定了方向朝前走，总可以找出路子来的。你终日里这样唉声叹气，那有什么用？"平生道："我并不是向远处说，眼前这臬台衙门里，关住的那几个人，都是党里数一数二的人才。"他又踌躇了一会子道："假如……那实在是可惜得很。"说着，把眉头深深地皱了起来，皱得两道眉毛几乎合到了一处。马老师笑道："你对我说这话有什么用？我并不是河南臬台，可以饶他们不死呀。"平生道："我既然对老师商量着这事，当然是可以求求老师的。"说着，在草地里随手摸出了一块尖角石头，就在地上画了两个碗口大的字，问道："学生想这样办，老师看怎么样呢？"说着，就伸脚把画的两个字踏平了。

马老师看到，似乎吃了一惊的样子，将头连摇了两摇，笑道："啊！这件事谈何容易，你是看《水浒传》看入了迷，以为大闹浔阳楼，那不算一回事吧？鼓儿词是鼓儿词，真事是真事，这可不能拉扯到一处来说的。"平生道："学生也明知道这件事不容易，但是各尽各的心。办不到，那是限于力量的事，只好叹上一口气。若是不去办，那是心事不到，眼睁睁看了同志去受害，就不义气了。"马老师两手抱了腿，昂着头向天上望去，沉吟了一会子。平生道："若是要花钱的话，二三千两银子，学生可以拿得出来。"马老师道："这一条路我不通，我还得去另找一个人，不能说不用钱，但是钱不过是一种陪衬，还是你那句话，只是义气两个字。现在我不能答应你这句话马上可以办成，只是先要这样下手。"说到这里，把那块尖石头拿在手面上，也在地上写出几行字来。平生跳了起来道："只要老师肯这样帮忙，这件事就算成功了一半。学生今天进城去，就去找脚路。"

马老师用脚慢慢地涂了地面上的字，沉吟着道："有些地方，你是不能去的，那怎样可以胡来。还是我今晚进城，你到胡老二家去会我吧。这件事你千万谨慎，我不要紧，你是有身家的人，是一点儿大意不得的呀。"平生道："学生敢夸一句，做事向来十分谨慎，绝不会露破绽。老师不看我这一条假辫子，我是昼夜不离身。"马老师笑道："戴假辫子的人，现在也太多了，这藏不了什么秘密。所以我就说，你这个样子到北京去，就不大行。"平生忽然站起来，向马老师做了两个揖道："请老师不要把话再引开了去，学生对这件事很着急。"马老师缓缓地站了起来，拿着手上的云拂，先扑去两腿的灰尘，然后又在身上扑打了几下，将手抹抹胡子道："你们年纪轻的人做事，就是这样沉不住气。你在这古吹台地方发急有什么用?"说着，他很不在意的样子，就去解那柳树上的马缰绳。

平生站在草地上，倒有些发呆，老师原是答应了帮忙的。只因为自己一催，倒把他的意思改变了。若再要逼他，引起了他的脾气，也许他真个不过问，那更是不妥。正出着神呢，马老师一跳上了他的马背，只抬起一只手来，伸出两个指头，指了天空，脸上带着笑容，却没说什么。平生痴站了许久，这才醒悟过来：是自己夸了一句口，把老师气走了。现在要向他赔礼，已是来不及。只看大路头上一阵尘头涌起，越走越远，是老师骑着马走了。

第三回

冷巷夜行隔墙听醉语
花栏午静小院过芳踪

　　秦平生一肚子心事，正想和马老师痛痛快快地说上一阵，不想只说了两三句话，他就打着马走了。到底不知道马老师是答应呢，还是不答应呢？若说不答应，他已经在地面写了两行字，而且口头上也有话了。他是言而有信的人，绝不能说出话之后，又把事推诿了。可是随便说了几句，就算妥当，也觉得太把事情看得容易。马老师是个有身份的人，未必肯这样含糊地办事。他站在旷地上沉吟了一会子，然后低了头，背着手，慢慢地走回家去。他在古吹台试马的时候，已经是耽误时间不少。他又是慢慢地走了回去的，那就时间更是迟误。所以当他那样一步一步走进了城的时候，那金黄色的太阳，照在人家白粉墙上，又变成金光的白色了，这是仲春时节太阳初行示威的一种景象。平生骑马之后，又走了七八里路，不免脸色发红，周身出汗，走到家里，已九点多钟了。

　　刚进大门，那小三儿就迎着他笑道："大少爷，你这时才回来，大人问你两遍了。"平生道："大人上衙门去了吗？"说着，自己就要向上房里面走了去。小三儿抢着上前，把他衣服扯住，叫道："少爷，你满头是汗呢？你到书房里去照照镜子吧。你那样子，可到上房去不得。"平生不管，依然向前走。小三儿见拉他不住，就在身后低声叫道："少爷，你忙什么？上房里还有客呢。"平生这就站住了脚问道："上房有客？那是谁？"小三儿笑道："到上房里去的客，大少爷总也猜得出来的。"说到这里，把声音又低了一低，笑道："就是鹿小姐来了，你这个样子进去，她看到了又要说你淘气。"平生笑着道："这小子满口胡

21

言，一点儿规矩不懂，我要打你了。"他口里虽是这样说着，身子可向书房走了去。

小三儿倒是不怕打，紧随着他身后，就送了一盆洗脸水进来。平生拿了一柄布掸子，先站在院子里，周身掸过了一遍灰，然后进房去，取下了假辫子，连头带脸痛痛快快地洗过了一阵，回转身来，却看到小三儿另取了一根洗刷干净的假辫子站在一边，就问道："我也没有告诉你要换辫子，为什么又拿一条辫子出来？"小三儿笑道："我看到大少爷把辫子拿下了，一定是要换的，而且你跑得满头是汗，辫子上有气味，在客人面前总不大合适。"平生接过假辫子来，说道："你倒懂得这些。"口里说着，可就两手捧了发网，向头上罩了去。小三儿又抢着拿了一面镜子，两手捧着，放在胸前面，对了平生。

平生虽是在面子上有点儿见笑容，可也不嫌他的少，戴好了假辫子，就向上房走去。在院子里屏风边，就故意咳嗽了两声，以为鹿小姐一定随了这声咳嗽，在玻璃窗子里伸出一张白脸来。可是当他转过屏风来以后，才知道自己完全揣测错了。原来上房堂屋里并没有客，只是自己的父母，坐在堂屋中间吃早饭。本待缩回身来，他父亲秦镜明，已是老早看到了，便叫道："平生，你又到哪里去？"平生听了这喊叫声，只得从从容容地走进堂屋来。

秦镜明立刻板着脸，把胡子全翘了起来，连筷子也来不及放下，就伸了筷子头，向他点着道："这一个月以来，常是看不到你的踪影。在上房里问你，你在书房里，在书房里问你，你又在后面园子里。若是三处地方，同时找起你来，倒不知道你在哪里？"平生慢慢地走近前，只好垂手立着。他母亲秦太太回转头来，向他周身上下打量了一番，这就笑道："人家全说你和江湖上的人来往，我就有点儿不相信。看你让父亲一喝，吓得像懒蛇一样。"秦镜明道："木朽而后虫生，若是他不跟着人学习拳棒的话，这些谣言又从何而起？"平生哪里敢作声，只是垂手立着。秦镜明又正色道："我对你说，从今日起，就不许你练拳棒。你若是不听我的话，瞒着去干，我要知道了，我把你当革命党办。"平生没作声，脸却有点儿浅浅的笑容，但是极力镇定，又忍回去了。

秦太太笑道："大人恨革命党也过分了。动不动，说把人当革命党办，好像你要用厉害的刑罚去对付的就是革命党。"秦镜明冷笑一声道："那也不假，我要拿着革命党，要亲眼看见的，个个死在刀下，方才罢休。"秦太太道："革命党同你有什么仇恨，你要这样处治他才甘心。"秦镜明道："说起来，你也会恨他的。这些乱党，十之八九，是朝廷拿出钱来造就的学生。他们受了朝廷的厚恩，不想图报，丢了书不念，反而要无父无君的，联合起来造反，你想那可恨不可恨？"秦太太将嘴一撇，淡淡地笑道："那也没有什么可恨。只要我们自己的孩子规规矩矩读书，挣一点儿前程出来，那就很对得住你了。他们花朝廷的钱，又不是花你的钱，倒要你这样恨他们。"

说着这话，就回过脸来，向平生笑道："孩子你听见了吧？可别学革命党，你听听你老子的口气，多么厉害。"平生笑道："我哪里敢做这样的事。那些人全是手枪炸弹终日不离手的。"秦镜明沉了脸色道："这一层，我倒是可以放心的，平生不过是对人情世故差一点儿经验，平常我告诉他怎样读书，他倒也知道。犯上作乱的事，我想是不会做的。"秦太太笑道："既是犯上作乱的事，他不会做的，你就不必做出这一份五殿阎罗的面孔来了。平生，坐下来吃饭吧。你父亲是恨革命党，也不是恨你。"说着，用手连连拍了身旁的空椅子两下。平生忍耐着吃过了一餐饭，回到了书房里去，就躺在一张睡椅上，眼望了天花板出神，小三儿走进来笑道："大少爷，你一定怪我撒谎。你不知道，今天大人脾气大着呢。你若闹得满头是汗进去，大人立刻就要生气了。"平生挥着手道："哪个管你这些闲事。"小三儿一伸舌头，退出去了。

这书房在一个小跨院里。窗子外有两棵梧桐，一丛月季花架子，绿荫荫地照着屋子里倒更是幽养。那高的白粉墙上，麻雀儿三三两两地在瓦缝里跳着，平生因它们叽叽喳喳地叫着，就把看望天花板的眼光，转移到院子外白粉墙头上去，正看到两个麻雀纠缠在一处打架。忽然一个翻身，两只麻雀全跌了下来。于是其余的麻雀，哄然一声飞了。

平生看到这事有趣，就走出书房来，只见两个麻雀全仰翻在月季花架子下，伸手捉了起来，原来有一根筷子，上面缚了长针，一针把两个麻雀斜穿着了。便叫道："小三儿呢？这没有别人，准是他干的。"抬头看时，月季花架子边，有个人影子，可不就是小三儿吗？平生连连叫了几声，他才慢吞吞地走了来。平生将筷子头上穿住了的两只麻雀，直举着送到小三儿面前来，问道："这两只小鸟有什么事伤了你，你要用针去射伤它干什么？"小三儿将两只手互相搓了几下，笑道："我也不是存心要射杀它，不过是要试试手，不想一放出去，果然就把它们射死了。"平生道："胡说，你难道是这一回初动手吗？"小三儿笑道："动手是动手的，没有一箭射过两个活东西，这次借了机会，一箭就中，我高兴极了。"说着，手摸了头，连连地跳了几下。平生笑道："嘬！你有这样的得意，你再射一只活的给我看看。"小三儿将两手垂下去，搓着自己的大腿，人也只管缩后退了两步，笑着只扭脖子。平生道："我叫你试给我看，你就试给我看吧，为什么这样子退退缩缩的？"小三儿笑道："大少爷骂我的。"平生道："我叫你试试，我又骂你，那算怎么回事？"

小三儿看看平生的脸子，依然还带着笑容，于是连连地退了几步，退到月季花架子上，让花上的尖刺在他那光脖子上重重地扎了一下。可是他也来不及管脖子上是不是痛，掉转身跑出了花架外去，取了一张小弓来。那弓仅仅只有一尺上下长，弓背虽也是竹子做的，却只有指宽，在两头缚了两子儿小小的红绿丝线，倒很有点儿像小孩儿玩意儿货。平生看看，倒猛可地一惊道："怎么你会弄这套武艺了？"小三儿道："我是马老师家里那个小徒弟傻哥儿教给我的。他的本事大得很，不但能射这小箭，而且会打石头。无论是大小东西，只要在百步之内，他伸出手去，总可以打着。我看到怪有趣的，就强求着他教给我。他虽是答应教给我，不让我对人说。"

平生摇摇头道："不对，这种小箭以前很少，现在只有山东曹州一带有几个人会使。使得最好一个，我只知道他叫袖箭李三。把这小弓放在他的大袖子里，偷偷地在人不经意的时候，就放了出去。别人放袖箭，不用弓，才可以把一只手放出去。他用弓，也是一只手放出去，这可不知道他是怎么练的。他用的箭，也很奇怪，和平常的不同，只是一根筷子似的小木棍上，插了一根长针。这箭放射在人的眼睛上，或射在人的咽喉上，已经要人的性命。若是把药水将毒针煮过，那更厉害，可以见血就死。我是久闻其名，没有见过，不想你竟会学得了。那傻哥儿他是一只手放，还是两只手放呢？"小三儿笑着，把手乱摸了脖子道："原来这小箭，还有这样一套来历。傻哥儿放这箭，倒是两只手快，不用看准了东西，放出去就可以射着。"平生道："你学了这玩意儿，多少时候了？"小三儿笑道："原来这小玩意儿还是变化无穷的。我算走运，前后只学了一年，就练到这个样子了。"

平生道："以前，我怎么不知道呢？"小三儿道："傻哥儿说了，这件事，不许我让你知道了。他说，没有练成这玩意儿，让大少爷看到了，他就要割下我只耳朵来。"平生道："那为什么？"小三儿笑道："傻哥儿人小心不小，他说他手下不能教出无用的徒弟来，免得让别人家说他笑话了。"平生哦着一声，连连地点了两点头道："原来傻哥儿还有这样一手？"他只说了这样一句，把话就给忍下去了。小三儿不知道少主人是欢喜还是生气，也就只得暗搁在心里不提。平生本也打算今天晚上去探访马老师的。有了小三儿这句话，心里更是放不下。到了晚饭以后，故意放出疲倦要睡的样子，在父母面前坐了一会子，然后再回到书房里去。

开封城里，不少的事情，还带了古典色彩。在书房跨院的墙外，剥剥呛呛剥剥呛呛由远而近地，送来一种更梆子更锣声，这已经是通知着到了二更以后了。平生吩咐小三儿关上了院门，自己把书桌上的一盏煤油灯，也扭转得只剩了一线红焰，然后把长衣服下摆一卷，直跳过墙去。这个时候，深巷里没有一点儿灯火，那两旁人家紧紧地闭着门户，也没有一点儿响动向外透露出来。平生轻着脚步走上了大街，在那人家店铺屋檐角下，偶然有一两盏黄色的电灯，在木杆上垂着，照见一条长街，昏沉沉的。平生低了头，很快地走，在有岗警的地方，却又放缓了步子，口里带唱了西皮二黄，很从容地过去。原来这时候满城捉拿革命党，巡警遇到形迹可疑的人，是少不得要盘问的。

经过了两条大街，将近南城，便踅进一条小巷子里去。这冷巷子里，街灯和阔人一样，是不来光临的。在一家澡堂子门口，竖了一根天灯柱，最上面挂着一盏纸糊的小灯笼。可是灯光既小，吊得又很高，地上是一些光影子也没有。在对过一家小屋子，门是紧闭着，窗子却是开着，由窗子里放出一簇光辉来，照见那矮屋檐悬着一个大葫芦，这就是马老师在城里卖药草的分店。店里有个朋友胡二，同小徒弟傻哥儿在这里看守。平生有时候也在这里会他老师。只是马老师脾气很古怪，不许他白天来。他说这种小店，常常有阔少爷进门，那是招惹是非的。平生怎敢不听他老师的话，所以每到这里，总是夜深。

只看那拴马柱上，兀自拴着一匹马，知道老师是在这里的了。他悄悄地移步向前，走到窗子外边将身子闪到暗处，且听老师屋子里面有客说话没有，只听得马老师道："哈哈！有人打算偷听我们的话了，老哥，你先喝这杯，有话回头再说。"平生这倒不好站住，只得大开了步走到门口去，待要伸手敲门。门呀的一声，先开了，傻哥儿举了一只小灯笼出来，直照到平生的脸上，笑道："秦师兄刚来？"平生笑道："老师说我在偷听他的话呢。你想，我哪敢？我是怕里面有客，不敢胡闯进去。"傻哥儿笑道："这算你猜着了。老师说，你的事，他在心里，今晚上不必见面了。"平生道："但是老师约我今天二更时候来的。"傻哥儿道："老师也说了，约你来，他可以做主。那位客愿不愿见你，他不能做主。老师说，宁可在你面前失信，也不能得罪这一位客，你信不信？"平生呆了一呆，又听到马老师叫道："老哥，你只管喝。喝酒是一件事，求你帮忙又是一件事，难道你喝了四两烧酒，就讹上你不成。"说完这话，接着便是一阵哈哈大笑，平生笑道："好！我明白了，我先回去。请你告诉老师，我明天在家里，终日不出门，静等老师的消息了。"平生交代明白了，自回家去。

到了次日，他一天也不敢出门，就在书房里坐着看书。到了上午的时候，自己看书看得很高兴，把头上的假辫子摘了下来，挽了两只袖子，直擂了一砚台墨，预备写一张大字。这时，太阳当顶照着，把跨院子里蔷薇花架，浓浓地遮了半院子绿荫，微微的风，由院子里送到屋子里来，自有一股子香气，不断地向鼻子里吹了来。玻璃窗上，两个小蜂

26

子嗡嗡地叫着，碰了壁，飞不进来。在一张紫檀雕花的桌子外，半支了一架小屏风，屏风上画着山水。他手上搐着墨，眼睛向屏上的山水看了出神。

正注意着，却看到一道白光，在屏风折缝中间，很快地一闪。接着一位倩影亭亭的姑娘，在屏风转角的地方，两手扶了大腿膝盖，微微地向下蹲着，请了一个双腿儿安。平生一回头，看到正是鹿小姐，立刻站起来，抱了拳头，乱着揖道："呵呵！这可不敢当，鹿小姐行这样大礼。"鹿小姐站定下，微微低了头笑道："我这不打搅您吗？"平生笑道："鹿小姐来了，我们是蓬荜增辉，打搅两个字，我们是怎么敢当？"鹿小姐笑道："大爷，你说这话，不叫我惭愧吗？"说着，微微地抬着肩膀，向后退了两步。平生笑道："好几天没见鹿小姐到舍下来。"鹿小姐笑道："这是贵人多忘事，前儿个我还来着呢。"平生一想，不由得抬起手来，在头上乱搔了一阵，笑道："真的真的，我怎么啦，好像七老八十岁，说话有些颠三倒四。"

鹿小姐站着，昂头向屋子周围看了一看，笑道："大爷这书房，布置得真是雅致啊。"平生笑道："雅致两个字，哪里谈得上？不过干净而已。再说，像我这种人，袭父兄之余荫，漫说屋子不过布置得雅致些，就是雕梁画栋，成了皇宫一样，与我又何干？"鹿小姐笑着说了一声您客气，又默然了一会儿。平生道："请坐……"说到这个坐字声音却非常之细。因为心里猛可地想起来了，鹿小姐还是一位十分守旧人家的姑娘，怎好在男子书房里坐着呢？鹿小姐这就笑道："我听说这院子里月季花非常之茂盛，我是来看花的。"平生笑道："谈到了花，那未免可笑，我们这院子里的花，还抵不了你园子里的一只犄角呢。"鹿小姐笑道："您客气。"说了这三个字，她笑着把身体微微地颤着，不知如何是好似的，只管向周围张望着。平生啊了一声，又说了一声是的是的。

鹿小姐正也想说一句什么呢，可是就听跨院子外面，有一阵细微的脚步声，这就红着脸走出院子来，口里还不住地道："你瞧，这绿叶架子上，开着许多红色的花，真像绣的花屏一样，真好看。"说完了这话，匆匆地就跑到院子外来站着。这也就发现了那个送出脚步声来的人是谁，小三儿站在院子的月亮门下，老远地请个安，鹿小姐情不自禁地道："原来是你。"小三儿也没作声，只在原地方站着。

鹿小姐对着一小架月季花，尽管出神，却也看不出一个什么道理来，于是掐了一大朵月季，将两个指头捏着，送到鼻子尖上去闻，也不走开，也不作声，只是那么静静地站着。偶然一抬头，看到平生站在廊檐下，望着她呢，这就吃吃一笑，扭转头就走了。平生站在廊檐下，呆呆地向她后影看着，只管不住地发着微笑。小三儿慢慢地走到平生面前，扭了两扭脖子，低声笑道："鹿小姐会到我们这跨院子里来看花，这不是笑……"他的话说不下去了，又扭了两扭脖子，立刻伸出一只手来，把自己的嘴掩住。平生轻轻喝道："没事就向这院子里胡跑，滚出去！讨厌。"小三儿眯了眼睛笑着，就跑走了。

平生随着走下廊来，对那月季花架子，看了一看。今年的花并不怎么繁盛，由地面到屋檐，很高大的一个架子，总共不过百十朵花。这有什么稀奇？往年每当月季花开得好，几乎和绿叶子一样繁密，今年这一点儿零落的花，实在算不得好看呀。鹿小姐对我这院子里的一架花为什么这样心爱呢？想到这里，也不免学了鹿小姐的样子，将肩膀抬了两抬。忽然有个新感想，立刻追出跨院子来，向鹿小姐后影看去。他觉得汉人穿短衣服穿长裙子，实在没有旗人穿这长衣服好看。所谓倩影亭亭，只有鹿小姐这后影，可以当之。假如将来革命成功了的话，在五族平等原则之下，旗人这旗袍的制度，必定让汉人留下，而且要汉人都跟了旗家妇女穿起来。他心里想着，人是追到了上房，要鉴赏那亭亭的倩影。

可是鹿小姐出那院子以后，觉得心里很有些慌乱，不敢停留，一直走到上房秦太太屋子外来。她在廊檐下，就叫了一声道："伯母，我又来啦。"秦太太隔了玻璃窗子，这就抬起大袖子，向她招了一招手，笑道："我正惦记着鹿小姐呢。快请进来，我这里燉了稀烂的莲子羹，你来得正好。大长天日子，一点儿事没有，吃饱了，咱们谈个鼓儿词吧。"鹿小姐对于秦太太，一径就当了自己的母亲一般看待，在十分亲热的当中，还带有三分畏惧的意味。秦太太说什么，她都得表示服从。这回缓缓地走进屋子来，见秦太太摊了一副牙牌横在桌上，随便摸起牙牌数，这就老远地站定了。笑道："伯母很闷吧？我来陪伯母顶牛玩。"秦太太推牌站了起来，笑道："外面屋子里坐坐吧。我别倚老卖老的，客来了，也不好好儿地款待。"说着，自己就走到外面客堂里来，正要向旁边太师椅子上坐下去呢，鹿小姐可就抢上前一步，两手扶了她的胁窝轻轻儿地慢慢儿地，向正面炕床上推了去，笑道："您是长辈，应当上坐，还同我并排坐啦。"秦太太笑道："虽然长两岁年纪，这长辈应当在自己家里做，怎好充到鹿小姐头上去呢？"她口里虽是如此说着，倒也不是那么客气，就笑着坐到炕上去了。

她向鹿小姐脸上，只管望着，笑道："鹿小姐越长越俊了。"她再看了看笑道："我有这么一个……"话没说完呢，鹿小姐坐在旁边椅上，早是两手拿了小绸手绢捂着小嘴儿一笑。就在这个当儿，不由得把头低了下去，微微地咳嗽了两声。秦太太笑道："我这么大的年纪，还能和你们小孩子们开玩笑吗？"鹿小姐把手绢放下来，咳嗽了两声，又笑道："我自己照镜子越看越觉得自己寒蠢，您还说我长得俊。"这时，女仆送上茶碗烟袋来，秦太太手捧了水烟袋，唏里呼噜抽了几袋水烟。鹿小姐把掏出的手绢放在大腿上，翻过来覆过去，只管是折叠着。一主一宾，这时都寂然了。秦太太一直把水烟吸了四五筒，将纸煤压在烟袋底下，用左手一把托住，右手可就用两个指头去捏着纸煤，眼睛看着那纸煤头上烧出来的烟，慢慢地向上腾绕。她忽然掉过脸来一笑道："鹿小姐，你不是八月里的生日吗？"鹿小姐笑道："我是九月十五的生日。"秦太太道："哦！九月十五是什么时辰呢？"鹿小姐毫不加思索，就答道："寅时……"这两个字说完，心里可就想着，怪呀，干吗她今天问我的生日，还带着问时辰呢？因之她的脸色随着又红了起来，将折叠着的手绢，卷了布卷子，只管挪搓着。秦太太看了她那忸怩的样儿，倒怪可怜儿的，便笑道："这没有什么，我不过白问一声。"

正说到这里，外面却有了脚步声，鹿小姐回头向外面看着，情不自禁地就笑着一扭脖子道："哟！大爷来啦。"平生随着这话，可就走了进来。秦太太道："这小子，不声不响的，又走进来干什么?"平生道："我进上房来，拿一点儿东西。"又向鹿小姐点点头。秦太太道："我娘俩正谈着心呢，你到这儿来打岔干什么?"平生向母亲看看，又向鹿小姐看看，笑道："假使不让我在这里的话，我走出去就是了。"说着又向鹿小姐瞟了一眼，鹿小姐的那一条手绢还捏着呢，无缘无故地，可又把手绢提了起来，将嘴捂住。

但是平生看到秦太太一脸正气地望着人，倒不敢多说话，悄悄地就走出去了。他在上房里虽是那样儿女情长的，可是到了书房里，他的心思立刻改变过来，精神一振，把长袍上的嵌肩脱了，换上了一件马褂，然后把书堆里一个纸包儿拿了出来，将一条大手巾紧紧地包裹着，然后吩咐小三儿，把鹿小姐坐来的骡车借来一用，要出去拜一趟客。小三儿看到他那样子，心里就明白了。不到十几分钟，平生已是坐着骡车出城去了。平生自己出门，这不是什么关键，关键可在那个纸包里，却是几根金条。这几根金条是比什么英雄豪杰的力量还大，是能做出一番大事业的。这金条交给的第一个人，就是马老师。马老师拿到这金条，也不曾稍事停留，就交到第三个人手里了。

30

第四回

重币卑辞轻车访贱役
狂风暴雨黑夜走奇囚

这第三个人是谁呢？却是开封臬台衙门的牢头禁子刘麻子。他是山东人，在开封当差已经有二十年了。他在臬衙后墙的小巷子里有一所平房，除了在衙门当差而外，回得家来，把大门一关，拿一壶酒，再抓一把花生，或一把炒蚕豆，盘了腿坐在炕上，慢慢地喝着，慢慢地咀嚼着，直等把酒喝完了，酒壶放在炕上，倒的也好，直立的也好，完全不管，放头倒在炕上就睡觉了。他平常不出门，不去看朋友，不去上茶酒馆。同时，朋友来看他，来邀他去上茶酒馆，他也是一律拒绝，而且当他喝醉了酒，躺在炕上以后，他把门闭得铁紧，你就是把门捶烂了，他也不会开门的。这是一个晴天的下午，太阳斜照在人家墙上，变作金黄色，晚风吹过墙头，把那墙头上的梧桐叶子，吹得唆噜作响。巷子两头，难听到一个小贩子唤，这里是更显得寂寞了。

嘚儿的嘚儿的，一阵骡车的车轮子，在地皮上滚着响。这就有一辆骡车，慢慢儿地引进了巷子来。在车篷子口上，有个人两腿放到车把下悬着，手里抱着一根五尺长的马鞭子，那正是马老师。他得儿一声，骡子站住了，他先由车子上跳下来，随后秦平生也跟着下来，站在车子边。马老师向他摇了两摇手轻轻地道："你在这儿站一站……不，你还得向后退两步，把车子退到巷子口外去。"说着，将手向刘麻子的屋门口指了两指，放出一种微笑来。平生看他这样子，心里已经会意，这就自牵骡子转着弯到巷口上去。

马老师到了门口，并不去敲门，在地面上捡了一块石头，隔墙抛了进去。听到院子里面，已是叱啪一声响，接着就有人骂了出来道："这是谁家没有爹娘教养的野孩子，向俺院子里抛石头。你也不打听打听，俺刘麻子是谁？你向太岁头上动土。俺要捉到你这小子，活剥你的皮。"说着，哄的一声，把门开了。他卷了两只短袄的袖子，四处张望着人。马老师由门框角落边，转了出来，抱拳向他拱手道："刘二哥，别张口乱骂人，我来拜访来了。我知道你那脾气，不抛这块石头，不容易请你出来开门的。"刘麻子沉着脸腮，酒气醺醺的，把脸腮上那些白麻子全烘托了出来。笑着回揖道："谁也想不到马老师今天会有工夫到这里来。请进请进！"

马老师道："且慢，我告诉你一句老实话，夜猫进宅，无事不来。我今天拜访，是有点儿事相烦你。你认我是个朋友，你就让我进去。你不认我是朋友，我不必进去打搅了。你那个脾气，开封府里是有名儿的。我马老师的脾气也透着古怪，不受人家瞧不起的。回头说出来，你一个不答应，弄僵了，我出不了这个门。"刘麻子将手搔着项脖道："马老师，你今天来得可有点儿奇怪，让俺说什么是好？"马老师笑道："话我还得交代一句，你到底让我进去不让我进去！"刘麻子道："反正不能要俺这颗白麻子脑袋，你就进来吧。"马老师笑道："我也不是那种混人，交朋友要朋友的脑袋。别忙，我先给你引见一个人。"刘麻子吓得向后退了一步，两手乱摇着道："我这就不敢领教了。"马老师瞅了他一眼道："你这是怎么回事？难道我马老师引见的人，还见不得你吗？"刘麻子道："老大哥，不是那样说。俺当了这份差事，树叶子落下来也怕打破头。俺终日地闭门喝酒，不是偷懒，实在也是不愿多事。你老哥路上是什么样子的人都有，俺这份不长进，让生人看到，没叫人笑掉了牙。"马老师道："这样说，你是不愿意我进去了，那么，我还是回去吧。"说着扭转身来就要走。刘麻子抢上前，一把就把马老师的衣服拖住，笑道："俺的老大哥，你不用作难了，就把那位大英雄请了来吧，好在俺预备了见菩萨就拜，总不会得罪人。"马老师笑道："你刘麻子在开封混了这二三十年，什么风浪也见过，你怎么会说出这种话来？"刘麻子也只好笑笑。

马老师于是跑到巷子口头，将手连拍了两下。平生赶着车咕嘟着一阵，就迎上前来。这时，刘麻子看到，不由得哎哟了一声，向后退了两步。因为平生穿着长袍，戴了圆式瓜皮帽，那一份雍容华贵的样子，一望而知是一位大少爷。平生先跳下了车子，走到刘麻子面前抱拳头，先拱了一拱，然后笑道："刘老总，兄弟今天专程来拜访，不嫌我来得冒昧一点儿吗？"刘麻子连连作了几个揖道："言重言重，只怕俺这个脏地方，容不得贵人的大驾。"马老师笑道："麻大哥，你怎么就知道他是贵人呢？你看的是他这一身穿着吗？"刘麻子笑道："大门外也不是说话之所，请二位到舍下去，先喝一碗水吧。"马老师道："你请我二人喝水，这水是茶呢，还是酒呢？"刘麻子笑道："要酒喝有，要茶喝也有。"说着这话，他已经把两扇大门，大大地敞开，而且拱了拱手，抱了拳头，闪在一边，弯着腰，做个让人进去的样子。马老师笑道："平生，你看看，刘大哥多么恭敬。他这两扇大门向来是不让人进去的，这样大大地敞开门，那是天字第一号的面子呀。"平生也学了刘麻子的样子，连连地抱了拳头道："多谢多谢。"于是三个人一同走到院子里面来。

这里朝北的正屋子，上面供着关羽秉烛看书的画像，一条琴桌子下面，更套着一张四方桌子，琴桌中间供设着的香炉，兀自轻烟缕缕地分散着香气。在方桌上，放了两只菜碟子、一堆花生米、一把锡酒壶、一双筷子。桌旁两张椅子，空着一张，另一张乱堆了破衣服同和面的瓦盆，盆里还放着整捆的大葱呢。

刘麻子笑道："我说怎么着？屋子里太脏，实在不能容下贵客。不过既是来了，多少请二位包涵一点儿。"他说着，把椅子上的东西，两手一抱，完全放到地上，这就将手在椅子面上一阵胡乱揩摸，然后拍了几下道："这位……"说着，向平生望了一望道："俺也不知道要怎么称呼才好。"马老师笑道："你就不称呼他，也没有什么不礼貌，你不知道他是我的徒弟吗？"刘麻子闪到一边，向马老师连连拱了两下手，笑道："得罪，得罪，原来你有这样一位好学生。马老师说是有一件大事要和俺谈，就是引见你这位大令徒吧？"马老师将手摸了自己嘴上的短胡子，微微一笑道："事是还有一点儿事，我们坐下来再说。"平生早是闪在边上一张方桌子旁坐着，马老师便高高上坐在椅子上了。刘麻子向他二人望着，倒猜不出个所以然来。

马老师向平生瞅了一眼："你带来的东西呢？"平生拍着腰里道："在这儿收着呢。"马老师笑道："你先拿了出来再说。"刘麻子站在一边听说，倒有点儿莫明其妙。为什么？他们要动手？平生便道："放在哪儿啦？"马老师道："你先放到桌上。"平生于是在怀里一掏，掏出一个蓝布包，悄悄地放在桌上。便是轻轻放下的，然而搁下去那个势子，还是很沉着的。刘麻子看了去，倒有点儿奇怪。平生接着把蓝布包透开，却是黄澄澄的六条金子。刘麻子不待人开口坐在旁边凳子上先哟了一声。马老师道："这是我的徒弟，一点儿结交的微意，请你收下。"刘麻子站起来，摇了两摇手道："且慢，眼睛是黑的，银子是白的，看了谁说不爱。现在更是金子向我眼里直钻，只是有一层，不捉鳌鱼，不下金钩。俺刘麻子全身上下，也没有这几两金子重，拿出这重的礼物，必有所谓。"

马老师瞪了平生一眼，笑道："平生，你不能拿金子来骇动人，你就先说一说吧。"平生因拱一拱手道："刘老总，你坐下来，听我详细对你说。我姓秦，是秦道台的儿子。但我并不是一位大少爷，我是一个革命党。"刘麻子刚刚坐定，哎了一声，又站起来。平生摇摇手笑道："你不用奇怪，当革命党的人，富贵人家出来的子弟很多。不见得富贵人家子弟，个个全是浑蛋。"刘麻子望了马老师道："这是什么意思？"马老师笑道："你听他说。只要你不捉革命党，他有工夫慢慢告诉你的。"刘麻子道："笑话！革命党又和我无冤无仇，就是革命党不是好人，俺也犯不上捉他。何况革命党是兴汉反清，是我们汉人大大的功臣，俺不能帮他的忙，已经是够惭愧，俺还能捉他吗？"

平生听了之后，立刻两手把拳向他深深作了三个大揖，笑道："既然如此，我有话就不妨直说了。在大牢里现在关了我两个同志。他们全是东洋留学生，而且还到过西洋的。不用说他们为同胞争自由，为同胞谋幸福这一层好处，单说他们这一点儿才能，若是就在这个日子送了命，那也实在不幸。"刘麻子将手摸一摸颈脖子道："俺说你们不会要俺的麻子脑袋，这样说来，真要了俺的脑袋了。"

马老师站起身来，向他摇了两摇手道："你不要性急，等我慢慢地来告诉你。假使不为了这件事很难，我们能够拿出这样贵重的东西来吗？我料着有了什么事情以后，开封城里不能让你再住，你得远走高飞。这远走高飞，不是一拍屁股就走的，一要念你打破一只两代挣下来的金饭碗；二要为你谋一个安身立命之处。而且……"刘麻子又拱手笑道："我明白了，我明白了。金子是好东西，开封城也是好地方，要了好东西，我就丢了好地方，这真是很为难。"说着不住地伸手抚摩着颈脖子，那翻厚嘴唇的大阔嘴，只管吸气，眼睛对了金子出神。

平生这就站直了，向刘麻子正色道："我知道刘老总是一位顶天立地的好汉，为了义气，把性命也看得像灯草灰样轻。那为什么把眼睛落在银钱上？我拿这几条金子来，本是不对，只是想到一天有事，刘老总离了开封，没有了职务，落个自由身子，倒是五湖四海可以游历一番。有这点儿东西，免得刘老总随处筹钱。我想，刘老总必定为了这件事有点儿不高兴，把这话交代明白，就没有什么不能答应的了。"刘麻子笑着摇摇头道："你高抬了俺了。俺一狗屎本领，从来没有在人前卖弄过，只有马大哥知道。这样大事，马大哥叫俺去做，俺要误了事，白送了我这条狗命不要紧，岂不把大牢里的两位革命英雄也枉送了性命？"

马老师听了这话，将腿一拍，站了起来，向平生道："听刘大哥这话，他已经是答应了。"于是向刘麻子拱拱手道："我们请你帮忙的只在大牢以内。大牢以外的事，我们自有布置。"于是近走了两步，对了刘麻子耳朵边，喁喁地说了一阵。刘麻子将五个指头在下巴上只管搔着胡子，笑道："你们说得这样的容易。"马老师微笑道："这只要有机会，那是决计不难的。"刘麻子踌躇了一会子，笑着摇摇头道："我想来想去，还有点儿不妥。"马老师这就把脸一板道："刘大哥，你这是什么话！我看你是一个角色，把这种大事托付与你，你为什么再三再四地推诿？你若真是不能干，就不必干吧。算我白认得你这个朋友了。"刘麻子笑道："马老师，你不用生气。我说的不妥，并非是事情不妥，是让我身上带了这些金子，很是累赘。事情算我答应了，金子请拿回去。"平生道："为什么不能收下，是嫌少了吗？"马老师道："只要刘大哥答应了，金子收不收，那不要紧。大概金子放在这桌上，也没有那八臂哪吒的贼，敢到这里来偷了去。我们走吧。"说了这话，他起身就走。

平生会意，向刘麻子拱了两拱手道："在这里打搅了。"说完了这话，也不再谈第二个字，很快地就走了出去。刘麻子追着道："别忙啊！等我话说完。"但是马老师一言道完，早是跑出巷子口来。刘麻子陪平生一直走到大门口时，马老师回转身来，向他深深地作了两个揖，笑道："他是一位大少，驾车驾马地弄到了这巷子里来，很是引起人留意，我们只好先回去了。有什么话你都和我说吧。"刘麻子站在大门口，眼睁睁看了他们带转骡子头，就此出巷子去，这事又张扬不得的，只好罢休。

这事过去的两天，天气异常燥热，虽是太阳还高照着，然而在天脚四周，已经慢慢布起了云彩。刘麻子在家里小睡了一会子午觉，依然到臬台衙大牢里去值班。几个小禁子这时都热得脱了上身大棉袄，坐在长板凳上打瞌睡。他一进来，一个小禁子就迎着他道："喂！老总，这里有个送牢饭的人，他说非亲见你不可。"刘麻子没事的样子，先抬头看了看天色，接着便道："你们当差当回去了吧？送牢饭的人，还要俺亲自见他，将来犯人拉屎，全得俺替解裤带子啦。"

一言末了，旁边过来一个半白胡子的老头子，穿了一件灰色长茧绸夹袍子，满身全是油渍。走起路来，拖着大鞋子，慢慢地走着，作了一个揖，还是先咳嗽了那声，然后向前又作了一个揖道："请老总方便方便。我有那个朋友在牢里，送碗饭给他吃。"刘麻子向他瞅了一眼，见他鼻子下面，拖了那行鼻涕，把胡子沾成了一片，两只眼皮下垂，也不敢正眼看人，虽是抱了拳头给人作揖，可是那只左手，还有点儿向后弯曲着，分明是一位老迈而又有残疾的人。因道："哦！送牢饭的，是送哪两个人的牢饭呢？"那老人答道："一个姓陈，一个姓张。他们全是冤枉。"刘麻子瞪了他一眼道："那两个人是重犯，本来牢饭也不许他受的，只是看你这老头子是个忠厚人，没有什么要紧。饭在哪里？"那

36

老人回转身去，提了一只竹篮子过来，掀开了篮子面上的一方手巾，这就捧起瓦钵子来。因道："饭呀，菜呀，所有一切的东西，都在这钵子里。"刘麻子道："他们吃起来自然会知道的。你要会他们吗？"老人道："让他们吃得饱饱的就是，我不用见他们了。"刘麻子向他丢了一个眼色道："那么，你出监去吧，我自然会把饭给你送到的。"于是接过那饭钵，自向犯人牢屋里送去。

小禁子提了钥匙，随着开了牢栅栏子，早是一阵叮当的铁链子响。一个青年犯人，戴了手铐脚镣，由满地屎尿的牢屋里迎上前来。刘麻子看他一眼，喝道："陈先觉，你造化，有人给你送饭来了。这饭是不容易得的，你要慢慢地吃下去。"陈先觉伸着两手来接那钵子，刘麻子将钵子递过去，将托住钵子的手悄悄地拉了他一下手指头，而且把嘴向瓦钵子里面一努。陈先觉向饭里看看，就向刘麻子看看，就点了点头。刘麻子道："只要你心里明白就好。"陈先觉接着饭钵子，又向刘麻子点了两点头道："我明白了。"刘麻子一板脸，又把饭钵子抢了过来瞪了眼道："是两个人吃的，不是一个人吃的，你明白了？"陈先觉道："我明白的。"刘麻子这才把饭钵重交给他，对小禁子道："把栅栏锁起来。"说了这话，转身就要走，可是刚刚一扭身躯，却又对小禁子摇摇手道："慢来慢来，也等我到里面去看看。"说着这话，一脚踏入栅栏里，站在四周看着，于是解开胸襟上的纽扣道："今日的天气，也是真热。"伸着手在身上乱摸了一阵。当的一声，落下了一件东西。但是他自己并不觉得，掩好胸前的衣襟，就扬长而去。

陈先觉眼睛看着饭里，没有注意。同监犯张新杰早已看到，故意把脚上的铁链子拖得呛啷发声。他走过去，悄悄地把那东西用脚踏住了。等到刘麻子和小禁子全已走开，弯着腰把那东西拾起来一看，原来是一把开手铐脚镣的钥匙。他吓得心里直跳，立刻把那钥匙紧紧地捏在手心里。再看陈先觉时，他把筷子在饭碗里拨了两拨，却拨出一张字条来。他立刻把筷子一插，一把将字条抓在手上。张新杰站过来，还不曾开口，陈先觉就向他丢了个眼色，他就没有敢作声了。这时，陈先觉一闪，闪到了张新杰后面，张新杰就挡住了从栅栏外面向里看的视线。陈先觉左手捧了瓦钵子，右手把那张字条藏在瓦钵子下面，将指头拨弄着；展开来看。先是一张蜡纸，是外包纸，沾一点儿热气，还不至于湿透。打开蜡纸，里面才卷了一张字条。上面写着："在风雨之夜，或者是黑暗之夜，听到什么响声，不必大惊小怪，有人叫你们怎么样，你就怎么样。前面就是大路，看后将纸吞下。朋友。"

他看过之后，脸色不由得呆了一呆，然后把字条塞到张新杰手上去。当然的，他也是大吃一惊。可是，他手心里还捏着一把开手铐脚镣的钥匙呢，他心里明白还在陈先觉以上，于是把字条捏成一个小纸团，放到口里，和着口里的津液一齐吞下去，然后将手心半张开着，把手里的钥匙露给陈先觉看。陈先觉看到之后，更是脸上红着，两眼有点儿发呆。只看他那铁链子摇摇不已，似乎他也有些抖颤了。张新杰哑了嗓子低声道："有了这么一个机会，我们可不要耽误。"陈先觉回想过来，和他点了两点头。二人放下心来，倒把这钵子里的饭吃了一个饱。

这天气到了下午，越发地沉闷了，四周全布了乌云，不露一点儿天日。不到往常天黑的时候，这牢里已经是点上了烛头。直到初更以后，天上也不露一粒星斗，人在屋子里还是感到闷热。墙外面有两棵小树，亭亭地立着两个黑影子，一点儿也不摇动。直到二更初，忽然之间掀天动地，一阵大风，西北角上吹来，两棵树呜呜地发了响声，直倒压在墙头上。接着那沙沙之声，由远而近，直如万马奔腾，万人赴敌一样，早是一阵撒沙的雨点，飞驰了过来。那雨落到瓦上，本来就是一片哗啦作响之声。因为瓦上的雨水，停积得多了，檐溜都成了很大水头，向地上狂流，更是闹得惊人。这种雨点声，水溜声，再加上天空里风声，闹成一片，那里还分得出是什么境界。这一阵狂雨，也是奇怪，足足闹有两三个小时。直等天上雨止，那屋瓦和树叶子上还洒着余滴，那已是三更以后，四更初的天气了。

这晚上，刘麻子并不在牢里，只有几个小禁子在牢里值班。在这样大风大雨的夜里，大家全觉得天气可怕，也没有留神到犯人头上去。等着风雨停止以后，几个小禁子想起了刚才雨这样子大，也许房屋上面会漏下一些水来，因之亮起灯笼，就在监牢四周，照耀了一遍。后来照到

38

了张、陈二人所坐的监牢里，这就看到栅栏子打开了，铁锁敲断了，监牢里空空的，地面上散拖了几条链子。大家啊哟了一声，全叫了起来。所幸这已是夜深，一时还不得发作，大家呆坐在狱神祠里，面面相觑。但是这种大事，有什么法子想呢，到了天亮，只得把这事呈报上去。

这一报呈上去，不但是吓坏了这位臬台大人，连全开封城里戴顶拖花翎的大人老爷全吓慌了。他们并不是以为走了两个犯人，清朝皇帝要不答应他们，最担忧的，就是关在牢里还上了手铐脚镣的人怎么会跑走了。监牢的四周全是高土砖墙，便是用梯子由里面爬上墙去，由外面怎样下来，还是大大的一件疑案。而且逃脱犯人的那天，又下着很大的暴风雨，路上行人全感着不便，这两个人会在大牢里翻跳出来，这本事真了不得！大家有了这样一种揣测，开封城里，就闹了个满城风雨。有人说，已经有了大批革命党到了河南，要在开封城里起事。这些革命党全学会了西洋魔术，能够穿墙而过，遇物不阻。又有人说，他们和嵩山的和尚联合一处，要在开封城里大闹一场。那嵩山的和尚，都有飞檐走壁的本领。所以在大风雨里，就把两个革命党救出去了。大牢里那样高大的墙，还可以带着跳了出来，平常人家的墙，还有什么跳不过的道理。又有人说，革命党不动手则已，一动手就要先杀旗人后杀官。这种谣言，不明白是从何而来，问起说的人，也无非是听到人家这样说，究竟说自何而来，也不得而知。

这种话，传到了秦家。秦太太是加倍的担忧。这天，秦镜明吃过了早饭，正吩咐打轿，要上衙门去。秦太太这就走向前，将他拦住道："大人，你今天不要上衙门去吧。外面的风声紧得很呀。"秦镜明一鼓作气地，戴上了小帽，加上马褂，正要出门去，听了她的话，不由得软了下去，将桌上的水烟袋拿到手上沉默了一会儿。秦太太道："刘妈呢？快给大人点火来呀。"女仆送了纸煤到手上，他索性捧了水烟袋，架着腿坐在方凳子上，一面吸着烟，一面向秦太太道："太太，你在家里的人，哪里又听到了这些不好的消息。"秦太太道："现在谁不说这话。今天早上鹿小姐走来，连旗装也改了，扮成了一个怯姑娘的样子。"说到这里，不由得扑哧一笑。秦镜明皱了眉道："唉！你还有心笑得出来。"秦镜明默然地吸了几筒水烟，这就微笑道："你们太太们说话，也有些过火。开封城里，还是有王法的地方，何至于闹得鹿小姐全不敢出门。"秦太太道："你们做官的说话，总是这样替自己宽心。到了一天真有了事情出来，那就比我们太太们的胆子大也有限。"秦镜明听了这话，又吹着了纸煤，将烟吸了几袋。

正在这个时候，平生进来了。因为天气暖和了，他穿了一件淡青湖绸夹袍子，长长的袖子，变成那斯文一派的，下面是枣红绸子套裤，漂白袜子，青缎子鞋，头上换了一条新制的假辫子，梳得光而且滑，前额半边头，也剃出青头皮子来。他走到父母面前，就垂手站立着。秦镜明道："这会子你不在书房里看书，到上房来干什么？"平生道："我想出城去看一个朋友，回来的时候怕要晚一点儿，特来对爸爸说一声。"秦太太道："无缘无故的，你跑到城外去干什么？"平生笑道："我重洋万里，也来去自如，到城外去走一趟，要什么紧？"秦太太道："话不是那样说。你出洋去，坐轮船坐火车，有什么要紧。现在开封城里风声很紧，革命党藏在什么地方，全不知道。一个不凑巧碰到了他们，说起了你是一个红道台的大少爷，那真是秀才遇到兵，有理说不清。"平生笑道："妈说的全不是那一回事。"秦镜明道："只是你出去了，就让母亲不放心。"平生笑道："其实那些当革命党的人，并没什么了不得。"秦太太听说，不由得张了嘴，哎哟一声道："你倒说的好大话，你问问你父亲。"

平生不免带了一点儿笑容，向父亲望着。镜明将纸煤下端压在水烟袋底下，将空的手来搓挪纸煤上半截，想了一想道："话是由臬司那边传出来的，当然事出有因。据说，那晚闹着大风暴的时候，雨像瓢泼一样落下来。在电光乱闪的当中，看到一个黑影子由墙上向下落。这些牢里的禁子，迷信鬼神，以为这是雷神下来打人，吓得不敢透气。不多大一会子工夫，就看到三个黑影子，半飞半走，挨了墙根，在大雨中直奔过去。他们不知道是神是鬼，但决计想不到是人。因为那雨下来，每一点都像长箭一般，向人身上射着，谁有这样的能耐，能在这大雨里跑。犯人全是手铐脚镣了的，更用不着去疑心。不想居然就会让两个革命党跑了。"

秦太太道："不是两个革命党吗？怎么会有三个黑影子呢？"镜明道："大概另外那一个，就是救他们的人了。"秦太太道："不管怎么着，反正这班人，不大好惹，劫牢反狱，这在大清律上，可是了不得的事。这人没有天大的本领，敢做出这样大的事来吗！"秦镜明道："所以啦，官场中人，都说是上海、香港新来的革命党，把人救出去了的，我有些不相信。就说我们平生，在外国也学的是物理化学。要谈起造机器来，他或者还能交代一二。飞墙走壁的事，他可能？革命党，多半是留学生，他们全是一样，哪能做出这种大事来。本来飞仙剑侠的事，不足为信。但宇宙之大，何奇不有，一定说没有这种人，也嫌武断。我看这个劫狱的人，绝不在开封城内，总是深山大泽里的侠士。中丞方面，对于这件事很是生气，已对警备道说，限七天的日子，把要犯拿到。我看这件事，让刘观察很为难。无风无影，哪里捉这个人去。大家疑心，那监里牢头禁子一个姓刘的有嫌，其实他是事后畏罪潜逃。"

平生笑道："也许就是这个牢头禁子带走的吧？"镜明道："那叫胡说了。一个当禁子的人，有什么见识，他还谈革命不成？"正说到这里，一个听差进来，远远地站着道："警备道衙门里，有人来求见。"镜明道："是的，刘观察有什么事，总要和我商量商量。"听差垂着手回道："不，他是要求见大少爷，不是求见大人。"平生听了这话，心里可跳了两跳。但是他立刻满脸放出笑容来，连摇了摇头道："这不是笑话吗？我向来同官场没有来往，他们寻找我干什么。"秦镜明倒丝毫不介意，这就对平生道："你就出去见见他们吧。这种往来应酬的事，也应该慢慢地学上一点子了。"平生想了一想，笑道："这可真是一件怪事。"说着这话，也就向外面走了去。

他知道客人在小花厅里，且先到书房里去，将墙上挂着的常用为消遣的月琴，在手上垂了提着。临时在长衣服上加了一根蓝湖绸腰带，在左胁下拖了两尺来长的两根带子头，一面走向花厅里，一面喝道："你们都是干什么的？金鱼缸里没有给我放下水虫子，笼里的画眉也没有给我喂食。要开发两个，你们就肯听话了。"这才一脚踏入了花厅。

见一个穿着蓝竹布长衫的人，还套了青羽绫马褂，戴着一顶尖壳子瓜皮小帽，手上拿了一根细条藤儿手杖，坐在一边，正抬头四面张望。他看到平生走了进来，这就笑着迎上前来和他拱了两拱手道："向来听着秦大少爷的名儿，是开封城里一位有名的贵公子。"平生笑道："对的，在玩笑场中，我爱交个朋友，认识的当是不少。"那个人对平生周身上下全打量了一番，对于他这种情形，倒有点儿愕然，猜不透他一个东洋留学生，打扮得这样一个花花公子的模样，便道："大少爷这话太客气，兄弟不是那样说。我听人家说，大少爷在东洋留学的时候，学问很好，连日本人都很佩服。"平生笑道："真有这话吗？恐怕你老哥是听错了。实不相瞒，我在日本三年，连日本话都没有学得完全，我本来就不愿到外国去留学。可是现在想弄个好出身，总非出洋不可。我本来要上京去，大小弄一份差事。但是家母说我初回国来，在家里多玩些时候吧。北京这地方，你老哥到过吗？听戏，实在让人过瘾。"

那人相见之后，就听了他这一串子话，倒有些莫明其妙，只得对了他微笑。平生与他隔了茶几坐下，听差献上茶来，便笑道："我们随便用茶吧！"说着，手扶了盖碗。（注：前清官场礼，主人请茶，则示送客之意。若是下僚谒上司，主人手一触碗，仆人高呼送客矣。）"啊！真糟糕，谈了半天，我还忘了请教贵姓。"那人道："刚才已经呈上一张名片进去了，大少爷没有看见吗？"于是在身上摸索一阵，摸出了一张红色卡片，双手呈上。平生接过来看时，乃是河南警备道公署一等审查员邱作民，上海法政学堂毕业。

平生就拱了两拱手笑道："邱先生在上海读过书的。上海这地方很有个意思，也常到四马路青莲阁去喝茶吗？"邱作民对他周身上下又看了一眼，微笑道："我在上海的时候是当学生，这些地方倒是少去。"平生笑道："哎！你先生太老实了，这样好的地方，你会没有去玩玩。"邱作民笑道："我们一个当学生的人，怎好到四马路去玩。"平生笑道："当学生怎样？我从前当学生的时候，就常常到四马路去。你别看四马路的野鸡名字虽是不好听，可是那里面真有长得好看的。"邱作民听了这话，脸上现出了很失望的样子，笑道："大少爷倒是一位好玩笑的人。"平生笑道："我们年纪轻轻的人，遇到了那花花世界，哪有不去玩之理。阁下对于开封城里的玩意儿熟不熟？若是熟的话，哪一天下午，我们可以一块儿走走。"邱作民只得向他微笑了一笑，然后随便说了几句闲话，便起身告辞。平生笑道："邱先生特意来看兄弟的，兄弟没有好好地款待，这可是对不住。改日我们找个快乐的地方，好好叙一叙吧。"邱作民暗里只说自己瞎了眼，匆匆出门而去。平生送到大门口拱拱手让他走，回转身来，却是一阵哈哈大笑。这一声大笑中，平生可又笑出了祸事来。

　　原来这位邱作民，到秦家来拜访，是很有用意的。他老早地就在街上碰到过平生两次，全是和那些阶级不相同的在一处来往，而且他所走到的地方，也全是邱作民探案子的所在。像大相国寺里的茶馆子，稍微自爱的人也不肯去。看到这样一个人，衣服整齐，年纪又轻轻儿的，无论如何，是不能不注意了。他记得有一次陪了革命党上法场，平生也挤在大相国寺门口看热闹，那情形是十分地可疑。因之悄悄地把这事告诉了那位警备道大人。这位道台和秦镜明至好，倒不相信他的少爷会做出什么谋叛的事情来，可是稽查这样报告了，当然也就有一点儿可疑，因之也就让他到外面调查调查再说。

　　邱作民见了平生之后，见他是这一番举动，心里就好生疑惑。大概他是一个毫无用处的绣花枕，除了玩，不知道别的什么，所以大相国寺这种地方，也就常到了。谈了一阵子，始终看不出他是怎样一路人，也只好算了。可是出得门路，立刻听到平生在大门里面哈哈大笑一阵。这笑声是不同的，其中喜怒、怨恨、鄙薄，各种意味，都可以含得有。平生这种笑声，却显然把以上这几种意味，都包括在里面。他倒不得不站了脚，把这笑声听一个结果。于是装着看墙上告示的情形站着离秦家大门不远，只管很沉静地向下听着。

第五回

谈笑戏奴才通衢散步
仓皇惊警告飞箭传书

在大门里面的秦平生却不曾理会到这件事，自回书房里去看书。刚是坐定了一会子，小三儿匆匆忙忙地跑了进来，对他道："少爷，你说奇怪不奇怪，刚才来的那个姓邱的，他站在巷子口上，尽管对墙上望着，看几张旧告示。好久，他才走开。"平生笑道："我早知道了，你还说什么？让他来侦探我吧，要不，也显不出大少爷的手段。"说着，又是昂头一阵大笑。小三儿虽是这样报告过了，可是报告以后也看不到有什么事情发生，大家是安然地度过这一天。

到了次日，平生吃过了午饭，又到大相国寺里去闲游，意思是要寻找那个卖唱本的郁必来。可是庙前庙后，全寻找遍了，不见一点儿踪影。于是站在人堆里，把那卖膏药的人练的把式看了一会儿，就自行走开。可是就在他要离开的时候，看到那位稽查员邱作民在人缝里一闪。这也不去理会他，微微地一笑，还是走自己的。大相国寺门外，就有一条大街，平生走到街心，故意向两头张望了一阵，然后向一条小巷走了去。小巷子里行人稀少，人在前面走，后面有脚步声，却也是听得很清楚的，平生明明知道身后有一个人跟着，笼了两只袖子，口里只管唱着京戏，斜一步直一步地走，并不回头向后面看去。平生走过了两三条巷子，那后面的脚步声始终是紧紧地在后面跟着。

那脚步越是跟随得紧，平生也就越不肯正正当当地走路。偶然遇到挑零碎担子的，就站住了问问价钱，遇到了墙上贴的告示的所在，也站着向墙上看看。他一站住，后面那一片脚步声也就暂时停止。平生对于这种脚步声就像没有听到一样，依然是把两只袖子笼着，口里还是按了脚步做板眼，走一步，唱一句，一直唱过了两条巷子。就在这巷子中间，有一个杂院的大门，门里面乱哄哄的，除了人之外，鸡鸭猪狗什么活动东西也有。平生将身子一闪，就趁将进去了。

后面跟的人，正是邱作民。他跟了好几条巷子，东西南北，无处不转，看不到平生是回家去，或者是到什么地方去会人，只得耐着心在后面跟着。及至平生走进一个大院子门里去了，他认为这是平生有意藏躲，立刻追上。邱作民到了那里向大杂院内一看，这是一所十足的贫民窟，不信这个里面，他一个现任督粮道的大少爷也肯进去。这种事情出乎寻常，必有什么秘密。邱作民赶紧向门边一贴，伸着头向里面张望着。可是他还不曾看到里面去，眼面前早是一个人冲了出来，那衣襟差不多是擦了鼻子尖过去。可是那个人虽是走得这样的接近，但是他的脸，一径儿地朝前，并不左右张望，好像他并不知道门角落里有一个人在这里等着。邱作民眼睛突然一碰，几乎都花了，人向后一闪，及至他走了过去有二三十步路，才仔细地看去，那人的后影，长袍子上面套着背心，可不就是秦平生吗？

邱作民本来就有点儿知道，他是成心作耍，现在更让他鼻子尖碰了一下，那更是有意作耍。于是咬了牙齿，捏了拳头，摇撼着两下道："假使是别一个人，我先打他一个半死。"这声音说了出去，自然是很低。可是那样子巧，只在他这样轻轻地说过两声之后，平生却是重重地咳嗽了两声，而且咳嗽过后，又向左右吐吐沫。吐完了，他口里唱着，依然向前走。邱作民随在他后面，东跑西转，也转得有点儿糊涂了，直跟他穿出去了这一条巷子，又是大相国寺前面那条大街。转了大半天，原来还不曾离开这相国寺的前后呢。他看到了这情形，骂又不是，气又不是，自己站定了脚，倒对着平生的后影，笑了一声。

前面走着的秦平生丝毫也不觉得什么，缓踱着步子又走到大相国寺里面去。邱作民心里想着，反正我今天把什么都搁下了，非跟着你看一个究竟不可！于是也就紧随了平生之后，踏进大相国寺里去。平生对于后面一点儿也不注意，走到庙里东廊下，自向茶馆子里走了去。邱作民站在人行路上，对他的后影子看一会子，自己就点了两点头，也就改了大步子，立刻走到茶馆子里去。平生先是在最后面一个茶座上，挑了靠墙的一个座位坐下。

这大相国寺里，每天整千整万的人来往，什么样子的人没有？可是像秦平生穿着这一身华贵衣服，也跑进茶座里来，和挑箩背筐的人在一处混的，这可是少有。他既然来了，店主也不能把主顾向外推，自然也照样地泡茶、送水烟袋。茶壶是伙计随便地放上的，平生接着自斟了一杯茶，将右手按住了茶壶盖，左腿抬起来架在板凳上，即把另一只手搭住了膝盖。看那不三不四的情形，竟像一位走江湖的朋友，哪里是一位大少爷呢？邱作民站在茶棚门口，向门里面张望了一下，恰好门口有一个茶座空了下来，他就把帽子取下来，扔在桌上，然后撩一角大衣襟摆，低头向凳子上吹了两口灰，就坐下来。他并不向里看，好像并不知道里面有人似的。

还没有半盏时，邱作民偶然一回头，向茶馆外面看着，自己肩上就轻轻让人拍了一下，手上还捧着茶杯，手一晃荡，泼了满桌的水。正过脸来看，正是秦平生。只好站起来笑道："大少爷，你真毫不在乎，怎么到这种茶馆子里来喝茶呢？"平生笑道："天下的地方，天下人全可去。你先生不也是来了吗？这有什么稀奇。"邱作民道："大少爷，坐下来喝一碗。"平生将身子俯下来，对了他耳边道："你不知道，隔壁鼓书场上，有一个唱坠子的王二玉，真不坏，老早我就想同她谈谈交情。现在我打听得，给她拉弦子的那个人，就天天上这儿来喝茶。我在这里等着她。"邱作民笑道："你大少爷要看上了她，这很容易，简直儿到她家去坐坐就是了。"平生笑道："我就不知道她家在哪里，又不好意思打听。我还告诉你一桩笑话，刚才我就为找她的家，大街小巷，兜了一个很大的圈子，哪有点儿影子？我还跑到一个穷人家的杂院里，几乎没让野狗咬了腿，有趣有趣！"他说着这话的时候，左脚站在地上，右脚踏在板凳上，两手环抱着，架在膝盖上，伸了脖子，只管向人笑嘻嘻的。

邱作民这才明白，原来他是找大姑娘去了，白跟着他后面绕了几个大圈子。笑道："大少爷若是肯早一点儿对我说，何必这样费力呢？"

平生笑道："邱老爷，你这样年纪就做官，也总算是少年得志，为什么不在开封城里找一点儿乐子？假如你能把王二玉找到一个地方，大家同乐一阵，别的好处，我不敢说，家父同贵上大人最是相好，找一封八行，保荐阁下一次，比做这稽查员昼夜在外面奔走，不好得多吗？"邱作民听了他的话，真不知道要答复什么才好，便斟了一杯茶送到他面前，笑道："大少爷请喝一杯茶。"平生端起茶杯子送到鼻子尖上嗅了一嗅，摇了两摇头，放下来笑道："这样的茶，叫我们怎样的喝？"邱作民笑道："这话可奇怪了。这个茶既是不能喝，大少爷为什么到这茶馆里来呢？"平生将腿跨过凳子坐下了，因道："邱先生到这里来，是为了家里没有茶喝的吗？无论人家怎样的穷，茶总是有得喝的吧？"

他口里说着话，将手头蘸了杯子里的茶水，只管在桌面上涂抹着，画了一个人，又画了一条狗。那个人在前面走路，狗是紧紧跟着的样子。他忽然向邱作民道："北京城里的小哈叭儿，很有个意思，开封城里倒不大多见。邱先生，路上有卖狗的地方没有？我倒愿意出个十两八两的银子，买这么一条狗，出门玩的时候，也有个伴儿。狗这样东西，不但会看家，西洋人养着这玩意儿，还能够拿人寻贼呢。"邱作民听了这一番话，实在地不能忍耐了，就红着脸道："大少爷，你怎么和我说这种话呢，我又不是专门养狗的人。"平生笑道："这养狗还有专门的吗？这话又说回来了，真要说养狗专家的话，我倒算得一个，以前我就喜欢养狗，你不信，等我养好了几条狗，送给你玩玩，你一定说是很好。"

说到这里，有一个卖瓜子花生的小贩，手挽着一只篮子，走将进来。平生就站起来，向小贩招招手道："来来来，一样给我抓上一点儿。"他一面说着，一面向自己座头上走去。邱作民虽然是睁了眼睛望着他，真不知道要怎样地说才好。远远地望了他，见他把那个小贩拉住了不放，牵丝不断地说着话，看他脸上还带了很深的笑容。邱作民心里这就想着，这家伙，他一个傻子吧？怎么和做小贩的人，也说得这样投机。因之手扶了茶碗喝茶，眼睛可不住地向他偷看了去。只见平生站起来，把小贩手臂上挽的篮子接了过去，身子颠了两颠，笑道："好重好

47

重！不用说成天到晚这样地背着，就是叫我拿一两个钟头，我便喘不过气来了。你这位大哥，太可怜了，我得帮你一点儿忙。"他放下了篮子，却在身上掏出一块雪白的现洋钱，向篮子里花生堆上一丢，瞪了眼道："大少爷有钱，这不在乎。你若不收，就是不愿同我交朋友了。我要拿你到衙门去，打三百板子。"平生这种举动，可把全茶馆子里都惊动，哄然一声，围着来看，都对卖花生的小贩子说，你造化，你造化。大家一阵子纷乱，只管围了小贩子说话。等到大家注意到给钱的人，要来查问时，可不见他了。邱作民坐在旁边，对着这群纷乱的人，只管捧着了茶碗，斜了眼睛看去，并不向前。偶然回转头来，却看到平生将一个大扯铃，用两根棍子挑着，一晃一晃地从茶馆门口走过去，这倒禁不住伸手搔搔头发，又摸摸脸腮，只管望了他的后影，自摇了两摇头，会了茶账，走回家去了。

邱作民既是一位稽查员，大小是个官，所以也有一座公馆。这所房子是独门独院。北屋三间，他将两间屋做了卧室与饭厅，卧室对过的一间屋子，也收拾了一间精致的客室。作民回了家去，在屋子里闷闷地想了一下午，光是香烟头子就撒了满地。吃过晚饭以后，他忽然跳了起来，自己叫了起来道："秦平生这个孩子，原不值得我注意。不想他今天在庙里庙外，足足要了我一顿，我不能白放过他。他纵然不是革命党，我栽赃也要把他弄成一个罪名来。只要他有嫌疑，不怕他是秦道台的儿子，一样叫他犯罪。"

如此想着，当晚出门，又绕到秦道台公馆门口来。他没有惊动人，别人也没有知道去注意他。这秦公馆的门口，是一条宽街，左墙根恰有一条小巷，绕到它的屋身。在这小巷子一半的所在，那便是秦平生书房外的跨院子。在墙头上，兀自拥出一丛芭蕉的梢头。邱作民走到这地方，向着墙里看去，却看到那书房里的灯光射到芭蕉上，放出一种很幽渺的光亮。同时，一阵书声，由屋子里传出来，正是"欧阳修方夜读书，闻有声自西南来者"。那读书的声音里带有嬉笑之音，仿佛是在闹着玩的。他在这巷子里徘徊了很久，也看不出一个什么道理来，也就只好无精打采地走回家去。

当回到家门口时，星光下看到个十来岁的小伙子，由身后抢了过去，似乎是赶什么，也没留意，到自己忙碌了小半夜，感着无味，脱衣上床，安然睡觉。睡得正蒙眬着的时候，却听到院子里轰隆作响，接着窗户上又是啪咤一声。这时，已是天大亮。他赶快爬起来，跳到门外看时，却有一支箭插在窗格子上。箭镞却穿住一封信。他看到这支箭，呀的一声嚷了出来。拔出那支箭，把信先卸下来看着。只见上面像小孩子写的字一样，乃是："你若是知事的，从即刻起不要多我们的事了。你要捉的革命党。"在这几行字下面，画了一个小小的手枪。他拿了这张纸，两手只管抖颤着。

他的太太见他突然向外一跑，这已经有点儿疑心，及至追到房门口，见他脸色惨白，眼睛呆着，只管对着窗格子上望着。太太走向前一步，把他手上的信接了过来，他索性把另外一只手上的那支箭，也莫明其妙地交给了太太。太太接到信，倒无所谓，丈夫把箭交给了她，她拿着信才看了一看，问道："喂！一早就跑了出来，你这是怎么回事？"邱作民抖颤着道："这……这……这是人家射了进来的。"邱太太昂了头就向院子外叫道："这又是隔壁人家的那个缺德孩子，对着我们家里乱扔东西。这是有娘老子生，没有娘老子教训的。我要捉到了，活活地把他的脑袋瓜子给掐了下来。"邱作民抱了拳头，连连作了两个揖，抖颤着声音道："你别作声，你别作声，我们家里有了革命党了。"邱太太道："什么？我们家有了革命党了，在哪里？"邱作民指着窗户道："在，在这里。"邱太太随了他指的地方看去，不过是窗格子插了一个箭眼，倒呆了一呆，问道："那里有革命党吗？"邱太太越看到丈夫发呆的样子，越是有些惊慌。因道："到底为了什么，你可以告诉我，多少我也可以拿几分主意。"

邱作民回到屋子里，见门帘是垂的，这才笑道："没有什么，不过我看到这种东西，我很有些生气。这些革命党怕我拿他，写这样一封信，用箭射到屋子里来吓我。漫说是这样一支箭，就是真拿出手枪来，我也不怕他们。我见过的事就多了，我还怕他们这种无名信吗？有一天，我叫他们看看我的手段。刚才这射箭的人，若是让我知道了，他……"一言未了，那窗户格子上，接着又是第二下响。邱太太道："什么东西，打了窗户一下响。"邱作民两手按住了大腿，坐在椅子上，可发了呆了。他微张了嘴，只管向窗子外面望着，哪里还说得出一个字来。邱太太看到他这样子，也跟着有点儿害怕，望了他道："到底为了什么？大清早起来，你看，你脸上的颜色都白了。"邱作民道："怕我是不怕的。不过他们是亡命之徒，也犯不上和他们一般见识。你看，他们的名字就是革命党。他们自己革了自己的命，还来和别人捣乱，我们为什么要学他们的样呢？"

邱太太道："刚才外面又有一下响，到底是什么事，你再出去看看。"邱作民道："自己家里，你怕什么？你出去看看吧。"邱太太对丈夫看看，慢慢儿地向房门口走了去。只把门帘子一掀，身子就向回一缩。邱作民道："这是怎……怎……么回事？"邱太太道："那窗户格子上，又射了一支箭。"邱作民道："不，不，不能够吧？"邱太太道："射在那里哩，你不会去看吗？"邱作民脸色呆了，站了起来，想要去看看，无奈两条腿软绵绵的，只管要沉了下去。于是两手按了床沿，又坐下去。邱太太道："那支箭下面，还有插一张字呢。你不要拿来看看吗？"邱作民苦笑着道："怪事，我两腿直不起来，劳你驾，先把那支箭拔下来我看看。"邱太太将脸一板，脖子一扭道："你这点儿本事，还要做稽查员，赶早收起来。"说着，作了一个势子，向门外一冲，把那支箭拔了下来。箭上穿住了一张字条呢，邱太太取了下来，交到邱作民手上，骂道："你看吧，这是你的勾魂簿。"说着，把箭向地面上一扔。

邱作民也不管她在生气，自拿了那张信纸看。上面写的是："假如你不怕事的话，你可以到大门口来。这时候我们在外等着你呢。中华革命党一分子。"邱作民看了，便问太太道："我们的大门关起来了吗？"太太道："大门关不关，同革命党有什么相干？他们要来，城墙也抵挡不住，你就能靠大门把他们关在外面吗？"邱作民低声道："你低声点儿，他们全在外面呢？进来了，我可挡不住。"邱太太在一边，看了他这样形象，便是不住地撇嘴，直等他把神气定了，因道："现在你没有什么事了吗？"邱作民道："我现在是难关上，你不该再和我开玩笑。"邱太太道："哪个同你开玩笑？这射在墙上的箭，是我射了来的？"

一言未了，只听到窗户上啪的一声，一条黑影子向里面一蹿。那黑影子而且是丝毫也不避人，一直就蹿到房子中间来。邱作民哎哟一声，身子早是向下一蹲。这正是床沿。他心里一机灵，顺势一个转身，就向床底下滚了过去。邱太太看到丈夫这个样子，料着也是事体不妙。一时忙中无计，只好向床帐角落里跑。两个人全藏躲得好了，屋子里却没有什么动静。邱作民由垂下来的床单缝下，偷偷地向外张望着，这才看清楚了，原来是自己家里养的那只大黑猫。躲下床来很利落，现在要钻出去，却透着些不好意思。便向太太道："一点儿事情没有，你这样乱叫乱跑做什么？真正地吓了一大跳。"说着，缓缓地由床底下爬了出来，穿着衣服，抖抖身上的灰。那只黑猫伸着鼻子，只管乱嗅，一直就嗅到他的脚后跟上来。他气极了，抬起脚来，对了猫直踢过去。踢得猫嗷儿的一声，几个翻身，一直滚入床下。邱太太抢了出来，心房兀自怦怦地跳着，红了脸道："你自己胆子太小，还怪我们的猫吗？"邱作民道："你想，正是人家心里不自在的时候，闹这么一只猫，吓了我一大跳，这要是让人知道了，岂不是件笑话？"邱太太道："自然是一件笑话。一个这么大的人，让一只猫骇着滚到床底下去了，可不是一件笑话吗？我告诉你，你若是把我的猫踢死了，我今天就和你拼命。"邱作民道："你别嚷，嚷得别人听到了，也是怪难为情的。"邱太太道："哦！你这就算……"

作民听他太太的声音，还是很高的，只得抱了拳头，深深地向她作了两个揖，苦笑着道："幸而我们住的是独门独院，这也并不会有邻居听了去。只是家里听差老妈子听到了，这样一个没出息的老爷，也叫你太太脸子上不好看。"邱太太先是板了脸对他望着，忽然就扑哧的一声笑了起来，笑过之后而且还伏到桌子上，笑得两只肩膀只管抖颤不定。邱作民虽看不到她的脸色，但是听她笑得咯咯地不成声调，也知道她是笑得太高兴了。因道："你看，你成了小孩子了。刚才还是那么生气，到现在又笑成这个样子了。"邱太太抬起头来，伸手向床底下指了两指，依然又伏到桌沿上，咯咯地笑了起来。邱作民向旁边椅子上坐着，两手按住了大腿，瞪着眼道："我就让你笑，看你笑到什么时候为止？女人的心真是铁打的，不但不怜惜我一点儿，还要拿我取笑。"

邱太太很笑了一阵子，看到邱作民脸都变成紫色了，知道他已大大地生气，这就止住了笑，正色向他道："玩笑是玩笑，革命党正是这样地同你闹着玩，你也不能太大意了。依着我的意思，你最好把这两张字条同两支箭都拿到衙门里去，在督办面前请一回示，看看是应该怎样的办法？"邱作民道："你也知道不是闹着玩的。这个时候，你叫我到衙门里去吗？外面有革命党等着我哩。你这不是要我去送死？我今天不出门了，请一天假。"说着，和衣就向床上一倒，拖了两个枕头，垫得高高的就睡了起来，身子向里侧了睡着，而且牵扯了被子在身上盖着。邱太太看看他这情形，索性放下了帐子，让他足足地一睡。

邱作民睡了一天一晚，把这件事也给忘了。次日上午，很大的太阳，他也就穿好了衣服，预备到衙门去。打开了大门，正要探身向外走，只见秦平生笑嘻嘻地直抢过来，拱手为礼。邱作民两手扶了大门，还只是开了一半，早不由得身子向后一缩，大大地叫了一声哎呀。

平生倒不向前走，靠门站定，拱了两拱手笑道："我来得有点儿鲁莽了。"邱作民看他全身穿着还是那个样子，身后也并没有什么人跟着，似乎没有什么用意。于是踌躇着笑道："挡驾挡驾！"平生笑道："我在大门外等了很久，没有开门。"邱作民道："大少爷有什么事见教吗？"平生将脖子一缩，伸了一个食指，连连地指点了他，笑道："你倒是善忘啦。我们不是在大相国寺里说好了，我们同去访王二玉吗？这样的话如果在府上说着，让尊夫人听到，那是一件不得了的事情。所以我只好在你大门外，恭候台光。"邱作民对了这位大少爷，笑又不是，气又不是，因说道："我现在要上衙门去，没有工夫奉陪。"平生笑道："难得我特意寻找了来，邱老爷派人去请半天假吧。"邱作民道："昨天我就请了大半天假。"平生道："为什么请半天假呢？是打麻雀牌吗？可惜我不知道。我若知道，一定来凑这个热闹。"

邱作民虽是还站着隔了他好几尺远，然而他身上那一阵阵的香气，还是顺了风向人鼻子里送了来。这就想到，这个人不但是无用，而且是无聊，怎么老是盯着我要找大姑娘？于是两手反带了大门，慢慢地向巷子里走着。秦平生竟一点儿也不知道人家在讨厌他，跟在人家后面，一步一步地走，只管王二玉长王二玉短的，说个不了。邱作民走到巷子口，只得向他作了两个揖。因道："大少爷，我们各走各路吧。我实在要到衙门里去。"平生走向前，扯住他的衣袖道："我们是好朋友，你不能失信于我。今天你有事，这话说到这里为止，改一天我再来约会你。"邱作民看到他这情形，也不肯和他说第三句话，放开步子，自快快地走了。

平生站在街头上，静等着邱作民的影子一些看不见了，然后自己鼓了巴掌，昂头哈哈大笑一阵。忽然身边有一人向前一钻，低声叫道："大少爷，这是大街上，你也这样地好玩吗！"平生笑道："我先前以为他是一条猎狗，多少含糊他一点儿。于今看起来，他简直是一只小乌龟，见人就缩头，我还怕他做什么？你怎么跑来了？"小三儿道："马老师捎个字来了，他们……"平生向他丢了一个眼色，小三儿止住，就没有向下说了。两个人走到僻巷子里去，平生把话问清楚，于是匆匆地走回家来，在上房里很从容地打了一个旋转。父亲是上衙门去，母亲又是约了几位太太少奶奶在斗纸牌。这就走到后花园子里去，牵了那匹蒙古马，打开后门，骑了出去，缓缓地出了东门，加上一鞭，如飞地向城外五里庄跑了去。

第六回

聚首倾杯越城夸往事
斩香试剑眩目服精工

离这开封城十里路的所在，有一个寨子，叫作王家寨。在这汴梁附近，要算是个顶天的寨子了。原来，大河南北，大半是平原地方，这地方又常常出着土匪。因此乡居的村人，二三百户人家在一处，外面就用黄土筑墙，围起了一个大寨子。那寨墙上，也高高低低的，有了箭垛。那建筑的形式，完全和一座城墙一样，有的分着四门，有的分着两门，绝没有开一座门的。有的寨子外挖了壕沟，还在桥上搭着浮桥；那防御的设备就更完全了。这王家寨里面，有四百户人家，快到两千多人口，简直是一座小县城。那寨子门，也是上圆下长方，和城门无二。平常的时候，大概是开着南门半掩着北门。这些寨子，各有各的风水论，四门的关闭就不能一律。这王家寨因为人口多，而又比较地富足，因之在寨子外还有一道很深的壕沟。在壕沟外，一片大树林子，乱栽着杨柳、槐树、白杨等类，分不出枝芽，连成一片，好像许多木柱，支起一架绿棚。尤其是那桐花树，长得挺直的一棵，在绿油油的树叶子下，开着一球球的水红色桐花，非常之好看。那树林子里，绿荫荫的，加上这鲜艳的花，更增加了一种妩媚。布谷鸟藏在树荫深处，叫着割麦栽禾。

平生一马骑到寨门口，便跳了下来，一手拿了鞭子，一手牵了马，向寨子里走了去。马脖子上，原是大小拴着几个铃子的，叮当作响地一进门，就有个庄稼人迎了向前，对平生上下打量了一番。平生拱拱手道："我是城里来的，这里有位……"庄稼人顺手牵过马去，笑着点头道："他们全来了，我在这里静等着你老。"

平生跟了他，顺着一条大路走。只见在两棵秃柳树下围着半圈子矮土墙，土墙上长着一些小树，交叉不成行列，叶子把墙全部遮盖完密了。这矮墙里面，就是一大片菜园子。在柳树当中，平生把马牵了进去。菜园子那面，有三间矮屋，黄土墙上挖了两个双十字格子的窗户。屋檐上搭着一个矮瓜架子。这时节还没有瓜藤，只是在架子上新盖了些青树枝儿。在瓜架子旁，斜伸出一株小槐树。架子下一只小猫正追着一群小鸡，闹着玩呢。

平生情不自禁地赞叹了一声道："农家风景，实在有个趣味。看着这种情形，我也愿意做庄稼人了。"只这一句话，引出架子里一人向外抢了出来，笑道："秦同志来了，我们正望着你有一番大作为啦，怎么说出这样的话来呢。"平生一看，便是不久前由牢里逃走了的张新杰，于是抢上前，握了他的手道："你也到这里来了，难得难得。"

只这几句话，早把屋子里惊动，好些人探头出来张望。平生赶快进去，却见乌压压地挤满了一屋子人。尤其是各种时代不同、阶级不同的衣服，看得人有些眼花。在他正对面站着的那个人，在这种日子头上兀自戴了一顶瓦灰色圆毡帽，长长的脸儿，嘴上留一小撮胡子，就是在大相国寺里卖唱本的那个郁必来。他看到平生，老远就笑嘻嘻的，抱着拳头，拱了两拱手。

平生正是站得呆了，不知如何是好。马老师就抢上了前，向他点点头笑道："你要见的这位卖唱本的，现在来啦。实对你说，他是俺大哥。"平生听说，抢上前，深深两个揖，口里叫着师伯，一屈膝，就待跪下去。郁必来横着手臂把平生一挡，身子半蹲着。平生如遇着铜墙铁壁一样，就跪不下去了。他哈哈大笑道："秦少爷，你不要信你老师的话。我不过是个跑码头做小买卖的人。你要行大礼，我这就走。再说你们当留学生的人，是文明人，还行这野蛮的礼节吗？"平生不敢勉强，只好退后一步，又向他作了一揖。马老师笑道："今日这个局面，他本来不高兴，是我把他骗了来的。你再要多礼，他怕……"说着，向郁必来看着，摇了两摇头。笑道："这话也就不必跟着下说了。"郁必来挺了胸脯子，站在人当中，他微笑了一笑道："我们一个做小买卖的人，就应当有做小买卖的本色，不能够胡受人家抬举。刚才张先生、陈先生说的那番话，恐怕是认错了人，我实在不敢当。"

平生随了这话，去看由牢里出来的陈先觉、张新杰二人。虽然穿了一套不整齐的西服，然而头发已经剪得齐整了，脸上也是洗擦干净了，不像犯人的样子。他们同坐在一张靠墙的凳子上，只瞪了两眼，向郁必来周身上下打量着。马老师两手一摇道："人已经到齐了，什么话都随后再说，我们先喝三杯吧。今天这一个集会，哪种人都有，是件难得的事，大家得凑点趣。老王，快快摆酒菜。"平生道："还有许多人，老师都没给我引见呢。"马老师笑道："事后自知，你多问什么?"平生尽管站在一边发呆，却也没奈何。

有人把小盘小碗向堂屋中间桌上送着鱼肉鸡蛋。沿了桌子周围，大的饭碗，小的茶杯子，摆了十个座位。就是牵马的那个小子，提了一只高柄大瓦壶出来，向着各碗里斟下酒去。顺着那壶嘴子出来的酒，有一股子香味，向人鼻子里直袭了过来。马老师笑嘻嘻地望着，将两手不住地左右挽着袖子，那份儿得意，不用说了。马老师先走到下方主席边，一抬腿跨过了板凳，先不坐下去，却抱了拳头，向屋子周围，全拱了两拱，然后笑道："大家喝一杯痛快的酒，自己瞧着自己应该坐在哪里，就坐到哪里去，若是自己明知道该坐在哪里，不去坐下，那算骂我马某人是个混账东西。"

在人丛里，有一位穿蓝短夹袄，嘴上蓄了两撇短胡子的，拉了郁必来的手，就向上席靠拢，笑道："我们也不用客套。明知道应该坐在这里，偏偏不来坐，那算有心骂我们马贤弟。大哥，坐下来。"真的，在这一宾一主，说过这几句话，很简单的。大家都围拢上，四下里坐着。

这张新杰和陈先觉，各端了一杯子酒，先站起来，大家不知留洋生闹的什么洋礼，也只得各自端了酒杯，一同地站立起来。陈先觉将杯子一举道："借了主子的酒，我先敬祝大家一杯。"大家听了他这话头子，好像有一篇演说要接着向下说，于是都呆着两只眼睛向张新杰看了去。张新杰倒也并不以为意，于是从从容容地道："兄弟和这个陈先生，这次关在牢里，本来是生路早已绝望的，不想在那天大风雨的夜里，就让一位大侠客把我们救出来了。这位大侠客，我们不知道他姓甚名谁，在黑夜里看不清他的面貌。他虽低低地和我们谈过几句话，我们也听不出来他是什么口音。不过我两人心里很明白，知道那晚上救我的人，总在今日这席面上，我们借了这杯酒，再恭祝这位侠客万岁。"说着，又把酒杯子一举。马老师看到，立刻把酒杯放下，两手同摇着道："慢来慢来！实不相瞒，这件事说是我在其间来往送消息，那是真的。下牢去救二位，当然另外有人。若照刚才这位张先生的话，倒好像是说我，我就不能不先声明一句了。"

平生笑道："张同志、陈同志都坐下。我们一面吃喝，一面谈那晚上的事，形容得活灵活现，那么，谁是那天晚上的侠客，只要他在桌席上，我们总可以看得出来的。"张陈二人听了这话，也就跟着坐了下去。张新杰向桌席上的人，一个个都看了一遍，然后看到郁必来的身上，这就情不自禁地微微一笑。郁必来倒像没有事似的，端起杯子来，只管慢慢地抿着喝酒，好像不知道有这件事一样。

陈先觉便想了一想道："说起来我还记得很清楚的。是那天二更以后，雨是哗啦作响，来势很猛。那风在雨林子里，横吹过来，只把两脚打在脚壁上，好像屋子都要倒下来。在这个时候，一条黑影子在木栅栏外面一闪。因为事先已经接到了通知，说是大风雨里，有了什么大响动，千万不必惊慌。我们是久干秘密事情的人，当了这种关头，当然不会惊慌。那黑影子走到了栅栏边，不知道他是用钥匙开锁，还是他将手开了锁，门大大地开着，他就进来了。我们看到他那大个子，走起路来竟是一点儿声音也没有，这就知道是一位功夫极深的人。他走到我们身边，问我们把脚镣打开了没有，我们答是没有呢。他很快地弯下腰去，只听到窸窸窣窣两下，我们脚上的铁链子，都给搓断了，倒是我们的脚踝上，还戴了两个铁圈子。他又问道：'你二位现在可以随便走路了吗？'我们答应可以了。他就说：'你们随我来。'他只说了这一句，一手拖了我们一个，就向外走。到了这时，我们当然知道他是来干什么的。心里虽然是十分地高兴，可也嘴说不出来，心里头有那一种不可言喻的快乐，因之走路都有些颠倒，跌撞撞地随了他走。"

马老师听到这里，举起杯子来喝了一口酒，然后笑嘻嘻的，把杯子放下来向着桌上的人，全看了一看，笑道："大家听着吧，这热闹的情节就来了，以后事情怎么样呢？张先生。"张新杰道："我们就让那位侠客救出来……"郁必来手抹了两下短胡子笑着摇摇头道："侠客两个字，未免太重了。这个年头，哪里找鼓儿词上的侠客去？"马老师笑道："他说的又不是你，由他称侠客也好，称剑仙也好，你何必去管？说得热闹一点儿，那不更好吗？"郁必来点点头，向他微笑。张新杰又道："那侠客带着我们奔到牢外院子里，那雨下得正紧，黑云里头闪出那紫红色的电光，倒有些怕人。他倒不在乎，在闪电下抬头一看，迎面是堵墙，约莫有两三丈高。电光闪过，照见墙头上垂下一根很粗的绳子，那侠客一手夹着我在肋下，一手挽住了绳子，三蹦两蹦地就跳上了墙头。在墙那边，可省事，仿佛他也是手挽了绳子，顺势一溜就溜下去了。我刚落到地，定了一定神，陈同志也在面前，却不见了他。"

郁必来两手按了桌沿，正瞪着眼睛，向说话的人望着。到了这时，他将头微微点了两点，笑道："那么，他一定是借着水遁走了。"张新杰笑道："遁倒是没有遁，电光一闪，人在墙头上站着了。要说快，那是真快，那样高的墙，一息不见了。"郁必来笑道："这样说来，电光闪动，他借火遁走了。"张新杰道："不问他是不是借遁法走了。但是他那身腾跃的功夫，实在利落。事后我就想着，他一手夹住一个人，一手抓住绳子，那是怎么样爬上墙去的？我正发愣，他又站在我们身后，扯了我两人衣服走。此后，又跳过了几道墙，就连那绳子也没用，只是连环地把我们背了出来。那雨势，在那个时候，总是像爆竹一样地向下倒着，溅在我们身上都有些发晕。好在我们是拼死命要逃跑的人，也不管这些。他把我们救上了大街，还对我们说，趁了这大雨，四处无人，你们赶快跑，不要等雨住才爬城墙，那要增加很多危险，走走走！他说完了这话，就在我们前面跑。老实说，我和陈先生，全是喜欢运动的人，赛起跑来，并不见得怎样不如人，可是这晚上不行，那位侠客跑个一二十步，就等我们一会儿。我料着他是很急的，只好拼了命跑。跑上了城墙，这才知道，他已是事先预备好了的，垂了一根绳子呢。我们两个先顺了那绳子向下一溜，后来他自己也溜下了。可是有一件事我们全放心不下，那根绳子挂在墙上，岂不是做了一个记号吗?"

郁必来笑道："你二位倒细心。不用挂心，我当时就将绳子扯了下来了。"这句话说出，席上便有好几个人噼噼啪啪地鼓起掌来。马老师笑道："这可是你自己说的那绳子是你解的。现在人家说你就是那天的侠客，你还有什么话说!"郁必来对杯微笑，却没有作声。平生便道："这席上还有几位前辈，我全不认识。老师没有给我引见，我又不便请教。今幸得这位前辈，自己又说出来了。照着张同志所说，那天晚上的事，这位前辈的本领，似乎也就同鼓儿词上的人差不多了。今天这个盛会，究竟是难得的，以后相逢不知何时何地，晚辈斗胆说一句，这位前辈可不可以发点儿慈悲，随便透出一点儿剑法，让大家瞻仰瞻仰。"

郁必来呵呵笑道："这位秦少爷说话真是婉转得很。就算我是个了不得的人吧，任凭什么不点，何以单点我的剑法?"平生向老师看看，没有答复。马老师笑道："那是我露的口风，我说我有个师兄，他的剑法盖过黄河北岸。"郁必来道："这个师兄，你指的是我吗? 我若知道你在开封，又这样嘴快，我真不来。"马老师道："这个你可不能怨我，你在大相国寺里卖唱本，是你自己认得我这徒弟的，并不是我引他见你的。再说，今天在场的人，品行都还不坏，他们既然知道你是一个能手了，何妨让他们看你一点儿本领。难道大了几岁年纪，你的剑法退回去了不成?"郁必来端了酒杯子，只管出神，忽然放下酒杯子道："好吧，我就试一试。"说着话，大家便是开怀爽饮。只因为郁必来答应了一句试试，马老师又夸奖过了他的剑法好，赛过黄河北岸，大家都急于要看一看他的剑术如何，就不在席上再说什么闲话。

酒饭之后，天色已晚，平生却急得有些不能耐，因拱手笑道："老师，今天又没有月色，是不是要在外面掌起灯火来?"郁必来摇着手道："若是那样，要惹得全村子里来看变戏法了。只要把桌子拖开，空出一丈见方的地方来，我就够了。"只这一声，便是这里几位送菜送酒的小伙子也跟着起劲，立刻就把桌子抬开，腾出堂屋中间的地方。郁必来请马老师燃了一根佛香，插在正面供神佛的香炉里。然后由马老师捧了一柄长剑，双手横托着，送到郁必来面前。

他接过剑去，对上一举，剑头指了屋梁，连连点了两下头道："这是好剑，不是马兄弟家里，哪有这样的宝物出现？"马老师笑道："既是老哥夸赞这口剑不错，你一定得多显一点儿手段，给这些晚辈看看。"郁必来将剑先放在桌子角上，然后把身上的腰带紧了一紧，又把左右的袖口全向上卷了一卷。在屋子里的这些来宾看到这情形，立刻全向后退了几步，格外把堂屋中间的地位给腾了出来。郁必来拿起剑来，斜抱在怀里，先向大家扫了一个横揖。这是当众舞剑的人的一种客气行为。大家望着，都微微而笑。

郁必来将身子一侧，左手伸了两个指头，做了剑诀，比着额角，右手把剑平伸，直指了出去，身子向下蹲着，就舞起剑来。那一柄剑，在灯光之下，前前后后，舞了一阵，然后站定了脚，向大家一笑道："献丑献丑！"

大家看了他那剑术，虽是很有手法，但也不见得有什么奇趣。他也看得出来，笑道："各位看看，这堂屋少了什么没有？"大家听了这话，觉得很有文章，于是你望着我，我望着你，看看谁短少了什么。有的小心过分，还伸手摸摸耳朵或胡子。究竟马老师是个内行，他看出了，指着桌上香炉里那根佛香道："你们看，香头那一点点火焰没有了。你想，香插在香灰上，那是不怎样牢的。剑砍过去，轻轻一碰，也会把它碰飞了去。现在香插着没动，光把香头截了，这是什么手段？"大家被他这句话提醒，发现这种技艺果然是不错，于是大家哄然一声的，表示出一种惊讶的意味来。郁必来看到大家脸上，全出现一种欣慕而又奇怪的样子，这就把剑反背在手臂后握着，向大家笑道："大家虽然是说我这套玩意儿不错，但是你们可不知道我是怎样把这香头子砍落的，现在我还可以试给你们看看。你们再把这香点着。"

平生对于这件事，倒是很感兴趣，立刻跳出人丛来，将那只砍了的佛香，再擦了火柴点着，插到香灰里去。当自己把这支香插到灰里去的时候，那灰稀松的，香还有点歪斜，只把手插到香炉子里去，将香灰用指头按了两按，这才把佛香给按结实了。郁必来笑道："按结实了没有？"平生摇摇头道："香灰既是新的，又不怎样深，还是按不结实。"

郁必来道："你横着吹一口风，看看吹得动吹不动？"平生听了这话，果然把头偏着，对佛香吹了两口风。果然，那佛香随了这两口风，便歪倒下去。平生赶快用手将佛香给扶住，笑道："这不行，这不行。"郁必来道："你不必管它站得住站不住，只要你走开了，香还是站立的，那就行了。"平生于是慢慢地将香扶得直了，自己赶快把身子向后一闪，笑着摇头道："连桌子我也不敢靠，一靠香就歪了。"郁必来笑道："大家看看，这香头子是点着红红的了。我现在剑削过去，香不许倒，要把香头上那一点红星削下。削着还留一丝红的，那不算，我得再来。"

他交代过了之后，又在堂屋中间，将剑举起来。大家以为他伸出剑去，必定对了佛香就削。可不料他还是像平常舞剑一样东挥西指解数很多。大家因为他舞得很起劲，自己把眼光随着他周身上下，只管旋转。他忽然将剑一收，依然抱在怀里头，站定了脚向大家又作了一个罗圈儿揖，笑道："献丑献丑。"大家当他收住了剑步的时候，正想问着何以那佛香不曾动呢。平生眼快，先看到了，那佛香头上并没有火星，笑着鼓掌道："好剑法，好剑法。我们这些人真是有眼无珠，当面也会被老前辈给瞒过了。不知道是什么时候削下的。"

郁必来只是微笑，却没有作声。马老师笑道："你们这班小伙子，只为看戏法，也不去想想这个理。你想，这剑口的力量，舞到得劲的时候，可以说是削铁如泥。若是和那根佛香硬碰上，佛香还会立得住吗？来一手剑法，并不用真得削出去。只要在随便一个解数，把剑收回来的时候，轻轻用锋口一拖，那一股子剑风就会把香火头带下。可是就说随便一拖吧，重不得，轻不得，近不得，也远不得，就要那么凑巧，刚刚是剑风拖过香头。这有个名堂。"马老师这样一番解释之后，大家又是哄然一笑。郁必来这就把剑横捧着，依然送回马老师，而且还弯了腰笑道："借光借光——"

马老师道："怎么是借我的光呢？"郁必来笑道："不是你这好剑，就今天得不了这一个满堂彩。"马老师道："你虽把本领现给这些后辈看了，可是他们糊里糊涂的，还不知道是怎么一个解数。"郁必来道："你不要偏心，只管教你的徒弟偷我的剑法。现在这里一堂人，全是有些缘分才来相会的。你应当引着你的高徒，都和这些人引见引见，将来五湖四海有个相会的日子，彼此也好称呼。"马老师听了，这就向几位年老的人道："各位听了，这不能算我马某多事，是我们师哥的吩咐，我可以引见了。"于是向平生招招手道："平生，你过来。"平生当真地走近了，站到他身边。马老师道："实告诉你说，今天这一会儿，是你的造化，你认得这些人，不但使你迟早能学到一些本事，就是对你的革命事业，将来也会有很多帮忙的地方。你看，站在桌子角边，穿一件破夹袄，口里衔着短烟袋那个矮子，是你师叔。他今天可一句话没说，可是他是一位了不得的人，大概你不久就要求着他了。这个年轻的，盘着小辫子，外号叫黄小辫子，其实他叫黄义忠，是我徒弟，是你师兄。这位有小胡子的，是我把子，姓冯，大号烈哉，他是个兽医，名字隐了，就叫兽医，我们称他四爷。也许你认得，他家去此不远，本事在我之上。"说到这里，座中一个小胡子，红光满面，乱摇了手道："得了得了。少说一点儿。"

第七回

传钵说奇逢龙游天外
踏青欣幸遇驻马林前

　　一个不说话的矮子，也就说话了。他把手上的旱烟袋向马老师指着笑道："马师兄，你只为了你的徒弟，把我们弟兄一个个都拉了出来，以后我们的是非就多了。"平生一听他的话，更觉他为人不是等闲之辈，便走向前，向他作了三个揖道："这里除了晚辈和张陈二位先生，大概对中原这些豪杰前辈，虽不知道他的事，也就久闻他的名。所以说与不说，只看在我这三个人身上；若论我这三个人虽没有本领，总是革命青年，对人总是能共肝胆的。我们若是能知道前辈的一点儿事迹，让自己学样学样，也绝不能对外随便乱说。"那人对他三人看了一看，便道："既然如此，大家全坐下来，让我慢慢地告诉你们吧。"

　　三人听到，互看着带了笑容，就都随了众人坐下来。那人也装了一烟斗烟丝，坐下来连连吸了两口，这就向大家笑道："我叫孙亮三，是沧州人，同这杨大哥、马三哥是师兄弟。"他说到杨大哥的时候，却向郁必来望着。

　　于是乎大家知道郁必来是姓杨了。孙亮三接着道："我们有一个老和尚师父，共教我哥儿七个。论年岁，我不算小，论学艺，我就要坐在末一位的了。"郁必来这就向他笑道："瞧你这样子，你是什么全要说出来啦。"孙亮三道："我瞧着就是全说出来，也没有什么吃劲。刚才说了，这全不是外人啦。"于是掉过脸来向平生道："我跟着向下说吧，我们虽然有师兄弟七个，可是并没有一个人是同堂学艺的。没学艺以前，谁也没见过谁，只是听到老和尚说，我们共有七位师兄弟。谁姓什么谁在哪里，全都没告诉我们。"

张新杰不知道他们的脾气，便插嘴问道："那位师父就叫老和尚吗？"孙亮三道："是的，我们虽跟他学艺，就只知道他是一位有年纪的老和尚，说一口山东话。他是哪里人，法号是什么，在哪庙里出家，我们全不明白，我们也不敢问。"张新杰道："为什么不问呢？"孙亮三道："大概你先生是没听说我们这群人的脾气的。假使我们要当了老和尚一问，老和尚可就会问了，你是跟我学艺呢，你还是盘查我的根底呢？只要有了他这句话，到了第二日，那就准找不着老和尚的影子。"

张新杰这才明白过来，原来他们师父，就有这样一个脾气，那也难怪他们对人不肯说真名实姓了。孙亮三道："我们师兄弟，既是谁不认识谁，怎么又在这里会起面来呢？这也是老和尚的指点，他说开封有一位师兄，我可以去认识认识。为什么要认识，我们也不知道；反正老和尚这样说，我们这样做就是了。"秦平生听了这话，就不免向他师父望着，以为师父是真的不曾和他们师兄弟见过面吗？马老师便笑道："这个你不用奇怪，譬如我，也教过了不少学生，难道你都一一地会见过吗？"

孙亮三笑道："这一点，你可不必多问，我谈我自己一点儿事情吧。我原来不是跟老和尚学艺的，十六七岁的时候，先跟村子里人练把式。沧州这个地方，练把式的人很多，你们总也听说过。我初练两年，不过是跟着村子里人起哄，还没有十分兴趣。后来经过几位名师，把式也就练得好些。把式练好了，这也不但是我，大概练把式的人都有这么一个境界。我这样一直练了九年，这就性情大变了，觉得这个世界上，除了练把式，那没有再要紧的事。所幸我家里还有两顷地，可以收点儿粮食，不指望着我自己做庄稼上的事。我索性就搬到村子口上一家破庙里去住着，家里每天送两顿饭到庙里让我吃。假如有朋友来，我就同朋友练，如没有人来，我就一个人练，一眨眼就是两三年，那时，我也就快三十了。

"有一天，天是刚刚有点儿亮的时候，我拿了一支花枪，在墙外空地里练。忽然有一个和尚，由空场子里经过。他肩上扛着一只禅杖，禅杖上一头缚着一个小小包袱卷儿。这样的游方和尚，村子里也是常常见过的，算不了什么稀罕，我还是练我的。不过天时这样早，他就来了，我也有一点儿在心里带影子。可是过了身也就放下了。又过了一天，是下午的时候，我在破庙里正睡了一觉醒，坐着发了一会儿闷，觉得实在无聊得很，就走到墙根下去练了趟拳。我练到半中间的时候，那个老和尚又来了。这时我看清楚，他是个矮小的个儿，脸子黄黄的，两腮一抹短胡楂子。和尚头上全是尘土，额顶上还有三五道横线，年岁不会在五十以下，我也没把他放在心上，自练我的拳。那老和尚慢慢地走着，可就停步下来，只管向我瞧着了。本来练把式的人，也不必怕人瞧，而且我在自个儿家门口练，也更用不着怕人。我就一口气把一趟拳练完。那老和尚站着也没有作声，看了很久，却是微微地笑。我看他那样子很有点儿藐视我，我就站定了脚问他说：'老师父，你也是个内行啊！'他看到我还是一番客气的样子，就点点头说：'内行两个字，哪里敢说，多少懂得一点儿。不过像你老哥这手法，多少还有点儿漏洞，我勉强可以对付。'我究竟还是个中年人，听了这话，这一口气就忍不住，把脸都涨红了。那老和尚自然看出了我的情形，这就对我笑着说：'你老哥若是不服，明天太阳出来，在村子外面那个枣树林子里见面。你若是要带什么，你那屋子里有的是。'说着，他就向屋子里一指，我随着他这一指，回头看来。不想，再转过脸去看他，那老和尚就不见了。我一看这情形，心里已是十分明白，把刚才不服的那一腔怒气立刻沉了下去。自己坐在破庙里，仔细想了一阵。

"我也不等着第二日天亮，就跑到枣林子里面去。我以为我到得是很早的了，不想到了那里，那老和尚已经先在那里等着了。他见着我，站起来说：'小伙子，你不错，按着时候到了，你要同我过招吗？'诸位请想，我敢和他过招吗？当时我站定脚，立刻跪了下去说：'大师父，我知道你是了不得的一个人。假使你肯慈悲慈悲的话，就收我当徒弟吧。'他倒也很直爽，对我说：'你既看透了我的意思，我就不必故意做作。你起来，我慢慢地和你说。'我当时自然不肯休手，非要他答应我做学生，我才肯起来。他听了这话，坦然地就答应了。于是我向他拜了两拜，然后站了起来。据他说，在两年以前，就知道沧州有这样一个

65

练把式的，所以特意来看我。他看我本领不错，所以就约我到枣林子里来见面的。当然我也不必多说，自那日起，我就把他请到家里，当我的师父了。

"这样一年之久，有一日，他忽然对我说，要走了。我自然不敢问他到那里去，可是我总指望他有日子再来，于是就跪在地下请他指示我将来一条路子。这老和尚虽是练武术的，可是他比什么人都聪明，就笑着说：'我这次是到华山去看一个朋友，然后由那里回到太原。以后就难说了。不过在两三年以内，我总要来看你一回的。'他有了这话，我自然不便多问，也就算了。这样一来，一过就是五年。在前两个月，我在庙里睡觉，一睁眼，老和尚就站在炕面前。他说：'开封有事，可以到开封去。'因为有了这一层嘱咐，所以我就赶到开封来了。到了开封以后，遇到了我的两位师兄弟。"说着，他向马老师、郁必来全看了一眼。

马老师立刻向他丢了个眼色，笑道："好了，好了，你把老和尚的事都说了，到开封的事，谁也知道，那也就用不着说了。"孙亮三微笑了一笑向大家道："不是我不说，可不能说了。"连送茶水的人都听得很出神，呆呆地站着。现在孙亮三不说，这倒让他们大为失望。各人面面相觑，想请他再说，可又不敢说了出来。

马老师这就指着孙亮三隔壁的一个小胡子的说道："你看，这位冯四爷，他那手指头，伸出一个来，简直比铁条还粗。你想想，他那一个指头，有多大的力量。"看时，这小胡子穿件皂布短褂子，上罩一件青布背心，横腰束了一根板带，头上辫子盘了个牛角尖，长长的脸，带了八分红晕。大家怎好批评，又是彼此望着，笑了一笑。马老师笑道："大家要看新鲜玩意儿，这个机会可是不能错过，依着我的意思，借了酒遮着面子，我们也让冯四爷现一点儿本事给你们看吧！"平生听到马老师称他冯四爷而不名，自然是有点儿来头。可要去称呼他，又怕这四爷两个字，还不是晚辈随便可以开口的。于是笑着向马老师道："我们怎样敢冒昧说出来呢？还是老师代请一请吧。"马老师本是坐着的，这就站起来，正着颜色道："四爷同我是兄弟般，你称他师叔吧。他是老北京，在开封城外多年了，可是常跑山东、山西，新近去了曹州，是昨日回到开封的，听到了开封听说有这一回劫狱的事，就料定我们这一群人多少知道一些消息，所以弯道来看我。我因为今天有这样的盛会，不能把他放过，所以请了来。这也是你们后辈开眼界的好机会。"

冯四爷这就把他身子向前一挺，伸了一个食指，向天空一举，笑道："你就说的是我这个指头吗？这有什么力量？就是有力量，还能够做出什么道理来吗？"马老师道："他们不一定要看你指头上的功夫，就是有别的什么功夫，他们也是愿意看的。你就说，你愿意显一点儿什么给他们看吧。"冯四爷昂头想了一想，笑道："我不要动手，各位要看热闹的，自己来动手吧。"说着，他掀着袖子，露出白手臂来，向怀里一弯，笑道："无论哪一位，用手摸摸看。"大家听了这话，觉得是很有趣的。可是望了他那手臂劲鼓鼓的，谁也不敢上前去试验。冯四爷望了大家笑道："反正我又不动手，难道还能把你们打倒吗？"

这时，有个送菜的小伙子，站在一边，对了冯四爷脸上看看，又对了他的手臂看看，便向马老师笑道："好臂那是一根铁梁吧，我就轻轻地摸上一下，那也没什么要紧的。"马老师笑道："你这话对了，你就试试看看吧。"那小伙子倒也不知轻重，走到近处，一把手就搭在冯四爷的手臂膀上，也很平常的，不觉得有什么奇特之处。冯四爷望了他笑道："你扶好了没有？"小伙子笑道："扶好了。"只这三个字刚说完，他就像碰到了榨坊里的榨桩一样，人突然向后倒跌出好几尺路。但是冯四爷站在那里，依然不曾动上一动。那小伙子这就连连摇头道："好家伙，好家伙！这是怎么一回事？"马老师说道："没有什么，不过让你知道内功练得好，就是这个样子。"平生因向那小伙子问道："你现在觉得怎么样？"小伙子笑道："现在倒没有什么？只是当时那一下子被撞，我有点儿受不了。"平生笑道："若只是这种情形……"说到这里，突然地把话止住。

冯四爷笑着点点头道："你只管来扶吧，难道我还能害你不成？"平生心里也就想着，内功练好了，到底是怎么一种情形，于是就向冯四爷深深作了一个揖，道："请前辈饶恕晚辈冒昧。"冯四爷点点头道：

"我们自己人玩玩，你还客气这些做什么？你试试。"平生也不再谦逊了，走向前。先站了桩子，两腿用足了劲，然后伸手过去，搭在冯四爷的手臂上。下手的时候自然是不敢用劲，但不挨着他的肉，却不能有什么感触，因之还是缓缓地、轻轻地搭到他的手上去的。冯四爷可不像对付小伙子那个情形了，抬起手臂，略略向上拱起，一上一下，双方相碰，平生立刻觉得手摸了走电的电线一般，由手掌心一直到手臂上全是麻木的，把人半边身一弹，整个儿身体倒了过去。由于半边身体歪斜的关系，就维持不了重点，颠得身子向后一退，倒退了好几步。所幸身子后面就是墙，立刻把身子撑立住了。

马老师站在一边，望了他微微地笑道："领教过了吗？"平生定了一定神，然后把那只手抬起来，仔细地看看，笑道："很好很好，总算还没有受伤呢！"马老师望了他那情形倒有点儿疑惑，只是凝神望了他全身上下，带点儿笑容问道："你不觉得怎么样吗？"冯四爷看到，便笑道："我们马大哥一疼爱起徒弟来，就没有一个分寸，凭我们这种交情，我还能让你的高徒吃亏吗？既是这样，我也就不再献丑了。"马老师也未便说什么，只是哈哈一笑。此外，还有两位客人对着马老师，透着很是恭敬，因之看去，他们是平辈的人了。有了能手的前辈在场，他们是不肯胡乱显本领的。平生拱拱手请教过了姓名，一位是温德海，一位是姚大鹏。

马老师拿了旱烟袋在手，嘴里吸了两下，喷一口烟出来，向平生道："天已经不早了，你带了这张、陈两先生到后院里去睡。"平生一看满屋子里人，全是满副精神，老师单单指明要本人去睡，心里有点儿明白，他们这班谈武术的人，传统的思想很深，这次肯为革命党帮这样一个大忙，那已经是一种极难的事，自己绝不能领了要推翻传统思想的人，再来参与他们的会议。便答道："是的，今天住在城外，家父一定也是要注意的，明天我得早点儿赶去，好用话来遮盖。"说着掉转脸来向张、陈二人道："我们后面去谈谈。"只这一句，便有一个小伙子提了一盏纸泡灯笼，站在堂屋后面等着，预备引路。平生看了这种样子，也不能站着多耽搁了，就随着这盏灯笼进去了。

68

当晚睡了一觉醒，向前进屋子里张望，看到那里还是灯火煌煌的。到了次日早上，天发亮不久，忍不住就起了床。这里的小伙子进屋来，向他道："老师说，你一天没回去，你们老太爷是很挂心的。他睡着呢，不必说话了，请你立刻回府去，若是有事，下午再来吧。"平生本来也就念着一宿未归，父母都一定悬望的，不要让家里派出人四处去寻找才好。现在老师有话，叫自己回去，当然不能羁留在这里。因之用凉水漱洗了一回，托小伙把自己的马牵了来，悄悄地走出菜园子。到了门外，将衣襟底摆一撩，塞在腰里，跳上马去，两腿一夹，马就飞跑起来。

　　东方的太阳，在绿野上，正撒了一遍黄金色。远远的一辆骡车迎面而来。那车子是轿式的，正敞开车幔子。那车子口上，坐着一位旗装的姑娘。平生老早地看到，心里就一动，及至车马两下相遇，太阳射到车上，更看得清楚，正是鹿小姐。她盘腿斜靠了车篷，手扶车幔，微微一笑。平生本是老远地就打着马奔过来的，到了这车子旁边，把缰绳一拉，立刻把马拢住。那赶车的骡夫，他并不知道这一车一马上的人彼此是相识的，马奔到了车子边，他也哇嘟一声带拢了缰绳，让它更靠外一点儿。自然这骡子一让步，车轮子小小地就停住了。

　　平生手上带着缰绳，捧了拳头，向车子上拱了一拱。鹿小姐虽是把眼睛向他身上盯着，可是她只把笑意送到嘴角上，却未曾开言。倒是车篷子里面，有一个妇人的声音叫起来道："那不是秦大少爷吗？这样早您怎么就出城啦？"平生只听她的声音，就知道这是鹿小姐的奶妈。便道："可不是吗？你们怎么是这样早出城呢？"说着话，那骡夫已是把车子赶着向前，走过了马尾。奶妈笑道："今儿个不是清明吗？我陪小姐到我们自己庄子上瞧瞧，就算踏青。前面有两头牲口由小路跑过去了，到庄里报信去了。"平生带转马头，也就紧紧地在后面跟着。问道："今天赶得了回城吗？"那马赶着跑了两步，差不多和那骡马车相并，那鹿小姐回过头来，向他瞟了一眼，向后望着，那意思是叫他不必追了走。平生将马缓走两步，骡车就走在前去了。

　　平生勒住了马缰绳，只管向车子后身看着。同时，却听得扑扑一阵马蹄声。回头看时，又是两个长随似的人，骑着马追了上来。他们到了附近，也把马缰绳勒住了，在马背上打躬叫了一声秦大少爷。平生这才想起来了，他们也是鹿家的两个听差，于是他对他们微笑了一笑。其中一个道："怎么大少爷出门，倒是一人呢？"平生笑道："你们说这话是什么意思呢？以为我也应当坐在骡车里，让你们前呼后拥地保护着吗？"两个听差听了这话，也只是一笑。平生道："回头见吧。"说时，一举手上的鞭子，有要走的样子。有一个听差很不在意地笑道："今天可见不着了，我们要到半下午才进城去呢。"平生听在心里，也就径直地回到了家门口。

他远远地跳下马，就牵着马走。见门口有一个听差，他就向前悄悄地问道："大人在公馆里吗？"听差笑道："脚步走轻了，声音也细了，可是大人就在公馆里，还远着呢，也没有耳报神给传了去。"平生道："你把马牵到后面花园里去，过一会儿，你到上房里去，对我说话。"听差道："大人可在上房。"平生道："我叫你这样去，你就这样去。至于见我应当说些什么，你回头问小三儿，他能告诉你。"平生将马缰绳交到他手上，也不待细说，径直回书房去了。小三儿在廊檐下就接着了，把舌头伸出来多长，眯了眼笑着低声道："我的天，你怎好整夜不回来。"平生道："大人问了我吗？"小三道："还好，昨晚上大人并没有问。可是今天早上在签押房吃点心的时候，见这边书房里没有动静，叫我去的。我只好说是一早出去练武了。"平生道："你这一撒谎，倒误了我的事，回头你就直说我昨晚没有回来吧。快给我打水去。"小三儿不敢多说，忙着照他的话办。平生把衣服赶忙换齐了，又洗了一把脸，在长袍上还套了一件马褂，然后匆匆地走到上房里来。

秦镜明捧着一只水烟袋，架了腿，坐在紫檀木围椅子上，正默默地在那里出神。平生很快地走到了廊檐下，立刻站了一站，然后才从从容容地走进屋去。秦镜明一抬眼看见，就微微地冷笑了一声。平生脸上完全堆下笑容来，叫了一声爸爸，然后垂手站在一边，等父亲的问话。镜明道："今天一早就出门去了，又是练武，你什么事都不放在心上，唯有对练把式，却是这样的热心。我花了不少的钱，让你出洋去。回来之后，你应当好好地去找一条出路才行。不想你什么不干，对那些跑江湖

70

的玩意儿倒是这样的热心。"平生笑道:"那全是小三儿说错了。前些日子,我偶然出去练练把式的,目的是在呼吸新鲜空气。昨晚出门,是去拜访李观察的大少爷。"

镜明听了这话,脸上就有点儿笑意,因点头道:"若是到他那里去,那倒是正当地方。李观察研究洋务很有心得,不久就要调京内用。他的前途是未可限量的。"说着呼了一袋烟,又向平生脸上看了看,然后问道:"你同李大少爷谈了一些什么?"平生正踌躇着,不知道怎样答复是好。先前嘱咐的那个听差,却走了进来。他远远地站着,便垂手低声道:"大少爷,那李家的跟人,在门房里等着,问还有什么话吩咐没有?"平生故意装出很郑重的样子答道:"你就对他说,没有什么事了。请他回去,回复李大少爷,多谢他的好意。你在我的书房里拿两块钱给他。"听差答应着去了。

镜明向平生问道:"是李观察家里的用人吗?"平生道:"我早上回来,他们大少爷送了好些书给我,叫听差给驮了回来的。"镜明道:"什么?你今天早上才回来吗?"平生道:"是的。因为李少爷同我在东洋的时候,就都爱下围棋。如今不见面则已,一见面,他非拖着下棋不可。昨晚上一动手,不知不觉地,就接连下了三盘。"镜明笑道:"围棋这东西本来是中国的,现在传到日本去了,他反而比我们好,真是教会了徒弟打师父。现在你们又从日本把围棋给学了回来。你们二人下得怎样?"平生道:"我们下对子,我赢了他一盘。"秦镜明笑道:"你居然能赢棋,可了不得。"平生道:"李少爷有点儿不服气,约我今晚再去。我想连下两宿,这有点儿不妥当,只好婉辞了。"

镜明正了颜色,颠簸了架的两腿,捧了烟袋道:"这不能那样说。你要知道,宦途上的联络,不光是那些花天酒地的应酬,琴棋书画,以至于玩古董、种花养鱼,在北京城里,那全是走路的一种手法。他父子们,将来在洋务上都是有地位的,倒不可放过了。陪陪他下棋,又不是花费什么的,你就常去敷衍敷衍吧。"平生道:"我想今明天再去拜会他,就和他再下一通宵吧。"镜明道:"这是可以的。但是你和他下两盘的话,要一和一输。下一盘呢,你就干脆输了吧。下棋输了,这又不是输一百八十的事，有什么要紧。你让他赢你两盘，也好高兴。不然，你只管赢他的棋，他不高兴起来，说不定将来会抹煞了交情，将来你到京里去走路子，就走不了，岂不是为小失大吗？"平生听了这话，自觉得父亲的练达人情，只有垂了手，微微地答应了一声是。镜明道："这样子说，你昨晚竟是不曾睡觉吗？"平生道："睡是睡了的，只是不曾睡足就是了。"镜明道："既然如此，你就去睡会子吧。"平生听着心里很是痛快，可是极力地镇定着，还在上屋坐了一会子，然后才回书房去。

小三儿正在走廊下徘徊，像有什么事等着办似的，一见平生，就迎上前笑道："大少爷，我可有一件很好的消息告诉你。"平生道："马老师回城来吗？"小三儿笑道："你刚从他那里来，把他的事告诉你做什么？"说着，引了平生走进书房来低声笑道："鹿小姐到城外做清明去了。"平生低声喝道："胡说！人家做清明，干我什么事？你到后园里去，给马上一饱料。"小三儿不作声，先走出去，口里道："这马也可怜，刚回来，又要出去，谁让今天是清明呢？"平生听到这话，也不免微微一笑，这就索性不瞒他。

午饭以后，平生骑着马，小三儿骑着一头骡子后随。一路出城，到了五里街一家小茶馆棚下，平生歇了，让小三儿依然向前走。在太阳偏西的时候，小三儿飞跑回来，平生会意，才骑马上前。在三岔路口，早有一辆骡车停在路边，那骡夫和女仆全在车边站住。鹿小姐站在路头一棵柳树下，抬起手来摘柳条儿。平生骑马到她身边，就跳了下来，将马拴在柳树下，缓缓迎向前笑道："巧啦，我们又遇见了。"

第八回

陌上遗芳巾美人示意
楼头布幻局座客移形

鹿小姐那只正攀着柳条儿的手儿依然不肯放下来，另一只手拿着手绢儿，捂着嘴唇微微笑着。平生所站的地方，同鹿小姐距离约莫有两尺多路，只要一抬腿，就和鹿小姐的身子相接近。尤其是两只眼睛，同鹿小姐的眼睛正正地相对着。鹿小姐被他的眼光照着，不由得把捂了嘴的手绢，放到牙齿下咬着，低了头，说不出什么，倒是扑哧一声地笑了，然后两腿在长旗袍里，踢动下摆，微微地向后退了两步。

平生看到，这就正了颜色道："鹿小姐我有一句话要想同你说，只是没有机会，今天我知道你要由这里经过，特意赶到这里来等候着你的。"鹿小姐听到了这样含不露的话，把脸臊得通红，把头几乎藏到怀里去抬不起来。平生觉得她是误会了，便笑道："我所说的话，也许是太过于书生之见了。我觉得鹿小姐这样天聪天明的人，老是在公馆里做小姐，这未免可惜了。依着我的意思，何不到日本去留学呢？这样一来，既可以增长学问，而且到了外国去，也可以放开眼界。"

鹿小姐心里，本也有些扑扑地乱跳，听了这话，才想到自己所猜想的与他说的话那是相差得太远了。这才抬起头来，对他答道："大少爷说的这话，我是很赞成，只是我这么一个人，放在开封也不能出来见人，怎好还跑到外国去呢？"她说这话时，把捂了嘴的那手悄悄地放了下来。平生笑道："像鹿小姐这样的人，在开封还不能出面，什么人可以在开封出面呢？这可不是我瞎说。"鹿小姐笑道："我倒是不怕人。在北京的时候，也上学堂，读过两年书，胆子更大了，可是到了开封来，老是在家里待着，把我这个人也闹得怪没有出息的了。"平生道：

"我觉得鹿小姐还是很落落大方的。唯其如此，在女界方面，这大一个开封，我只佩服鹿小姐一个人。"鹿小姐眼睛向他一溜，说了句"是吗？"平生道："这一点儿不假。就是男朋友，我在开封也只有两三个练把式的。"

鹿小姐的脸，这就微微地沉着，向他道："大少爷，听说在外国留学的人中，革命党很多，您也知道他们吗？现在开封城里，听说来的不少呢？"平生道："我和这班人向来没有来往，在外国的时候，我也想看看他们内里情形到底怎样的。可是总找不着机会。若说开封有很多革命党，这是一句笑话。这个地方，进不能战，退不能守，他们在这里会干起什么来？"鹿小姐向平生周身上下打量了一番，鼻子微微地耸着，笑道："我猜呢，大少爷也不是那种人。不过革命党到了开封，那可是千真万确的，前些日子不是牢里关着两个革命党，让救走了吗？"平生将肩膀抬了两抬，笑道："我们谈这个干什么？找得这样一个机会，是很不容易的。"

鹿小姐又把手攀往一只杨柳条儿，遥遥地向远方看去，这已是春尽夏来的日子，只看这平原上，一片碧绿的颜色，远远地和人家村庄相接。太阳在碧空向下照着，那绿色的平芜向半空里反映出来一种浮光。人在树阴下看了那平芜接着浮光，更是让人精神一爽。平生笑道："鹿小姐，你觉得这风景很好吗？你真有这雅兴，还值得清明佳节出来踏青。"鹿小姐将肩膀微微颤动了两下，笑着把头低了下去，好像她有什么事害臊似的。平生笑道："鹿小姐你觉得我的话怎么样，说得不大对吗？"鹿小姐这才笑道："不是这样说，我正同大少爷谈着革命党的事，大少爷老是避开来。你瞧我是个旗人，不肯和我谈吗？"平生呵呵一笑道："没这话！我若有革命党的消息，也很愿告诉鹿小姐的。旗人有什么紧呢，你府上同舍下，不是两代的世交吗？再说咱们还是……"说着，微微一笑。鹿小姐道："我知道你是不和我们见外。只为你要说出来，好像有点儿不客气似的。"平生笑道："这倒有一点，我觉得家父做了朝廷的官，我又是官费派出去的学生。要在这日子说革命，倒怪难为情的。"鹿小姐两手同摇着，笑道："又不是那样说。我们哪里还配谈什么国家大事呢？这年头变了，说到了旗人，人家就不大瞧得起……啊，还不是这样说。"平生笑道："还有别解吗？"鹿小姐道："我是说，把旗人拉着革命党的事在一处谈，旗人就透着不大高明了。少爷，其实我这个旗人，可也就是那么回事。你瞧，我这人说话怎么啦？说话有点儿前言不搭后语似的。"

就在这个时候，他们望见远远的地方，尘头突起，看见两个人影子，在尘土中间飞奔而来。鹿小姐突然掉过脸来，向平生微笑着道："改日见吧。"她并不说第二句话，两手提了衣襟的两胁，麦地里几步，小路上几脚，乱七八糟的，就跑到骡车边去。平生是一位公子哥儿，总不能跟在大小姐后面跑过去，所以只有站在柳荫下呆呆地望着。眼见那卷堆起的两堆尘头直扑到面前来，正是小姐的两位跟班。他们看到平生站在路上，全都滚鞍下马，站在路的一边，先前那个说回头见的听差先笑道："我说了回头见，果然就回头见了。"平生笑道："不料我进城进得慌张，丢了一样东西在前面寨子里，我还得重新去拿，第二次又要出一回城。"那听差将手上的马鞭子，指着柳树头上的太阳道："天气可不早了。"平生道："我无所谓，就是赶不回城，在寨子里住上一宿，那也不吃紧。"口里说着话，可就看到那边的骡车转动。平生又道："你们走吧，我还要在这里等一个人。"

这个听差说了一声是，牵马退后了两步，这才跨上马，抢着跑到骡车前面去。可是那个骡车也不知为了什么事耽搁着，此时还是去之不远。只见鹿小姐由车篷外伸着身回转头来，笑着向路边一指，然后才缩到篷子里去。平生心里一动，赶快跑上前去。到了那里看时，一条很大的雪青纺绸花手绢落在很厚的一丛草上。捡起来还不曾细看，就有一阵浓香向鼻子里直扑了来呢。于是把那个手绢拿在手上，反复地看了几遍，自己不知不觉地就微笑了一笑。然后捧在鼻尖子上连连嗅了几嗅，将手绢折了几折，塞在里衣的口袋里。这才牵了马过来，跨鞍上去。

马鞭子还没有举起，却听到小三儿在身后叫道："大少爷，你把我扔了吗？用不着我，我就回去了。"平生笑道："我带你来，你知道是什么意思？"小三儿笑道："我怎么会不知道，你是叫我当前行报子的，把消息报告完了，我早该走了。"平生笑道："就算你说得对吧，你还不愿去开开眼界，见见几位老前辈吗？"小三儿将舌一伸道："我算得了什么，我去看他们，他们也不理我的。"平生道："这些老前辈，不是那种人嘛，他们眼睛里面不知道什么主子奴才的。要不，他们就肯帮助革命党吗？"小三儿伸手挠挠头笑道："那我是很愿意的了。"平生道："那就不用废话了。"只这一句，他挥了马鞭子，就向前走。小三儿由麦田里绕了个大弯子，直抢到马前头飞跑了去。

约莫跑了有两三里路，远远的，已是一处人家。平生将鞭一举，把小三儿叫回来，自己便跳下马，连马鞭都交给他了。因道："我要走到前面村子里去，你在后面跟来，无论看到了什么人，你不许大惊小怪。"小三儿料着这里面有新奇的事，自然答应了。平生交代完毕，自向前面走。到了那村子路口，便是一家乡茶馆子。门外是小木料支着芦苇搭了一座棚架子，棚子下面有泥砌的桌和凳子。这桌子是四个泥砖墩子，上面铺了一张旧木板子，还算费一点儿事。那凳子却是极简单，只是一列泥砖座，上面涂着黑灰呢。这里只有六七个座头，间杂地列着。靠最外面的一个，正是郁必来同孙亮三斜抱了一个桌子角坐着。

郁必来抬了一只脚架在土凳上，神气是很足。孙亮三斜撑在桌沿上，一手摸着脖子，听人家说话，却是听得正入神。郁必来道："三哥，我的意思就是这样，人生一世，草生一春，我们什么岁数了，再不卖点儿力气，这辈子就完了。"孙亮三笑道："这也就看各人的志气不同。我是早看空了。"郁必来将一只手扶住了架在土凳上的脚，将一只手也斜撑桌面，向孙亮三望着。孙亮三托了耳腮微笑。郁必来道："不，人不能看空。人看空了，世界上什么全是空的，还干什么，躺在炕上，等棺材来装就完啦。再要看空了，连棺材也不要，看到火向火里一跳，看到水向水里跳，不就完了吗？"孙亮三笑道："你把卖唱本的那一套说法，全拿出来了。你要知道，我的意思不是说不活着，只是说少管闲事。有一天活一天。有一天活不了，这就拉倒。"郁必来提起茶壶来，向他面前茶杯子里斟上了一杯茶，笑道："三哥，这时有人跑了来，把我们揍一顿，你打算怎么办？"他说这话时，好像很自在，随着又向自己杯子里斟了一杯，眼睛也没有向孙亮三看去。孙亮三笑道："笑话！在这里有谁来揍我们。就是来动我们的手，我们也不含糊。"郁必来笑道："假如我们让人揍倒了，我们愿不愿意有人来帮忙呢！"孙亮三笑道："果然有那么一日，有人帮我们的忙，我们自然是感谢不尽。"郁必来两手一拍，笑着站了起来，因道："你看我的话，不是很对吗？我们吃了亏，望有人来帮我们的忙。世界上的老实人，吃别个人亏的，有的是，他们就不想人去给他帮忙吗？"孙亮三笑道："这样说，你是菩萨心肠的人，我有点儿比不上。"郁必来道："不能那样说。谁也不是天生下来就是菩萨心肠的，只是各人不肯去做罢了。"孙亮三微笑着，没有作声。

平生隔着一层芦苇的短篱笆，向里张望着。只是静静地听下去，没有肯作声。这时两人停顿了一下子，这就缓缓地走到茶棚子下面，向二人各作了一个揖。郁必来起身道："秦少爷不是进城去了的吗？怎么又到乡下来了？"平生拱手道："就是为了要在各位面前领教，所以又跑出城来了。因为今天不来，明天就怕来不及了。"郁必来这就挽了他的手，伸手拍拍他的肩膀笑道："总算我的老眼不错，没有看错了人。"孙亮三道："你本是有眼力的人，我也不是今日才知道。"郁必来道："三哥，你看这位少爷，他也是一个有菩萨心肠的人。"说着拉了平生过去，要他在土凳上坐下。平生笑道："若是要这样称呼我，我只有跳黄河自尽了。在我们这有点儿血性的人，人家若叫了声少爷，那是比挨骂挨打还要难受的。"郁、孙二人对望着，就都哈哈大笑起来。平生于是拱了拱手在上方坐了。

原来郁、孙二人谈得是很高兴的，自平生坐下了，他两人只是说一两句闲话，这个提过茶壶来，向他们斟上一杯，那个拿过茶壶去，又回敬一杯。平生笑道："两位老前辈，大概还有什么话谈吧？我告辞了，还要到王家堡子里去。"郁必来将他一只袖子挽住，"不必去，你师父也出来了，一会子就到。我们并没有什么话说，只是我们要说，也是些不相干的话。"说着，把声音一低，伸了头对他耳边道："这是大路头上。"平生点点头，笑道："在开封城里，大概有我那一处还可以自由说话。料到没有什么人可以同我为难。"孙亮三端着茶杯子靠在嘴唇上，眼望了头上的老倭瓜架，向他问道："城里头有两个稽查员，你认识吗？"平生笑道："饭桶几个，理他干什么？"说着，昂头向棚子外看看偏西的太阳，因道："若是两位老前辈不嫌弃的话，我想请二位进城去，吃一顿黄河鲤。"

郁必来还没有答应，只听到叮当一阵响，由远而近，直响到身边来。看时，正是马老师骑了一匹马，身后又随着两匹空马。他跳下马，问平生道："你怎么来了？"平生道："我想请两位前辈进城去盘桓一两天。"马老师向两位师兄笑道："没的说了，我师徒意思一样，马都替二位带来了。"郁必来道："我自是要回寓所，三哥，咱们再闹两壶吧。"孙亮三也笑了。平生大喜，赶快回到大路上，迎着小三儿，吩咐他随后跟来，自牵了马到茶棚，马脖子上都是悬着铃子的，那马跑了起来，把所有的马铃子一起振动起来，一路响着是很热闹。马跑着的方向，是斜斜地背了太阳走的，马越向城边，太阳是越在马后的天脚下缓缓地沉着。到了城门边，马老师的马就一马当先赶向前去。平生的一匹马，虽也是紧紧地跟着，已是落到最后，马头接着郁必来的马后腿。

这里一群四匹马跑着，嘚嘚之声，如高山滚石一样，哗啦啦作响，很是令人注意。在马上的人，因为时候不早了，大家只要赶快地进城，别的却没有顾到。可是在大路外一棵歪曲的老柳树下，却有一个人，伸了半截身子藏了半截身子，在那里张望，坐在马上的人，眼睛只管看了城门，是否有人在旁边窥探，却不曾预料到。自然是大大方方的，就直接地冲进去了。不过城里和城外的情形不同，马跑进了城，就得缓缓地走，所以平生两手拢住了缰绳，也只有像人走路的一般，一步一步地向前移。在那城外窥探这个人，这就有了机会，立刻抽出身来，急急忙忙地跟着跑进城来。事有凑巧，正是这群马遇到了一辆大车塞住半边街，马到了这里，不得不停一停，让开路来。就在这时，马腿向后退了两步。平生怕是会碰到什么人，自然回转头来看看。这一看就看到那位稽查大员邱作民，在人丛里面闪闪躲躲的，一路跟了来。

平生看得很清楚，心里一转念，在马上就微笑了一笑。这几匹马缓缓地穿过了几条街巷，到了一家酒楼门口。平生将缰绳一带，马提快走了两步，就赶上了前面去。他只把马鞭子一挥，那酒店里就跑出一位店伙来，把马缰绳拉住。平生首先一个下马，其余的人，也一同跟着下了马。邱作民老远地看到了这四匹马，系在酒馆门口，这就知道这里面大有文章，也就紧赶了两步，直追到酒馆门口来。但是到了酒馆门口，他又不急急地进去，在酒店斜对门的一个花生摊子上，买了二十文大花生，揣在衣袋里，一面剥着花生壳，一面向对过酒楼上张望。那酒楼窗子里一个人伸出半截身子来，对他乱招着手，邱作民眼快，那正是秦平生。在人家店铺屋檐下，如何可以躲闪得了，只好背转身去，慢慢地剥花生吃。

约有十分钟的时候，才转过头来。正有一个警察，从前面经过，于是邱作民向他招了两手，把他叫到前面来，低声向他道："这家四海春酒楼上，有好些歹人在那里，你看门口那四匹马，若是有人骑马要走，那就是歹人。"警察听了这话倒不免呆呆地对他望着，心想楼上有歹人，干你什么事，你又能够指挥我吗？翻了眼，答不出话。邱作民哈哈一笑道："这倒是我大意了。"于是在衣襟里面抽出自己的徽章来，向警察照了一照。警察这才一立正，给他行了一个礼。邱作民道："这件事，你不要大意了，若是把这群歹人捉住了，那是很有功的。"警察答应了一声是。邱作民道："我们不要露了形迹，你只管走到四海春门上去，当一个站岗的样子，我去打电话找人。"他说着，脸也不回过来，径直向街的另一头走了去。

这里本是一条很热闹的街市，在四海春门口，偶然加上一位警察，这也是很平常的一件事，并没有什么人加以注意。这时灯火还未曾亮上，到酒馆子里来的客人，还不很多。

警察正静静地听着，却有一片七巧八马的划拳声音，且那种声音，正是在靠酒楼的一间小阁子里，那就猜出来，一定是邱稽查员指的那一群歹人了。他做一个立正的姿势，把一根短短的指挥棍用两个指头钩住，那上面的绳子只管在空中乱晃。他那镇静的态度和楼上的喧哗状况，恰好相处在反面。

约莫半小时工夫，只听到一阵皮鞋哗哗之声，由街的那一头直响起。看时，已是乌压压一大队背枪的武装兵士飞跑了过来。那迎头一个带队官长看到有警察站在这里，这就直接到他面前，问道："你是邱稽查叫你在这里守着吗？"警察道："是的，楼上那一群人都还在那里。你听，那里大声划拳的，不就是他们吗？"那官长听到，立刻将手一挥，引动后面一队兵士，一齐拥了过去，一条线的，在酒楼下面站着。在酒楼转角的所在，恰是一条小巷子，似乎是通到四海春后楼去的路，那官长又分了一部分兵士，顺了这小巷子陆陆续续地跑过去。

那邱稽查员也就在这个时候带了一根手杖，神气十足地在大街当心带走带跑着，奔到酒楼前面，看到军官，一手抬起来，将手绢擦着额头上的汗，一手举起手杖，向那小巷子指着，结结巴巴地道："那里还有酒店的后门呢，你们知道吗？"军官道："已经派了人去了。"邱作民道："光是派人去了，那还不行。"口里说着，人又向小巷子里奔了去。这小巷子里，刚好一个人走过，歹人不容易由此漏网。看看来布防的军警，虽是各人单独地站着，也就是六七步路一位，而且各人手里全拿着武器，歹人如何跑得了。他绕了半个圈子，就到了四海春的后门口，这里也站着四个兵士，都雄赳赳地对了后门，不过这酒店里也有预备，已经把两扇门紧紧地关着。邱作民昂头看看，上面的屋瓦尽是很陡的样子，绝不是普通的屋上可以随便走人，心里更踏实了一些。他料到里面人一个没走，于是得意扬扬的，将后门一阵乱敲。

这时有一位苍老声音的人，在里面答道："哪一位？这里正有事，后门不能乱开，请走前面吧。"邱作民道："我们就是捉人的，你只管把门打开来吧。"于是里面不答话，门闩摸索着有声，过了一会子把门打开。邱作民也来不及看清那人是谁，仿佛是一个衰年的老头子罢了。于是招招手，带了四名兵士，直闯了进去。当冲到前面店堂里时，掌柜倒是不慌不忙地迎到了前面，笑问道："老爷，有什么事？"邱作民翻了眼道："你们这楼上有革命党。"掌柜的听了这话，忽然地愣住，望着他不能再说什么。邱作民道："刚才在楼上划拳吃酒的，那就是革命党。"掌柜的垂手站立着，低声缓缓地道："那上面是秦大人的大少爷

80

请客。"邱作民道："对了，他请的客全不是好人。我就认得，里面有一个打拳的、一个卖草药的。"掌柜的笑道："我不过白说一声，就请你老爷上楼去看吧，他们全都在楼上呢。"邱作民扭转身，就登着梯子向楼上跑，口里还嚷着道："姓秦的这小子，今天我总算把他看出来了，他到底是一个坏人。"口里说着，紧随着四名兵士之后直拥到平生吃酒的那间小阁子里去。

因为在上楼以后，那小阁子里吃酒的人，还是嘻嘻哈哈的，绝没有防备。这小阁子门口却也垂着一幅帘子的，所以邱作民直到门口，还不能知道里面的人会有什么动作。他想，好在他们四个骑马进城，在城门口也就看得很清楚。他们轻衣小帽，并没有带什么兵刃。这里四位兵士全是带了步枪的，自己还带着一支手枪呢，怕他做什么？如此想着，邱作民的胆子壮起来，摸了一摸衣袋里的手枪，还是正正当当插着呢。于是他两脚一跳，手掀了门帘，直蹿了进去。可是那几个吃酒的人还全蒙在鼓里，好像一点儿不知道这酒楼是重兵围困了的，大家很自在地喝着酒。

邱作民直扑到离那席面不远的地方，才把在座的人看了一个清楚：两手张开，睁了大眼，不知道说什么好。就是同他进来的几位军警把抢进来的脚步猛地止住，齐齐地啊了一声。原来在这里吃酒的，虽有秦平生一个，但同他坐在这里的，还有全是穿长袍马褂衣冠整齐的人。从他们的态度上看去，大小全像个官。其中一个穿玄缎窝龙袋的，嘴上蓄了短短八字须的人，把两只手臂挽过来，撑在桌子上，对着面前的酒杯望着，好像喝得还很高兴。他偶然一抬头，看到进来的人，就站起来打着京腔道："你们来干吗的？"说着，微瞪了两眼。邱作民一听那口京腔，先就有三分含糊，再看到他那样子，更觉得他是有来头的，望了他微笑道："我们是奉公事来寻人的。"这胡子道："你大概也不是北京城里的巡城御史吧？有这样寻人的吗？"

说时，秦平生已经站起来了，对邱作民点了个头道："原来是邱老爷。在座全没有外人，我来介绍介绍。"于是一个个地告诉他，这是李老爷，这是张老爷。到了那胡子面前，他可不说此人是谁，反问邱作民一声道："大概你总认得吧？"邱作民口里说是是，心里就想着，这人倒是很面熟，莫非是候补府黄佐才吧？他怎么也在这里，这人见是见到两回，面孔仿佛如此，至于一口京腔那却是和现在的无别。平生看到他那份尴尬，弓着腰只管微笑，倒有几分可怜，于是向那胡子道："这是稽查员邱老爷。"胡子将鼻子哼了一声道："一个稽查员。"邱作民听了这句很加藐视的话，不由得脸上通红，可又摸不到人家的来头，只好微微一笑。秦平生笑道："邱老爷位置虽然不高，但是他很忠于职务的，将来有一天，会飞黄腾达起来的。"那胡子微笑了一笑。平生道："若不是你有公务在身，我一定请你喝三杯。现在你带了兄弟来的，我不便留你，明天在大相国寺茶馆子里见吧。"

邱作民本待再说什么，想到在座的人，不是候补府，便是候补县，自己来捉革命党，不能把老爷班子捉了去，只好倒退了两步，点着头道："打搅，打搅，明天再见吧。"他只说到第一声打搅，那随他进来的几名军警早是魂不附体，立刻先抽转身跑了出去。邱作民只管装了笑容向后退，退到房门边，脊梁和板壁重重地碰了一下，碰得人向前一栽，若不是自己极力用脚撑着，几乎对着大家磕下头去。平生倒向前把他挽住，笑道："不忙，不忙，慢慢儿走。"

他真是羞上加羞，找着掌柜的板了脸，大声喝道："这房间里吃酒的人，怎么换了？"掌柜的道："吃酒的人换了？哪有这么回事？"掌柜的并不生气，依然和颜悦色地低声道："邱老爷，请你同我们想想，我们开店的人，只管做买卖，来吃酒的是什么人，我们哪里知道？"邱作民道："你乱扯些什么？我所问的是那几个吃酒的人，怎么会换了三个人了？原来吃酒的人呢？"掌柜的笑道："邱老爷这话恐怕弄错了吧？吃酒的人，去一班，换一班，那是有的。吃到半中间，换去几个人，那是不会有的。譬如你邱老爷请客，肯在半中间换几个人吗？"邱作民被他这几句话抵着，也没有什么话可说，只好板了脸子道："这里一定有原因，这里一定有原因。"口里连连地说着，带了军警走出酒店去了。

第九回

侧帽回廊落魂喧刺客
扬鞭大道慨古论英雄

　　楼上的那几位酒客，依然很镇静在吃酒。平生所在的地方，正是靠了楼窗，回转头来向楼下看去，只见街上站的那些军警已是三三两两分开了，向各家店铺里走了去，做出一副搜寻人的样子。平生笑着向在座的人道："我们要连累这一条街上的店家了。可是他们不在这街上搜寻一回，也下不了台。"那个像候补府的人向平生拱拱手道："刚才我们这一招棋，究竟有一点儿险。倘若他们不问好歹，一定把我们架到警备道衙门里去，那我们怎么办？"平生道："架去了又有什么要紧？他不逼我就算了，假使他要逼我，我就说他的儿子在日本和我是同学的时候，我们一路加入革命党的。"那胡子笑道："不是在他能办我们不能办我们，那一面说，是在就秦大人知道不能放松我们这几个人。"平生道："真有这回事，我就对家父说实话了。我所做的事，我总有一天要对家父说明的。不过到了那个时候，父子的恩情恐怕就要断绝。断绝了也好，他不必为了儿子受累了。我现在想着，他在这里做一位红道台，有我这样一个走反面的儿子，他是比平常人要危险好几倍的。"说着端起杯子来喝了一口酒，壮壮自己的胆子。那胡子道："既是秦少爷有这种话，我们还怕什么，那就喝酒吧。"

　　说到这里，掌柜的笑嘻嘻地走上楼来，可是他那额头上的汗珠子，黄豆大的一粒，直向下滚着；他抬起一手来，捏着汗巾子，只管在前面额角上不住地擦着。随后微欠了身子笑道："这件事，我们算太太平平地过去了。秦少爷你放心，在我小号里吃酒，这一点儿小事，我总能担待过去。那几位已经由后门口去到我家里，吃得舒舒服服呢。"平生笑道："我无论如何粗心，在城门口也看到邱作民，岂能在这里等他来捉我？他这个手段，也不配做侦探。我已经在楼窗子口上，对他打了一个照面了。"掌柜的道："打了一个照面，他就应该知道走漏了消息吗。"平生道："无论什么东西想害人，全不能让人家看见的。他看到了我，至少要明白，他捉我，我已经是知道了，他似乎也知道我有了防备了，为什么只把一名警察在酒楼对过站着。他也没有定神针把这酒楼上的几个人定住，能料着我们不会从后门进出吗？"掌柜的笑道："虽然这样说，若是电话打出去，这三位师爷来晚了，你们也没有这样轻松地过去。"平生笑道："若是没有这三位在场，我一个人在这里吃酒，他也照样地没奈我何。不过少了这一套戏法，不能拿邱作民开味罢了。"

　　掌柜的笑道："他们的队伍全数撤了，三位师爷可以随便回府了。"平生笑着摇了摇手道："掌柜的，你虽然经验丰富，但是你体会人心，还差一点儿劲。他既是做侦探的人，当然也要讲一点儿虚虚实实。他碰了我们这样一个大钉子，就肯马马虎虎地把队伍撤走了吗。我料他们还在这街的前前后后都布满了眼线，我们要是露一点儿破绽，那是给他们造机会了。"掌柜的道："我们生意人，眼孔小，知道什么？依着秦少爷的意思，应当怎样做？"平生笑道："我们这四个人，已经吃饱了，你给我们泡壶好茶来。我们慢慢地把茶喝足了，然后亮着灯笼，骑着马一路走。"掌柜的对平生今天这样谈笑麾敌，已经是十分佩服的了。平生说要这样做，那就依了他的话，去办理一切。街上已经打着二更，平生同着一行四人骑了马直回自己公馆。酒店里派了两个伙计，打着灯笼，在马前引路。那一种夜游的威风，也就十足地表现出来了。

　　平生到了家门口，门里的人听到一阵马蹄响，早已开了大门迎接。小三儿首行一个迎到马前，接过他的马鞭子，低声笑道："今天的事，大人可一点儿也不知道，你放心到上房里去吧。我赶到城门里时就看到姓邱的那小子鬼鬼祟祟跟着。我奔回家来，恰好您电话也到了。我就把看到的告诉了江师爷。要不，他们不能去得那样快。"平生点点头，笑着向里走。三个同来的人也紧紧地随着，一直到了平生书房里坐下休息。平生才向那胡子拱了拱手道："今天的事，全仗江师爷那份临事镇静的态度，让邱作民没有法子开口。"江师爷笑道："我接了秦少爷的电话，同张李二人赶紧坐了三乘小轿，飞跑了去。依着秦少爷的话，在街口下轿，由小巷子里进酒店后门。"平生道："当时街上的情形怎么样？"江师爷道："那时一切如常，我实在想不到随后去了那些军警。老实说，当时我心里也是很惊慌的。可是一想，既然来了，惊慌不得。所以我仗了秦少爷在座，还是十分地镇静着。"平生笑道："我这事虽然险一点儿，但是也由于把邱作民这人看透了，我随便弄一点儿手段，他就会跌进迷魂阵的。因为做侦探和当差可是两件事。今天有劳各位，请回府去休息，明天下午，我再酬谢。实不相瞒，我今天忙了一天，也很有点儿疲倦了。"说着举起手来，伸了一个懒腰。大家看到这种情形，自然也就各自告辞。平生想到。已是同父亲说过，今天还是要去看同学的，落得睡一顿早觉，就不必到上房里去。

平生在书房里的床上，刚睡得有点儿蒙眬，小三儿却已是走到床面前，连连叫了好几次。他道："大少爷，你快上客厅去看看，警备道刘大人来拜会大人了。"平生听了这话，不能不吃上一惊，坐起来定了一会儿神，将书房灯熄了，自走到花厅后面来。

花厅右壁门侧面有一架屏风，屏风前面就是炕床。秦镜明同那位刘道台分宾主坐下。只听得刘道台低声道："这件事情，叫兄弟也觉得很棘手。我那大小犬，也是一个东洋留学生。由兄弟平常看起他的言行来，并没有什么越轨之处。"只听得秦镜明哈哈一笑道："知子莫若父，兄台有了这一句话，事情就已大白，何必再来和兄弟商量呢？"刘道台道："可是中丞有谕，叫兄弟注意留学生出身的人。"秦镜明笑道："这话也就是中丞能说。因为他家里没有人在外洋留学的。兄台想想，自朝廷变法维新以来，每年花了许多钱，派青年子弟出洋留学，无非是想富国强兵，把国家振兴起来。我们自己花了许多钱把子弟送到外洋留学，也算是为朝廷出了一份力量。就是现在朝廷，也并不以为有了乱党就不派人留学。朝廷盼望留学生回国来出力，可以想见，中丞说凡属留学生的都要注意，你我的孩子都是留学生，总不能把他们查办起来。兄台此来，莫非有人疑惑我那小犬也是革命党吗？"说毕，又一笑道，"这也难怪，有人还说令郎是革命党呢!"

那刘道台却是戴着大缨凉帽，穿了补服外褂，正正端端地坐在那里，态度是很矜持的，听了这话，周身微微一抖颤，脸色跟着红了一红，然后强笑道:"那是笑话了! 我那孩子是个围棋迷，除了围棋，什么也不明白。因为他终日在家同几位幕宾下棋，把脸色都下得变成了苍白色，我现在逼着他每天出门游玩一次。这样的人，说他会干那穷凶极恶的事，却是于理不通了。"他两人在这里互相为自己的儿子解释，屏风后站的一个黑影子，觉得问题是很轻松，不必跟着向上听了。刘道台深夜出来，是带了随从不少，在秦公馆门口灯火辉煌的拥挤着许多人。

平生背了两只手，由里面那重院子里直穿到大门口来，看见刘道台的随从，有三五个人在一处谈话，就走向前而去，对他们笑笑，假使他们的话，是可以插言的，也就和他们搭上一两句话。那些仆从看到灯火之下，有一位华服少年来往，料着也就是秦大人的少爷，所以他说话的时候，大家都很恭敬地垂着两手，站在一边听他的话。平生身边，还站着一个小三儿，还不住地叫着少爷。就是有那种麻木的人，听到这种话，也就可以知道平生是少爷了。平生对于刘道台这一群随从似乎很感到兴趣，只是徘徊了不走，直等里面的跟班大声喝着送客，大家去预备走，平生才走开。

就在这个时候，听到上房里一阵轰动，仿佛听着人喊，有刺客有刺客，于是所有刘道台的随从同秦家本来的仆从，就是一窝蜂似的涌进到后面院子里去。平生随了这种人声也就跑到后面院子里，只见秦镜明抓住一个听差的手连连地抖颤着。刘道台却是两手抱住了长廊下的一根柱子，身子向下蹲着，周身的衣服，都像变了有生命的东西，完全活动了起来。所有这些大批跟来的听差，都围着这两位大人乱转。

平生一进后院门，就大声喊道:"哪里有刺客? 我在这里，大家不要怕。"秦镜明一眼看到平生进来，胆子就大了些，因为他是一个留学生，不怕革命党，而且他练过把式，也很能打散几个人，于是站出来，遥遥地向他招了两招手，叫道:"你快来，你快过来，家里会出了坏人了?"平生道:"什么，我们家里会有坏人进来。"那刘道台两手抱了柱子，也就站了起来，将帽子扶正，四面张望着，向平生连连拱了两下手道："世兄世兄，你过来，我……我同你说几句话。"平生还不曾答话，他又道："这，这院子里恐怕还有歹人。"平生也就带了笑容抢到他身边去。看时，他的大帽子歪到一边，那只翎子却是不见了。刘道台看见平生到了面前，就一把将他的花袖拉住，苦笑着道："世兄，你站在我身边，不要走开。"

平生于是站在台级石上，两手向高空里一举，左右连晃了两下，因道："大家不要乱，我已经把刺客捉到了。"院子里的一班差役，好像一股潮水突然向下一落，就紧紧地围拢上来，都要看捉到的刺客是怎么一个样子。平生道："刺客已经捉到了，现在不必问刺客怎样，以先看到刺客的，现在把那情形说一说。"说着向刘道台一拱手道："老伯是怎样看到刺客的呢？"刘道台见人丛中已有两盏高脚灯笼高举过头，在烛光下，对于眼前的这些人已看得清楚，十之八九都是衙门里的差役，胆子随着大了一些。于是向平生道："我由花厅里出来的时候，恰好有一样东西哗啦一下在院子里碰着。我虽不怕，总不免定一定神，不料就在这个时候，我的大帽子重重地让这个东西碰了一下。我还不曾喊出来什么，抬头一看，却是一个很大的黑影子，由天井里跳上屋去。随后我也不知道是怎样的就叫出来了。世兄，你看看我头上没有刀伤吗？衣服都湿透了，血流得不少。"平生笑道："老伯并没有受伤，不过帽子上的一只翎不见了。"刘道台伸起一只手来，摸摸颈脖子道："没有受伤吗？不能够吧？"说着话，大家又把这两位道台一齐拥进了花厅，在灯光下细看一番，倒实在没有受伤。

刘道台在灯烛辉煌之下，在旁边的穿衣镜里发现了自己衣帽堂皇，实在是一个人物，而且周围站着的两家仆役都是常常看自己颜色的，到了现在，自己却做出这种羞态给别人看，这实在是丢脸的事。因之他把颜色端正喝问道："刺客拿在哪里，快锁起来重办。"平生这才学着旗礼屈腿请了个安，笑道："老伯恕小侄撒谎。小侄又不能飞檐走壁，如何能捉住刺客，也是因为刚才秩序太乱，说这句话镇定人心罢了。现在老伯请放心，没事了。小侄知道同巷王太守家里，前几天跑了一只嵩山

87

猴子，四处害人，大概是它。小侄亲眼看到它在前面院子屋顶上蹿着的。"刘道台怔了一怔，强笑道："果然刚才乱了一点儿，开封城里，哪会有刺客？一定是那只大马猴了。"说着，向秦镜明作了两个揖道："镜翁，今天这件事，可是大大的一个笑话，请你不必对人说。"镜明也是刚喘回一口气，笑道："那自然，那自然，这件事出在兄弟家里，当然兄弟隐讳着，还在刘兄以上，刘兄尽管放心回府就是了。"刘道台看到这种样子心里自是很安慰，这就在许多人保护里面出门上轿去了。平生站在父亲身边，少不得还是很恭顺的，做了一个保镖的。全家乱了两小时，直到镜明已经安睡了，平生这才回书房去。

　　平生还不曾进房，就在院子里身子前仰后合地张口大笑，不住地哈哈出声，很远的地方都可以听到。小三儿先抢到书房里去，把煤油灯扭着，然后迎到廊檐下，笑道："大少爷，你这是做什么？不是故意让人家知道吗？"平生走到书房里，依然是哈哈大笑，先把桌子连连地拍了两下，回头倒在床上把两脚举了起来，连连地上下划了几下，又将手拍了床褥几声响，这才跳着坐了起来。小三儿问道："大少爷，你为什么这样地高兴？"平生本是停止了笑声的，被小三儿这一问，又哈哈大笑起来。这倒把小三儿看得呆了。平生痛痛快快地笑了一阵子，然后定坐着。小三儿道："大少爷，你这样子笑法，岂不走漏了消息？"平生道："走漏了消息要什么紧？就是跑到他们警备道衙门里去，说我是革命党，他也没有办法。索性这样吓他一下子，让他以后不过问革命党了。今天晚上，料着什么事也没有，睡觉吧。"他说完了，自解衣上床睡觉去了。这样一来，他们一半相信那个刺客是一只大马猴，可是一半也猜疑真有刺客。因之由警备道本人到邱作民，都把脖子缩了起来，在第二日并没有什么动作。镜明在昨晚受了那一番惊吓，疑心今天还有革命党前来行刺，很是慎重。

　　这天，秦镜明只藏在签押房里看古书，同时叮嘱了平生不必出去。平生也只好坐在签押房的对面书房里闷了一天。又过了一天，看紧张的空气才和平下去，平生在书房里坐坐，又到上房去坐坐，总觉得心里有些不安。挨到了这日下午，实在不能忍耐了，这就向小三儿叮嘱了几

88

句，开了花园门，直到马老师药材店里来。

马老师正在屋檐下蹲着身子熬膏药，看到平生进来了，他依然还是做他的事，不过将头昂着对平生微笑了一笑。平生跑近前两步，低声笑道："前天晚上的事，很得老师帮忙。"马老师笑道："你总算很机警，我从墙上跳进你书房里去的时候，你立刻把灯火熄了。我叫你到前面去，你不用我多吩咐，就和刘道台的跟班纠缠在一处，这很好，让他们不能疑心到你。"平生背了两手，站在天井里，看马老师熬膏药，一面悠闲地答话，因道："还有一位师叔，他们都在城里吗？"马老师笑道："你放心，他们自己足可以替自己解绳子的。"平生微微皱了眉道："不过邱作民是不会甘心的，过了两日，他又得偷偷摸摸地看我的行动。我是一位少爷，总可以对付他，只是各位师叔在城里，我总少不了有点儿来往。万一他们跟在后面，多少要生出一些是非来的。"

马老师不熬膏药了，把锅端了下来，放在阶沿石上，然后站起来向平生望着道："你说这话，有什么消息吗？"平生道："并没有什么消息，但是那刘道台绝不肯把这事就放松的。我们要干，我以为要干得起来就干起来，干不起来还在这里守些什么呢？"马老师道："你这话是对的。我也是这样劝他们。他们答应了明天就走。我想把他们送到黄河涯上去，一路好谈谈心。你若有工夫，不妨一路走。"平生道："当然有工夫，现在家父很相信我，相信我绝不做革命党。"说毕，不由得笑了起来。马老师笑道："你也不要太高兴了，你不知道骄兵必败这句话吗？何况你干的这件事还是很机密的呢？"平生听了这话，倒不由得把颜色一正，静静地立着。马老师道："你明天既是要同我们到黄河涯上去，今天就不必在外面多耽搁了，明天一早来吧。有什么话，我们明天到路上谈去。"平生虽然还有许多话要说，但是师父这样的吩咐，也就只好回家去。

到了次日早上，鸡子黄色的太阳挂在东边的天脚，便是一行三匹马，首尾相连地在大路上走着。平生一马当先，指指点点着马头的风景。马老师同孙亮三各带住缰绳，随后跟着。平生在马上叹了一口气道："这一条大路，经过了多少兴亡事迹！第一件不堪的事情，要算是金兵南下的时候。金兵在北岸扎营，汴梁城里的宋朝君臣，由这条路上，解了金银珠宝，不断地送过黄河去。"马老师道："你为什么想起宋朝的事来？"平生道："我觉得现在还不如宋朝，赵宋离开了中原，迁都江南去，还保留了一角天下。现在呢，不是汉族河山完全是胡人占领了吗？"马老师道："不过我想着，现在的旗人，绝不像金人那样厉害。我平生就爱看个岳传，说到朱仙镇杀金兵，真是痛快。只是风波亭上把我们岳元帅那样屈死了，实在让英雄气短。"

孙亮三两手拢了缰绳，慢慢地在两匹马后走着，脸上带了微笑。马老师道："三爷你什么事这样发笑？"孙亮三道："我笑你们师徒两个目中无人，这样砍脑袋的话，在大路上大谈特谈。"马老师笑道："漫说出了城这样远的地方，就是在开封城里头，我也目中无人。"说着，在怀里掏出一只孔雀翎子来，临风一晃，笑道："这是警备道大帽上的东西，我也拿来了。这种情形，我要他的脑袋，也不难吧？"孙亮三道："那天晚上，你为什么跑到秦公馆去？"马老师笑道："我何尝知道警备道会到秦公馆去？是我们从四海春后门溜出来，藏在掌柜的家里。之后，你们虽是太平地走了，但是我想着，平生惹了这样一场大祸，家里未必一点儿不知道，因之我就由掌柜家后院墙跳出，绕了很多的路，跑到秦公馆墙外，爬了进去，要看看情形。恰好平生由房里出来，就熄了灯。在熄灯的时候，我们先后到了大花厅后面，三言两语地就约好了耍警备道一耍。"孙亮三道："玩笑是玩笑，闹得不好，也许惹出是非来。还有从大牢里救出来的那两位，现时还在十里堡寨子里，离城太近，总不是个办法，什么时候约他们走？"平生道："这一层我倒是约好了，约了他两人过几天到西安去。"

说到这里，平生两手拢住了缰绳，向身后看了一看，又把路的周围也打量了一遍。他的马退后几步就和孙亮三的马并排走着了。平生对孙亮三低声道："由我看来，中原有事，关中还是必争之地。若是在关中有了根据地，闭关西守，东向以争天下，进可以取北京，退也可以入川。"孙亮三笑道："谈到天下大事，我们可不懂。不过你说由陕西可以退四川，那我就知道不行的。由西安到汉中，就是半个多月的路程，过了凤翔，就翻秦岭，没十天也翻不过去。汉中到川北，我没有走过，听说比这边更险。"

平生很高兴地在马上身子晃了两晃，笑道："无意中，孙师叔透漏了一点儿消息给我了。"孙亮三回转头来，问道："你这话，我倒有些不解，我有什么事情漏了。"平生笑道："我听说，秦岭里面有一位大侠，常常来往川陕两省，有时也走到潼关东边来。除了本领快超绝的人，是没有法子见着他的。"孙亮三笑道："这样说，你以为我已经见着了他，同时，我也就是一位本领已超绝的人。"平生笑道："我果然是这样想。孙老师何不就把见着那位大侠的事，告诉晚辈一点儿。"孙亮三摇摇头道："我不知道什么大侠。我们共有一个老师，就是那老和尚。你以为还有本领比老和尚更大的吗？"平生在马上欠身道："那是老师，我怎么可以随便譬方呢？"他默然一会儿又道："我就想把这位大侠当一件故事谈，也没有什么不可了。"孙亮三昂头看了看天色，自言自语地道："这满天全是黄色的云雾，太阳没有光，天气阴惨惨的，恐怕要起大风了。有了大风，这黄河就不好过了。"说着话，他两腿夹了马腹，一抖缰绳，马就提着步子向前直奔了去。马老师微笑着，也是催了马向前跑。

第十回

待渡大河送人生远志
回眸隔座品茗鉴芳心

　　平生虽感到要问的话还没有谈完，但是这位孙师叔还是初识不久的，只好把话按住不提了。三个人加了一鞭脚程，就到了黄河涯上。这里也是黄河的一个小渡口，大堤下弯弯地铺了一片沙洲。在沙洲边，很零落地泊了几只渡船。那渡船的形式虽是平面长方的，可是船上面树立着一根大桅杆，两三只乌鸦分立在桅杆的岭顶上，还不住在空中晃荡。在这黄河涯堤上，有着七八家乡村铺子，无非是卖茶卖酒及招商小客店之类。在正对着那沙洲的渡口，有一家乡茶铺子，店前面搭了一座芦席棚子，棚子下面纵横罗列几副座位。行人坐在那里，正好看候着渡船。

　　孙亮三一马跑到了堤上，就在茶店后面柳树桩上，拴住了马，手上拿了短短的小马鞭子，走进茶棚子里去。那茶棚子里的店伙抢着上前，把他的马鞭子接了过去，笑道："孙爷，这回到开封去的日子不少，今日才来。"孙亮三向他笑道："你倒认得我？"只说了这句话，平生同着马老师，也一齐走进棚子来了。孙亮三更是微笑而不言。店伙将一把麦草短扫帚，把一张桌面胡乱地扫了一阵，笑道："三位就在这里坐。过河的渡船很多，不忙，先喝一碗水去。"马老师进得茶棚来，回头向平生笑道："要你老远地跑来喝黄河水，你不觉着冤吗？"平生道："假使能够天天同老师在一处，喝黄河的浑水，也是好的。"孙亮三拿了一个布掸子，站在棚子下面，掸去了身上的灰，正面对了黄河，在凳子上坐了，他似乎在看一样东西，看得很出神。平生和马老师说着话坐下了，他也不曾理会，直等店伙送茶壶上桌来，平生斟了一杯放在他面前，他才向马老师道："师兄今天过得黄河去，不知道什么时候再能会见。但是我们都老了。"说着，他端起茶杯来，待喝不喝地。

平生听了他的话，却也有点儿感触，向前看去，只见黄河浩浩的河水，从西头天脚下流了过来，由面前经过，再向东边天脚下流去。一眼看去，令人想到宇宙之大。这眼前的河流，分出无数的支派，发出一层层的浪花和漩纹，箭一般地流去。在许多支派之中，现出大大小小的浮沙，越是透着这黄河之险。望了对岸，隐隐地看出那一条条道路，像一条条粗黑的影子，伸到白云脚下。河里有两只渡船满载着车马行人，绕过浮沙，斜斜地渡过去，走得是非常之缓。平生便情不自禁地叹了一声道："黄河实在是天险，叫人看到后自然会生出一种说不出的感想。"马老师将头摇了两摇道："你怎么也发出这种牢骚来？大丈夫四海为家，过一道黄河算什么！"平生摇头道："我的意思，还不是如此。不过我囫囵地说出来，只说了一半罢了。"马老师架起一只脚在凳上，一手抓起茶壶来向杯子里斟着茶，一面答道："你还有一半意思，又是什么？"平生道："我不是说了黄河很险吗？可是现在不稀奇了。火车载着成千上万的人，由铁桥上飞奔了。一会儿工夫，就把黄河渡过来了。以前渡黄河那样费事，北人南下，中原人士已经是抵不住。现在黄河可以直穿过来，天险更不足恃了。"

马老师笑道："你念书的人，把眼前的事怎么都会弄错了？黄河两岸，谁打谁？"平生两手环抱着，撑住了桌子，微俯了身子向前面看着黄河，笑道："照现在看起来，当然是一家。不过再过一些时候，黄河以北的情形同黄河以南的情形，恐怕是不能相同的。北岸的人，就是在险要的渡口，全将重兵把守着，我们由南向北走的人，也有法子冲过去。反过来说，要像太平天国的时候，或划长江而守，或划黄河而守，那也不行。因之我临时想了一点儿意思，万一有要动的一日，那就要不顾一切，直冲过黄河去。津浦路一支力量直扑天津；京汉路一支力量直扑北京。"他顿了一顿又道："在济南、沧州、石家庄、保定，各驻重兵，以作掎角之势。再以轻兵，由河间、霸县间道北进，联络东西两路，然后……"

他说到这里，正觉得十分有趣，马老师横空伸出一只手来将他搁住，低声喝道："平生，你疯了吗？"孙亮三向平生笑道："你是一位候补道少爷，要什么紧，天倒下来了，还有屋顶给你撑住，我们马大哥可是一个走江湖卖草药的。你这样像在演说台上演说似的，不怕让你老师受累吗？"平生听说这才微笑而不言。最奇怪的是，这店里的店伙在棚柱上靠立着，也对这里发出那微微的笑容。平生道："伙计你知道我说什么？"伙计道："我不懂的。我们这里有馍，有盐鸡子儿，三位要吃啥？"平生这才不理他，依然同两位前辈说话。

大家喝淡了一壶茶水，又吃了几个盐水鸡蛋，眼望黄河西边的天尽头金光耀目，那太阳正要落了下去。孙亮三扶着桌沿，突然地站立起来。因道："我要走了。你看前面的那一只渡船，已经上了大半船人，我就搭这只船过河去，要不然太晚了，到了河那边，赶不上站头。"马老师听到也就站了起来，对着黄河的景致又看了一看，说道："时候果然不早了，要渡黄河也到了时候，孙三爷你请行吧。"孙亮三将马鞭子拿在手上，悠闲地走出茶棚子来，先将马缰绳解了牵在手上，昂头看看天色，然后缓步走下大堤来。马老师同着平生空了两手，紧紧地在后面跟随。

三人同行到沙滩上就品字式地站立着。孙亮三道："二位请回吧。青山不改绿水长流，我们后会有期了。"马老师道："虽然如此说，但是我们兄弟生在这个日子，不能像往常那样糊涂过活，而要找一个机会做点儿事，免得白过了这一生。我们后会……"孙亮三笑起来道："马大哥总把这些大题目来对我说，未免太看得起我了。"马老师又挽住他那只拿马鞭子的手，很沉着地道："兄弟，你说，你是不是嫌做老哥的这次有点儿多事了？"孙亮三道："大哥全是一片热心肠，我怎么能说是多事？只是各人有各人的脾气，谁都不肯受拘束的。我想你老哥总也是与我一样。"马老师昂着头对天上看着，沉吟一会儿便道："那很好。我现在不能和你多谈了，请上渡船吧，你见着老和尚的时候，替我问好，倘若我看见了老和尚，也是一样，我代你向老和尚问好。"孙亮三听了这话，点了点头，牵了马慢慢地向黄河边上走。马老师的脸上现出恋恋不舍的样子来，一步一步地跟着他直到黄河水边。

孙亮三走到了水边，把马牵上了那宽平的大跳板，这才回转脸来，看到了马老师还在面前，因又立在跳板上，回转身来呆望着，问道："老哥，你只管送我干什么？还打算把我送到黄河北岸吗？"马老师道："那么，我不送你了，我总望不久的时候还可以见面。"孙亮三抱了拳头笑道："那总可以的。你师徒两人回去吧。"他说着这话，把空着的一只手扬了一扬，然后牵了马走上船去。黄河的渡船舱面全是平坦的，倒有些像往日长江水师的木质炮船，不过头尾更宽些。他站在船舱板上，还是把手带了马鞭子向马老师连连拱手。在这个时候，渡船已快开，因之在大堤上下等着渡船的人，全都拥上来，一时船上人的叫唤声、牲口的铃铛声、车轮的转动声、跳板的震动声，闹成了一片。河岸的人与船上的人，隔着两三丈的河面，彼此说话都听不见，只有呆呆地望着，直到那渡船开了，缓缓地到了黄河中流。只看落日天边，天水相接之间，一船摇摇的人影，在苍茫云水之中，越远越小，渐至于不见，这也让送行的人，百感交集了。

这黄河岸上的师徒二人，看到这种情形，全有一番说不出来的伤感。直到望着那渡船只剩下一个黑影子了，马老师才回头向平生道："孙三爷实在是一位英雄人物，只是他的脾气与别人不同，绝不肯管一点儿闲事。他在黄河两岸到处都有熟人，假使他肯挺身出来做点儿事情，那比我们这些人强之十倍。"平生道："天下兴亡，匹夫有责，他这样的做法究竟是不对。"马老师笑道："他也没出洋留过学，会知道你们所说的那一套？我若不是常常听到你说些世界大事，我也不会问你们这些事的。现在依你所说，当然是要做个好汉了。"平生笑道："像我这样的徒弟，总不会是做了圈套叫老师上当吧？"马老师笑道："徒弟都叫老师上当，天下还有人敢教徒弟吗？我们该回去了，走吧。"说着扭身就上岸去。但是平生站在河洲上，望了那遥远模糊的渡船影子又出了一会儿神，回过头来，见马老师在堤上兀自摇着马鞭子，这才加紧两步，跑上堤来。

马老师道："这些日子，城都关得很早，我们再要耽误，那就赶不进城了。若说你也舍不得孙三爷，我倒有些不相信，你认得才有几天？"

平生道："我并非舍不得他。只是我想到像他那样一身本领，无论到什么地方去也毫不畏难，实在让人钦慕得很。"马老师听了这话脸上似乎动了一动，便笑道："你以为我做老师的，想到哪里去会有什么畏难吗？"平生如何敢答应这句话，只是微微一笑。马老师道："自然，我是太稳重一点儿。但是我也有我一个想头，在没有到非要出力不可的关头，我也懒得去出力。"他说着这话，进得茶棚子，代付了茶账，自到棚子后面去把柳树兜子上的马缰绳解了，一跳跨上马。平生来不及去问马老师的话，也牵过马跳上鞍去，紧紧地在后面跟着。

这时，那西落的太阳向大堤尽头落下去，一层黄昏色的阳光，向马背上斜照过来。两人骑在马上，只听到八只马蹄在大堤上扑扑作响，两阵浮尘在马蹄下卷起。两人并不说话，只是那马铃子呛啷作响，一点儿不歇。到了城里，马蹄子才放缓下来，马老师这才拢了缰绳，回过头来，向平生道："你今天又出来一天，恐怕你们老太爷不能不盘问你。有什么要紧的事，可以打发小三儿来找我。我回店里去看看，若是来得及，我还赶上十里堡去。"两个人说着话，两匹马也渐渐地相接近了。忽然有一个人在马头上横抢过去，把马弄一惊，平生的马掀着蹄子向后面一挫，几乎把他掀下马来。这时，太阳已经沉落得没有了影子，那街灯又不怎么亮，这人过去得匆忙，是个什么样子却看不出来。马老师未曾留意他，平生却感觉有点儿奇怪，这人为什么由马头上抢过去？好像是不愿让我看见的样子呢。他这样估量着，那人自是远去，便也无从注意。骑了马，慢慢地走回家去。恰好这天下午，镜明有事，到府院禀见去了，没留心平生是否在家。

次日上午，平生想到昨天马前抢过去的那个人颇有点儿可疑，今天要去看看老师。因之在半上午的时候，就悠闲地到上房来，打算给父母打个照面，然后就出去。不想跨进母亲房门，就看到母亲同鹿小姐在并坐谈话。鹿小姐已先站起来，微低了头，叫一声大少爷。平生拱拱手笑道："鹿小姐请坐，大概又是给家母凑脚来了。"秦太太道："你别走，鹿小姐今天来了，有好些个新闻报告，你也可以听听。"平生答应了一声是，便走到窗户边一张圆凳子上坐了。女仆送上茶来，他接了一杯来，就像什么全不放在心上，扭过身子对窗子外的天空云彩看着。

　　鹿小姐是坐在秦太太下手，正是背微对了平生，倒不免借着缘故，偶然回过头来瞟他一下。秦太太道："我们这小子，练了一点儿粗把式，胆大着呢。外面这样子闹革命党不是，他全没有理会。"鹿小姐笑道："那是艺高人胆大。"平生听了也不回头看看，自端了那杯茶，送到嘴唇边，慢慢地呷着。他的眼睛依然是昂着，向天空里的云彩看了去。鹿小姐道："大家小心点儿自然是好些。可是官厅里现在拿革命党拿得很紧，他们也许不敢作怪了。"平生本也感到鹿小姐来了，不能将背对了她，于是在她谈话的当中，慢慢地回转脸来，向她看一两眼。秦太太只是全副精神注意鹿小姐的话，倒没有理会到平生身上，因问道："我倒纳闷，革命党来了，总有一个落脚的地方，不能像夜猫子一样，藏在人家屋顶上。现在开封城里，那些客栈旅馆都有军警盘查，他们躲在哪儿呢？"鹿小姐道："谁知道哇。革命党脸上又没有刻上三个字，我们见了面，也看不出一丝一毫来，也许我们天天都见着了革命党，自己还闷在鼓里呢。"

　　平生听了这话，心里倒是乱跳了一阵，于是右腿架在左腿上颠簸了两下，依然捧了茶，慢慢呷茶。秦太太倒是吓了一跳，抢着答道："那不能吧？我们哪会见着革命党，见着了革命党，那还了得。他们身上常是带了手枪炸弹的。"鹿小姐笑道："他们就是带手枪炸弹，也不会杀到咱们母女身上来。"秦太太道："不能那样说呀。听说炸弹那东西，一碰就炸的，他们若是在咱们面前的时候，恰好把炸弹碰了下，那可没有眼睛的，不定碰到谁人身上。"鹿小姐笑道："我是比方那样说，咱们面前哪会有革命党？你瞧，咱们面前只有大少爷在这儿，难道我们能说大少爷也是革命党吗？"说着，还咯咯一笑。平生听了这话，自不由得心里突然一跳，随着也就站起身来。但是秦太太还没有明白他的意思，笑道："你这孩子，真没有出息。平常我和鹿小姐斗个纸牌，或者操几圈麻雀，你就鬼头鬼脑地偷着来看。现在正正经经地同你说话，你又不受听了。"平生将茶杯放下，两手一拍道："你看，连妈也疑心我是革命党了。"秦太太道："你又成心吓人，谁说了你是革命党？"平生

97

笑道："我还是走开吧。我身上带有很大的两颗炸弹，假如碰破了，那可是个麻烦。"

说着这话，眼睛向鹿小姐瞟了一眼。恰好这个时候，鹿小姐也是向他看去。四只眼睛对射着。鹿小姐是一对大大的眼睛，两道很长的眉毛，在那长圆的脸上，抹着两片浓浓的胭脂，虽是北方女儿的姿态，可是她那苗条的身材、白嫩的皮肤、清脆的声音，都另外有一种陶醉人的所在。因之平生对于她，虽然还取着可疑的态度，但是在她脸子一扬、眼睛一瞟的时候，把她所具有的美态都连续地感想到，接着心平气和了。因向她勾了一勾头道："鹿小姐，我这话总算不勉强的吧？"鹿小姐微低着头笑道："你可别听拧了，我是比方说话。"平生拱拱手道："您在这儿操几圈吧，回到府上去，闲着也是闲着，我得到前面绕一个圈儿。"他说着这话，可就走到前面去了。

鹿小姐站起身来，向窗子外面看看，微笑道："大少爷就是这个脾气，不能受一点儿委屈？"秦太太道："你无论和他谈什么，他都说得头头是道。可是一提到革命党的事情，他就一声不言语，不知道他是什么意思。"鹿小姐道："本来大少爷人忠厚，斯斯文文的，那里会同乱党在一处。可是官厅里，他们不那样想，以为在外国的留学生那都是革命党，就算不是革命党，也是和革命党通气的。"秦太太道："说是这样说，可是我们得说回来，像我这小子，出洋去虽是自家花了不少的钱，国家也津贴不少。要青年人出洋，不都是官家的主意吗？到了现在，把出洋的人全当是革命党，那是什么意思？"鹿小姐又坐下来，点了点头道："官家就是这样不讲道理。那刘观察对开封城里的情形，就是有点儿胡来。他说不论哪一个留学生，全都得派一名侦探在后面跟着。"秦太太道："那叫胡说了。他自己的儿子也是一个留学生，难道也放心不下，派一个侦探跟着吗？"鹿小姐道："是呀，我想他对自己的少爷总不派侦探跟着了吧？若是照他那样子不放心，对自己的少爷也是要派一名侦探跟着的。我今天来的意思，就是想告诉大少爷，凡事都留心一点儿，可是他又全不爱听。"秦太太叫女仆取过水烟袋来，很沉静地抽了两袋水烟，向鹿小姐道："多承你好意，我得用话提醒那小子。

可是他总不服气的，真明说了，还不行呢！"

鹿小姐坐着沉吟了一会子，在身上掏出一条花绸手绢来，轻轻儿拂摸了两下脸，笑道："我不坐了。伯母同大爷闲谈起来的时候，可以说一声儿。这几天总还是少出门去的为妙。"说着，站起身来，就有个告辞的样子。秦太太被她说着，有些颠三倒四的，鹿小姐要走，也不挽留，送到第二进门框下，自己走回去了。鹿小姐的女仆，已是抢着跑上前去几步，吩咐车夫套车。鹿小姐故意慢慢地把脚步缓下来，突然地哟了一声，自言自语地道："这可该打，要紧的东西，我倒是没有带着。"她说着这话，自回转身来向里面走了去。在第二进屋正厅的石壁门下，一直进去，那是到上房的路，再向旁边一转弯，却是到平生书房去的路。她一时走得慌张转了第一个弯，忘了转第二个弯，一直前奔，到了书房的院子里了，看到平生的人影子，在玻璃窗子里一晃，这就笑道："哟！我怎么啦，这样熟的地方我会走错了。"

平生听到她那清脆的京话，只得走出来，笑道："我来给鹿小姐引导吧。"鹿小姐跑的时候，两手还是牵着衣襟下摆的，虽是站定了脚，两手原未曾放下。现在看到了平生，两手把衣襟同时落下，红了脸，将身子微微蹲了一蹲，笑道："大少爷用功啦，我又来打搅了。"平生笑道："您不是走错了路，也不上这儿吧？"鹿小姐笑道："大少爷说这话，不是损我吗？"平生笑道："我怎么敢损鹿小姐？我是说鹿小姐今天是抽空来的，还有工夫走到我这院子里来吗？"鹿小姐站在东边走廊，平生站在西边走廊下，两人相隔一个小院子。平生未曾走过来，鹿小姐更不便就走了过去。鹿小姐手摸着旗袍的纽扣，将上牙微微地咬了下面嘴唇，低了眼睛皮，做一个沉思的样子。然后抬起头来微微笑道："大少爷，您不是说要到北京去吗？"平生道："以先是有过这个意思的，可是现在我没有这个打算了。"鹿小姐道："假使大少爷愿意到北京去的话，现在却是时候。"平生道："鹿小姐这话，我已经懂得了，那意思是为了开封捉拿革命党，让我躲上一躲，对不对？"鹿小姐道："意思是这个意思，可不完全是大少爷所猜的那种意思。"说着，将头一扭道："瞧我这话说得越拧了，您准听不明白。"平生道："我听明白了，你是说虽然劝我到北京去，并不是说官厅拿革命党，让我躲一躲。"鹿小姐笑道："你秦大少爷这种人也成了革命党，不是笑话了吗？可是官厅里也分不出谁是谁非，只要是留学生，他们就得注意。"平生道："我明白了，多谢你的盛意，可是我自己想着，我这么一个人，大概也是会让人注意的吧？"鹿小姐还待说什么，只听得外面有脚步声，只好扭转身就走了。

平生站在廊下，看了她走去的后影，很透着一分奇怪，抬起手来，不免连连地搔了几下头发。呆了很久，忽然自己一笑，就想出一个主意了。当时回书房去，把这意思告诉了小三儿。小三儿笑着点点头道："鹿公馆里的事我很熟很熟，这点儿事我一定办得来的。"平生将他的肩膀连连地拍了两下道："你嚷些什么？你照我的话去办就是了。"小三儿伸伸舌头，自照办去了。到了下午，他回来报告，在鹿公馆门房里已鬼混了几点钟。从他们口里传出的话来，已经知道鹿大人接连两天都到警备道刘大人公馆去过。有一天晚上，二更天的时候，刘大人还来回拜过的。平生听了这话，点了几下头，也不曾说出什么。

到了这日二更以后，平生换了一身短衣，拿了一个手电筒由后园短墙里跳出，便向警备道刘公馆走来。这刘公馆的房子，完全是北方式的，每一进，全是四合的房子，围拢了大院子。在第二进的正中屋子里，正是一所内客厅。刘警备道身上穿了补服外褂，戴着大帽朝珠，仿佛是由外面拜了客回来的，他正正端端坐在炕床上。邱作民却站在炕前面，指手画脚地报告事情。刘道台手按了炕桌，半侧了身子向邱作民望着。

邱作民说得高兴，已经忘了上司下属的身份，将手向门外边指着道："若说到这次开封城里的事，连秦道台的大少爷也有些靠不住。"刘道台道："但是我也到秦公馆去过的，照着秦大人的说法，若是秦少爷和革命党人有关，我的少爷也就有关。因为他们都是东洋留学生呀。"邱作民道："唯其是这样，所以秦道台就用那种围魏救赵之法来搪塞我们。其实我跟了秦大少爷身后半个来月，他为人如何，我还不知道吗？"刘道台道："你也报告我好几回了，这个人究竟是哪路人物，你也没有看得出来。"邱作民道："以先我不知道，现在我看出来了。"刘道台道："你看出来了什么?"邱作民道："据卑职看，他实在同革命党有关。"

刘道台道："你说的是前两日在四海春酒楼上的事，对不对呢?"邱作民道："不但是这个，这一程子，我老跟着他。他的朋友总是那些不三不四的人，而且我打听着，他常常到城外十里堡去。同来同往的就是那些人。假如我们到十里堡去搜查一番，多少可以搜查出来一些证据来。而且我想着，那两个逃狱出来的革命党，若是没有去远的话，恐怕也就在十里堡。若是一下子能够把这两个逃犯捉住，那就可以把全案都归结了。"刘道台道："我想着，他们也不能在那天大风雨里跑出来，跑到多远去，只是在开封城里，他们又不会那样笨。何况他们这班亡命之徒，也绝不因为跑出牢里，就躲开的，一定要借一所稳妥地方住着，预备下次再干。现在你说在十里堡，这倒有些像。"邱作民道："卑职绝不是凭空这样地想，若是一点儿原因没有，秦家大少爷为什么一天跑到十里堡两次?"刘道台道："这两次全是你亲眼得见的吗?"邱作民道："为卑职亲眼见的。"刘道台道："虽是你亲眼见的，但是你所看见的未必靠得住。四海春这件事，就闹了一个荒天下之大唐的笑话。"邱作民红了脸，垂手道着两声是。刘道台道："对你的报告，我当然是不能相信。不过到十里堡去搜查搜查，我倒认为可以。至多让你再扑一回空罢了。"邱作民听到这种语调，明知是刘道台不相信，但是既吩咐出来了，纵然是再扑一个空，也要试试。当时便垂了手，站在客厅一边。刘道台手摸了两下胡子，沉吟了很久，便报之以"好吧"两个字，是答复邱作民的，而同时也就给予了门外边的人一个暗示，就是要捉他的朋友了。

第十一回

勾月走单骑窃符救友
空拳入白刃挥敌无人

这个听消息的人，就是他们所说的与革命党有关系的秦大少爷。在他们说话地方的对面屋脊上，平生伏在那里，足有半小时。随后他悄悄地溜下了屋脊，顺围墙爬过两进屋，就由墙头上翻了过去。这里正是一条冷巷子，由得他放开脚步就跑。平生到了家里，依然是翻后墙，翻了进去，进了书房，稍微休息了一下，也不脱衣服，就和衣躺在床上。只等鸡声一叫，他立刻就跳了起来，也不惊动第二个人，跑到后面花园子里去，把那四川小马牵了出来系在树上，又把一只装马料的藤簸箩放在马头下，让马去自吃。然后跳出墙去，二次又向刘道台家里跑了来。在这个时候，当然刘道台一家人，全都睡得很熟，不会想到有什么意外发生的。平生爬下了他家的墙，先溜到屋子外院墙下站着，昂头看了看天上的星斗，把方向看清楚，然后认定刘家的签押房就摸索了去。

在那个时候，虽然施行了新政，但是那班腐旧的官僚，依然因袭着旧日的规矩，稍微有点儿阶级的官僚，衙里或公馆里，总设有一所签押房的。这签押房，有的是三间屋子，有的是两间屋子。像刘道台这样的人家，他的签押房，当然是三间。在每日晚上，便有自己私用的一个书班，在签押房里面的一间屋子里，临时展开了铺盖，就在木炕上睡着。因为这签押房里，除了普通来往的信件而外，重要的公文图章戳记，也都放在这里。犹如没有武装的城镇，也有几名巡吏守夜的更夫，逐晚做一种防守的表示。平生也是一位道台的少爷，刘家又是常来的，对于这些当然是知道的。

他悄悄地踅到签押房门口，那门竟是虚掩的，推门进去，便有一种呼呼的鼾睡声。顺了那鼾声走去，一边从衣袋子里掏出手电筒微微地一晃，就看到签押房后面的一间房子里，有人卷了一床薄被睡在小小的木炕上。于是也就可以断定自己所到这间屋子是放重要文件的所在了。接着他摸索到公事桌子边，将手电筒探照了一番，但是抽屉是暗锁着的，桌子上除了信启而外，只有一大盒印泥和大小几个戳子杂在文具里面，用电光探照着，全是不相干的东西。

平生站着，踌躇了一会子，便故意在屋子里重重地咳嗽了两声，在木炕上睡的那个人，就含糊着问道："谁呀？"平生含糊着道："大人要拿出城的通行证，快起来，开抽屉。"那人咿唔了一声道："二哥你值夜班，你帮我一点儿忙吧，它就在第三只书箱下层抽屉里，钥匙在书箱头上。我昨夜打了一宿牌，熬得人七死八活。我要睡……"只在这句话交代过去之后，他一个翻身又睡着了。平生照着他的话，摸到了钥匙，把这只书箱子打开，见抽屉里面棉料纸印的通行证，却有一大叠。他将电筒对着通行证，细探照了一番，看年月日脚，全是对的。于是把书籍依然收好，就用了桌上现成的纸笔，一手拿电筒照着，一手拿笔在纸上写道："通行证是我拿去了，你若是声张出来，你就有性命之忧了。中原大侠字。"之后就走到那木炕边，大声叫道："喂！我这里有一张字条，在你枕头下面，明天早上，你拿起来一看就明白了。"那人听说有字条，便含糊问有什么事。平生道："告诉你不得，告诉你就不灵了。"说着，扭转身向外就走。所幸那人以为是老二给他闹着玩的，也没有怎样地追究。

平生经过二进堂屋，见墙上挂着许多高脚灯笼，又取了一盏在手，跳出院墙。一看天上星斗稀少，半勾月亮已偏西。于是他拣着小路赶快向家里奔走，到了后花园里，只见那小马拴在高柳树上，兀自精神抖擞地竖着两耳。平生先跑到书房里去，把预备好的东西都揣在身上，然后手举了亮烛的高脚灯笼，牵马由后门出来，又翻身跳进墙去，把后园门关得像平常一样，再跳出墙来，骑马就走。到了城门口，把灯笼举得高高的，大叫开城。

城门下守城的步兵厅里，早有人出来张望，见灯笼里的蜡烛，亮晶晶地映出上面的字来，乃是开封警备道刘一行大字。便迎上前问道：
"是道衙里来的吗？"平生先不作声，在腰里掏出那张通行证交给了他，
一手举着长脚灯笼，一手拢了缰绳，很镇静地坐在马背上。那个城守兵
把通行证接过去看了一看，便道："是的，我去禀明了哨官，替你开
门。"平生道："我有要紧的公事，你快一点儿，不要误了我的大事。"
说着抖了一抖缰绳。那位城守兵，不敢多说一声，很快地叫起两个人
来，开了锁将城门拉开一条缝，平生骑着马，挨城而出，缓缓地行了三
五十步路，两腿一夹马腹，短鞭子连拍两下，马就飞跑而去。经过了这
半夜的消磨，月亮已是越发地西坠下去，在月光下面，隐隐地露出了一
个寨子，那正是十里堡。

　　黄河以北的大地上，每个村庄都有寨子的。但在清朝末年，很少有
土匪抢劫的事发生。因之有些寨子也整夜不闭寨门。十里堡的农人，很
多人每日起早到开封城里去做小生意。为了大家起半夜的缘故，这寨子
门也是不关的。平生一马到了寨门下，先把灯笼熄了，然后跳下马来，
牵着马直向马老师的家里去。进了那重菜园的短墙，还不曾上前去敲
门，那边大门就打开了，马老师已经开言了，问道："是平生来了吗？
我听出马蹄声了。"平生放了马缰绳，抢上前两步，低声道："师父，
事情紧起来了。请你赶快把张陈二位叫起来，立刻逃走。城门一开，警
备道就要派人来搜查这个寨子了。"马老师道："你是怎样知道了这件
事？"一面说着，一面携了他的手，向屋子里引了去。就是张、陈二位，
也被他们说话的声音给惊醒过来了。

　　陈先觉首先跑着迎上前来，问道："有了什么事，我们出头好了，
不能让马老师为难。"马老师将油灯放在桌上，头一偏道："我姓马的
是那种人吗？只有把别人的担子放到自己身上，绝不肯把自己的担子放
到别人身上去的。"平生道："事情也并不是陈兄所猜想的那样严重，
不过警备道那一方面要派人来搜查这个寨子罢了。"张新杰道："秦兄
的意思，是要我们两人离开此地，那我们立刻走就是了。"平生道：
"不忙，我们商量商量。二位要走，有两条路，一条坐火车到郑州（笔
者按：当时无陇海名称，由开封至洛阳一段铁路，与京汉交叉，名汴洛

路），再转京汉，到汉口去也好，到北京去也好。一条是旱道，由这里骑牲口到陈留，再绕道到蚌埠去，你们可以很痛快地回到上海了。"马老师道："我看稳当一点儿，还是走旱路吧。"平生道："走旱路也不见得十分稳妥。你想各大路口上，官府没有设下盘查机关吗？"

马老师摸出怀里的旱烟袋装上了一斗烟丝，就着灯火先吸上了一口，然后微微地笑道："我看除了开封城里，外县是不会怎样紧的，既是打算走旱道，就要装出一种走旱道的样子。若是穿了西装皮鞋，就算是个汉奸，人家也会当是革命党。事不宜迟，你二位赶快到屋里去，把我家长工的两套衣服换了，牵着我的两头小毛驴，立刻就走。这条路上，赶脚的成千论百，不会让人看出来的。"张新杰道："除了怕马老师受牵累而外，我同陈君是不怕什么的。若向郑州走，一定到汉口去。许久没有得到武汉同志的确实消息了，不知道那边情形怎样。据我看来，开封是四面受敌的地方，在这个地方起义，响应别处是可以的。若想借了这地方去造出一番世界来，恐怕是不行的。关于这一类的情形，我当然要到上海去和同志报告一下。"平生道："天色已经快亮，二位快点儿走吧。至于二位应当向哪条路上走，那由二位自己做主。我们无话可说。"

张新杰向屋子外看看，果然天上的星斗很是稀少，黑色的天幕，已经慢慢地变了瓦灰色。因道："好了，我们就是走陈留这一条路。我也学会了几句开封土话，万一路上有人盘问，我也总可以糊弄过去。"马老师手里拿了旱烟袋，兀自悄悄地站着抽烟。平生一手把张新杰拉住，就向屋子里拖着，因道："既是要走的，还在这里留恋什么，你就赶快吧。"他们说着话，走到屋子里去了，马老师也就到系牲口的棚子里去，预备了全副鞍鞯，牵了两匹驴子出来。驴子牵到门外，门里也就走出两个驴夫。在灯光下，只见张陈二人穿了短袄、短裤、长筒老布袜子，腰里横上了大权带，那全是一种道地驴夫的装束。马老师提了两个蓝布捎马褡子交给二人，因道："这也是不能少的东西。每个褡子里有三十块钱，你们勉强带着花吧。"张新杰道："要马老师拿出这许多钱来，未免太多了。"马老师道："就算我们萍水相逢，只要意见说得相投，你二位就用我三五十块钱也不算什么。何况你二位是革命青年，拿着性命在手上玩的。我有热血，也陪你出一钵子。"说到这里，用手拍了颈脖子道："你不要看我有了几岁年纪，凡事我还是真不在乎。钱挂念什么？"平生道："这已经到了开城的时候了，你们不走，大队的人可就到了。"

张陈二人各牵了一头毛驴，自向寨子外走去。马老师同平生跟着驴子，都送到寨门外边。马老师用手里的旱烟袋指示了他二人的去路。两人抬头看看天上，东方大半边天脚已经完全变白了。就是西边天脚，也就只有两三颗极大的星，离地只有几尺高。平原上的村庄树木也都慢慢地透露到眼里来。两人骑上驴背，在迷蒙的晓色里，顺了一条大路直奔。这两头驴子，都是自家喂养的牲口，和平常做赶脚生意的驴子不同，肥壮的身体，竖着两只尖耳朵，八只蹄子，全都带了一撮白毛。这白毛就是驴子壮健的表示。那八个蹄子泼风似的，掀起一路的灰尘，犹如一条烟龙滚滚上升。

他们一口气跑有五六里地，就插上了大路，这大小路交叉的地方，正叫着三岔口，是开封到陈留必经之路。东方一线红光，迎面照来，张新杰在驴背上把前面一所大市集，那是看得十分清楚。张新杰回转头来道："陈同志，前面是个三岔路口，恐怕有盘查的地方，我们得仔细一点儿，别让人看出了我们的破绽。我们只管把袜带子全换了，但是我们这张脸子还是一张当先生的白脸子。他们稍微留心就可以看出来的。"陈先觉道："但是我们在村子里住了这样久，也就把皮肤晒黑了不少。"张新杰带住了缰绳在驴子背上，对陈先觉脸上看了看，笑道："黑虽然黑一点儿，但是还不像一个赶脚的。"陈先觉笑道："那可没法子，我们能抓一把土在脸上一抹吗？为慎重起见，我们先下驴子走着吧。"他口里说着，人已是先由驴背上滚了下来。张新杰随了他后面，各站在驴子头边，手里晃着那根短鞭子，倒也有些赶脚的模样。

这三岔路口，大小路相接的所在，有一道乱砖砌口的墙，也算是个寨墙。在那墙的缺口里面而且藏有两名地面上的保安队兵。他们虽也是个关卡上的防守人，可是他们干的这份职务，日子也都不会短的。所有在这路上来往的短程脚夫，那总可以认得出来。至于走长路的，那又自另有一番出门的状态，也是不难一望而知的。当张、陈二人牵了两头驴子走近这缺口的时候，保安队兵先就发现两个壮健驴子用来跑脚未免可惜了，再注意到这两个驴夫，穿了半新的短装，拦腰一道板带，扎得紧紧的，那短的衣服虽是旧的，然而上面不带一些油渍草屑，俨然是两名初次赶着营生的人。于是上前一步，迎着张陈二人，喝问道："哪里来的？"张新杰已是早早在肚子里拟好了腹稿，便答道："我们是八里庄来的。"那队兵道："你是八里庄来的？这一早就赶了十几里地，快呀。你们不是本地人吧？"张新杰道："我们是寿州人。送了人到这里来，现在空载回去。若是有回头生意，我们也愿意带去。"

队兵在缺口子上站着，不说让他们过去，也不说不让他们过去，只是微歪了身子靠住墙，对两个人身上，仔细观察了一会儿，脸上带了一点儿淡笑。陈先觉在后，把驴子推动了一番，后面那头驴子向前赶了两步，便冲进了那墙的缺口子。张新杰赶的那头驴子，也就紧紧地跟着，一同进了缺口。那队兵始而也没作声，及至人畜都走过去了，这才抬起手来招了两招道："喂！我叫了你两个人过去了吗？"陈先觉回转身来道："你老总虽没有叫我过去，可是也没有叫我们站住。"队兵招手笑道："你过来，我再问你几句话，也耽误不了你们什么事。"陈先觉向张新杰很快看了一眼，张新杰也向他回看了一下，似乎知会他不必固执。于是两个人从从容容地又走到队兵身边去站定。队兵道："你们不要嫌啰唆，我们是奉了上面的公事来盘查行人的，那不得不问。"张新杰笑道："对我们跑脚的，无非是问哪里来、哪里去，送的是什么客人。你老总要问我什么话，尽管问吧。"队兵向他又看了一遍，笑道："话虽如此，但我觉得你二位的话恐怕有点儿靠不住。所以我还要问上一问。"

正在这样纠缠的时候，只听得一阵马铃响，在那边大路上，一阵冲来三匹马，把尘飞掀起多高。这队兵看到，颇有些莫明其妙，就回头对那边看了去。张新杰向陈先觉丢了一个眼色，微微向后退了两步，驴子退得远些了，然后自掉过头去，两人跨上驴背嘚嘚走了。这两头牲口，恰在那二三十匹马后面走。这样跟了十几里地，那一小队马兵，各人都带着很失望的样子又调转马头回来。虽是与张、陈两人的驴子蹄尾交错过去，但他们看也没看就走了。这一关脱去，张、陈二人自可从容走去。只是这一群马兵回到三岔口，就奔保安队兵棚里去。其间头一个军官，就抢上前问道："有两个革命党，今天早上由这里逃了过去，你们看到没有？"这兵棚里几位把守的队兵，看了这些人来势汹汹，猜着来者不善。再听到问出革命党三个字来，就更不好应付，都瞪了眼望着。这些马兵知道他们也答不出所以然来，又各抢上了马，向回头的路上走。那哨官一马当先，叫道："我们再由小路上抄到十里堡去。假使他们没有到这里，那总还去之不远的。"于是拨开马蹄由小路上奔去。

到了十里堡时，闯寨门而进，先抢到马老师家门口下马，然后板着脸走了进去，大喝道："姓马的，刚才我们搜得不仔细，现在我们还要再搜寻一回。"马老师正捧着一只大藤萝，里面装着一箩草药，搬到当屋桌上来，看到屋子外菜园里那一大群马，先怔了一怔。哨官提了马鞭子，走将进来，一直走到马老师身边挺立着。马老师笑道："老总，天不多亮的时候，你们就来了，若是我这屋子里藏有什么歹人，各位也就早已把他带走了。"哨官道："寻不寻人，那是另一件事。你说由这里要到三岔口去，先回头走两里路，插上大路去，一直就可以到三岔口。但是这句话，你是骗我走冤枉路的。其实由这里的小路抄上三岔口去，反要近两三里路。一个反复就是五六里路。若不是你有意叫我们多走路，好放走歹人，就是歹人走的是小路，你故意把我们支使开了。"马老师道："因各位光问我到三岔口去要怎么走，我就告诉各位向三岔口去的路。"哨官站在屋中间，那群骑兵已捧了马枪，直抢进屋来。

这堂屋里本已堆下不少的桌椅板凳，现在加上二三十人，更是没有转身之地。马老师不免皱了眉头子，向四处望着。哨官道："看你这样子，有点儿不耐烦了吧？"马老师笑道："有道是，官要民死，民不得不死，我敢说什么？"哨官道："听你这话，倒好像是我们逼你。我看你口服心不服，绝端不是什么安分之徒的好人。去！"说着这话，他将脸向大家一扫，于是这些骑兵一窝蜂似的向各屋子里分窜了去。

马老师料着也是拦阻不住，便两手叉了腰，站在堂屋中间，也不理会那哨官。不多大一会子，骑兵在各屋子里，把东西搜罗了放在堂屋里。马老师看时，不过是自己练把式的武器，还有朋友练把式的武器，便指着地上的兵刃道："各位老总，把这些东西拿出来是什么意思，以为这都是犯法的玩意儿吗？"哨官冷笑道："既是你也知道了，那就很好。大概不用我们动手，你随我们一块儿进城，到警备衙门里去。"马老师大喝一声道："什么，你们捉不到革命党，把我们百姓来抵数吗？我不能去。"哨官道："你不去也可以，我们把你当革命党，就地正法，在这里就把你杀了。"马老师只好默然低了头，只管看地上。队兵里就有人笑道："怕什么？不见得抓到衙门里去，就要了你的脑袋。"

马老师对地面上注视得久了，然后低了头，也把这些骑兵都看了一下，见他们虽然都背马枪，但是拥挤在一处，谁也不能施展手脚的。于是猛可地一伸腿，伸到地上放的兵刃边去，只把脚背一钩，早有一把单刀直跳起来。说时迟，那时快，只在白光一闪中，马老师伸右手过去，就把刀柄抓住了，左手则抓住哨官的衣后领，只一按，就把他按在胸前半蹲了下去。喝道："你们谁要敢动一下，我就手起刀落，先把这狗养的砍了。你们也不在开封城里打听打听，我马老师可是好惹的人！"他口喝着时，右手横举了单刀，面对了众人，背是慢慢地向后退着靠了墙。那些骑兵，却不料他有这样一招，都呆望了他，作声不得。哨官低了头，可大叫起来道："你们动不得。"马老师将刀尖指着那些骑兵道："你们在屋子里的人全把枪解下来放在地上。在屋子外的人，叫他们先出寨子去。若有一个不听我的话，我这里就先动手。"哨官被他按着，也曾扭了两扭，不想马老师抓住人的那只手，犹如生铁铸成的架子一般，叫人丝毫也转动不得。哨官又大叫道："你们都依他，你们都依他，先救我要紧呀。"

那些骑兵中有两个胆大的，想要动手，无奈枪背在肩上，等着自己把枪取下来，这里哨官的人头，大概已经落地了。因之大家都是呆望着的。这时马老师叫他们取下枪来，他们两个人认为是机会到了。可是马老师更比他们留心，喝道："你们想对着我把枪放下来，那不行。你们先过来一个人，把一支枪交给我。"说着，看定一名老实些的骑兵，将刀尖指着他道："你先把枪取下来交给我。"那人呆了眼睛望着他，脚动不得。马老师又把刀尖指着说："快点儿，你为什么不动手？"那人慢吞吞地把枪由肩上取下。马老师一阵喝道："把枪口朝你那边，把枪伸过来，大家不许动，一动我杀你们几个。"这一群未见过事的人，谁也不敢执拗一点点儿，安然把枪送了过来。马老师接到了枪，只把胁夹着枪叫道："你们全把脸对了墙。现在我有了枪，不客气，谁要不听话，我就开枪打谁。"哨官叫道："你们就掉过脸去。反正你们与他无仇无怨，他不能凭空就杀你们。"

那些兵士看到哨官这样地害怕，以为马老师有了不得的本领，大家也就依着话转过脸去。马老师这才放下刀，先看看枪槽子里有子弹没有，果然是有子弹。然后他两手捧了枪，架在那哨官肩上。因道："没有别的，你发命令，叫他们把枪全放下来，然后滚蛋。"哨官已是六神无主，马老师说什么，他答应什么。大家面对了墙，把枪全放下，平了身子，把枪堆在一边。马老师可就闪到屋里边，然后对大家道："你们向外走，我拿枪口临着你们，你们稍微动一动，我这里就开枪。你们走吧。"那些人正巴不得有这一声，齐齐地掉转身去，向门外走去。马老师兀自喝着道："你们不许回头，回头我这里就开枪了。"大家听说，心里只是乱跳，恨不得一步就跳出寨子门去。

原来在马老师屋外的那些骑兵，听到自己的哨官只管在屋子里惨叫，也料着事情不好，不必马老师要求，先骑着马跑出了寨子去，免得革命党关起寨子门来杀，一个也跑不了。所以这时那批被逼迫的队兵走出来，并无一点儿外力来援救他们。马老师两手端了枪，只管逼了解除武装的骑兵，向寨门外走了去。离枪口最近的一个人，就是哨官，哨官一路里传着马老师的话，只叫他们别动。那些兵士是服从命令惯了的，既是哨官再三叮嘱了不要乱动，大家谁又有那胆子，敢在前面回头？这些人全都跑出了寨门，马老师就站在门口喊道："你们赶快跑出去一百步，若少一步，我这里开枪。"那些人听说能跑出一百步，那正是第二个巴不得，倒不肯少走一步，就怕不能够多走一步。

第十二回

枪马任西东援师飞弹
衣冠迷黑白欺敌解围

　　马老师眼看到他们一阵风似的跑出去了很远，这就扭转身来，看到他们遗留下来的几匹马，凭着自己识马的眼力，挑那壮健的一匹，手握缰绳，向上一跨，两腿夹着向寨外跑了出去。那些骑兵是向东北角走的，马老师的马头却斜对西南方，踢起老大的尘头，向西边小路飞奔了去。在他不跑的时候，那些骑兵慑于他的神威，将他无可如何。现在看到他已跑走，分明他也害怕，不必把他看得太有勇力了。尤其是预先已经跑出寨门的那一批人，他们全是托了枪的。有人喝上一声，"别让他跑了"，这就不等着哨官的命令，直追了上去。当他们开着步子的时候，手上的枪也帮了他们呐喊，啪啪地已是响上了几枪。

　　马老师在前面听到枪声，回过头来看看，倒不由得哈哈大笑。这些骑兵，有的是骑着马赶来的，有的是就近相抄，步行着跑向前来迎头拦阻的。马老师看到他们那种不整齐的步伍，料着就挡不住自己，索性扭转身就对他们开上一枪。自然马老师同他们没有什么仇恨，不必把他们置之死地，因之把枪口对他们的脚步下射去。枪声响处，骑兵里早有一个人斜着身子躺了下去，立刻那群士兵就怔了一怔。唯其如此，马老师不急于要走，又立住了马，向他们再开上一枪。他是一时高兴得大意了，忘了这枪里面仅仅只有七颗子弹。当他发过两响以后，却见迎面尘头大起，另一部分骑兵，可骑了马由小路包抄到前面来了。马老师对于后面步追的人，本不放在心上，可是看到前面骑马的那队人拦住了去路，这倒是不能放松的。于是很快地把身子向下一滚，就滚到麦地里去。那匹空马没有人控制，掀起四只蹄子，连踢带蹦就跑走了。

前面来的那群士兵，见马老师霎时不见，分明是他惧事逃走，他们的胆子也就更大起来，于是噼噼啪啪向着麦地里胡乱开枪。那子弹有的落在这块麦地里的，也有的射出这麦地外去的，在马老师的耳朵里，总是听到唰唰作响。在他滚到麦地以后，心里立刻想起，自己不能胡乱地钻动。若是把麦梢摇撼着，那可是告诉那些士兵，自己是藏在这里。而同时也就想到，自己虽然有了一支枪，可没有什么子弹了。非到万不得已，这枪是不能放的。自己很快地想透了，就把身子伏在地沟里，微微地昂着头，看看麦地以外人的行动。那些士兵看到马老师滚进麦地以后，却不见他有一点儿行动，虽不知道他人藏在哪里，可是他总不能逃出这一块地方去。因之这几十匹马兵兜了圈子，只管把那块麦地包围着，偶然也莫明其妙地向麦地里放枪。马老师只管沉住了气，在地沟里伏着。这样僵持着，约莫总有二三十分钟之久。却有一匹马，跑近马老师的身边，马老师以为马上的人已看出自己所藏的所在，若他赶逼过来，要抵制就来不及了。于是马老师对准了那人就是一枪，那人自然应着响声就滚下马去。这个人死了，对他们同来的人可切切实实地报了一个信。大家都揣想着，人必是藏在放枪的麦地沟里，因之一层层地只是向麦丛里开枪。

　　马老师紧紧地把身子伏贴在地沟里，丝毫不敢抬起身体。而且像蛇走似的，在沟里向远处缓缓地溜着，离开他们枪击的目的地。不料走着不远，在地沟缺处，碰上了一颗子弹，从左手臂上面穿了过去，立刻鲜血直涌出来，把几层衣袖全浸湿了。马老师一阵奇痛，直入肺腑，两手已不能握枪，他用右手一把将左手臂抓住，先止住了血，然后伏贴在地上休息了一会儿。虽然麦地外的枪声还不住地响着，可是那些人，不过是跑来跑去乱放枪而已，却没有一个人敢闯进麦地来。马老师沉静一会子，就把衣襟撕下来一块，将手臂紧紧扎住，两手依然把枪抱住，等待着机会，向他们回击。可是那中了子弹的左臂，一点儿力气也没有。他无论如何挣扎不起来，自己心里也着急，像这种情形怎么可以杀出重围呢？也不知道经过了多少时候，他慢慢儿地挨着，挨过了一大截地沟，渐渐地向高土坡上爬着。这高坡上有一棵大树，那树根曲曲地伸出来，正好挡住了自己的身体。因是他略略地伸起头来，向前张望着。只见远远的一股尘土飞腾起来，旋风也似的向这里扑着，直等那尘头飞扬到了近处，已经看到一个人骑着高大的白马飞奔而来。

马老师看着心里就是一喜。因为那匹蒙古白马，是自己认熟了的。在这麦地外四周，都是些士兵拿了枪围困着，他们倚恃了十个人围困这样一个落荒逃走的老头儿，本来算不了什么。只是看不见麦地里面的人，不敢近前，怕里面的人随便开起枪来。所以在高坡上，还有不少的骑兵在那里徘徊着。那匹马像一条怒龙似的跑了过来，所有在这儿徘徊的人先就怔了一怔。

及至那马跑到眼前，见马上坐着的人，扎卷白布包头，却戴的是一副墨晶的眼镜，看不出是哪一路角色。他身上也穿的是一件白布袍子，仿佛来了一个孝子。这是来干什么的，更是猜不出来。不料那马到了身边，却只是挑着人群稠密的地方冲去。同时，那骑在马上的人两手开着手枪，东飞西放，噼噼啪啪，早有七八个人应声倒地。那些人一来是拿着长枪，二来是步行在地上，却不如那人马快枪灵，只好听了他在人丛里横冲直撞，四处逃奔地躲避着。马老师藏在树根长草丛里，早已看得出神，情不自禁地叫道："只管杀他娘的，我在这里。"马上人先不理会，依然跑着马，向这东奔西逃的人身上开枪射击过去。

这些人生平就没有经过什么斗争，今天来捉革命党，本来认为，是一件很容易的事，所以毫不介意地闯到十里堡马老师家里去，及至马老师拿出枪来，轰逼他们，他们才知道有些棘手，心里抖颤颤的，不知如何是好。他们失去了主宰，所以马老师说什么，他们就依从什么。及至马老师骑上马背跑走了，他们又回想到这个人究竟是没有什么本领的，于是又回转身来，向麦地里包围着，对了那里面胡乱开枪，以为这是瓮中捉鳖的玩意儿，绝不会再出什么祸事，更没有什么人加以戒备。所以那骑白马的白衣人冲来而后，子弹横飞，这些人只有撞着就倒。

那个骑白马的人并不以为打成这个样子就满足了，索性打上一鞭，把那马打得只管在人丛里乱丢圈子。这时枪不曾打倒的，也被马踏得横七竖八，完全躺在草地上。于是那马走到大树下，马上人大叫一声：

"老师，快上马。"马老师的那只左臂虽是中了子弹，但是他的两只脚，却还是很灵便的。听了这话，猛力一顿，人就跳了起来。恰好那匹白马，已经到了马老师的身边，马上人伸手一拖，把他的手拖住，马老师的身子就在马鞍后面坐住。那人道："老师紧紧抱住我，别的你不用管了。"他说着腾出手来，依然拔出腰里的手枪，一边跑马，一边装上子弹。这些来捉拿革命党的人，他们始而出于大意，继而闹了一团慌张，最后只有吓得糊里糊涂的了。所以马老师随了这个白衣人骑马逃走，后面那些兵士，只白瞪了眼望着，并不追究。

一口气直跑了五六里路，那马才止住了步。路边有一间矮小的土房子，房门口长了一丛矮的杨柳树。那白衣人由马上向下一跳，匆匆地就跑进了屋子。马老师一下子没抓住人，倒由马上摔了下来。所幸房屋里已经蹿出一个人来，将他搀住，口里只叫老师。马老师定睛看时，却是平生的书童小三儿。这倒不由得吃了一惊，向他望着问道："什么？刚才骑白马救我的，是你吗？"小三儿笑着没言语。这真不由得马老师不糊涂起来了。这一场轰轰烈烈的举动，他总以为是平生干的。现在小三儿走出来，马老师自是十分奇怪。小三儿笑道："马老师，你老是什么事都看得透彻的人，难道是谁救了你，亲身把你引上马的，你老难道看不出来？"马老师道："我看着也是他。但是到了这门口，又是你跑出来了。这不能不把我闹糊涂了。"小三儿笑道："你老受惊了，请到屋子里去喝水。"马老师这才想起自己中弹的那只左臂，还是随便捆扎的。于是将右手托了左臂走进堡子去。

这里本是堡子里人另建的一种看守庄稼地的屋子，在庄稼地没有熟，这屋子里是空着没有人的。所以马老师走进土屋子里，也看不到什么，只有土炕上铺着秫秸，在秫秸上放了一堆白色的衣巾，正是刚才在马背上的人所穿的，因道："小三儿，你这孩子，胆子也太大了一点儿。你把马系在柳树上，把衣服又放在这炕上。这雪白的东西，放在那里也是碍人的眼睛。"小三儿道："那些官兵全是些脓包，这个时候连骑马逃进城去还来不及，哪敢到这地方来寻我们呢？"马老师在炕上一坐，托了左臂道："你怎么知道我在那高坡子上被围困了呢？"小三儿道：

"这话我们也不忙着说，先把你左臂上的伤痕给治好了吧！"说着，转身到土屋子后面去，就端了一木盆子热水出来，盆里还放一搓干净的棉花呢。

马老师看到，问道："咦！你们这里倒把东西预备得齐全，这样子是要给我洗伤口子了。你也学着你们少爷那一套，遇到事要摆弄洋派，水盆子里还飘着一丛白棉花。"小三儿笑道："你老若不用生水，伤口药我们这里也有。"他说着，伸手在怀里去掏摸着，就摸出一个大纸包来。笑着举了一举手道：你看这不是吗？马老师道："这是我家里的药包，你怎么弄来了？那很好，赶快给我敷上吧！"他说着这话，自己就一伸手把左臂的衣袖给缓缓卷了起来。小三儿打开纸包，他自抓起一把药末，在伤口上掩着。小三儿自把身上的腰带扯断，赶紧来替他把手臂细细地扎上。马老师笑道："这就好了，不要紧了。我就怕的是随便撕块布把伤口包住，不容易收口。现在既有了伤口药涂着，两天伤口就好，那我的胆子大多了。我住的那寨子里，不知道怎样？这样一来，恐怕要连累那些老百姓了。"

小三儿笑道："这一层你放心，那些捉人的官兵，已经进城去了。你寨子没有动一根草。"马老师道："你怎么知道的？"小三儿道："我到你寨子里去的。"马老师道："这个我就有点儿不相信了。我看到你骑的马，是由北方来的，走来就向着他们开枪，你怎能分身到我寨子里去。"小三儿笑道："我敢把话骗老师吗？"马老师道："要不，那救我出来的，还是平生了。这孩子淘气，一定躲在房子后头。"他说着，便向屋里找了去。到屋子后，并没看到什么，只是一根木桩子旁边，撒了一堆马粪。马老师道："这样子，后面还系过一匹马的，现在这马到哪里去了？"小三儿跟着到了后面笑道："你老要寻找这匹马吗？这匹马已经来了，你到前面去看看。"

马老师果然随了他的话，再走到屋子前面去，不必等他张望，早已有匹黑马把路上的灰尘捏起了一黑焰，跑到这屋子面前，这黑马上坐着一个人，乃是全身穿了黑的褂裤，头上扎了黑布包巾，同那骑白马的一般，脸上挂着一副黑色眼镜。马老师在这一白一黑两位骑士对照下，自不免感到奇怪，于是后退两步，瞪了两眼，向那位黑衣骑士望着。那马跑到了面前，黑衣人已是一溜下了马。他口中叫着老师，同时把头上包的黑头巾和戴的黑眼镜，一同摘了下来。老师看时果然是平生，不觉咦了一声。平生自牵了马到柳树上去系着，与那白马相连到一处后，笑道："老师看到什么事很奇怪吗？"马老师点点头笑道："我现在明白了，全是你这小家伙的把戏。"平生道："我做的事，自然瞒不过老师。"马老师道："我想，一定是你先骑白马救我出去，把我救到这里，又换着黑马出去了。这一会儿工夫，你哪里就弄到这样黑白不同的衣服呢？"平生笑道："说出来好笑，也是我由前面庄子经过，正遇到人家办丧事。我一时触发灵机，花了两块钱硬夺了一身白衣服来。这黑衣服是小三儿的大褂子，头上扎的黑包头，是撕下来的小襟。"

马老师将手点了他道："你这孩子，实在有点儿神出鬼没。连我都让你欺骗过去了，那些饭桶官兵当然莫明其妙，可是你这玩意儿，也只可以欺骗他们一时，等他们回想过来了，绝不会甘休，反要来找我们的。"平生道："这个我们当然知道，我的意思是开封附近老师是绝对站不住脚的了，不如就趁这个时候出门去吧。"马老师道："出门？"平生道："是的。以走方妙。老师无论要到哪里去，都不必担忧，我自会同老师去筹划盘缠。"说着话，已是引着马老师走到了屋子里。马老师站着，只管抬起手来搔头发，因道："我是四海为家的人，哪里也可以去，只是我住在开封城外有这么些年月了，真要说一声走，倒有点儿恋恋不舍。"口里说着，手里不住地搔着头发。平生道："这间土屋子，当然不是我们藏身之所。这里到十里堡不远，他们第二次要来寻找，恐怕也会找到这里来的。事不宜迟，老师趁了这个时候，到黄河涯上去等着我，我今天连夜把钱送到黄河涯去。"

马老师道："我一副草药担子，走到什么地方去，也不会饿死。只是我跑走了，留下一行大罪，让十里堡人来替我顶着，我有点儿不忍心。"平生道："老师就是不走，难道十里堡的人就不会有罪吗？官厅要追问起来，那一样是会和他们为难的。开封城里，多少我还有点儿力量，不如老师暂且走开，看官厅怎样。无论如何他绝不能把庄稼人当作了革命党。至多不过是传堡子里几个出头一点儿的庄稼人，去问问情形，取个保就会放出来的。"马老师道："我想着，官厅若是不追问老百姓，只要抓我一个人的话，我就到官自首去。"平生道："老师想想吧。"马老师笑道："想想吧，不用急了。我要怕死，我就走，我要不怕死，不让朋友受累，那我就挺身出来自首一下。"平生道："你老还是没有想得透，他们原来是要抓张陈二人的。抓不到张陈二人，所以和老师为难。老师出了面，他们就更要问张陈二人了。到了那时候，除了逼问老师，少不得还要逼问老百姓。现时天色还不算十分晚，老师就骑了这匹白马走。这匹黑马是小三儿由鹿家田庄借来的，还是让他送了回去，为了避免人家注意起见，我也不送老师了，老师到黄河涯上去等着我吧！那匹马脚程很好，老师尽管在城外绕个大圈子过去。"马老师站着，还迟疑了一会儿，平生道："老师不用迟疑了。你总要寻一个地方歇脚的，不妨到那里去休歇一会儿。真是不愿走，晚上我们见了面，有话再商量。老师请上马。"他说着，不知不觉又走出来。由柳树上解下了缰绳，交到马老师的手上来。马老师不知不觉的，也是把缰绳牵在手上，立刻点了两点头道："好！我依了你这话吧，你就到黄河涯上去等着我吧。"只说了这声，身子向上一耸就跳上了马背。那缰绳微微一兜，白马四蹄掀开，飞也似的向前奔了去。

平生在屋面前站着，望了很久，点点头道："我老师不愧是一位好汉，有了这样重的伤说走也就走了。"小三儿道："大少爷也不愧是一位好汉，骑了白马回来，又骑了黑马出去，这样来来去去的，连马老师也弄得莫明其妙。"平生道："提到这匹黑马，我是借了来，现在该送回给人家了。"小三儿道："那么，大少爷送了黑马回鹿家去，我只好步行走回城去了。"平生道："难道你不能骑马送去吗?"小三儿笑道："那个地方是大少爷去的地方，大少爷去一回好一回，我们去，恐怕反把事情耽误了。"说着，却把舌头伸了一伸。平生笑道："你以为我和他们的庄头要好，是为了别的什么事吗？我有我的作用，你哪里会知道。好吧，你就先回去吧。"他说着，跳上了那匹黑马径自走了。小三儿追到后面，把手高高地举着，跳了起来乱叫。

平生不管小三儿了，一鞭子将马赶到鹿家庄子上，直牵到庄头刘老实门口来。刘老实听到马蹄子响，已是迎到了大门外来，拱了手笑道："秦少爷，你怎么跑一趟就不骑了，这马的脚程，倒是很好的。平常哪里有事，都不用它，就是怕伤了它的力气。"平生笑道："不用了，在小路口上，我自己有一匹马在那里。我是听到说，贵庄子上有一匹好马，借去验验脚程，同我的马比上一比。"刘老实道："原来如此，要说到好马，十里堡最多了。从前我们这里人，哪里知道玩马，都是因为马老师到了这里以后，他教的一班徒弟都爱这玩意儿。我们这庄子上，也有几位哥儿们喜欢跟着闹。秦少爷你很会骑吧?"平生道："就是有这一点儿嗜好，所以常跑到城外面来。"刘老实道："秦少爷往后出城来，只管到我这里来歇腿。乡下没有别的，鸡子儿是顺便的，你来了，煮两个鸡子儿给你充充饥。"

平生笑着，在怀里一摸索，掏出两块钱来，交给他道："这点儿钱，给你留下，买包茶喝。"刘老实眼睛望着，早是啊哟一声，且不伸手来接着，将两只巴掌，只管在短袄子衣襟上，连连地擦汗，笑道："无功不受禄，我哪好接秦少爷的钱花呀。"平生走向前，把钱塞在他的腰带里，笑道："你不收也得收，我走了。"说毕，掉转身来就向来的路走回去。刘老实由后面追了来道："秦少爷，你等一等，喝口水走也不晚。"口里说着，两手已是同时地去掏摸腰带里藏的那两块钱。平生走得很快，并没有理会。刘老实追到大门外来，两手高高地举着大声喊道："秦少爷，你别忙走，我有话同你说，你好好儿地赏我这两块钱，我不能白收下的，请你带回去吧。"平生越走越远，他的声音越喊越大。平生走得一点儿影子也没有了，他还高声地叫着。

刘老实在大门外闲站了一会儿，将那两块钱托在手心里，连连地颠了几颠，颠得银圆碰银圆当啷作响，直走回屋子里去。他口里衔着旱烟袋，两手环抱在胸前，对着墙上挂的一些干菜干果子，笑了一笑。他就得着一个好主意了。他在家里找出一个粮食口袋，抖刷得干净了，就把墙上风干的东西，盛了半口袋。

接着到菜园子里去，将新出的黄瓜、小青菜和小萝卜菜秧子，全把一只大篮子给装了。这一日已是下午，来不及进城。次日早上，刘老实骑了一头小毛驴，带着干湿菜蔬，就向开封城里鹿大人公馆里来。

这位鹿大人是镶黄旗人，鹿字派号下联一个普字，分发河南即用知府。因为他也很爱谈两句洋务，所以和在开封的一批时髦官吏很是谈得来，秦镜明就是其中一个。当年彼此居住北京，就是通家之好，于今到了开封，更是过往得密些。但鹿普虽好谈洋务，究竟所知道的有限，他遇到什么新发生的事情，还不免向秦道台请教。因之他们两方的仆役之流都以为两家要满汉联姻起来的。在秦家方面，也许老两口子不无此意，但鹿普是一位贵族子弟出身，看到世家多了，却丝毫没有此意。就是鹿小姐常到秦家去斗牌，他却十有八九次不曾知道。只是他的夫人和秦太太非常要好，而且看到平生仪表非凡，是一个有出息的孩子，不是为了一层旗汉界限，也愿意提亲。

在清明节以后，鹿大人仿佛听到人说，自己的小姐同秦家大少爷会过一次面，心里倒是透着不舒服，可是仔细地盘查起来，又没有确实的证据。其间曾把庄头刘老实叫到家里来问过一次。他说，秦少爷是常到城外去遛马的，碰巧遇过一回，这也难说。鹿太太听了这话，却也认为有理。但是告诉了刘老实，以后遇到秦少爷再到庄子去的时候，就来报信。刘老实有了这样一个邀功的机会，是非常高兴，到门房里将东西全托他们呈交上去，而且还拜托门房转呈上去一句话：若是太太有空闲的话，有几句话要对太太说。门房把东西送到房上，那就算把他的事情办完，刘老实所托这话，哪里高兴去转达。

第十三回

闺阁传疑玉人劳局外
乡农受侮怪客入城来

这时，鹿太太在上房吃过了早点心，正享受着她们旗下太太的那一份清福。自己闲躺在皮榻里，伸了两腿，却让小丫头搬了个小凳子放在身边，捏了两个弱小的拳头，只管在腿上捶着。她口上衔了一支旱烟袋，斜斜地伸了出去，由脸边缕缕地喷了出去。这时，听差把刘老实带来的东西，全放在门帘子外面，报告一声，说是庄子上刘老实送了好些个土产来了。鹿太太听说一骨碌爬了起来，掀着门帘子，向门外看着，取出嘴里的旱烟袋，向菜篮子指点着，笑道："这小黄瓜儿，是市面上还没有卖的东西，这就很有个意思了。喜珠儿，你把这黄瓜拿去给我洗两个来，切着拌一碟来吃，还有这些好青椒，别糟蹋了，告诉厨房里，给我预备一只鸡，回头炒辣子鸡吃。"喜珠儿看了这东西，也很高兴，跟着太太的话，把东西拿走了。鹿太太看了小黄瓜的青翠颜色，很可爱，又弯腰拿起一条来，从腰里掏出手绢来，在黄瓜上摸擦了一会儿，径自咬着咀嚼。

女仆看到太太对于土产这样地感到有味，也就走过来凑趣说，这些东西在乡下怎样兴种的，怎样风干的，说了个牵线不断。鹿太太道："庄稼人是有个意思，只要我们做主子的稍微待他恩宽一点儿，他绝忘不了你。你瞧，这刘老实，只为我上次对他说了几句恩惠的话，有了一点儿新鲜的东西，就巴巴地送了来。这老头，我要奖赏他两句，怎么门房里把东西拿上来了，偏没有他一句话呢？"女仆说道："他由乡下老远地来了，不能来了就走开的，大概引到厨房里吃饭去了。"鹿太太道："好，你把这些东西拿下去，瞧见了他，引来见我。"女仆得了太太一个好字，也是非常地高兴。不多大一会儿工夫，径直就把刘老实引到上房的堂屋外来。

他老远地向鹿太太请了个安，鹿太太问道："你这么大年纪，有什么东西送进城，叫你儿子跑一趟得了，何必巴巴地要你自己来？"刘老实笑道："小孩子懂得什么呀？要他传过三言两语的，说不到不要紧，别把话弄错了。太太不是打听秦少爷的事吗？昨日，他又到我们庄子上借马遛去了。"说着，把一只手高高地举着。

不先不后，在这一举手的时间，鹿小姐正是由里面屋子里走出来。秦少爷三个字，是比什么音还响亮，送到鹿小姐耳里。她远远地就抚弄了手帕子在门前站住，刘老实倒也远远地就向她请了安。鹿太太回头看到，便问道："你怎么也在这时候出来了？"鹿小姐道："上次我和刘老实说了，把五色牵牛花同草茉莉的花籽给我带些来。"刘老实道："牵牛花就是喇叭花呀。现在下籽，恐怕是迟了一点儿吧？"鹿太太道："这事好办，管他迟不迟，下次有便人上街，你给她带来一些就是了。我现在要问你的话呢，秋容，你到里面去等着。"鹿小姐向母亲看了一眼，只好缩回去。

鹿太太静静地站了一会儿，估量着鹿小姐进门里已是走远了，才向刘老实问道："他跑到咱们庄上去借马骑，难道他是两只脚走出城的吗？"刘老实道："我也是这样透着奇怪。问过他的，他说听到这里有一匹黑马，脚程很好，骑着试一试。他原骑了马来的。"鹿太太道："你那匹马，还没有名儿吗？"刘老实道："庄稼人的牲口，都是庄稼地里用的，谈不上什么好坏。"鹿太太道："那么，他为什么说你的马很好，要借着骑一骑呢？"刘老实笑道："我也是说，这事透着新鲜，所以特地来进城禀明一声儿。"鹿太太道："你既是巴巴地进城来要禀明我，为什么要我叫你，你才来呢？"刘老实道："我一到门房里，就同门房里的二爷说道，请他回太太一句话。可是，可是……"他想着不好直接说，便抬起手来搔搔头发，鹿太太道："这鹿升委实可恶。他专欺侮乡下人，他就不知道没有乡下人，会把他们活活饿死了。"刘老实看到太太生听差的气，分明是自己惹下的祸，这就不敢接着向下说了，只

121

是站定了，向鹿太太苦笑着。鹿太太道："那秦少爷到庄上去的时候，除了借马，没有别的话吗？"刘老实说道："没有别的，末后，他要赏我的钱，我没敢收下。"鹿太太点了点头道："好吧，下次有什么事，你再来告诉我，你去吧。"刘老实去了。这一番话，可是给鹿太太添了一番心事，而且起了莫大的纠纷，把鹿小姐芳心都吓碎了。

这天晚上，鹿普在灯下和太太谈话，说到外面这些时候紧张的情形。他右手拿了鼻烟壶，左手伸开了掌心，把鼻烟向掌心里倒着，然后沾了这鼻烟，向鼻子眼上乱擦，眯着眼睛打了两个喷嚏，这才架起腿来，向鹿太太道："现在的革命党更不得了，天都可以踏翻来。"鹿太太道："怎么了不得呢？"鹿普叹气道："今天城里派了队伍到十里堡捉人，一个六十来岁的老革命党两手放着手枪，这里几十个人都对付他不了，眼睁睁儿望着他跑了。后来几十个人把他围困在麦地里，也莫奈他何。再后来有个穿白衣骑白马的人，把他救了去。接着又是穿黑衣骑黑马的人，在枪林弹雨里面乱杀一阵，谁也拦他不住。"鹿太太道："什么？是个骑黑马的吗？"鹿普道："你问这话什么意思？你知道这个骑黑马的人吗？"鹿太太道："我是个不出门的人，哪里知道革命党骑黑马骑白马？"鹿普笑道："要是你也知道革命党的行为那就好了，军队就有法子捉他们了。可是看你那种神气，问得很出神的，我以为又引起你肚子里的鼓儿词了。"

鹿太太捧着旱烟袋，很是吧吸了几口，笑道："你以为我除了鼓儿词，就不知道什么吗？"鹿普笑道："除了鼓儿词，你还知道什么呢？"他将右手的食指，摩擦了左手心的鼻烟，只管在鼻子眼口摸擦着，很显出一种藐视的样子。鹿太太喷出一口烟来，笑道："我倒不是疑心这个，疑心那个，我觉得秦家大少爷，是个很奇怪的人，常常跑到城外十里堡同那些骑马练把式的人瞎混。在昨天，他还到我们家庄上去借马呢。"鹿普道："他借马与这事有什么相干。"鹿太太道："出事的地点，到咱们庄子上不远，因为你说革命党是骑黑马闹事的，这样子巧，所以我就有点儿疑心了。"鹿普道："这话谁告诉你的？"鹿太太道："刘老实为了这件事，特意来告诉我的。今天的晚饭菜，不是有新鲜的黄瓜吗？那就是刘老实带来的。"鹿普听了这话，不由得声音颤抖起来道："这……这……这话，可是不能瞎说的，你干吗告诉我。"鹿太太听了，向他瞪着眼道："怎么？我不能对你说吗？"鹿普道："人家疑心小秦是革命党，这样一说，昨日的事简直是他做的了。"鹿太太瞪大眼睛望着鹿普，那声音也有些抖颤了，因道："这样的事，你好随便说人家呀。"鹿普道："这也并非我一个人说他，我们同僚有约会的时候，都是这样说，秦镜明的大儿子，行为有点儿靠不住。"

鹿小姐正是拿着一本新杂志，正斜坐着屋角，有意无意地翻看，这就突然地偏转头来，向鹿普道："不啊！秦伯母跟前，只有一个少爷呀。"鹿普道："不管他有几个兄弟吧，反正秦镜明有个儿子，在外面有点儿胡闹，这可是实情。"鹿太太道："人家说的，你也跟着相信了吗？"鹿普道："可不是？若是这次在我们庄子上借马出去跑趟子的是他，那就像大家所说，骑了黑马在乡下耀武扬威的，一定也是他。虽然我和镜明是十分知己的朋友，但是他的儿子，有了这样大逆不道的事情，我们为了忠心朝廷，那就顾不了私事，只有据实禀明抚院，让上宪秉公办理。"鹿太太道："若是那么着，秦家一家人可不得了。"鹿普道："那有什么法子呢？前些时候，刘观察为了这事到我们家来了不少趟，总问秦镜明父子怎样？镜明和我有二三十年交情，我还有什么不明白的。只是这位少爷，我实在无从答复起，由现在的事情看来，老秦纵然干净，小秦为什么常到十里堡去，为什么昨日要借我们的马？这是大可以问上一问的。据我看，这孩子十有八九可疑，他一来是留学生，二来素日行为不规则，三来常到乡下去，四来，他昨日借了我们的黑马去骑，恰好昨日闹事的，就有一个骑黑马的。"鹿太太道："这样子说，你把他算定是革命党了。"鹿普道："自然啦，我们若是凭实据地知道他是革命党，那有什么客气，简直就把他杀了。现在只知道行为不端，那就先把他当作革命党吧！"

鹿太太听了这话，倒没有什么，鹿小姐坐在那里，虽然是一点儿不动，可是她怀里的杂志却是啪的一声，落到地上来了。鹿太太听鹿普说话的时候，已经不停地向自己姑娘身上看去。这时看到鹿小姐怀里那本书突然落下地来，就笑道："你离着灯那样远，大概看得眼花了吧。"鹿小姐微举着两手，正待伸个懒腰，见父亲脸上板板的，立刻把手垂了下来。鹿太太道："你身上倦了，你就去躺着吧。"鹿小姐道："那么，阿玛（旗人称父之谓），我可先去睡了。"鹿普点了点头，鹿小姐请着安走了。

鹿小姐回到屋子里，见自己亲信女仆站在身边，这就向她道："刘妈，我今天给你一晚假，你可以回家去看看。"刘妈笑道："大小姐好好儿地放我一宿假干什么？"鹿小姐站着沉吟了一会子，脸腮似乎红了，接着就微笑道："我有一件要紧的事告诉你，你可别当着是玩笑。"刘妈道："小姐吩咐我的话，我怎敢当着玩笑呢？"鹿小姐连连地摇了手道："你还是别嚷，你出去之后，就一直到秦公馆去。那个小三儿，你不是认得吗？你告诉他，他们在我庄子上借马骑的事，我们已经知道了。"刘妈道："巴巴儿地走去，就对他说这么一句话吗？"鹿小姐道："可不就是这句话？你听着这句话，好像没什么稀奇吗？"刘妈笑着，没有作声。鹿小姐道："你笑什么，可是人家知道了这句话，要活好几条命，你相信不相信？"刘妈笑道："小姐你说的话，我还有不相信的吗？可是我巴巴儿在深更半夜去告诉人家这一句话，那算个什么意思？"鹿小姐道："我不是告诉你了吗？可以救几条人的命。你能去说，你就是救了他们几条命。"刘妈本来就愿意同小姐效劳，小姐既是说得这样的郑重，更是要努力去做了。当时自回房去换了衣服，悄悄地走出公馆去了。

鹿小姐把这事情做完了，心里就算落下了一块石头。但是说也奇怪，就像害了什么病一样，自己总感到坐不安，也只好早早地睡觉，然而睡到了枕上，翻来覆去，总是睡不着。次日天色一亮，就起了床了。因为所有的男女仆人都没有起来，只好自己找了一把冷的湿手巾，擦了两下脸，这就站在院子里，看看陈设的一盆花景。仆人们起来了，都很奇怪，为什么小姐起来得这样的早。只好静静地观察究竟，倍加地小心伺候着。

到了九点钟的时候，秦家却派一个听差，说是请这边太太小姐过去斗牌。所谓请鹿太太去斗牌，那就是一下陪笔，因为鹿太太根本就不认识牌。鹿家的听差上去一回，鹿小姐就知道昨晚所带的信，已经达到了，便笑嘻嘻地走到母亲屋子里去。向鹿太太去报信。鹿太太还没有起床呢，只说了早一点儿回来，并没有提到自己去不去的话。鹿小姐回房去赶快修饰了一番，昨晚请假的刘妈也回来了，她已经知道这是怎么回事，赶快告诉马房里的人，给小姐备车。在鹿小姐心里估计的时间，约莫是半小时以上，骡车就在街上走着了。

凭了鹿大人小姐的资格出门，本应当是放下车座前的帘子的。究竟鹿小姐是大方一流，不肯把帘儿放下，半藏掩了身子，向外张望着。当她走到大街上的时候，只见三四名戴红缨帽的人，手上拿了长竹板子，后面一条粗麻绳，捆了二三十名庄稼人打扮的汉子。那绳索捆的情形，还是很结实，连人家两只手臂，同人家的腰，一个圈圈儿套住。这样捆住一个，又连着捆住一个，这一群人，是一连串儿捆着的。在这一群人后面，又是几个背了枪支的兵士，挺着胸脯子，气昂昂地在后面跟着。鹿小姐连连地问赶车的车夫道："这是怎么了？赌博呢，还是烟犯呢？"车夫道："全不是，不见后面拥着这些瞧热闹的人，全说是拿革命党吗！"正说着，车子向前也推转不动，那些看热闹的人，拥挤着挨肩叠背地把路塞住了，大家哄哄地议论着看革命党。

鹿小姐扶了车篷架，昂起身子来，仔细向前看看。所谓革命党，大都哭丧着脸，低了头，一步挨着一步走。那在后面的大兵，口里不住地吆喝着快走快走。鹿小姐道："胡闹！这分明是城外的庄稼人，怎么会是革命党？"车夫道："他们这些当差的人就是这样，奉了差委出去，不肯空手白来交差。捉不到革命党，就捉老百姓出气。"鹿小姐道："难道官厅不问好歹，就可以乱捉人吗？"车夫道："他们爱捉谁就捉谁，谁挡得着？"鹿小姐听着这话，不免呆了一呆。恰好这个时候，那车子前面的人，拥挤得更厉害，不能前进。鹿小姐对前面望着，不住地皱了眉头子口里发急道："怎么办怎么办？"车夫道："小姐既是要赶到秦公馆去，那么我们就弯一点儿路，由小路走吧！"鹿小姐道："由小路走是可以的，不过别把弯子绕大了。"车夫道："既是小姐这么说了，我们就赶着车子吧。"接着口里嘟囔两声，挥着马鞭子就让骡子跑了起来。

鹿小姐只要车子跑得快，可就不管自己身体怎样，只是手扶了车篷子，支持住身体，让车子跑去。车子虽然跑得十分猛烈，车夫看到鹿小姐一点儿也不拦阻，这就放开了胆子，直奔向前去。这一口气跑到秦公馆门口的时候，鹿小姐已是在车子上颤得头昏脑晕，周身的骨节都要合不拢来。所以车子停了，她还不急于下车，依然盘腿坐在车垫子上，定了定神，直等秦公馆听差看到，迎上前来，才手扶了车门，缓缓地走下车来，开着步子，兀自有点儿前仰后合呢。小三儿正在大门口玩耍，看到她来了，一声儿不语，扭转身子，就向书房里飞跑了去。

鹿小姐看在眼里，却缓缓向里面走，走到第二进屋子里，平生果然由侧边迎了出来，远远地就点了个头。今天鹿小姐的态度是更大方了，这就站定了向他笑道："大少爷，你今天没有出去吧!"说着话，狠命盯了他一眼。平生很坦然地，点点头笑道："我照常每天出去遛一趟马，现在还没有到时候。"鹿小姐道："我说，大少爷你干吗偏要在这日子遛马。知者呢，说你是每天都这样惯了的。不知道的，岂不要说你是……"说到这里突然顿住，而且微微一笑。平生道："那么，就是革命党。"鹿小姐道："大少爷你不要说这话，以为自己是好人，人家就不疑心你是革命党，乡下的庄稼人会是革命党吗? 刚才我从街上过，就看到用绳索缚了一大串子，也不知道是哪个衙门里的人干的。若说这是革命党，那就四万万人，个个都是革命党了。"平生笑道："鹿小姐这话很有理。照说，距离那日子也不会怎么远的。"鹿小姐呆呆地站在屋中间，向平生望着。她出门照例有一个女仆人跟着的。今天大概出来得匆忙，身后并没有跟人，所以她只管在这里站着，也没有人来干涉。平生因为她还是旧式的贵族小姐，不便表示得太接近了，也只好远远地站定，向她微笑着。鹿小姐站得久了，自己似乎也有些省悟，于是把脸子一红道："我自然是不懂得什么。不过我是个直性子人，心里有了事可搁不住，所以昨儿个……"说着，回头看了一看。平生笑道："没什么，有话鹿小姐尽管说。"鹿小姐笑道："我也不用说了，大概你已知

126

道。"平生两手叉着腰,点了点头。鹿小姐笑道:"那么,我也不用多说了。我到上房见伯母去。"

平生站在大厅旁边,什么话也不说,只是对鹿小姐的后影望着。鹿小姐已是到后进去了。他这才回转身来向大门外走,看到小三儿站在一边,向他连连地招了两下手道:"你同我一块儿上街去。"他说话的时候,脸色都涨得通红的,语音也格外地沉着,小三儿看到这样子,就知道少爷这脾气发得不小,如何敢违抗他的话,紧随在他的身后,在街上直奔。他俩一口气跑到警备道门口去,果然的,那大门柱子下,却有一大堆庄稼人在那里很拥挤地站着。看那些人身上,全是拦腰缚了一根很粗的麻绳,而且是连串地同缚在一根绳子上。

平生不由得胸一挺就要抢上前去,小三儿早是连连拉了他两下衣服。平生回头看时,见一个短八字胡的人,身上背了一只带木架的箱子,半侧了身子,站在很远的地方。只看他的鼻梁上,架了大框遮风眼镜,草帽戴着,低低的,很不容易看出是谁。只是从他那高大的身躯,挺直的腰杆儿,招开就认得,那正是郁必来。何以他也会到这里来,这就很奇怪了。因为他心里这样想着,就不曾挤向前。郁必来可背了那书架子,缓缓地走到了前面。因为走得慌张一点儿,那箱子角可就在平生身上一碰。当他走过好几步路的时候,还回头来看了一看。平生会意,随着他身后就走了去。

走过了一截街道,郁必来回转头来向他笑着低声道:"你老在这里看什么,仔细一索子也把你绑了去。"平生笑道:"我就知道是师伯。你看这些庄稼人,真是作孽,我们有什么法子救他们呢?"郁必来四周看看,这就笑道:"大街上莫谈国事。"他一面说,一面向冷静的小巷子里走了去。到了冷巷子里,郁必来才止住了脚步,向他笑道:"你以为我们就没有法子救他们吗?"平生也前后看了两眼,便兴奋起来,胸脯一挺,微笑道:"既是师伯这样说了,我就打起精神来跟着在师伯后面去做。但不知师伯有什么法子?"郁必来笑道:"你看这开封城里的红帽子花翎,全是作威作福了不得的大人物吗?在我眼里,不过是一群大浑蛋,只凭上次四海春开的那小小玩笑,你也可以把他们看透了。大街上不是商量事情的所在，你到这地方去找我。"说着话的时候，他在身上掏出了一支四寸长的短笔和一张草纸，一面走路，一面写着。写完了就把字条塞在平生手上，笑道："回头见吧。我已请一个怪客进城来演一出好戏了。"他把这句话交代完毕，就向转弯的小巷子里走去。

就在这个时候，有个人骑着棕色马，很快地擦过去。平生虽不曾看清那人，却见郁必来回转头向马上望着，似乎彼此很快地打了一个招呼。那个人一身黄尘，好像是来自乡下，大概是刚进城呢。平生站在街边，对这匹马走过去，就怔了一怔。小三儿赶上来，低声道："少爷，那个人我也认得。"平生这就明白了，低声喝道："你就不必说了，你先回去吧。若是大人问起我来了，你只是说我出去买东西，不久就回来的。那鹿小姐……"说着，他倒沉吟起来。小三儿道："她问是不会问的。当了鹿小姐的面，我到上房去对太太禀明一声，就说少爷买东西去了。"平生笑道："你这小鬼头儿，肚子里倒还有一部子春秋。那么，就是照你这话去办吧。"小三儿听了这话，笑着去了。

在这天深夜，平生方才回家，小三儿问他看到了那个骑马的人没有。平生笑道："你问这些话干什么？过两天看热闹就是了。"小三儿对于三拳两脚的事，或者还可以想出一点儿道理来，若是藏着机巧的事，他如何能猜得透。少爷这样说着，他也只好存在心里而已。

第十四回

风鹤频惊满城迎御史
衣衫不整高座弄庸官

到了这日晚间，秦镜明由一家公馆里回来，听差们纷纷传说，为了上次臬台衙门跑去两个革命党，巡抚并没有向北京上奏折子。这事让朝廷知道了，现在密派了一名御史到开封来查案。这御史坐火车到了郑州，就下了车，改穿了便衣，前来私查。又说是警备道擅捕良民多次，有人到北京去告了御状。所以这次御史到开封来，恐怕有好多官要遭殃呢。

平生听了满家的男仆们纷纷传说着，也就很从容地踱到上房里来。只见自己父亲两手捧了水烟袋，在屋子里踱来踱去。很久的时间，对秦太太道："这几个月，我们在银号做的来往账，没有三千两以上的数目吗？"秦太太坐在椅子上，瞪了眼望着他道："那何止呢？"镜明道："我不是那个意思，是说我们有没有一次存过去三千两以上的数目呢？"秦太太道："大概有两次吧。"镜明也不说什么，先跺脚唉了一声。秦太太道："你叹什么气，难道我们在银号里存几个钱，这也是犯法的事吗？"镜明道："存钱自然不算犯法，可是都老爷来了，他要到银号里一查账，查出这样整批的银子向银号里存，问起来这款子是从何而来的，我们怎样地答复呢？"秦太太把脸一偏道："怕什么，我们做官挣来的钱。他们在北京做官的，一批十万八万的，向外国银行里存着，御史就不去查吗？"秦镜明道："在北京做官，是北京官场的事，在开封做官，是开封官场的事情。那怎样可以打比方？"秦太太道："那据你说，在京外做官的人，就应该守穷的。可是在北京住久了的人，谁不想调外差发一笔小小的财呢？"秦镜明道："打起官话来，这话就不是那样说了。人家只要抓着把柄，就栽你一下子。"秦太太道："据大人的意思，我们应当怎样？款子已经是存在银号了。假如怕这件事，难道我们不认有这大批款子存在银号里吗？"镜明道："就是只有赶快把这账想法销了它，可是又怕银号里人笑话。所以我捧了烟袋，只管在这里来回地走着。"说完了，眉头皱起来紧紧连到一块。

平生在这个时候，已是慢慢地踱到屋子里，站在秦太太面前来，面上带了笑容，好像有话要说的样子。秦太太这就回过脸来向他望着，问道："你有什么话说，这事你小孩也知道吗？"平生道："这也无所谓小孩子，只要是大家看得出来的事，我也看得出来。"秦太太道："那么，你就说吧。你看你父亲所说的话，你能想一点儿什么法子呢？"平生笑道："这是很容易了解的事。京里既然派了御史出来办案件，不能无头无脑地跑到这里来，也不能像鼓儿词上说的，八府巡按无论什么大小讼事民间隐情，一律包办。"秦镜明手上捧了水烟袋，本来还是来回走着的，听了这话，突然站住了脚，向平生望着道："你这话多少有点儿理由。但不知道御史到开封来，究竟为了什么事？"平生道："为了什么事呢？自然就为的查办革命党的事情。以前跑了那两名革命党，不过是因无心而失察，总还可以原谅。若像现在警备道所做的事，把许多庄稼人不问好歹，一索子捆到衙门里去，这是有点儿出乎人情的事。虽然朝廷有旨，说是捉到革命党，格杀勿论，但绝不是见人就抓。若硬是这样做去，那也太没有王法了。"镜明站着，抽了两袋水烟，微微地笑着："你这倒像是受了那些老百姓之托，来替他们请命的。"平生道："不管是不是老百姓请我的，父亲想想，这件事若是让到开封来的御史知道了，他可能不参上一本？而且这样大的事，比跑走两个牢囚，总要大得多吧？既是跑走两个牢囚，都把御史惊动了，试问捉了这些个庄稼人，会不会惊动御史？"镜明对他这话也没有加什么批评，只是抽水烟，当时平生也不便多说，自走了。

当天晚上，那些内外听差们依然纷纷议论，说是北京有御史要来，这事绝非小可，不定有几个人要掉脑袋，不定有几个人要摘顶子。平生虽听不到这些话，小三儿听了，却是很高兴，得着什么消息，立刻就来告诉平生。平生横躺在床上，把脚支得高高的，嘴里不住地咯咯发笑。到了次日早起，这传说是更大了，全说御史今天就会来，至于什么时候到，是个什么样子，却不知道。

平生听说，只是微微笑着，并不掺杂一句话。待得到上房里去张望时，镜明老早地出去了，平生看到母亲坐在木炕上抽旱烟袋，只管是紧紧地皱了眉头子，也像是很有忧愁的意味。便道："妈在家里发急干什么，御史来了，也不会牵涉到人家内眷的事。你瞧父亲很坦然，照常出去应酬了。"秦太太道："他哪里是出去应酬呢？一早接了人家的信，同去接御史去了。"平生道："到哪里去接御史？"秦太太道："御史若由郑州来当然要在车站下车，他们都到车站上去接了。我想这些大官也太糊涂。御史既是由京里来的，不会打一个电报去问问吗？"平生笑道："打个电报问谁？问军机处吗？问内务部吗？问邮传部吗？本来这就是京里秘密派来的，若打电报去问，是戳破政府的纸老虎，地方疆吏那更是下乱子吧？"秦太太笑道："怪不得了。他们大家去接御史，可又不是悬灯结彩，摆下队伍正正堂堂地去接。只是挑那在北京人眼热的官儿，分散在各城门把守。大概只要看到御史来了，算是碰着的，他们就可以恭恭敬敬款待钦差了。"平生笑道："这倒有个趣味，我也跑出去看一份热闹。"秦太太道："那也好。你看那形迹可疑的人，你可赶快给你父亲一个信。若是你父亲接着了御史的话，在中丞面前，也是一件大大的功劳啊。"平生也不驳母亲的话，自笑着出门去了。

开封城里，这天是成了一种不可形容的忙乱状况。骡车小轿，备着鞍镫的马，总是于一丛护卫之下，在街上跑着。把守城门的统营兵，穿着紫花布的褂裤，扎了青布包头，也各背了一支来福枪，在城门洞子里站班。哨官们穿了马褂，系着战裙，头上戴红缨大帽子，在城门卡房里恭敬地坐着。卡房外车马牲口接连地停住，站了半边街道。除了三司不便出来，首府首县正印官，老早地就出来了，只是不张扬，怕惹起老百姓怀疑，所以还是着便衣便帽，也在卡棚子里等候。车站上那一组，更是人多，从远处一望，人头上是一片红顶，原来由官员以至差弁，都是戴上了红帽子了。平生心里有数，也料着车站是要比较热闹，所以他出得门来，径直就奔车站。

在开封平常的规例，城里头的官吏迎接远方来的官吏，那是不许老百姓上前观看的。今天迎接御史，却是一件不公开的官差，并没有兵队排班，也没有彩亭子，老百姓照常来来往往的，却没有在事先躲闪，及至看到车站许多戴大帽子的人，才纷纷后退。那个时候，老百姓见了官，官见了外国人，都是骨软身酥的。所以车站上这些差弁，并不用怎样去轰赶闲人，那闲人也不会迎上前去。平生赶到车站，见那些不敢进站的老百姓，各背箱柜行李，向街上行回，各人脸上全都表示着诧异的意味：为什么今天这样热闹？有的说接钦差大臣的，有的说送抚台私访的，甚至还有人说摄政王带了皇帝出来私访，所以许多文武官员都在这里接驾。平生虽然看着好笑，但是也就想到，这事确已轰动了全城，极其高兴。自己且不向前，远远地站着，对了车站里望了去。

不多大一会子，自己家里的差人却很匆忙地由前面走过来。平生抓住他的衣服道："公馆里有事，你回去吧。"说着这话，伸手把听差头上的大帽子取了下来，就戴在自己头上。听差道："少爷，你也要进去看看吗？不必戴大帽子也可以进去的。"平生笑道："这个你就不必管我了。"自己戴了帽子，这就径直向车站里走了去。那个时候车站里面，戴大红帽子的人纷纷地来去。远远听到汽笛呜呜一阵叫，站上的人更是热石上的一群蚂蚁一样，找不着头路，推来推去。同时，嗡嗡的一阵人声，也不知道是惊讶，也不知道是欣慰，那空气突然地震荡起来。平生把头稍微低了一低，只跟着在人浪里面拥挤。不多大一会儿工夫，那个黑圆点的火车头，一直冲到面前来。那些观看的群众，也不知是一种什么冲动，大家就像河堤决口，流水一般地向火车边冲了去。

那车停止了，车上人虽因这里官员多，不敢下来，但是稍微胆子小的人，究竟有点儿含糊，仅仅很零落的几个做小生意买卖的人，背了包袱、扛了箩筐带走带挤地滚了下来。其中有个五十多岁的老头子，蓄着苍白的胡须，脸皮红红的，两只大眼睛、透着精神饱满。虽然他身上穿的是一件灰布长衫，可是头上却戴了青纱瓜皮小帽，顶端有一个很大的红疙瘩。在长衫外面，系了一根青布腰带。他两手拢了拢袖子，扁担扛在肩上，挂了一个大紫花布包袱，扁担上绑了一把雨伞，在他腰带里，插了一根旱烟袋，在烟袋嘴子旁边，垂了一个烟荷包。照这个人样子看起来，那完全就是一位乡下老人了。可是许多接钦差的官老爷，个个都把眼睛特别加大地睁开，对于火车上下来的人，全用全副精神去观察研究。本来火车上下来的人就很少。看到车站上这么些个翎顶辉煌的人，全是退退缩缩的，不知如何是好。唯有那个老头子态度从容，什么也不顾忌，在平常的老百姓身上绝做不出来。其中有几个老做京官的，便疑心这是御史刘铁珊。

这位刘御史正是通红的面皮、苍白的胡子。他是直隶沧州人，说北方话而且口音重。因之有一位能干的候补县，硬了头皮子，迎上前去问道："你这位老先生，贵姓是刘吗？"这位老人装着很害怕的样子，向后退了一步道："不，不，我姓张。"可是他只说了这几个字，却是一口道地的沧州话。那候补县这就有五六分猜到了，拱拱手道："这不要紧，请你先生说实话。我们现在迎接一位刘大人，同你先生的面目很相像。你老先生，不就是由北京来的吗？"那老人笑道："虽然是由北京来的，但是由北京来的人也很多，在很多的人里面，找一个相貌相同的那也不算什么难事。"他把话说到这里，态度是更加从容，显然刚才那番退缩的样子，更透出来是假的了。于是，稍微调皮一点儿的老爷都围拢了上前。各人心里想着，不怕都老爷微服而来，到底让我们看破了，这种迎接御史的大功劳，绝不能让那候补县一人得了去，赶快献殷勤吧。大家都存这份儿思想，自是一拥上前。

那人见来的人越围越多，这就站在人丛中，向大家拱手道："我是个乡下老头儿，各位有话好说。你们若是把我吓倒了，那就人命干天，不是闹着玩的。"秦镜明以能吏称，自然也是在车站上接人的一个，他正站在月台上东西张望。平生由人丛里挤到了父亲身边，这就轻轻地碰了镜明一下，低声道："爸爸，不要错过这个机会，这个人方面大耳，态度从容，绝不是贫寒人家出来的老人。既是大家都向前包围他了，便算闹错，也不是我们一个人的错。"镜明被他两三句话一提醒，也就冲到那老人面前来。那老人一时慌了神，却向镜明招招手道："秦镜翁，

133

久违久违。"只他这样一打招呼，所有包围着的官吏，不知不觉地哄然了一声，那意思也就是说，他居然和秦道台认识，绝对是御史无疑了。

那开封府戴高铭，心里一机灵，就抢上前一步，把右腿一屈，请了一个安，立刻将怀里誊写好的一封手本，两手呈上，躬身道："卑职开封府戴高铭恭迎钦差。"那老人将手摸了一摸胡子，笑道："既是各位已经把我认出，我刘铁珊也不必再为隐瞒。但兄弟奉皇命在身，是密查的职务，诸位款待，一切不敢拜领。只望将来我要翻什么案卷的时候，多多给我便利，那就很感谢。现在请各位回衙。我要一人步行出站。"戴高铭道："卑府备有小轿。"刘铁珊道："这不用贵府烦心。兄弟可以坐小轿，也就可以受其他一切款待了。兄弟出都以来，一切行资，都是自备，若是受了地方官的款待，对自己的前程不大稳便。只是兄弟对开封城里的街道不大认识，请贵府派一两名跟随，替我引引路就好了。"在场迎接的官吏，当然不敢强迫刘铁珊受款待，但最低的限度，总也要知道御史大人住在什么地方。现在他答应派两名跟随跟了他，那无论如何，可以知道他的下落，就这样答应了吧。那戴高铭心里连连转了两个念头，便向刘铁珊躬身施礼，答应是是。

于是叫了两名跟随过来，让他们取下头上的大帽子，派一人在前面引路，另一个人就来接刘铁珊肩上的箩担。刘铁珊摇了两摇手道："不用不用。我由北京扛着这副箩担到开封，我已经扛惯了。若是不让我扛，我就走不动了，那么你们就不用替我引路了，我自己去找路吧。"戴高铭看到他这样子，不敢勉强，这就掉转脸对两名跟随说："你们一切听钦差大人的便，不必多话。"刘铁珊脸上带着微笑，自背了扁担箩筐，向站外跑去。现在这些迎接的官吏，不像以前取着包围之势了，老远地闪开一条人巷，让他从容走了过去。他走路的时候，两手拢住，紧紧地抱住这扁担在怀里，一步一回头地走着，看去倒好像有些害怕。因之这些大官，虽把他当了北京来的御史，可是心里头还在奇怪，怎么他又是缩头缩脑的？不过搁在心里，谁也不敢说出来。

这时，所有在车站上的几千只眼睛，全部射在这位老头子身上。假如这老头子咳嗽一声，在场的人，也就不免会跟了他的身子一哆嗦。他似乎知道在这些人包围之下也是不能快走的。所以步子非常地缓，费了很久的时间，他才出了站。在站的人不看见了这位钦差大人，就像狂风推浪一般，互相挤着猜说，这到底是怎么回事。不过大家虽存着一份怀疑的心，可是又有一种相同的观念，就是对于这位钦差，可信其是，不可信其非。所以把那位钦差恭送以后，首府首县同两位道台带了几位重要的官员，全到候车室里商议着。说是钦差大人既是来到了开封，不管他是明查是暗访，官不打送礼的，同他多多客气一点儿，总不会错。好在他走得慢，赶快派几个干弁，跟到旅馆去办差。那两个引道跟随，既知道他是钦差，当然会引他到开封最好的一家旅馆去的。

商议定了，首府首县就挑了两三名专门办差的衙役，追到旅馆去办差，各官员全赶回衙去，换上补服冠戴，预备衙役回信说钦差在那家旅馆里，然后大家坐轿子去参谒钦差。可是等到衙役回来报告，却是不知钦差何往。这其中最感到苦恼的，还是首府与首县。分明迎着钦差进了城，却让钦差跑掉了，这是个大笑话。首府戴高铭，把官衣官帽全穿戴好了，只是端坐签押房里等候消息。后来一位差役，匆匆忙忙地跑来告诉说，钦差已经到警备道衙门里去了。戴高铭听说钦差已经到道台衙门里去了，那是比自己高一层的官署，不能乱闯了去，而且又是警备道，专办案情的所在。这位御史走进城就查办案子，实在很棘手，倒要提防一二。戴高铭如此想着，这钦差能片刻不停就去办案子，说不定也会到首府衙门里来的。为了谨慎一点儿，我衣帽也不必脱下，就这样等着吧。

刚是这样想着，却有自己衙门里的衙役，带了一位穿制服的巡长，满头是汗走了进来。这位巡长行过礼以后，就跟着说道："现在钦差在敝衙门里，请大人就过去。"戴高铭将两手抬起，扶了自己的大帽子，微笑道："究竟我有先见之明，穿戴得工工整整的，在家里等候。那么，吩咐轿夫伺候。"跟班答应一个喳字，抢出上房去。刚待高声嚷着伺候，戴高铭又叫了一个来字，跟班第二个喳字，人又抢了进来。戴高铭道："只要预备轿子，执事牌伞全免了，越快越好，我立刻要走。"果然不到十分钟，跟班就来请大人上轿。

在那封建政治权力下面，做官做到了知府，上街拜客，上院禀见，那一派威风可是不小。最前头有两面锣敲着，后面是几对牌匾，在轿前有一把红绸伞用高竿顶着。在现代的人看来，必定以为是迎神赛会，城隍菩萨出巡。若是像知府这样的大官，出门只要一乘小轿，别的一概取消，那就是有了急事，在大街上经过，那些茶馆酒肆里集合着的老百姓，看到之后，立刻要谈论起来，又不知出了什么急事，首县也坐快轿走了。

在这日，戴高铭正是属于这种情形。轿子一口气抬到了警备道门口，号房立刻迎到轿子边，说是钦差大人在花厅里传见。轿子抬到大门里，戴高铭立刻拍着扶手板，喊"住轿"。照着经常的规矩，轿子可以抬到大堂下面，却也只好破例了。下轿以后，有他的跟班在前，手里举着手本，放了那稳重而又敏捷的步子引路，警备道的传班，自也抢先到花厅里去回禀了。戴高铭到了花厅门外，先站了一站，由跟班将手本递给站班的差人，先呈了上去。然后到里面听有人叫了一声请，这就放下马蹄袖子，从容走进花厅去。

早见刘铁珊还是那身穿戴，坐在正面炕上。警备道刘大人可是全副官服，坐在下面侧手的一把椅子上，大帽子后面的蓝翎翘起，可想他成了个小心翼翼、不敢仰视的人。戴高铭比道台又低着一级，自然要加倍小心。所以从容走到花厅里之后，一个抢步上前，屈了右腿，就深深地向刘御史请了一个安，问道："皇上好？"那御史立刻站起来，答应一个好字。再坐下，戴知府又请了个安。御史方坐下。看他的样子，红光更是焕发，把一双眼睛瞪着大大的，那也许就是在生气吧？戴高铭请过了安，倒退了两步，站在下手。

刘铁珊向他正了颜色望着道："贵府这几天拿革命党，拿有多少名了？"戴高铭道："关于拿革命党的事，都是刘观察办理。"刘铁珊道："你知道刘大人已经拿到多少革命党吗？"戴高铭不知道钦差大人这话是什么用意，却向刘道台看了一眼。刘道台只是低了头，屁股略微沾着一点儿椅子边沿，并不敢抬头。刘铁珊道："开封城的首府首县，对于本县的治安，要负完全责任。地方上有无革命党，已经拿了多少，漏

136

网多少，你能说是不知道吗？"说到这里，声音更显沉着。戴高铭听到这话，心里不免跳了两下，连连答应了几个喳字。刘铁珊道："贵府实说，地面上现在还有革命党没有？"戴高铭道："大概地面上已经平靖了。因为前几天巡防营曾下乡去查抄了一次，革命党都已闻风而飏。后来刘观察派了警察下乡，也就捉拿了一批。"刘铁珊道："哦！也已经捉拿了一批，共有多少人呢？"戴高铭又抢上前两步，请了一个安，答道："这是刘观察办的，卑府未能过问，请问刘观察便知。"刘道台听了这话，立刻站了起来。先低低答应了一个喳字。刘御史道："刚才贵道说是并没有拿到革命党。现在戴太守怎么说是你拿到一批人呢？"刘道台道："给钦差回，这里面有个原因，当卑职派警察下乡到十里堡去的时候，革命党都跑了。警察以为乡里人有串通消息的嫌疑，所以把他们带来问问。"刘铁珊道："少不得是三推六问，什么刑罚全用过了。他们有口供没有？"

刘道台一听口吻，暗叫不好。这位钦差简直是同犯人说话的，便请了一个安道："虽然把他们捉来了，并没有拷打过。只是他们口风很紧，直到现在为止，他们还不肯讲革命党的踪迹何在。"刘铁珊道："这样看起来，贵道也知道所捉的人全是无辜的。不过要从他们的口里探出革命党的踪迹来，所以不得不把他们抓来关起。"刘道台不敢说什么，只有恭恭敬敬地垂手站着，连道钦差明鉴。刘铁珊道："革命党和他种匪人不同，他们全都有神出鬼没的手段的。贵道审问过几次了？"刘道台道："审问过很多次了，只是他们总不肯吐出一句真实话来。虽然有两三人说出过地方来，仔细一查完全不对。这件事还要请钦差指示。"刘铁珊道："既然如此，把这些捉来的犯人，立刻带到这里来，让我看看。"刘道台喳了一声，掉转脸来，正着颜色向站班的差人说了几句，那差人也和答应钦差的话一样，喳喳地答着。

因为是钦差要审官事，传话人更加上劲。不多大一会子，只听到一片呛啷的铁链响声，已是把人的悲惨情绪引了起来。刘铁珊向外看时，却见许多面黄肌瘦蓬了头发的庄稼人，全在花厅外面廊檐下站着。刘御史一触目，好像就有一分不忍，在口袋里掏出手绢来，擦了一擦脸。刘道台和戴知府全不敢作声，只静悄悄地躬身站在一边。刘铁珊点点头道："我已经全看到了，不用全进来，带两名上前我问一问就行。"刘道台答应了几个是，便亲自出去，挑了年壮的庄稼人，吩咐跟班押了进来。那些庄稼人看到这么一个脏老头子，坐在正面炕床上，这两位衣冠整齐的大人，倒是站下面，也像小百姓见了老爷一样，他们猜想老头子定是来头不小，同时也就联想到鼓儿词上钦差私访的那一套故事。所以这两个年壮的人走进花厅，立刻跪在地上，不分次数地磕头，只喊青天大人申冤。

刘铁珊道："你们不要乱喊，我自会替你们做主。我先问你们一句话，你们知道什么叫革命党吗？"那两个人同时答不知道。刘铁珊道："革命党是一种小官的名字，你们不知道吗？假使我说你们冤枉，每人赏你们一名革命党做，你们干不干？"那两个人彼此看了一眼，不敢答应。刘铁珊道："你们为什么不作声？"有一人两手交叉按地，磕了一个头，然后哀告着道："青天大人，小的是庄稼人，不会做官。大人给我们革命党做，小的只怕做不来。"刘铁珊这就向府台全看了一眼，微笑道："二位听听，假如他们不是好人，怎么肯说这种话。"府道听了庄稼人的话，只是不敢，因此同弯着腰，说了两声是。刘铁珊道："这些庄稼人，全是无辜的，老冤屈他们干什么？立刻把他们放了吧。"那两个庄稼人听说有释放他们的言语，就只管磕头，喊叫大人开恩。那在花厅外面的庄稼人，看到提进去审问的两个人都有被释放的希望，这个机会不能放过，全在门外跪着，大喊开恩。

刘铁珊对刘道台道："想贵道心里也会明白，这一群老百姓全是冤枉的。谁无父母妻子儿女，这些被押的人，他们家里人不都在惦记着他们吗？贵道若是没有真凭实据，说他们是革命党，那就把他们放了吧。"刘道台请了个安道："是！似乎还要他们具一张结。"刘铁珊笑道："要他们具一张结，也无非要他说是良民，其实他们本来就是良民，官厅硬逼了人家来当犯人，他们有什么法子。这时要人家具一张结愿做良民，那倒有些画蛇添足。有了这结，他们显然不是坏人，贵道把这么些个好人一索子拴了来，那不是诬良为盗吗？"刘道台听到钦差这样不骂之骂，实在不敢胡乱多提一个字，只有双垂了两只马蹄袖子，躬身站在一边。

　　刘铁珊把手上捏的那条手绢，不住地往左右两边摸着胡子。把在场的人全默然地看了一眼。当他鼓着两只眼睛的时候，这里面也就包含了一股威风杀气。大家静悄悄地站在一边，哪敢哼一声。刘铁珊说到这里，又向刘道台望了一望道："你还有什么要说的吗？"刘道台见这位钦差只管逼了自己说话，倒有点儿摸不着头脑，除了是是而外，回不出第二句话来。戴知府在一边，看到刘道台慌了手脚的样子，这是在钦差面前，露出了无能的本色，钦差生起气来，那只有摔大帽子一条路。这不能不提醒他一句了。于是走近刘道台两步，低声道："道台，卑府的意见，先就把这班人放了吧。"刘道台向戴知府看去时，戴知府不住地向他丢着眼色。刘道台倒是老于官场的人，心里回想过来，钦差说放人，自己还留难什么？难道要和钦差见个高下吗？这就对刘铁珊请了一个安，向他道："卑职马上就把他们放了吧。"刘铁珊也没有多话，只是摸着胡子点了两点头。

　　刘道台看到他这情形，倒真有一点儿莫测高深，只得回转身到花厅外去，将花厅里跪着的两个庄稼人，一齐叫到花厅外来，然后对站着班的差役道："把这些庄稼人都给放了，这是钦差大人的恩典，也用不着取什么保结，就这样放他们去吧。"说到钦差大人四个字，那声音是特别加重的，谅着坐在里面的刘钦差也是听得清清楚楚的。说完了，这些衙役将庄稼人押出花厅门外开了锁链，让他们叩谢钦差大人恩典，然后排了班似的一串地走将出去。刘道台等这些庄稼人都走了，然后再进客厅回话。

第十五回

再起疑团忽亡钦使迹
同欣快举小约菜佣家

这位钦差大人原来很是和颜悦色的，到了这时，却把脸色向下沉着，对了刘道台道："刘崇善，你犯了国法，你知道吗？"这一句话问得很沉着，而且是叫起名字来问的，这很让刘道台担着一份心事，便俯身上前，请着安连道是是。刘钦差道："大概我不说你也明白，这些庄稼人你捉了来，他们是冤枉的。那么，你是诬良为盗。纵然现在放了他们，若不是我到开封，他们不要冤沉海底吗？若说他们并不冤枉，你捉来是对的，何以糊里糊涂又把他们放了？"刘道台听了，心里头好奇怪。这放犯人，不是你叫我做的事吗？现在倒成我的罪状了。若照这样说法，简直是做好了圈套让我上当。于是他使出了那官场最简单的推诿办法向前请了一个安道："卑职不敢，卑职不敢。"刘铁珊这就回转眼来对戴高铭道："贵府请先回署，我立刻要到贵衙去调阅几件案卷。"戴高铭听了这话，头皮子就是一阵发麻，心想这可糟了，不知道有什么事要劳这瘟神进门。但是这绝对不能拒绝的，他也请了一个安，答应了一声是，立刻退了出去。

刘铁珊等他走了，又向刘道台道："我一时想到了一件要紧的事，非盘问盘问戴太守不可，就烦贵道上院转达中丞。我要看完了案卷，再向北京打电报。我是密访，中丞无须来见我问安皇上。我办完了事，才能上院，转请中丞原谅。"说着，站起来拱拱手，刘道台恨不得他立刻飞了出去。他既然告辞，那正是求之不得。闪到一边，做了一个站班样子，让他过去。刘铁珊对于面前站着竹林似的护卫，只当是没有看见，将他那破旧棉袄袖子，又复卷上，就摇摇摆摆走了出去。警备道衙门里，千百只眼睛都看了这怪钦差的后影。可是，他们又哪里看得明白呢？

刘道台伺候钦差，今天是第一遭。尤其是这样不衫不履的钦差，摸不着他什么来头。有人问他的话，他答应了一声，没人问他的话，他只是站在这里发呆，现在刘钦差去了许久，他才醒悟过来。上花厅里已经没有大宾了，他才赶快追出去送客。但是钦差久已去远，这里哪里有一点儿踪影。钦差既是走了，后悔也是无益。当地上司，也是巴结要紧，得赶快上院去，给巡抚一个报告。当时也就回到上房，抽了两袋水烟，喝一杯茶，先定一定心事。不想刚待起身，自己一个亲随，匆匆忙忙抢了进来，向他请了个安，低声报告道："给大人回，戴太守派人来打听，钦差到哪里去了？"刘道台道："不是到太守衙门里去了吗？还没有到吗？"亲随道："那边来人说并没有到，很是可疑。"刘道台听说钦差不见了，这又是一件心事，并非是怕他跑了，不知道开封城里哪所衙门又该倒霉，招了这位瘟神爷前去作祸。正这样踌躇着呢，又一位亲信跑了来回禀，说是院里派人来问，钦差走了没有？钦差若是走了，中丞大人有事传见。

刘道台听了这话，越是慌了手脚。迎接钦差的人，把钦差迎接到了衙里，还会让他跑了，做官的人会糊涂到这样子。那头上的汗珠子，虽是豌豆大一粒向下滚着，也不管它，一迭连声叫打轿。这警备道是送走钦差之人，还是如此着急，那位接钦差没有接着的戴知府，那心里焦躁，是更可想而知了。因之穿好了补服，戴好了大帽子，袍了两只马蹄袖子，只是在上房里走来走去。这样走着约莫有二三百个来回，居然让他想得了一个主意。他想到秦镜明久做京官，对于北京那些都老爷的脾气也摸得很熟。彼此都是府班官员，平常相处很好，有什么不了的事，他代出个主意，还真有效验，现何不去请教他？只是这个时候，自己要等候钦差驾到，片刻不能离开，只有拿名片请他过府来商量商量的了。于是，传了一名能干的跟班到上书房，把话告诉了他，让他拿了自己片子，到秦公馆里去。

这晚上，秦镜明也同他们一样，担着一份心事。以为钦差大人来查案，犹如在城隍庙里抽签一样，不知道他伸手下去，抽出哪一根签来。在开封城里做官的人，现在都是签筒里的东西，虽有多数可以逃出难关，然而这一签抽到是谁，真说不定。也许这一抽就抽的是我，假如抽着我，哪一件事情犯法，哪一件事情会被查出来，事先不能不考量一下。

镜明心里如此想着，手里捧了水烟袋，只管缓缓地吸着。秦太太也是衔了一支旱烟袋斜欠了身子向镜明望着问道："这位钦差，来得有些神出鬼没，据我看恐怕开封城里要出什么大案子吧？"镜明抽着水烟道："这话很难说。本来这河南省的吏治，这两年实在不大高明。这话传到京里去，总会闹得来的。尤其是上次在大牢里跑了两个革命党，同前两天在十里堡捉人又大开火的事。这些事是完全摆出场面来了的事，京里要装马虎也马虎不了。"秦太太道："若是为这件事，那就好了，无论如何，与我们无关。"镜明道："天下事是谁说的。明明看到与我们无关，偏是会牵涉到我头上的。"

正说到这里，进来一个听差，低声回禀道："首府派人过来，要请大人过府去谈话。"镜明听了这话，两眼睁得多大，向他呆望着，站起来道："什么？首府请我？这样夜深，他请我去干什么？"秦太太睁了眼睛，很久很久，急出一句话来，问道："大人，这件事很奇怪，我看你还是以不去为妙吧？"镜明本来有些心慌，听到这话之后，越是心里头有些把持不定。但是他的态度很镇静地，捧着水烟袋连连抽了两口，这就向进来回话的听差，点了一个头道："你把来人引了进来，我问他几句话。"听差道："是，他也正想见大人把话回明。"秦镜明捧着水烟袋，自踱签押房里来。首府衙门的听差，这就端正了大帽子，走了进来，先向镜明请了一个安，然后垂手站在一边。镜明道："贵上要我去，有什么要紧的事吗？"那听差不敢隐瞒，就把戴高铭心里着慌的情形报告了一遍。镜明架着腿在椅子上坐着，缓缓地抽水烟。等那听差报告完了，这就喷出烟来道："这也用不着慌的。钦差查案子，自有他的手腕。他若是要到首府衙门里来，不会事先告诉你的。他既是告诉你了，那就准不会来。"听差道："是是，敝上既是专程请大人，就请大人发驾。"

镜明且不理他这话，又呼噜呼噜地连连抽了好几袋水烟，因点点头道："既然如此，你去回禀贵上，我立刻就来。还有一层，请贵上少惊动人。"那听差自然是很机警地答应着走了。

镜明这又回转身来，向上房里走去。秦太太比他更焦急，已是手拿了旱烟袋含在嘴里，直迎到屋子外面来，老远地就问道："戴太守派人来说些什么，你非去不可吗？"镜明道："有好事自然不会找我。戴太守在衙门里等钦差，等有两点钟不到。他直发急。向警备道衙门里去打听，可是回答的话，钦差已是早已出衙门了。他们看不出这是什么缘故，特意派人来请我过去问问。"秦太太道："这可是笑话了。大人又不是他的诸葛亮。问钦差的事，怎么来请教于我们呢？"镜明道："我也是这样说，不过我想着，他或者以为我做京官多年，对京官的情形熟悉一点儿，所以把我请去请教一番。为了朋友分儿上，我去一趟吧。来呀，预备打轿。"秦太太听了这话，虽不能再来阻止他，但是心中依然不能十分自在，只是睁了两眼向他望着。

就在这时，听差又进来回禀，戴太守二次派人来催请。这一个报告，镜明也就愕然了。在镜明本来对戴知府相请的事，看着不成问题了。听到开封府二次有人来相请，这真透着在奇怪。为什么有事商量，还这样着急。于是捧了水烟袋，接连抽了两口，便笑道："我也有我的大帽子，戴太守的大帽子这样值钱，我丢了自己的事不管，我就不怕丢大帽子吗？我今晚上不去，看他怎么样？"说着这话，把烟火头子向下一放，把烟袋打了咚的一声响。进来回话的听差，本是一番好意，不想大人倒对自己发脾气，便垂手呆呆站在一边，低了头不敢作声。秦太太把旱烟袋斜衔着，也道："大人，你就不必左思右想了。就回戴太守一封信，说是不去了。"

正这样说着，平生悄悄地走进来了。他脸上带着笑容，走到镜明面前，低声道："戴太守请父亲过去，不就是为了钦差没有到他知府衙门里去吗？"镜明道："你知道还问些什么？"平生笑道："你老人家不要把这事情看得太重了。这位钦差大人是个假的。"秦太太道："胡说！别的什么可以冒充，钦差这朝廷的大臣，有人也敢胡来吗？"平生笑道：

"母亲的话，固然是不错，可是无缘无故的，我也不敢撒下这样的大谎。"

镜明回头看到他那从容不迫的样子，料着也不会全假，便回转头来问道："你说这话，必有所本，我问你是何以会知道这件事？"平生笑道："当然我有所本。当那钦差走出车站的时候，我随在他后面，很跟着走了一些路。后来在他的举止动静上，细细地观察，那我才想起来，他是当兽医的冯老头子。他住在城外四五里路的地方，我就请他医过牲口。"秦太太道："你这话我不相信，一个当兽医的人，终日地和骡子马在一块，知道什么官场规矩。"平生道："当骗子的人，自然都有他骗人的本领。他没有那种学问，就敢动手吗？这个兽医，原在北京哈德门外做生意的，前辈子也做过官，而且就是个御史。他自己大概也进出衙门，所以这些官场规矩，他全知道。他自己知道他和刘御史相貌相同，所以装出这种样子来。父亲若是不信我这话，静待两天，看看这御史到开封来的事，有没有下文？"镜明道："他冒充钦差就算罢了。难道这钦差到开封来查案的消息，是从郑州传来的，这也会假吗？"平生笑道："这消息不过是人口里传说出来的。究竟是郑州传来的，还是开封本地传来的，这并没有法子证明。父亲曾听到说，哪个衙门里接到过这样的电报吗，或者是有人暗地写信通知吗？我想，朝廷派钦差出京查案，这总是非同小可的事。京里那些人眼熟的人，未必不知一二。"

镜明抽了一口水烟，笑道："这件事，很容易弄明白。现在只要派两名差人到冯兽医家里去查查，他是否还在家，若是不在家，他就是去冒充钦差去了。若是在家，传来一问，也就明白。平生，你总知道他家在哪里吧。"平生连说是知道。秦太太道："既然如此，也不必去找姓冯的了。我想戴太守来接大人去，那也是万分出于不得已，大人就去一趟吧。"镜明笑道："这样说来，太太胆子大了，也不害怕了。"秦太太笑道："大人，我总是一番好意。但愿大家无事，那岂不是好吗？"秦太太却是这样说着，镜明的心里自然大方得多，立刻坐了轿子，就向开封府去。

平生把这件事交代过去，心里非常之痛快，当时回到书房把小三儿叫到身边，因低声道："你到郁师伯家里去看看。他若不问你什么，你就告诉他，事情已经办妥了。若是他有话问你，你就回来叫我，不必乱说。"小三儿很高兴地答应着去了。平生觉得今天这一件事，是平生最痛快的一举，拿了两本书在灯下看着。约莫看了十几页书，小三儿很快地跑回来，近前说道："郁师伯说，你今天不必出门了。"平生道："必定还有什么约会吧?"小三儿笑道："算你猜到了。他说明天晚上，他要带着酒到一个地方去喝，请你也去。什么地方，他说你知道，用不着告诉。"平生笑着点了两点头，也没有再说什么。这一晚他是很甜蜜地上床就睡。

到了次日早上，也就带了小三儿出门，四处探听消息。四处议论纷纷，都说那位钦差大人凭空而来，却又凭空而去，这实在是一件怪事。这一下子，开封城里，不知道要出什么乱子。可是绝没有人说钦差是假的。平生听到这些话，心里非常好笑，高高兴兴地回家去。买好了东西，将小食盒子提着，就趁着太阳没有下山的时候，骑着马，背了剑，缓缓出城而去。

这已到了初夏天气，当太阳缓缓地西斜以后，在野外的田庄树木，全都有一种阴森森的风味。平生骑马跑到了城外，顺了大道向前奔去。跑到古吹台当日试马的那个所在，便见一个人在平台上来往地逡巡着。那人远远望到有马来了，便抬起两只手同起同落的招着。平生心里明白，将马骑到古吹台边，跳下马来，把缰绳拴在木牌坊的柱子上。还不曾拔步向台阶上走呢，由路旁闪出一个人，两三步抢跑向前，也伸手来扯住了缰绳，向平生看着微笑。平生道："你倒早来了。"他道："若不早来，关在城里头，可就跑不动了。"他说着话，代牵了平生的这一匹小白马，就向旁边小树林子里走去。

那时，这一带风景，未曾整理开辟，古吹台过去，有三五家矮小破旧的人家，半掩藏在松树林子里。那些住户，都是极穷的角儿，也无非种菜赶牲口，做些苦事。由开封城里到古吹台那儿游玩的人，从来也不正眼向他们这里看上一眼。所以这里有了什么秘密，也不会有人知道的，天气已经是更晚了，太阳沉下地平线去，只有一带红色的云彩在西边天脚下。这些藏在树林子里的人家，由屋脊上冒出两道青烟来，在空中夭矫乱舞。

平生笑道："师弟，这里还预备烧饭吗？"他所叫的师弟，就是这个牵马的人。他姓黄，因为头发很少，只有小指头那么粗一根辫子，人家都叫他黄小辫子。他就住在这里，种菜为业。只因他上有老母，人眼又熟，马老师怕他受连累，自己伙伴里面有了什么行为，总不许他参与。今天是他事先通知好了，老师既要离开开封，他要预备下两杯酒替老师饯一饯行。所以平生出城以后，径直投奔到这里来。

由树外绕过，是一大片菜园子，一带黄土短墙里面，围着长方的小院子，在屋下乱放着粪桶菜筐柳条簸箕。一只小毛驴拴在墙角落里小木桩上，看到平生人和马进来，耸着两只长耳朵，只管看了过来。平生笑道："师弟，你很好。只你凭两只手一根扁担，居然把这家造就得有里有外，什么都齐全了。"黄小辫子笑道："这也算不得什么家产。师兄，你信不信，将来总有一天，我把这些东西一脚踢光，也出门云游四海去。"

屋子里有人应声道："这孩子说话，没有头脑。你老母亲在这里听着呢，你也一脚踢了开去吗？"

说话的正是郁必来，他口衔了一支长烟袋，缓步走了出来。平生赶快地在辘轳架子上拴了马缰绳，提着食盒子走进屋来。旁边房门口，垂了一幅已成灰色的红布门帘子，里面有老太太的咳嗽声。这进门的中间屋子，连厨房到堂屋全在一处，黄小辫子的女人正在靠墙的土灶边，铺了一块砧板在墙窟窿眼里，塞了一盏矮小的罩子煤油灯照见她拿了刀，大块地切着肉。炉灶口上，放了瓦钵子，热气腾腾的兀自有一股子肉香味，随了那瓦钵子里的咕噜响声，向人鼻子里送了来。可是这小小房子里，一点儿黄昏色的灯光下，所看到的除破桌子烂板凳而外，其余便是菜筐菜篓子、水缸面盆子，杂乱着更看不出有人。

平生因低声问道："我师父呢？"郁必来道："我和你师父约好了，月亮出土见面。现在月亮也快出土，他不久就会来了。"平生将那食盒子提在手上，倒没有做个道理出。若是放在桌上，桌面上瓶儿罐儿放着

146

很多。若是放在地面上，那就连走路的地方都没有了。黄小辫子倒是很明白了他的意思，把食盒子接过去，塞在桌底下，因笑道："我的屋子太小了，抵不了师兄家里一所马棚。"平生道："真的，回头师父来了，我们在什么地方吃饭？"黄小辫子将手向门外菜园子一指道："你看，这么一大片菜地，那里不好吃酒吗？"郁必来道："月亮上来了，你们老师该来了，我们到外面迎接他去吧。"

平生首先走出菜园子门来，果然远远地一阵扑扑之声，在月亮影子下，两道黑影向面前直奔了过来。平生笑道："怎么是两匹马？"言未了，那马已是冲到面前。后面马上一个人先滚下了鞍子，笑道："钦差大人到了，你们也不迎接迎接吗？"听他那声音，正是那位开封满城文武官员迎接的刘钦差。平生笑道："冯师叔也来了，这回事情，真做得冠冕堂皇。"那人笑道："虽然冠冕堂皇，可是我卖了开封城这个码头了。"平生道："这真是对师叔不起。不过师叔这件事是救了十里堡全堡的老百姓，这功德就大了。"在前面马上的马老师也跳下马来，将马鞭交给了平生，笑道："不但是你冯师叔卖了开封这码头，连我也卖了开封这码头了。我在开封，可有三十年的年月了。这样一走，真是让我心里头有一种说不出的难受。"

郁必来也迎到了门口，笑道："你做师父的人，不在徒弟面前，摆些英雄好汉的架子，倒在徒弟面前说这样英雄气短的话。"马老师哈哈大笑，拉着郁必来的一只手道："老大哥，我来了。这一次分别，我们什么时候会面呢？"郁必来道："你既叫老大哥，你不该在我面前说这种话。因为老大哥的雄心还比你大。"马老师笑道："不用比我再大了。听说你印的那些书本子，卖不到钱，已经有两三天没有进账了。这几天客店里的店账是怎么的开销，我可替你担了心。"郁必来道："走尽天下，也不会饿倒我郁必来的。偌大的开封，会没有饭吃吗？我们这里，现成的钦差大人，随便提拔我一把，我也可以弄个把总外委做，大小是个官，就不愁吃喝了。"

大家一阵哈哈大笑，拥进了屋子，忙得黄小辫移开菜筐子，又移面盆子，好让大家来坐下。郁必来笑道："老黄，我看你不必忙了。我看到你那墙外还有两张芦席，你就在院子里放倒，铺在地上，桌椅板凳，一概不必预备。你就把做好了的酒菜，搬出来放在芦席上。我们大月亮下，就坐在席子上吃。若是喝醉了，最省事不过，就在芦席上躺着。"黄小辫子道："这好办，就是有点儿不恭。"那冯兽医笑道："若论恭不恭，只有这里的警备道刘大人最够味。他站在我面前，简直成了一个木头雕刻的人。"马老师笑道："你不用高兴，有一天把你捉住了，非活剥你的皮不可。"冯兽医拱拱手道："这就要沾你的光，托你把我带走了。"大家说笑着，帮同了黄小辫子在门外敞地里将芦席展开。

第十六回

月下狂欢舞钩评绝技
天涯此别停马说奇人

那时，一个银盆大月亮正在那矮小的院墙上缓缓地升了上来，照着屋宇上下，像下了一层薄雪一样。平生先把一大瓦壶茶，同了七八只大茶碗，全放在芦席上，同时，也就挨着大家在芦席上坐下。春来夏初的天气，只要没有风，天气就有一点儿暴燥。大家坐在月亮下面，刚好是不凉不热。黄小辫子来往地搬运着酒菜，脚步也不曾停止一下。平生笑道："师弟，我那菜，除了那熟蹄子，大概可以吃凉的，你益发搬来吧。"马老师笑道："说实的，你平常只是讲了一张嘴，当今师弟告别的时候，你就不送点儿东西吗？"郁必来道："不劳你问，我早已给你预备好了，五斤莲花白，分作五个瓶子装了，放在令徒家里。喝得了，让你今天喝一个痛快。喝不了，你可以带了走到路上喝去。"马老师笑道："那很好，先搬大碗来，我们喝上几碗。"

黄小辫子听说，便先提出两只酒瓶子来，放在芦席上。郁必来拔开瓶塞子，就拿起一只倒茶的饭碗，满满地倒上大半碗，先递给马老师，笑道："不管有菜无菜，我们兄弟两人，先喝上这半碗。"马老师点头道："那我就敬领师兄的了。菜没有送来，什么下酒呢？"郁必来看到平生带来的那一只全鸭，手抓住了那鸭子向上一拔，就拔出一只鸭腿子来，顺手交给了他，笑道："这足够你喝两碗酒的了。"马老师挺了腰子，果然左手举了鸭腿咀嚼着，右手端起酒来，咕嘟一声，翻过碗来，向郁必来照了照杯。当然郁必来也陪着同干了这杯酒，掉过脸来，看到了冯兽医，笑道："我们这位师兄怎样？"冯兽医笑道："你几曾见我喝过酒？"郁必来道："不喝酒也行。你得受罚。"

说着这话时，黄小辫子已是陆陆续续地把菜碗搬了出来。冯兽医拿起筷子，夹了一大块牛肉，就向嘴里一塞，笑道："就罚我这个吧。"平生道："这不行。"冯兽医道："要罚我什么？"平生笑道："说起来，这话可不该我说。我们后辈想着冯老师身临大敌，只像和小孩子玩笑一般，这不是有十二分能耐的人，不能这样太平无事。你看，现在这样一轮冰盘似的大月亮，照着像白昼一般，正好在这敞地，耍上两套。我很想请冯师叔现一点儿手段，也好让我们后辈开开眼界。"冯兽医笑道："这不是罚我，这是考我。说到我要到外面漂流去了，要考考我有没有这种能耐。"平生笑道："冯老师叔这样说，我可不敢当。那我没有什么赔罪，还是敬师叔一大杯吧。"说着，就跟了这句话，用酒杯斟上了一杯酒，两手捧着，送到冯兽医面前来，笑道："老师叔现在可以饶恕我了吗？"冯兽医笑道："这不是你和我赔罪，这是你要我多多地献丑。"平生道："一个人无论怎样的不行，端着酒在口里抿抿，总不会醉。酒是助兴的，冯师叔闻闻香气，提提精神吧。"冯师叔笑道："既是这样说了，我们先吃一点儿喝一点儿，肚子有了货，人精神起来了，我们再来亮亮拳头吧。"他口里说着，也就把那只酒杯子接了过去。马老师笑道："这样子，钦差大人也要喝上一杯的了。平生索性给你师叔满上那碗酒。"冯兽医笑道："我本是不想喝酒，可是为了你们都高兴得不得了，我就喝一点儿酒助助兴。但你们直要把大碗酒灌我，我问你们是不是还要我献丑？"

　　平生道："这样说，那我就……"说着，跳起来跑到黄小辫子的屋子里去。平生亮出两把虎头双钩就一直把刀送到冯兽医面前来，笑道："久仰久仰，今天可以见识见识了。"冯兽医举起手上的筷子，向他招了两招，笑道："你且坐下。"平生把一对虎头双钩放在芦席上，真个坐下来。冯兽医笑道："你要我耍什么都可以，怎么把这东西拿出来？"平生道："只因久听我老师说，这虎头双钩是冯师叔一家的独传，老早就想瞻仰一下，总是没有机会。今天幸得师叔在这里，当然要请教了。"冯兽医笑道："你懂得这里面的经纬奥妙吗？"他说着，随手拿了一把虎头双钩举了一举，复又放下。看他那样子，很是得意。冯兽医向黄小辫子道："式样很好，只是分量轻些。你怎么会有这种兵刃？"老黄正送了菜来，站在一旁笑道："白预备下了，想向师叔领教，可没机会。所以秦师兄一见师叔，就在家里亮出来了。"

冯兽医笑道："并非小看你们，因为虎头双钩这样东西，把好几样的兵器联合在一处，占便宜的地方太多，武术行里，说它是贼兵刃。可是因为这种兵刃用处很多，也就不容易使。好像着手把持的所在，有短戟上有两个月牙，那原是预备敌手沾了身可以砍捺，或者别人的长兵刃伸到了面前，用这个去招架。但是也就因为它刃口在手边下，闹得不好，可以把自己扎了。又像这头子上的两个弯钩，本是伸出去钩人家兵刃的，假使自己的气力不够，着法不高明，那倒反让人家拖了过去。所以武术行里练这样兵刃的很少，在鼓儿词里，说是河间府有个强盗窦尔敦会这玩意儿。你不要看是鼓儿词，康熙年间真有这么一个窦尔敦。双钩，本来是有这样兵刃的，因为在他手上，又添了下面两个月牙刀，改名虎头双钩。这是江湖上的传说，究竟是与不是，很难证明。但是河间府的人，有几家会练这兵刃，这是真的。后来这双钩的招法，传到了沧州，花样翻多，比河间府的人还高明些。最近二三十年，没听到说有能手。在沧州除了我家而外，还有孙家也有人会使，说是独传那也不对的。"

黄小辫子道："据冯师叔这样说，是有两家会这虎头双钩了。那招法相同不相同呢？"冯兽医道："虽然一脉相传，但是到了各家去练习，那就慢慢有变的。好像耍枪的同是一支枪，就各有各的招法。孙家传去的，大概还是河间府传下来的招法，我们家里就有变了。"平生听了，懂得许多双钩的故事，不由得眉飞色舞，便捧起了酒碗，向冯兽医举了一举，笑道："那我就请师叔指教指教吧。"黄小辫子抬头看了天上，笑道："现在正好，月亮这样大，天上一片云彩没有，师叔好练，我们也看得清楚。"冯兽医摇摇头道："不行不行，这虎头双钩的妙处是碰挂钩拿，借人家的兵刃去杀他自己。若是我一个人练，也不过劈砍撒扎，和刀剑相仿佛，没有什么了不得。你两人既要看看，可以找一件兵刃和我来比比。"黄小辫子啊哟了一声，将头连摇了几摇，冯兽医笑道：

151

"你们要想看热闹，又不敢动手，那可难了。我不过虚作几个势子给你们看看，你们怕什么？"黄小辫子道："师兄你的本领，比我好得多。"平生不等他说完，先啊哟了一声。

郁必来笑道："我告诉你，虎头双钩虽然厉害，可也怕一样东西。你们看过京戏里面的英雄会没有？那黄三太胜不了窦尔敦的虎头双钩就使出甩头一子，把窦寨主摔倒地下。平生不也是会那玩意儿吗？你就试试。"平生笑道："那更不敢了。那玩意儿，师父没有教过我，是我自己瞎凑付的。"冯兽医笑道："对了。虎头双钩就怕软家伙，你这位郁师伯，教给你这一个绝招了，你还不动手吗？"他越是这样说了，平生越是不敢冒险尝试。

大家说笑着，又吃了些酒菜。马老师道："平生，我教你的一套峨眉剑，不知你练得怎么样了。趁现在你练一趟给我看看。做的如有不对的所在，我还来得及同你改正。"平生有了几杯酒下肚，也有了兴致。听得师父的话，脱去了长衣，请黄小辫子取一柄剑，倒提在手，霍地由芦席上跳到空地上去。

马老师道："且慢，不是空练一趟就算了，总得试试你的手段。"说着话，他也跳起来一阵忙碌。他先用三根短棍子在空地上架起来，随手从瓜架上摘下一条黄瓜，放在三根棍子的顶端。又隔了一丈路的地方，对埋了两根棍子。然后在两根棍子之间，拦住了一条绳子。在绳子中间，垂下一条线，上系着几个钱。又用三张方凳子叠起来，在最高的那张凳子上放了一束长草。便笑道："平生，在那套剑法里，有上中下三种手法，要讲快、稳、准。这三个把子放在这里，就是试验你快稳准的。在凳子上的束草，你得耸起身子来劈，要齐齐地一截两断，还不许凳子上有伤痕。架上这黄瓜，要你横削着，上半截削去，下面架子还不倒。"平生笑道："还有垂下来的那三个钱，是要把系钱的线削断了。"黄小辫子道："别的都罢了，这线是软的东西，剑削在上面，它让开了，怎么削得断？"马老师道："这就容易多了。"黄小辫子道："怎么容易得多呢？"马老师道："这根线下面不是拴着三个钱吗？那三个钱把这线坠着，下面是带劲的。剑锋在线中间一削，自然一截两断了。"平生

152

道:"好在这里没有外人,就是舞不好,也并没有人见笑。而且正求师伯师叔见教,我这就动手了。"说着两手一抱剑,在月光下就动起手来。

那柄剑在他手上横挥直刺着,在月光下照着那剑和身手纠缠在一处。剑这样兵刃,是一种斯文货,武术家讲个剑不绕颈,剑不过头。绝不会是鼓儿词上说的,舞起剑来只有一团白光,不见人也不见剑。这里所说的剑光,只是剑锋磨得雪亮,月光下照着,只看到那一条仿佛的白光。舞剑的人,若是身手利落,那就看到人跟了剑在腾跃。舞单剑时只用一只右手,但是左手得伸食指中指比剑诀。譬如剑向下直刺之势,剑诀搭在右手手腕上。剑向右边刺去时,虽然不能把左手剑诀送过去,却可以收起来比着头上的左太阳穴。马老师教给平生的剑术,是一种峨眉剑。这法由道家传来,着重内功,没有一点儿浮躁之气,和人交起手来,只是借人家出手的势子,去制服人家。在一个人自练的时候,还看不出这种妙处来,好在这些人全是内行,平生的一动一静,全部进入到各人的眼里。

在他使完了全套招数之后,收住了剑,身子挺着一站,抱住了剑,作了半个圆圈儿揖,笑道:"献丑了。"黄小辫子笑道:"师兄,你这就要完了吗?师父安好的那三个把子,你都一齐射中了吗?"平生道:"这个我也不敢断定说,但是师弟可以去看看。"黄小辫子笑道:"我把两只眼睛跟了师兄的剑转。难道……"他口里说着这话,身子向安好的三个把子走去。第一眼所看到的,就是在绳子中间垂下来的那根线,系着的三个钱已是落在地上。这就两手拍着,跳起道:"了不得,师兄居然把这个最难的功夫做到了。"平生笑道:"还有两个把子,你去看看,做到了没有?"黄小辫子果然走到三根木架子前望着,那上面放的一只黄瓜,正是削去大半截,那下半截正正端端地放在上面,并没有落掉。他索性把叠着最高的那张凳子取了,上面所放的那束草,可不是齐齐地裁着两半吗?至于凳子上面,在月光下细看去,并没有画着什么痕迹。于是一直望到平生脸上,咦了一声,笑道:"师兄,你的本事真练到家了。师父出的这样三个难题目,你已经便便宜宜地做到。你做到了,我还看不出来。"平生笑道:"论到本领,实在不行,这全是师父教得好。"黄小辫子笑道："反正你的本领是可以了。你同冯师叔试试，难道动起手来，冯师叔好意思在你身上划破一条痕吗？师兄，你使长家伙吧，我好看得真一点儿。"说时，他飞奔到家里，拿了一根梅花枪出来，递到平生手上，笑道："冯师叔，来来，回头吃得太饱了，使出来也不大方便。"

冯兽医刚刚起身一站，黄小辫子已由芦席上捡起虎头双钩，送了过去。冯兽医对于玩把式本来是可有可无。现在看到平生耍过一套剑法，引出了他的豪兴，接过那虎头双钩跳了起来，就离开了芦席，霍地站在月亮地里。因笑道："不要紧，我们玩玩，做师叔的，总不能要你翻大筋斗。"平生向后退了两三步，望了他手上的兵刃，摇了两摇头道："我真有点儿害怕。"马老师手举了一只大碗酒喝，也正高兴，看了他这样子，也笑道："这孩子也真够没出息。若是你和人家动起手来，看到这种兵刃，也是不战而走吗？冯师叔先说让着你，你还怕什么。"

平生听到老师这样鼓励着，于是两手拿了枪，横过来略微一拱，做个告罪的样子，这就来了个跨马势子，向冯兽医迎面刺去。但是他千万分的小心，枪还没有伸到七成的地方，立刻缩了回来。冯兽医动也不动，两手交叉着横握了双钩。平生两腿一并拢，枪收了回来，右手将枪把提高，左手把枪尖逼下，向冯兽医右腿边扎去。冯兽医不但不退让，而且身子微微向前一凑，右手拿的钩，向外轻轻一拨，吓得平生跳开两三尺。冯兽医道："唉！像你这样子，还能学得会什么本事吗！"平生笑道："我的家伙还没有使出去，我看师叔的钩子就挂上了。"冯兽医昂头笑道："这叫胡说了。要是像你那样说，使虎头双钩的人，见着人别和人动手，只这么一站，就把人吓倒了。你别管我怎么着，你只管把枪法使出来。你的招法越厉害，才可以看到我的招架越巧妙。"

平生说了一声好吧，鼓起了自己一股勇气，把枪尖连连虚刺了三枪，冯兽医都是随便应付，一直交手到三四十个回合，他始终全是招架，并不还着。虽然他招架得很好，不让枪尖沾他的身旁，可是还不曾看到他的辣招。他说了，杀他的招法越巧越妙，越可以看出他的功夫。且不问如何，先试他一试。于是平生把枪尖在左右横挑了几下，把枪向后一拔，先做个躲闪的样子，然后两手平端了枪，猛可地向前伸去，两手齐平了枪底，而且身子向前一跳，把枪推了过去。这个杀招，叫毒龙出洞，对方后退也来不及，只有向两边闪去。可是冯兽医并不如此，站着不动，叫了一声来得好。等枪尖扎得离胸膛不到一尺远所在。他只把两把钩的钩柄在手中一拢，只听到嘎咤一声，那钩下两个月牙刀已是把枪尖夹住。平生来的势子很猛，虽然枪尖被人夹住，身子依然向前栽去。冯兽医到这个时候，才把身子随了手微偏过去，手向右边一带，把平生已拖到了手前，却横了一横，把平生身子挡住。

平生站定了脚，啊哟了一声道："厉害。"冯兽医摇摇头笑道："不算厉害，不算厉害。"于是两手松了钩子笑道："假如我把你拖到了面前，你枪尖已经过去了，我不必理会。我把左手这钩腾出来，反过手臂来向后削着，那刀口碰着人，就是你师父最好的草药，恐怕也治不了。"平生站住了脚，定了一定神，连连地摇了几下头，笑道："厉害厉害，要是真和冯师叔交手，我今天已是没有命了。"冯兽医放开了枪尖，笑道："在你可以放心了，我不会在你身上划一条痕。再来，再来。"平生道："像师叔这样的杀招，不必学多，我只要会一种解法，就心满意足了。"

冯兽医笑道："就是刚才这一个杀招吧，你要破就不容易，因为你那枪尖被这个月牙刀夹住，抽挑拨捺这几着，全都不行。只有让刀夹断了，或者放了兵刃逃走。这就应当在那枪尖要刺到刀锋边的时候，赶快抽回去二三尺，做个左右插花姿势。拿虎头钩的人，不知道你是要由哪边下手，只得把两把钩做个双龙出水的招法，齐齐地由里向外一挑，那时，使枪的人要眼睛快，千万别让钩碰着。把枪移到中间，依然对中间刺来。那两把钩做了双龙出水的势子，已经斜着出去很远了，就不能顾到胸面前了。"平生道："据师叔这样说，这就是个绝招，那就没有破法了。"冯兽医道："还有破法。"马老师笑道："你看，攻法也是你，破法也是你。"冯兽医道："虽然攻法破法是我一个人说着，但是戏法人人会变，各有巧妙不同。尽管知道了招数，没有练得惯，练出来可不是那么回事。"平生道："既是师叔这样说了，就请师叔再教我练这一趟吧。"于是把枪顿在地上，向他请了个安，笑道："那就请师叔教给我吧。"

冯兽医笑着，向前跳了两步，依然将两把钩交叉地拿着，笑道："我还是这样一个架子，你进攻吧。"平生兴起，也就照着冯兽医教给的那一套法子，先在当中虚刺一枪，然后耍个左右插花。当冯兽医耍着"双龙出水"的时候，再二次用枪向冯兽医当面刺去。谁知冯兽医依然很从容，并不觉得慌张，就用两手拿着钩柄的所在，向里一拢。两把钩柄上的月牙刀平着，向上举起，像那笔架子架着笔一般，把这枪头给架了起来，在枪尖已经被架之后，他把身子蹲着，直逼到平生面前来，腾出一只手拿了虎头钩，依然撑住了枪尖，另一只手即拿着钩子向平生胸前直戳过来。平生两只手拿了枪把向人家刺着，就没有顾到自己身边。那钩子到了身边，却没法子招架，只好倒退了两步，躲开他的钩，笑道："我要跑了，师叔。"冯兽医笑道："这还有个破法。"平生把枪丢在地上，笑道："我不来了，我不来了。一两个回合，你就让我闹个好看，我不能向下比了。这是让我尽丢丑。"马老师笑道："事情就是这样，不丢丑，不学乖，那是不成功的。"平生道："虎头钩的厉害我已经知道，也就行了。在一晚上也学不了什么好本事，我们还是请冯师叔自己玩两套，我们光站在一边看吧。"

冯兽医他也不谦逊了，两手拿了双钩站在月亮地里，就前后左右地舞起来。大家坐着的站着的，全眼睁睁地向冯兽医望着。冯兽医直舞了三四十个招法，把双钩抱在右手，然后向大家拱拱手笑道："献丑了，献丑了。"平生在月光地里看到，一时忘了尊卑之分，也就啪啪连连鼓掌一阵。冯兽医笑道："论起这双钩，本来不必舞得这样乱七八糟。只因现在玩把式的人，也像听戏一样，要讲个花腔。把式若是不能练得花俏些，人家会说是一条笨汉。"郁必来插嘴笑道："平生，你听到了没有？喜欢看舞钩的人，也像喜欢听戏听花腔的人一样。归总一句话，你是个外行。"平生笑道："虽然是外行，我只想学到这外行的地步，也就心满意足了。"

冯兽医把双钩向地下一扔，两手拍着，叫了一声痛快，立刻跳上芦席，蹲下身子去，满满地斟了一碗酒，送到平生面前，笑道："老弟兄，你能喝不能喝？"平生哦呀了一声，笑道："喝下这碗酒去不要紧，只是回头师父要走，我就不能送行了。"冯兽医两手依然捧了那碗酒，笑道："你不能喝，就不能勉强地要你喝，尽你的量，能喝多少喝多少。你瞧那位大长个子，他是个大酒瓶子，他代你。"郁必来霍地站起来道："我不是出门的人，也不是饯行的人，不过一位做陪客的，为什么倒要我喝酒？"冯兽医笑道："若是说出道理来，那应该罚你三大杯。是你出的好主意，叫我去冒充钦差。你想这件事是好玩的吗？一个字说得不对，脑袋立时同颈子分家。现在我虽冒充过来了，但是开封这地方，我已经不能站脚，把我一个混了十几年的码头，你让我丢开，吃亏给丢开了吃大了。我还不该罚你几杯酒吗？"郁必来笑道："姓冯的，你说出这话来，就把一场阴功德行，丢到水里去了。你看看我们马二哥师徒，在十里堡几百根枪眼子下打出来，那为什么？他们并不说一声不值。你没听说过吗？江湖上许充不许赖。你充过来了，算你是一位好汉，你为什么倒说无用的话。"冯兽医笑道："好啦，我没有劝得你喝酒，你倒教训了我做兄弟的一顿，这碗酒我还端回去。老哥，我们都走了，看你再支使谁。"

冯兽医没有把酒敬了他，也许心里有些不服，所以话快说完了，还用一句话来激他。郁必来也是只管要挡他的酒，就没有想到自己说出来的话，有的是冯兽医受不了的。好在他们全是涵养功夫很深的人，虽然彼此听到有些不顺耳，也不肯红脸，在说过之后，也有些后悔。现在郁必来听完冯兽医这句话，便抢上前笑道："冯家兄弟，那碗酒是我的了，请递给我。喝完了，翻过碗来，不许滴一滴。若滴一点儿酒，不算朋友。"说着，也就把酒碗接了过去，两手捧了碗，仰起脖子来，只管把酒向嘴里倒去，只听到一阵咕嘟声。他把酒喝完了，先倒过碗底来，笑道："随便哪一位伸手来试一试，绝不许滴下一点儿的酒。"

他尽管这样说着，当然也没有谁真伸过手来。他接着把碗向半空里一抛，抛上三四丈高。月亮底下，只瞧见一个滴溜圆的影子，在月亮光里乱转着。大家望着都吓了一跳。这位英雄刚刚把酒喝下肚去，难道就醉了？那碗抛上去很快，落下来也很快，眼见是哗啦一声，跌个粉碎的。可是郁必来站在那里，并不移动脚步。直待那只酒碗快要落到地上，他伸出右手五指，斜着这么一叉，就把那只碗接住。平生情不自禁地，就鼓掌叫了一声好。郁必来笑道："刚才我拿着这酒碗，卜了一个暗卦。心想，我若是在开封也能轰轰烈烈干一番，这碗落下来，我就接住。若是我干不了什么事呢，那不说，这碗就落在地上了。现在这只碗居然还落在我手上……"平生笑道："那自然是师伯还要轰轰烈烈干一场了。"郁必来笑道："天下事，是难说的。你看古往今来，多少为人所瞧不起的人，常常要做出一桩人家不相信的事来。不必谈什么史传，就说我们耳朵里两个滚瓜烂熟的人吧，一个是刘邦，一个是朱元璋。刘邦是个做地保出身的，朱元璋是给人家养猪的小伙子，破庙里的小和尚。刘邦灭过强秦，打败了楚霸王。朱元璋呢，那更不含糊，扫平最厉害的元鞑子。"

冯兽医早就在芦席上提起一瓶酒来，双手捧着，送到郁必来面前，笑道："你不能赖，这一下，我非敬你……"又向他望着，顿了一顿，笑道："你说是应当敬多少，看你的量。敬酒敬肉，反正不应当把你灌醉了。"郁必来一手捂住碗，一手握住了酒瓶子上半截，笑道："我演说得很好吗？为什么要敬我的酒？"冯兽医笑道："你这一段谈话里抬出了两个皇帝来打比，少不得有一天我这个假御史变成了真御史，也许比御史还要大，凌烟阁上标名，也有我一份，我怎么不要敬你的酒？"郁必来道："若是照着你的话，我是该喝酒的，但是现在做英雄好汉的人，另有一个做英雄好汉的方法，不应当再想去做皇帝宰相，应当打起精神来救人民、救国家，自己不必图什么功名富贵，这个才值得轰轰烈烈地干一场。平生老说的革命，就是这个意思。是这样去干的人，就算是革命党……"冯兽医道："我明白。不过我既把酒瓶子拿来了，不能随便又拿了回去的，你总得喝。"郁必来放了酒瓶子，笑道："我喝就是，你恭贺将来我成一位大革命党吧。"冯兽医已不容他多作交代，早拔开了酒瓶塞子，轰隆隆响着，向大碗里将酒倒下去。

郁必来两手捧住了碗，连说是满了，等冯兽医收过了瓶子，他就捧住了碗，向平生笑道："论起这一杯酒，你得陪我喝上一口。你站在这里，你是我一个老大的见证，你不要以为我今天发了狂，说话不算数。"平生一听这位老师伯的话，简直有一点儿负气，若是真陪着他喝两口酒，那就要为他做一个证人，证明他定能轰轰烈烈干一场，自己也跟着负气不成？若是不陪他喝，那又是不愿为他做证人了。师伯要求做一个证人也不肯，那就失了做晚辈的道理了。想了一想笑道："师伯要我喝酒，我当然喝。但是我是个点儿酒不尝的人，师伯要我喝酒，不是要我的好看吗？"郁必来哈哈一笑道："其实也不必让人来做见证，只要我做事心口相应就成了。"说着，他又举碗把那碗酒喝下。喝完之后，他似乎是很得意又把那碗向空中连连抛上去几次，不过那碗无论抛得怎样高，在落下来的时候，他全是便便宜宜地伸手接住了。他一面抛着碗，一面走上芦席去，大概他是抛得很高兴。当他已经盘腿坐下了，那只碗还在抛抛接接的。

马老师坐在芦席上，始终是喝酒吃菜，直等郁必来坐下来了，这才笑道："大个子，你今天是成了小孩子了。"郁必来放下酒碗，哈哈大笑。马老师道："你们看，月亮已经当了顶，这样雪般白的月色，正好赶路。小辫子，盛饭来吧。"是时，天上一点儿云片也无，那轮深圆的月亮，只有碗口大，悬在碧空。晚风由树上吹过来，人身上也有点儿凉了。黄小辫子听到师父说酒够了，不敢多劝酒，也就盛着大碗饭向各人面前送了去。

在吃饭的时候，大概马老师有了一些感触，只是窸窸窣窣地发出那扒饭声，并不说一句话。一连吃过了四大碗饭，他用手一摸胡子，忽地站了起来，笑道："饭够了。小辫子，你给我喂好了马没有？"黄小辫子道："早就把马料喂了。我不知道师父什么时候启程，马鞍子都没有取下来。"马老师道："你给我把马牵过来。"说到这里，抬头向天上看看，环空蓝隐隐的，没有一些边沿，正当顶的那轮月亮，仿佛一个大银球。马老师道："冯先生，怎么办？我们可以走了吗？"冯兽医笑道："我没有徒弟给我牵马，所以迟钝了一下。我为什么不走？"说完了这话，自己刚是一转身，平生已是左手牵着马，右手拿了马鞭子，站在他面前，一弯腰笑着将马鞭子递上。

冯兽医接过马鞭子，便向他笑道："你这孩子还很是懂礼。你若是愿意学我的虎头钩……"说着，一伸颈子对了他的耳朵叽咕了几句。平生站定了，拱着两手向他深深作了两个揖。马老师说完一句话走了，一抖缰绳，已是跳上马背。冯兽医也随着上了马，手指头钩了鞭子，两手抱了拳头，向大家微笑。芦席上面丢下了许多的残肴剩酒，还有几项兵器，大家却是紧随在马后跟出了菜园子来。马老师的马在前，他回转身来，向平生连连招了两下手。平生提前了两步，走到马头边立定。马老师道："平生，现在我们分别了，不知道哪一天可以会面，我最后有两句话要对你说一说。"平生两手拱揖，躬身答应着是。

马老师道："在三年前，我的师父老和尚曾向我丢下一句话。他说，在三个年头的时间，恐怕要到开封来一次，我理当在这里恭候着他的。只是开封城里情形这样紧急，我站不住脚，非走开不可。那老和尚本是个神鬼莫测的人，这种情形，他当然会知道的。但是，我不交代一声，究竟不合礼节。到了那个时候，你可以在城里外时时留心，有一位五十上下的矮胖和尚，脸上略微有连鬓胡子的影子，肩上挑了一根扁担，一头捆着一个包袱，一头挂了一个布袋，身上穿一件和尚衣，赤脚穿草鞋，另一只手拿了一根黑漆杆子的禅杖，走起路来，晃晃荡荡的，那就是你的老师祖。自然，这样的和尚也很多，随处可以看到。可是你得注意他那双眼睛，总是垂下了眼睛皮，不肯向人直看着。那就是他老人家了。因为他老人家样样都和平常人一样，唯有那双眼睛却是两道精光射人，一望而知是个有道行的人。所以他走起路的时候，总是把头低着。你在他眼睛上留神一下，你就可以知道他是不是老和尚了。"

平生道："师父这样说，我可以认得他出来了。但据我推测上去，师父师伯都是五十上下的人了，老师祖传授武艺，那时总也在中年以上，到现在，何以倒也是五十上下的样子?"马老师笑道："就是这点儿奇妙了。你只看他那五十上下的年纪，也许三个五十岁也不止呢。我们当徒弟的，怎敢问他是多少年纪。只听他说洪杨以前，他就是个中年，那么，他一定过了一百岁了。他不喜欢平常人随便恭维他，你在人面前，尽管叫他老和尚，并没有关系，到了无人的所在，你才叫他老师祖。只要你肯和他客气，老和尚一定欢喜，也许他可以传授一两样心得给你。不是言过其实的话，他就吐一口吐沫，也带劲的。"平生两手拱着，连连说是。马老师道："机会很好，你可记住一点。"说过这话，缰绳一抖，马鞭子一举，那马立刻掀起四蹄，就跑走了。冯兽医也只道一声再见，已是跑去了很远。

第十七回

窗外生风闻声窥角技
书丛留画对影笑传神

平生同黄小辫子站在路头上，也都看得呆了。郁必来挽了两手，站在他二人身后，也默默无语很久。大家回到场地上来，黄小辫子去收拾杯盘碗盏，平生却站着和郁必来谈话，由马老师交代的话，却谈到了老和尚。平生道："师伯，你马上也要离开开封吗？我老师的话，为什么不请师伯转告。"郁必来笑道："我想着，你一定要问这句话的，这老和尚教了七个徒弟，就不大喜欢我。为什么不喜欢我呢？为了我专爱管闲事。这回在开封所干的这几件事，老和尚一定不喜欢的，我不敢见他。因为我有我的意思，练了一身本事，不出来救国救民，学这玩意儿干什么？做一个庄稼人，还种粮食给世上人吃呢。"平生道："师伯所干这些仗义的事，正是武术家的本意。怎么说是老和尚不愿意？"

郁必来道："你这话除了问我，别人还答不出所以然来。你要知道，近代谈武术的，离不了方外人。所以离不了方外，这就因为近代两位祖师爷，都是方外人。其一达摩祖师，是佛家，传下少林一派。其二张三丰祖师，是道家，传下武当一派。无论佛家道家，全都是出世的人，把世事看个透空，以为多一事不如少一事。祖师传下来，武术不过是传道里面一种，其实并不着重这一点。可是去习武的人，偏偏不在接道统。因此，凡是道行最高的武术家，他都有点儿怜悯后生小子，本末倒置。"平生道："若果如此说来，学得浑身本领，岂不白白地糟蹋了吗？"郁必来道："那也不。说到武术家，究竟最初的祖师，还是朱家郭解这种游侠。在汉朝的时候，他们很得社会信仰，所以司马迁作史记，还特辟了一篇游侠列传。后来一些书呆子，以为这是司马迁好奇，不是史家正路。其实这正是司马迁在当时眼见社会上受游侠的影响很大，不敢抹煞。至于汉的游侠，也不是突然发生的，他是远接战国诸侯所养的食客而来。因为孔子的学说，适合于那个时代，游侠之徒不合于孔子学说，所以不能抬头。其实，墨子鲁仲连这些人就有些游侠的意味。墨子说过摩顶放踵以利天下。鲁仲连专门替人排难解纷，不是游侠是什么？"

平生听了，两脚在地上连踏了几下，鼓掌道："郁师伯能谈这些，真不是平凡的武术家。"郁必来道："唯其是我看过几本书，师父说我不对了。你要知道，这里有个大大的关节。古来的游侠，讲个入世救人，重允诺讲义气，富贵不淫，贫贱不移，威武不屈，生死置之度外，好像荆轲、聂政、专诸都是这一流。到了唐朝，有点儿变化，很带些道家的意味。正史虽很少记载，可是还能在诗歌小说里面找出一些事迹来。到了近代，那就索性变了，成为出世度人。好像这老和尚吧，有一次黄河决口子，他邀了他一班同道，偷了官家几十万银子，装着大财主，在灾区上赈济穷人。他不在人世上留个名，也不愿人看到他的真面目，功名富贵是更不必说了，至于国家兴亡，他反是看得平淡。他以为这是戏台上换一班唱戏的，与救人无关。这句话，你或者还不能明白。就是近代的大武术家，他们的眼睛看着世界上，以为是人都应当救，国家只是世界里的一角，武术家管国家的事，就是贪图功名富贵。我干的这一套，他以为我贪图功名富贵。其实他不想到现在亡国，并不是换一班唱戏的，正像黄河决口子一样，这一国的人民都要冲刷个干净。这一层道理，我又不敢胡乱同老和尚说，难道我做徒弟的还能比他知道的多吗？"

平生点头道："师伯这一说，我就明白了，怪不得有什么事求我师父，他总是不能答应。"郁必来道："你师父比老和尚那要开通得多了。不然，你这两次所求他帮忙的事，他哪里会肯出面。"平生道："那么，这次我老师到直隶去，他能做出什么事来？"郁必来笑道："你师父的事，你这个得意弟子还有什么不明白的吗？你若是不知道，我也就不得而知了。"他说完了，哈哈大笑。平生听他这种口风分明是故意推诿着，也就茫然地站在月光地里不曾作声。

163

黄小辫子站在平生后面，好像不知道怎样是好，只管乱搓了两只手。平生回头望着他道："师弟有什么想说吗？"黄小辫子道："听着郁师伯说的话，那老和尚简直是一尊佛爷，到了开封来，我也能够去见他一面吗？不过我太笨了，怕他不睬我吧？"郁必来笑道："这看各人的缘分。那老和尚若是中意，是一块顽石头，他也肯点化你。老和尚若是不中意，无论你怎样天聪天明的人，也不能理会你。"黄小辫子道："师父交代了师兄，让他去迎接老和尚，我师父怎么就知道老和尚会中意他呢？"郁必来笑道："这句话倒让你问得恰当，差不多的人，也许是答应不出来的。你要知道你师父虽然叫平生去找老和尚，可是老和尚中意不中意，你师父哪里又知道？从明天起，你到城里去卖菜，也遇事留心吧。也许平生碰不着，你就碰着了，这叫作是佛遇有缘人。"黄小辫子听了他这话，只管抬手乱搔着头发，微笑道："若是那么着，我也许可以结上这一点儿缘。"郁必来昂头笑道："佛家专会有缘人，你们的老祖师，即是老和尚。那么，照着佛家说，你们也许有这一点儿缘吧？"

他口里说着，人就向菜园子外面走。黄小辫子道："师伯不在我这里安歇吗？"郁必来站住了脚，昂头想一想笑道："我怕今天晚上有事，不要惊动了你们年轻人。"平生一听这话里有话，立刻逼着问道："师伯有什么事？若是要我们两个人帮助……"郁必来哈哈笑道："何至于还要你们帮忙？即使你们留我在这里住，那也好，大家开开玩笑吧。不过你们睡着了，无论让什么声音惊动，全不用作声。要不，你们没有什么事，我做师伯的人会让人家耻笑，说我胆小。"黄小辫子卷起袖子来，搓着两只手道："难道还有什么人敢暗算我们？"郁必来笑道："初生犊儿不怕虎，好大话儿。你们且把东西收拾干净。黄小辫你自回家去，同你老娘睡在里边屋子里。平生同我睡在外屋。那靠墙一张土炕，平生睡着。"平生道："师伯睡在哪里？"郁必来道："我只要两条板凳拦门放下，我就睡在板凳上。你们什么不必问了，只依我做。要不然我还是走开。我不能在这里给你们惹下麻烦。"黄小辫子道："既然师伯这样说了，我就依着师伯的话来办。但不知还要预备什么家伙不要？"郁必来伸着两只拳头道："这就是家伙了，还要预备什么？"

平生同小辫子全猜不出这是什么路数，只好依了他的话做去。但是他两人心里各藏着这样一个大哑谜，哪里会睡得着？约在三更附近，平生躺在外面炕上，正自蒙眬着，却听得窗子外面呼呼有声，好像是吹风，可是风的声音，不应当这样连续不断。这很有点儿奇怪。平生十分忍耐不住，就坐起来看着。这倒有一样奇异的事让他吃惊。便是不知在什么时候，这位郁必来师伯，已是不见踪迹了。拦着那门，只有两条空板凳。心里更是明了，就悄悄地爬起，伏在窗上，由破纸窟窿向外张望。

那月亮虽已西斜，还有那浑黄的光斜照在墙外空地上。这就看到两团黑影子，如旋转风车一般，只在空地上飞舞。偶然间在两个黑影一面或侧面，也露出一些白的光点。这样总有三四十分钟，忽然哗啦一声，空场旁边的树，倒下一大枝。有人哈哈一阵笑道："你是好的，再会吧。"就这一声叫后，呼呼之声停住，两个飞舞的影子也就不见。只模糊的月光之下，静悄悄地站着一个人。在他那长大的个子上，可以看出他是郁必来。依着自己心里，是要叫一声师伯，可是他有嘱咐在先，不许作声的，因之还是扒在那窗户上向外张望着。也是自己这样一转念头，眼光疏了神，郁必来又不在月光地里了。平生心里又想着，他必定是去追那个敌人了，只管睁了眼向远处看着。但哪里有人？

偶然回转头来看大门口，郁必来还是睡在那空的板凳上。鼻子里还微微地有呼吸声送出来呢。平生先是坐着看了一回，究竟忍不住，就叫了一声郁师伯。郁必来笑道："怎么样？你被什么声音惊醒了吗？"平生道："刚才我早在窗户眼里看到了。可不敢声张。"郁必来才坐起来笑道："这件事本来我也不必瞒着你们的。只是怕你们年轻人沉不住气，或者会出来多事，那就反为不美了。你知道刚才来的那人是谁？"黄小辫子听到这里两人说话，也就走到外边屋子里来了。他似乎感到特别的踌躇，一手搔着头发，一手搔着裤腰，闹个不停，于是就插嘴道："那个人是谁呢？在开封城里，找一个这样的角色，和师伯放对手，现在还真是没有呢。"郁必来道："听你的话，好像从前还有，你且说是谁？"

黄小辫子道："我师父同那位冯师叔，总可以比一比吧？"郁必来拍手笑道："别看你是一个老实人，一猜就猜着了？"

平生道："我师父绝不会同师伯过招的。刚才来的人，莫非是冯师叔？"郁必来道："正是他。他在今天我喝酒的时候，轻轻地向我说，他不用双钩，也不见得就不如我。要不瞒着人我们试一试。我说听他的便。后来我一想，这样好的朋友，何必要过招儿，岂不伤了和气？所以，我连夜要走。因为你们只管留着我，这才有了刚才一回好打。其实这人喜欢开玩笑，他也是好玩的。"平生道："这倒奇了。"郁必来摇摇头道："不奇。你要知道，冯四爷和我是两个师父所传。这回他挺身出来，假扮刘御史，不但是胆大心细，若不是有十二分的本事，料着百十个人近身不得，哪个去做？做过之后，他见我并不怎样恭维他，心里可有些不痛快。其实我倒是由心眼里真的佩服出来，不过嘴上没有说出来。再者老和尚手下教的几位徒弟，都很有名，到底本领如何，他不曾较量过一回，总也要借个机会试试。好在大家是这样好的朋友，虽然动手，大概谁也不会要了谁的性命。"黄小辫子道："师伯，话不是那样说。刀枪不长眼睛，假使谁大意一下，出了毛病。"郁必来笑道："若是存了你这种心事，练把式的还有遇着的机会吗？现在我和他比过了。大概他相信我不是大言欺人，以后倒可以好汉惜好汉，彼此有个关照。要不然，迟早还要较量一回，倒保不定日子久了，会出一点儿毛病。话已交代明白，你们不必大惊小怪了。"

黄小辫子同平生听了他这套话，才知道刚才这一场恶斗，并不是外人。不过郁必来所说的这些话，多少有几分勉强，恐怕冯兽医之要比武，还不止如此简单。只是他不肯说出来，当然也不便去追问。平生怔怔地望着，郁必来抱着拳头连拱了两下，笑道："两位快睡觉吧。闹了半夜，我也真有些疲倦了，难道你二位就不疲倦吗？"

大家睡了一觉，睁眼看时，已是红日满窗。拦门的那两条板凳，虽然还在那里，可是躺在板凳上的郁必来，却不知道到什么地方去了。平生叫着师弟，黄小辫子跳了出来道："我一宿没得好睡。天不亮的时候，我还向门口看了来的，师伯还好好儿地睡在凳上，怎么我一转眼的当儿，就不见了。"平生道："大概师伯也有神机妙算，知道你有这个一转眼，他就在一转眼里跑了。"黄小辫子道："走了就走了吧，这些老前辈，我们是留不住的。昨天剩下来的酒菜，还是不少，师兄在这里吃了早饭才走吧。"

平生揉着眼睛，还没有答复这句话，却见菜园的短墙外面，有个人影一趸。便道："我不能吃早饭了，我家有人来找我了。"黄小辫子道："有谁知道你会住在种菜园的人家，除非是小三儿。"那个人一脚跨进了菜园门，自己拍着手道："可不是小三儿吗?"平生道："家里有了什么事吗? 你老早就来找我。"小三儿到了面前，却不住地在四面观望，因道："也看不出什么来吗?"平生道："哦! 你以为这里有千军万马，昨晚上大杀了一场，是也不是?"小三儿才笑道："少爷，你赶快回去吧。我是挨了城门出城的。昨晚上大人追问了好几遍了。"平生道："我不是告诉过你，就说送老师的行，关在城外了。教练把式的老师走了，大人是最高兴的。你就直说出来，大人绝不会见怪。"小三儿道："我没有敢说，我怕追出根底来了。少爷快回去就是，到了家里，你一定说我会办事。"说着，又睒了几睒眼睛。平生道："为什么这样鬼头鬼脑? 无非是大人要说我两句，我赶紧回去就是了。"说着，出门就牵出马来，向黄小辫子说声打扰，抖动缰绳，立刻走了。

小三儿提了那个食盒子，在后面跟着，一路叫着道："少爷，你不和我一路上走吗? 我一路还有话报告呢。"平生依然两腿夹住马，催了向前走。约莫走了一两里地，前后全没有行路的人，这就驻了马回头向他道："我等着你了，有什么话，你只管对我说吧。"小三儿跑得只管喘气，将手抹着头上的汗，笑道："昨日晚上，鹿公馆派人到咱们家来说，今天一早要到观音庵去敬香，邀我们太太也去。太太也答应了。假使鹿小姐同太太若是在庵里会过面，一定会同到公馆里来的。少爷这个时候赶回去那不是很好的机会吗?"平生笑道："我看你这种鬼头鬼脑的样子，就知道是说这句话。"小三儿笑道："难道少爷还不愿意有这样一个机会吗?"平生笑着，却没有作声，举起鞭子在马后身浑敲了几下，马便掀起四蹄，飞奔而去。在这时，他就不管小三儿是不是在身后跟着了。

平生一马跑到了家门口，不曾下马，先就张目四顾，看看有停着的轿车没有。不看到车子，又低头看看地面上，可有大车轮子留下来的车辙没有，直待车辙也不能看到，这才懒懒地跳下马来。门房看到少爷回来了，早有人抢上前来接过马鞭子，牵过马去。平生问道："家里没有什么人来吗？"门房道："倒是一早的时候，太太坐车上观音庵去了。"平生微笑了一笑，自到书房里去休息。心里想着，家里去观音庵不远，一小时左右，母亲必定回来。母亲回来，自然鹿小姐也来了。这一程子，为了救革命同志，忙得昼夜不安，很少和她亲近。今天来了，可要借个机会和她说几句话。且不走开，就在书房里等着。于是拿了一本书，横坐在书桌子边看着。看得有点儿疲倦，便又躺在床上看着。只看了几行字，眼睛觉得昏花不明，就闭上了。

一觉醒来，太阳已是当了天顶，自己哎呀了一声，立刻向上一跳，伸头看看院子外面，蔷薇架子长得绿茸茸的，地面上罩着一块大阴地，太阳由花架子上穿过来，晒到地上，照着满地全是黑白的花纹。家里养着的一只白鹤，悬起一只脚，微闭了眼，也在打瞌睡。小跨院子门，半开半掩的，静悄悄听不到一些人声，长天的日子，料着家里人全都午睡了。回到书房里来，那个古铜小鼎，却不知是谁搬到了书桌上放着，里面没有檀木，可是有三根伽蓝香的棍子。屋子里微微的有些伽蓝香味，自己所爱的那只碧玉茶盏，却倒有大半杯茶放在桌上，用手摸着，冰冰凉凉的，想必放在这里也有很久的时候了。

于是出去把小三儿叫了进来问道："我睡着了，你尽在屋子里乱动东西干什么？"小三儿站定了，微微地笑着道："少爷，你瞧我有这大胆胡乱引着人到你书房里来吗？"平生道："那么，是……"突然把声音放低了，而且带着笑容说道："是鹿小姐来了？"小三儿道："她到了这院子里，好像就知道少爷睡了，向我笑着摇摇手。她手上还拿着三根佛香呢，就对我说，让我插在香炉里。我拿着香进来，急忙插到炉里，就把少爷用的茶杯子倒了一杯茶送出去。不想我这里捧着茶出去，鹿小姐已经走了。"平生道："她没有说什么话吗？"小三儿道："没有什么。"平生道："决计不能不说什么，这是你弄错了。你怎么这样子的笨法，你就不会叫我一声，把我叫醒来吗?"小三儿道："少爷，这可是难题目了。鹿小姐再三同我摇着手，不让我惊动你。我若把你惊动了，鹿小姐也是不欢喜。我只能得罪少爷，不能得罪鹿小姐。你说我这话对不对?"平生想了一想，笑道："你这话也对，倒叫我没法子驳你。可是鹿小姐到这里来，能够一句话不说就走了吗?"小三儿道："她为什么不说，少爷总应该知道，你问我，我哪里说得上?"

平生且不理会他，背了两手在身后，只管来回地走着。小三儿站在一边呆站着，对了平生望去，好像他周身上下，都有可以研究的价值。只管睁大了两只眼，不曾瞅上一下。平生在屋子里来回地走了许多转，忽然想起一件事来了。便道："鹿小姐到这院子里来，一只手拿着香，那一只手还拿着什么，你注意到了没有?"小三儿道："哦! 这倒提醒了我一件事。鹿小姐那一只手拿了一个纸卷。"平生笑道："后来走的时候，你见她是空手呢，还是手上另拿了什么走了?"小三儿道："哦! 是的，她没有拿着东西走，那个纸卷儿放到什么地方去了呢?"

平生听到说这话，立刻像得着什么答案似的。站在屋子里，举目四下观望。终于在一进门的这个小书架上层，发现了一个纸卷，便伸手取下来，笑着跳了两跳道："在这里了，在这里了。"这纸卷卷得有手臂粗细，倒有二尺长上下。平生于是把纸卷子的外层，慢慢剥下，却看到里面有一张不带轴子的画，两手扯着缓缓展开，有一个女子的画像，露出头发来。平生在心房扑扑乱跳之中，抬头一看，却见小三儿还是睁着两只荔枝眼对自己望着。便道："你还站在这里干什么? 要监督我吗?"小三儿红了脸，只好是低头走开。

平生把画慢慢地展开。女子的全身画像，完全露出来了。那鹅蛋脸儿，双眼皮的媚眼，脸腮上的小酒窝儿，全都像鹿小姐一模一样。那窄小的旗袍，套着琵琶襟小嵌肩儿，虽不是古装美人，但对于画家所定的例子，美人发，宫样妆，可相去不远。自己看得入神，手里拿着不算，还爬上椅子去，将画挂在钉子上，然后坐在椅子上，将手托了腮，对着这画仔细看去。经过他很久时候的检讨，又在画的下方，发现几个红点。那红点细小得像米粒一般，并不是有意涂抹上去的，若是随便弄脏了的吧？像鹿小姐这么用心的人，又决计不会送了来。这种种方面揣想，倒有些不知其所以然了。

平生只管把这些小小的胭脂点端详着，倒把整张图画都忘记了。约莫端详了有半小时之久，将手一拍桌子，自言自语地道："有了。她既不便在上面题款盖章，又不愿随便地送给我，没有一些记号，所以把她自己用的胭脂在上面溅上了几点，暗暗地告诉人，这是她亲爱之物。这样的画像，又是藏在她深闺里的，她怎样好意亲手交给一个少年男子。怪不得她不许小三儿惊动我了。但这话又说回来了。在她未到书房之前，绝不知道我是睡着了的。原来的意思，她又是打算怎样地交给我呢？那画像既是带到我家来了，绝不能因为不好意思交给我，又带了回去吧？如此想来，倒是一个有趣味的事了。于是把思想另换了一个方向，背了两手在身后，只管来回地走着。想着她带来绝不能带回去，画又不便托别人代交，那么只有亲手交出了。在亲手交画的时候，一定有一种很有趣味的动作，可惜是一觉睡去，把这平生难得的第二次机会失了，情不自禁地也就喊出了两声可惜。他这有些大意了，却不免泄露春光了。

第十八回

微泄春光拒婚提旧恨
侈谈洋务译述勉前程

当平生只管跳脚的时候，恰好那上房的女仆受了太太的嘱咐，到前面书房来看看少爷曾经回公馆来了没有，远远听到少爷说了几声可惜，这倒有些奇怪，少爷损坏了什么东西，向来不介意的，这必是有什么十分珍贵的东西，不知怎样毁坏了。因之绕了一个大圈子，由进院子门的所在，贴着墙壁，走到书房窗户下来，向里面张望。这倒是看到一样新鲜玩意儿了。在墙上，挂了一张美女画。这画并不像平常的美女画，是一个现代的旗装女人。虽是画的那面孔，不过茶杯子大小，但是那脸面很熟，简直和鹿小姐一样。少爷屋子里，向来没有这一类的画，这来得有些奇怪了。女仆张望了一会子，也不敢惊动，依然由原来的路线，悄悄地退了出去。

过了三十分钟之后，平生兀自坐在椅子上，对了那轴画出神。这时有另一个女仆来传话，说太太请少爷到上房去。平生口里答应着就来，手上已是把那轴画取下，匆匆忙忙地卷了起来。卷过之后，还不肯随便放着。由书架缝里，塞到整堆书的后面去。还找了几本旧书，把那缝塞住。平生已觉得没有什么问题了，这才牵牵衣襟，到上房里来。

秦太太的脸上，向来是很慈祥的，这时却板得没有一点儿笑容，架着腿坐着，手里捧了水烟袋。她并不抽烟，水烟袋底下，压了一根长纸煤，她用另一只手，慢慢地抡着。平生远处看到，立刻改慢了脚步，从容地走了过去。她抬起眼皮看了儿子一眼，并不说一个字，倒反是抽起水烟来。平生走到面前了，才笑道："妈，我知道昨天晚上的事，父亲一定要追问的。但是这也用不着瞒，我师父走了，我送他一程，就关在城外，没有回来。父亲是不愿我向下练把式的。现在教把式的师父走了，就没有法子练了。"秦太太喷着烟，鼻子里哼了一声。平生道："这全是实话，我绝不欺骗你老人家。"秦太太默然地抽了几袋水烟，将烟袋从容收下。因道："你练把式不练把式，这件事我倒不管你，不过你自东洋回来以后，没有看到你立过什么志气，想干什么事业。谈到巴结功名，你总有些不屑于的样子。放了书不看，常去逛大相国寺，倒和一些九流三教的人交起朋友来。我问你，自古以来，有几个同这些不相干的人交朋友交出好事情来的？"

平生听了母亲这番教训，倒有些奇异，因道："儿子并没有和什么三教九流的人交朋友呀。"秦太太道："你还要辩呢？教你练把式的那个姓马的，听说就是走江湖卖草药的。"平生道："卖草药的人，医治跌打损伤，也是存心济世的事吧。再说以往你也没有反对过这个人啦，怎么现在你说出这话来了呢？"秦太太拍拍衣襟上的纸煤灰，正了脸色向他道："也不光为了这个……做男孩子的人，虽不必像做女孩的那样守规矩，但也要讲个分寸。若是让人说上了闲话，做父母的，也不见得有什么面子。"平生听了这话，更有些莫名其妙了，因道："是的，他们官场上的人，说我是革命党。他们的话能信吗？他们以为出过洋的人，全是革命党。"秦太太摇摇头道："你这话越说越远了。我说的是……你书房里，现在都挂的是些什么字画？"平生道："还不是家里的那几张老字画吗？"可是把这句答复过了，立刻想到那张鹿小姐的画像了。这是刚才从书房里偷着看的事，在上房里的母亲，怎么会知道呢？这就跟着红了脸，垂手站立，不能答话。

秦太太道："全是家里的老字画吗？"平生觉得这话更紧逼得厉害，低下头去，没有说话。秦太太道："你不想想，鹿家和咱们都是体面人家。鹿小姐到咱们家来，不避内外，那也全为着一来咱们是世交，二来你父亲讲一点儿古道，什么都在规矩上走。你不能学着北京城里那些大少爷的脾气，专在外做那游荡事情，找个会画像的，偷偷儿地把人家的像画了下来，见着朋友，还要拿出来胡说八道一回。"平生道："母亲这话猜错了。"秦太太道："猜错了？你书房里挂的那张画，是由哪里来的？终不是天上掉下来的吗？"

平生踌躇了一会子，带一点儿微笑，想把那一句下文全说出来，可是到了嘴边，又忍了回去。秦太太道："我知道，那是一个旗装像，你绝不能说那是一张古装美女吧？"平生垂了手，微低了头。秦太太道："你瞧，今天早上，鹿小姐就到这里来过的。她又不改北京旗下小姐儿的脾气，一来了，四处乱跑。假使她要看到了这张画，回去对鹿大人一说，人家要不问，马虎过去了，人家要问，多年的世交，就非翻不可！你倒是同我说个明白，这张画是由哪儿来的。我把它收起来，也就算了。要不然，让你父亲知道了，叫你吃不了兜着走。"平生道："有倒是有这么一张画，可是绝不是我找人画的。"秦太太道："若是别人偷着画来的，转送给你，那是移祸过东吴，更了不得？"平生道："画这种画，也不是一半天就画得出来的。谁又有那能耐，可以偷到鹿公馆里去画像？"秦太太道："我又知道，有那些画像的人专去找大家闺秀的相片，藏在家里把像画得了，就拿出来，偷偷地卖给一些王孙公子，一百八十两的，胡乱要价钱。这些少爷们，有的是便宜得来的钱，有了这样稀贵的东西，为什么不买？"平生笑道："若是那样，我不成人了。实说，儿子要遇到这种画像的，一定把他送到当官处，至少二百板子一面枷。"秦太太道："画是你承认有的，不是你请人画的，也不是画像的卖给你的，由哪儿来的呢？哦！我明白了，准是鹿家那些下人，想得你的重赏，偷来送给你的。"平生道："那他们更不敢了。"秦太太道："这样也不是，那样也不是，我倒猜不出这所以然来了。"平生笑道："您再猜一猜，大概就猜着了。"秦太太见他脸上现出很得意的样子，因问道："难道是鹿小姐送给你的？"平生笑着，就没有驳回。

秦太太这倒像是有了很大的感触，脸上表示着惊异了一下，又把放在几上的水烟袋重新捧起。也不叫丫头点纸煤，就这么对着烟袋出神。平生倒是很自然，寻着火柴盒子出来，擦了一根火柴，替母亲把纸煤点着。秦太太捧了吸了两筒水烟，就喷着烟，叹了一口气道："这年头儿变了。"平生还是垂手站立着，不说话，也不走开。秦太太道："她什么时候给的？"平生道："就是今天早上给我的。"秦太太道："你这简

173

直是胡说了。今天早上，我同她在观音庵见的面，手上并没有拿着什么，至于到我家里来的时候，虽然我先到一步，她后到一步，可是彼此也没有离开过。自然，我也没有瞧见过你，难道她有什么分身的法子，可以把那张画送到你手上去？"平生笑道："你不是说，她后到一步吗？"秦太太道："难道她什么也不说，好端端地就交这么一张画到你手上去。交过画之后，依然不说什么，又掉转身走了？"平生却只是笑着，没有答复。而且，当他笑的时候，肩膀有些颤动，看去倒是很高兴的。秦太太道："你以为我同你闹着玩呢？这件事干系我两家的门风，你得把实话告诉我。我这样从从容容地问你，你不对我说，将来你老子问你的话，你也是这样毫不在乎地回话吗？"

平生见母亲端正了颜色，没一点儿笑容，这就答道："我也不知道她是怎样交来的。那个时候，我正躺在床上睡着了。醒过来之后，就看到桌上香炉边，插着三根香。又看到放了一杯冷茶。我问起小三儿来，才知道她去过一趟。同时，又在书架上看到一个长纸卷儿，透开来看着，是这轴画了。"秦太太吸了几筒烟，眼睛不免定神了，后来就摇摇头道："你这话不足信。她不能平白地扔下这么一个纸卷。也没有那么巧，你就瞧见了。"平生道："谁说不是呢？我正想到书架上抽一本书看，就看到这个纸卷了。我的书架子向来收拾得很整齐的，书架子上突然地加上了一个纸卷，当然是必然注意的事，所以我就拿下来了。当时也以为是随便的一个纸卷，大大地扯开来看。一看之后，我倒吓了一跳，哪里来的这么一张画像呢？猛然看着，还不觉得像鹿小姐，后来我挂在墙上坐在椅子上仔细地看，倒是越看越像。我先也起下疑心，像你老人家所猜的一样，必是什么人把鹿小姐的像偷画下了，托人到这里来卖。这件事若是让鹿家知道了，那还了得。所以我把小三儿盘问了个详详细细。他说，绝对没有人到公馆里来卖画。也没有人送东西到书房里，仅仅是鹿小姐在屋檐下站了一站。因为这样，所以我猜着就是她送的了。所以我就对你老人家说了，这是她送给我的，也许她受了一点儿冤枉。"

秦太太抽着水烟，唏里呼噜地吸了两三袋烟，然后向平生笑道：

174

"若是照你这样说，你完全不知道，一点儿干系没有。可是鹿小姐为什么一定要送你一张画像呢？"平生垂手站着，倒是微笑了一笑。秦太太道："你若是说不出来，显然就是说谎的了。你想，她能够掐指一算，就算准了你立刻到书架子上查书吗？"平生道："我实在没有撒谎，我要撒谎，我就不承认有这轴画了。既是有这轴画，我又何必还瞒着一半呢？"秦太太把水烟袋放了下来，因道："依着你的话，自然也交代得过去，可是总不合乎情理。"平生道："好在我也不要这张画，要了也不能挂的，我就把它烧了吧。"秦太太道："你会把它烧了？你不必冤我。干脆，你就交给我来收着吧。"平生站了一会儿，可就笑起来道："既是不要，又何必存在你这儿？"

秦太太拿起桌子上的水烟袋，又呼两口烟，点了一下头道："鹿小姐和北京那些格格（格格系满人称小姐之谓）不同，染点儿自由迷，还在贵胄学堂读过一年书哩。可是你别存那个傻念头，我是碰过钉子的。当年咱们和鹿家做街坊，我和鹿太太又相好，瞧见鹿小姐怪伶俐的，你们小时还在一处踢个毽儿、抖个空竹呢。我就想了，这是一对儿。斗牌的时候，和鹿太太开着玩笑，咱们怪要好的，要不咱们做个亲家吧！当了桌上牌友的面，她就给了我一个冷脸子，说好是好，满汉通婚，那是一句话罢了，我当时的脸上真放不下来。这还罢了，有一次，鹿小姐送了一张相片，让她奶奶（满人称母之谓）知道了，硬要了回去。我要不是怕伤了两家和气，我真要损她们几句。好在不久，彼此就分手了。不想咱们到了开封，鹿大人也来了。旗家妇女是关不住的，他们又和我们来往起来了。鹿小姐呢，老是向我们这儿跑。当汉人的做官，谁不愿意旗人上门啦，所以我也就把前事忘了。今天她送你这一张画，若是真的话，倒给我出了一口气。可是，也就这样罢了。你若真有什么糊涂心事，旗人是瞧不起汉官的，鹿太太给冷脸子不要紧，若是鹿大人知道了，咱们是吃不了兜着走。"说着，又吸起水烟来，看着儿子。

平生笑道："这可见汉满之间，太不平等。革命党说的革命，不也很对吗？"秦太太呼出一口烟，呸了一声道："胡扯，这也拉不上革命党。"平生笑道："你别瞧鹿小姐是旗人，她也不反对革命党的。"秦太太道："越发胡扯。"平生站了一站，转身待要走。秦太太道："我告诉你的话，是你父亲都不知道的。这是我心里一件憾事，你可别告诉人。那一轴画交给我最好，免得出乱子。不然我就把事情告诉你父亲。他若不怕得罪旗人，你就收着吧。"平生原是不怕母亲的，听了母亲所说，鹿家还有拒婚这一回事，这画交给母亲，让她出一口气也好，便转身向书房里取画去。可是当着走出二门，快要拐进跨院去的时候，便听到前面有一阵脚步混乱的声音。向前看着，正是镜明带了一批听差，抢着进门来。平生见父亲走路那样匆忙，显着心里有事，于是垂手闪在一边，让父亲过去。镜明虽然看了他一眼，但是并不怎样介意，径直地向后面上房去了。

平生回到书房去，把鹿小姐那张画像展开来看过了两遍，接着也就摇摇头。他心里好像这样说，无论如何，这画是不能露面的。但不交出来，母亲的话怎回复呢？这时，身后有人低声道："快收起来吧，大人到签房来了。"回头看时，正是小三儿，远远地站着，也是在向画像打量着。平生问道："你为什么偷来悄悄看，鬼头贼脑的东西。"小三儿不由得噘了嘴道："我敢偷看吗？我在房门外站了很久，你也看不到。我要对少爷说什么，若是对过签押房里的大人看见，那还了得？"他说话的声音，是非常之微细。不过说完之后，却伸了一伸舌头，表示他所感到的严重性。

平生这就向对过签押房里张望了一下，见镜明伏在公事桌上，手不停挥地正在写什么，有两个听差站在门里外，似乎正在伺候着，静听差遣。因低声问小三儿道："你知道大人有什么紧要公事要办吗？"小三儿道："我虽然不知道大人办什么要紧的事，但是知道大人是由抚院回来。"平生这倒是心里一喜，父亲有了事，母亲也就随着忙碌，那一轴画是儿女小事她就没有工夫来看了。平生三把两把地卷起，外面再包了两层纸，就放在帐子顶上。为了防备父亲有时会来查问起见，桌子上摆了一本英文小说。随着坐下来，把手微撑了头，眼睛望了窗户外的蔷薇花垛出神。

还不到二十分钟，却见母亲也来了。她在蓝纺绸褂子右襟纽扣上，掖了一条很长的手绢，手上还捧了水烟袋同纸煤，态度是十分的从容。只走进跨院子门，就向听差们摇了两摇手，那是叫他们不要惊动大人。她走到签押房窗户外面就站住了。她并不抽烟，自让那纸煤灰烧过去一寸多长。平生伸出头来，在门里向外看看。秦太太也看到他，腾出一只手来，连摇了几下，意思就是让他别作声。平生见母亲这样出神听着签押房里的事，料着事情重大，只好缩回身子，隔了玻璃窗，向外面注意地偷看着。过了一会儿，听到父亲呼唤听差进去说话，听差就拿了两封信出去了。秦太太在廊檐下道："我在这里看看大人怎样的忙法?"说着话，她也走进签押房了。

平生越看，倒越是放心不下。在书桌边坐下，不到两分钟，便伸头向外望了去。望过之后，刚是坐下，又站立起来。随后就听到秦太太叫道："平生，你进来吧。你父亲叫你有话说呢。"平生口里答应着，却手扶了桌沿，自己先定一定神，微点了两点头，带着笑容，走到签押房里来。只见公事桌上，还摊着好几种文件，镜明一手按住桌沿，慢慢地、轻轻地做个沉吟之状。秦太太捧了水烟袋，坐在旁边椅子上，也不抽烟，也不说话，只是出神。平生垂手站立着，眼睛虽向公事桌上打量，却也不肯说话。

镜明抬头对他望着，打量了一番，微摇着头，成了个半圈。因道："要说你也谈什么革命，我有点儿不相信。不过你在东洋那样久，说是一个革命党也不认识，这也是欺人之谈。"平生心中，倒有些跳荡不已。但也只看了一看，立刻垂下眼睛皮去。镜明接着说："这两天的时局又不大好，你不知道吗?"平生淡笑道："不在其位，不谋其政。我对于时局，就不大注意。"镜明道："虽然政局与你无干，但是你们留学生出身的人，最喜欢谈国家大事。这几个月开封城里头，老是闹得马乱人翻，你又未必不知道。"平生道："革命的风潮，现在似乎闹好些了。已经过去的事，现在还有什么可谈的。"镜明摇摇头道："你这孩子到底是一位大少爷。开封官场里，自上次革命党在十里堡闹事起，直到现在，没有换过这一口气。这闹哄哄的事情，你怎么会不知道?"平生带了一点儿微笑，却没有答话。

177

秦太太道："你这孩子，就是这样淘气。那些不相干的事，你容易放在心上。这些国家大事，你倒是全不理会。"说这话时，却瞪了平生一眼。平生知道母亲这话，正有所指，如何敢说什么？只是垂手站着。镜明将颜色正了一正。因对他道："你可要仔细一点儿了。自从前两天闹了一回假钦差的事情，笑话闹得过大，消息已经传到北京去了。刚才北京有了密电到抚院，很是严厉，要把此事彻查。据中丞的口气，那假钦差绝不是戏弄封疆大吏而已，必定还有其他密谋，只因开封官吏防范严密，他们不曾得手。而且推测起来，十里堡这地方，一定和革命党有些勾结。其一是革命党在那地方开枪拒捕，做过杀人的事。其二是这回假钦差办得最显明的一件事，就是把十里堡被捕的那些老百姓，首先劝着放走了。你既是东洋留学生，又是常到十里堡去的人，不能说你毫无干系。"

平生猛然听到干系二字，脸色却是一变。秦太太偷眼向他看着，便吹着纸煤，吸了一袋烟，笑道："你瞧，你父亲只随便问你一句话，你就吓得这种样子。把干别种不正经的事那副胆子拿出来，那就妥了。这都不说了。你父亲受了中丞的密谕，就在今明天要到北京去一趟。好在大人物脚下打点打点。意思是要你一路也跟了去，躲开这里的风波。"

平生道："北京我倒是要去的，不过说是要躲开这里的风波，这倒不必。上次我就说了，留学生也都是朝廷花了大批的钱派出去的，为了学点儿见识回来替朝廷出力。根本上，留学生就是朝廷的人。不然，每年花上几千几百万银子派学生出洋干什么？留学生回国来了，朝廷就是不能一个个都起用，为了以前花的那些银子起见，也应当保护他们，预备将来要用就用。若是照现在官场中的看法，留学生就是革命党。现在的是非且不去问，免了这些人捣乱，不会省掉那笔钱，不派学生出洋吗？可是现在朝廷还是不断地派学生出洋，一年比一年花钱更多。难道朝廷有那样糊涂，故意制造革命党吗？现在朝廷既在派学生出洋，就绝没有把留学生全当作革命党之理。"

秦太太五指夹住一根新燃的长纸煤，向他连连点了几点道："你瞧，你瞧，我只报告了你一点儿消息，你就这样核桃拌豆腐，一嘟噜一块，

178

说上许多。"镜明沉着脸色，不生气，也不笑，因缓缓地道："他虽然有些舌辩，可是这话也说得有理。不过朝廷也许为了这一年以来，南北革命党闹得太厉害，不能不彻底办一下。本来也有人说过，既是革命党都出在留学生里面，自此以后，不派学生出洋了。这话一提，多数的人又说使不得，因为富国强兵的法子，中国是一点儿没有，再不变法维新，又来一个八国联军，恐怕寻不出第二个李文忠来讲和。不能因为革命党有留学生，就因噎废食，不要留学生。大概在最近的时候，朝廷对于留学生，再要用一种仔细甄别的法子来取舍一下。平生这个时候同我到北京去，先在北京看看些老世伯，先安一脚路子，也是好事。"

平生垂手站着，低声道："去是儿子愿去的，我想父亲先去，我随后再来。"镜明向他脸上望着道："那为了什么？"平生道："我这里还有一点儿事情未了。"镜明道："你是练把式没有练了吗？你怎么这样不长进。"说时，把脸色沉了下来，眉头子皱着。平生道："我早不练了。我翻译着有两本东洋书都是造枪炮造轮船的工程书，颇合实用，还差一小半没成功呢。不带书，我的书是翻译不出来的。"秦太太道："不是我说你这孩子没出息。给你三分颜料，你就开染坊了。难得你父亲给你一个笑脸子，愿带你到北京去，你倒端起臭架子来，说是在开封有事。问起你有什么事，就瞎扯一顿，翻译什么书，以先怎么没有听到你说过呢？北京是天子脚下的地方，什么大富大贵，都由那里出来。你念了二十年书，花了无数的钱，不就为求取功名吗？现在有了求功名的机会，你倒不愿去，什么事迷了你的脑袋瓜。"

镜明听到平生说了一句翻译书籍，勾起他生平未了之愿，正想说自己早想有一部著作，藏之名山，传之后人。你们年轻轻的人，倒也有这种毅力。这点是未曾说出来，而秦夫人却是放爆竹似的说了个不断，只是皱了眉带了微笑听着，可也没法将她拦住。直等她说完了，这才笑道："论到翻译书呢，那倒也是好事。只是……"说到这里，用手摸了几下胡子。平生已经了解他们的意思，因道："译书同著书不同。这不过将人家现成的书，由日文译成汉文罢了。"秦太太看到镜明的样子，倒并不反对平生在开封翻译书，这倒看不出来是什么道理，只好捧着水烟袋在一边闲看着。

镜明向平生问了一些书中内容，平生报告是物理学，就是一些造机器的原理。镜明用手摸了胡子，偏着头想了一想道："关于造机器的事，你都知道吗？这可是一种谈时务最有效力的事。中国是文物之邦，天之所覆，地之所载，没有一样不齐全。就只有形而下者谓之器的器，汉唐以来，失了传，流传到西洋去了，于今倒要从西洋学了回来，真是可笑。不过你既学了一些回来了，这自然是好事，你就把书赶快翻译出来吧。我在北京大概有两个月的耽搁，你若是能够在两个月之内，将书译好，赶快送到北京去，那最好不过。我把这部书送给几个研究洋务的人看看。假如你译得还不错，这倒是你的锦绣前程。只是在两个月之内，你能译得完吗？"

平生听说父亲愿意留他在开封，很是合意，一口答应道："只要一个月，就可以办到了。"镜明道："那很好，从今日起，你就可以加工译书。将来家里拨年纪大些的听差，陪你一同进京就是。好好地把书译成。你若在洋务上有所成就，上不负朝廷，下不负父母了。"平生站着答应了两声"是"，宁静了一会子跟着问道："父亲还有什么话说吗？"镜明沉静着想了一想，因道："这两天，还是风声不好。我不在开封，家里的事，你多少也应当问上一点儿。外面若没有什么要紧的事，你就不必出去。"平生答应着退了出去，回到了书房里，不免把父亲的话，仔细考虑了一番，立时自己加上了一桩很严重的心事。虽然举家大忙特忙地伺候大人进京，他全不放在心上，只是藏在书房里写英文同日文信件。家里人都说是他在翻译书，也没有谁疑心他是在干什么的。过了两天，镜明带了七八件行李、两三名跟随，大吹大擂地上北京去。平生也只是在他临行的时候送到车站，此外并无动作。

第十九回

急雨走篷车泥途送信
西凤鸣铁马高阁潜踪

又过了两三日。一天正午下着倾盆大雨，鹿小姐匆匆地来到上房，长衣襟上溅了不少的泥点。她见过了秦太太，只是刚在椅上坐下，脸上还带了红色，却勉强向秦太太笑道："大少爷在家吗？我有两句很要紧的话，想对大少爷说说。"秦太太心里一动，莫非为了那一轴画的事，便微笑答道："这样大雨累你跑了来。鹿小姐有什么话，对我说就是了。"鹿小姐在衣袋里取出手巾来，在脸上微微抹擦了两下，起身笑道："这话对伯母说也是一样。不过请伯母不要害怕。"秦太太道："什么事？是官场里……"鹿小姐道："可不是！官场里有了消息了，所有在开封城里的留学生，最好都躲上一躲。"秦太太道："是吗？这消息要是早两天传着出来，有你老伯在家，那还可以做三分主。现在你老伯不在家，外面的事，我是一团漆黑。"鹿小姐道："所以我说要把大少爷请了来当面交代两句。要怎么样子办，大少爷自己可以有个主张。"

秦太太便一迭连声地，吩咐女仆们请大少爷。不大多一会儿，平生就随着女仆走了进来了，远远地看了鹿小姐，就抱拳一拱手，他似乎有一种内心的惭愧，垂了眼皮，脸红红地掀起两团血晕。鹿小姐倒像没事似的，四平八稳地站起来，缓缓地抬起手来，理了一理鬓发，笑道："没什么事，不过……"说到这里，咻咻地笑了一笑。平生哈了一哈腰，笑道："鹿小姐请坐吧。"鹿小姐手扶了茶几，又微笑了一笑，低头道："大少爷也请坐。"平生就在靠门的一张方凳子上坐着，抬头向外面看了一看。鹿小姐说过了这话，轻轻地咳嗽了两声，这就掉过脸向秦太太道："伯母，我不是同您提来着吗？现在官场里面，对留学生太信不过，他们总疑惑着留学生是革命党。虽然大少爷居心无愧，是个好人。可是我在家父口里听来的消息，说只要是留学生，不管是谁家的子弟，全都得看管起来。我偶然地问一句，像秦家大少爷，我们是知道他根底的，难道也疑心他是革命党吗？我父亲就说他若是管这事，他当然可以相信得过，无奈管这事的是那老粗刘大人。"平生笑道："这样子说，我大概也是革命党了。"鹿小姐这才回转头来向平生道："可不是有这些麻烦吗？要不，我还不来报告呢！"平生哈哈大笑，站起来，昂着头道："别的我怕，死是我不怕的，假如……"

秦太太瞪了眼，用鼻子重重地哼了一声道："你说些什么？你离开了父亲几天，就说出这样的狂话来，朝廷的旨意也可以同你闹着玩吗？"平生只好垂了手站着，没敢把话接着向下说。鹿小姐道："这话果然不错，朝廷的旨意，无论是谁，全部违抗不过来的。"平生笑道："可别把这样的大帽子压我。我不是不离开，不过总想着不会那样要紧。"鹿小姐道："前两天秦老伯到北京去，大少爷实在应该跟了去。"平生道："北京是首善之区，那不是更难容留吗？"鹿小姐道："虽然如此，但是捉革命党是开封的事。北京城里并不拿革命党。不拿革命党，自然不拿留学生的。"平生沉思了一会子，因笑道："既然蒙着鹿小姐这种好意，特意来通知我，我自当暂时避开一下。大概一两天还不要紧吧？"鹿小姐对他看了一眼，做一些苦笑，依然回头向秦太太道："伯母，我想平生打算要走的话，就越快越好。能够到上海去最好，那里有租界。要不然到天津去也成。"她口里说着，两手拿了一条手绢，只管在大腿上搓着，好像心里很焦急。秦太太道："多谢鹿小姐这番好意，我自有打算，但愿鹿小姐回公馆去，得到什么消息，还陆续地告诉我。"鹿小姐道："那自然，我要能来，一定亲自来说，我要是不能来的话，我也会写张字条，打发可靠的人前来报信。"

她说着这话，已经是站了起来，手扶了茶几笑道："我要走了。实不相瞒，我还是瞒了家父，偷着来的呢，我只催车夫赶着牲口走，车子在泥里滚着，还溅了我一身泥，闹得这份儿狼狈。我还得赶着原车子回去。"秦太太道："那越发是难为你了。"鹿小姐笑了一笑，站起来，半侧了身子,低声道:"大少爷,您多保重。"她说这话时,向平生睃了一眼,早是低了头,脸腮飞起两圈红晕。只瞧她脚步也站不稳,身子晃荡着两下,倒是很难为情的,平生先站起来闪到一边,向鹿小姐拱了两拱手。这时,院子外的雨哗啦哗啦响着。鹿小姐向秦太太告了辞,绕着阶沿便走。秦太太一迭连声道谢。鹿小姐始终是没表示,直至走出了那客厅门,下过一层台阶,才回转头来很快地向平生看了一眼。平生笑道:"鹿小姐慢走,劳步了。"鹿小姐隔了帘子又掉过来看了一眼,然后笑吟吟地而去。平生却是垂手站在门边,只管向了她的后影发呆。

秦太太在一边冷眼看到,心里已是十分的明白,问道:"你又是什么事出了神。"说话时,可瞪了眼睛,平生笑道:"我总想着,这位鹿小姐的话,说得过重了一点儿。像我一个向来不问外事的人,会引起官场里这样注意吗?"秦太太道:"你以为鹿小姐特意跑到这里来是和你闹着玩的?这孩子我倒是怪疼的,只是她家把满汉的界限看得太严了。你想她偷来告诉你这话,担着一份什么干系?年头也变了,若是在我们做小姐的时候,这事就办不到。"平生心里好笑,脸上不敢表示出来,却昂了头去看天上的雨。心里想着,无论母亲怎样见过世面,总是妇女,有许多事情,她是见解不到的。鹿小姐只是借了缘故来多会两面罢了。慢来慢来,这样大的雨,没有缘故她真有那样大的瘾来看我吗?如此想着,也顾不得母亲注意了,跟着向外跑。到了大门口时,见一辆油漆骡车嘚儿的笃,在泥泞地里,七颠八倒,奔跑着走。这情形,倒着实叫他怔了一怔。

这日下午,平生在家里闷想了一天。晚间雨住,便打算次日出门去请教郁必来。可是早餐以后,母亲又叫到上房,谈昨日鹿小姐来得可怪的话。正谈着呢,秦太太喝道:"小三子这小奴才什么事这样鬼头鬼脑的。"平生向前看去,可不是小三儿在前面小院子门中间,伸出半截身子,随后又缩了回去。平生道:"有人找我吗?"说着话,迎了上前去。秦太太道:"你们又打算在一处说什么鬼话,走过来,说给我听听。"小三儿倒不怎样畏缩,直走到秦太太面前来低声道:"外面的风声可紧着啦,是有留学生的人家,都要查一查。"说着,挨近了平生的身边,

183

却塞了一张小字条，到他手上去。秦太太听说是留学生家里，都不免要受检查，心里正在惶恐起来。小三儿做什么，却是没有理会得到。

平生装着用手绢擦脸，已是把那字条掩在手心里看过。上面有八个字："在古吹台等候你来。"平生向小三儿笑道："不用这大惊小怪了，无论什么人，他们也没有那样的大胆，敢到秦大人公馆里来捉人。"秦太太道："虽然那样说，但是他们真要闯了进来，似乎我们也没法子可以拦阻他。"平生道："总不成他们走了进来，看到我拉了就走。"秦太太坐下了，又捧了水烟袋静静地抽着。平生坦然无事的，依然在那门边站着。

就在这个时候，有一个听差抢步进来，手上高举了一张红纸帖子，直奔平生面前，那上面印着三个杯口大的字邱作民，已经看得清楚。因点点头道："是那警备道衙门里的邱老爷来拜会我，来得真快。你是对他怎么样说的。"听差道："我回他说大少爷不在书房，是不是在上房，要先进去看看。"平生点头道："那答应得很好。你就出去对他说，大少爷早出去了。只知道今天下午在古吹台下跑马玩，最好是到那里去寻找。我现在到后面花园里去。他不走，就让他在前面小客厅里等我，也无不可，只要有工夫等我就是了。"说着这话，扭转身子就向花园里直奔了去。

在那花园角上的马棚子里，那匹蒙古马已经备好了，平生解下系在木柱上的缰绳，就跳上马去。那马两耳一耸，掀开四只蹄子就飞跑起来了。到古吹台去，这也是马跑熟了路。出得城来，路上的浮土卷起一道烟雾，向前飞奔，平生虽想抖缰绳，也有点儿来不及。直奔到古吹台木牌坊下，它也用不着人的指挥，自站住了不走，这就看到对过树林子闪了两闪。平生自笑道："用电话通知本来比人快，他们早到了。"那树林子里的人，似乎也知道他已经注意了。当他望了去的时候，一个个全缩得不见了。平生将马牵到台阶边，把马缰绳拴在石头柱子上。把两只脚噔噔地踏上了石阶，身子一耸一耸的，口里笑道："我是太太平平地来了，看看我是不是太太平平地回去。料着也不会有什么事。"说毕，哈哈大笑。

就在这个时候，天空里起了一阵风，呼呼作响立刻卷起一阵飞沙，起了云雾头子，在半空中飞舞过来。这古吹台第二进的高阁上，八角有檐，全是挂了铁马响铃的，那西风一吹便叮叮当当作响。在这旷野的地方，天色本是那样阴沉沉的。加上风沙一刮，四周渺渺茫茫，全看不到一些充分的阳光。人登了这台上，就感到一种奇异的感想了。平生先且先不到高阁里面去，站在屋外的石板平台上，举目四望。只见东南角上，那一片新树林子，被风吹得树梢完全歪倒，每棵树都像一把扫帚，倒向天空，横扫着天空的飞沙。那一阵阵的沙雾，由树梢头上横飞过去，犹如那些飞沙，被这树梢扫过很远一样。有那些高大的树，被风吹过以后零零落落的树叶子，在天空里只管打胡旋，很像小鸟在那里很急地飞着，有那飞得快的一直飞到平台上来。

　　平生反背两手在身后，来回地走了几步，口里微微地哼着道："铁马西风大散关。"只在这七个字哼过以后，这手膀子上却被人重重地碰了一下。回头看时，郁必来却站在阁下的大门里面，彼此相隔，总有一丈路远近，不知道他是跳出来碰一下又跳回去的，或者是扔出一样什么东西，把自己砸了。于是自己也跳了过去，说了一声风紧。郁必来笑道："漫说这样几个人吧，就是再多些，我们也犯不上把他放在心上。阁楼上预备下了酒，我们上楼去吧。"平生本来也不把什么事放在心上，有了郁必来同伴，那更不含糊。他从从容容地，同郁必来上楼。在这楼上的人，无非是朋友见面，说说笑笑，无甚可说。那古吹台下面的人却不能自在，眼见得一个人骑着白马，冲到了木牌坊下去，随后又看到平台有人张望。这样大风沙的天，绝没有人有那种兴致，跑到这样的高台上来赏风。因之他们这班人，在风沙里面，三三五五地一联，也就走向木牌坊下来。那一匹白马，大概也是被西风吹刮不过，也挨贴着一块石台阶的后面站定。

　　这人丛中，早有人喊出来，"马在这里，马在这里"。其中有一两个年纪大些的，这就向大家乱摇着手。正是开封警备道衙门里的弟兄们，奉了上官的命令，到古吹台来捉革命党。因为在茶馆酒肆里常听到老百姓的闲谈，古吹台那地方，常常有些不三不四的来往。他们推测着那一定是革命党在那里集合。为了做一网打尽之计，先且别惊动他们，只多派弟兄在古吹台四周候着，虽然到了深夜，也还有人暗暗地监视，直到现在，已经是守候三天了。他们在这里鬼鬼祟祟地闹着，当地种菜的黄小辫子，看得是最清楚，在第二日就进城去，把话告诉了平生。平生心里好笑，想着，我们偏到古吹台去玩玩，看他又能把我们怎样？所以特意告诉邱作民在古吹台玩。

邱作民在秦家听了这话，心里倒是一动，心想老早就疑惑秦家大少爷是革命党，只是没有十分靠得住的凭据，今日看来，这话果然。外面都说革命党在半夜里的时候，就到古吹台去开会。现在他自说要到古吹台去，显见着他是在晚上开会了。当时告辞回去，就当了一件机密大事去报告警备道。警备道听说秦少爷也成了革命党，却叫邱作民再带二十名到古吹台去，小心办案。若是秦少爷的罪证不充分，可就不必动手。邱作民当时硬了头皮答应着刘道台的话。出得衙来，脸上没有了人色，只将手帕揩着头上的汗。从身上掏出表来，却已到下午一点钟，只好照着刘道台的吩咐，带了二十名武装齐备的弟兄，从容走出城去，他本来是可以骑马在后面跟着的。可是他转念想着，果然骑在马上，那不是远远地告诉了人，自己是个带队的官长？有那毒手的革命党，老远地给上一枪，自己倒先送终了。因之同了弟兄们步行，夹在队伍里面走着。

出得城来，那西北风刮得更大，漫天漫地，全是乌沙灰尘撒下了天罗地网。人在这灰沙阵里钻着，满身都是灰尘。邱作民说是风沙太大，自己首先在衣袋里将一副风镜取出，在眼睛上戴着，而且还把帽檐格外扯得垂下来，直待盖着眉毛而后已。到了古吹台旁边，原来在此的巡逻警探，已经有两个迎上来，警察是大声喊着邱老爷。邱作民喝道："你以为这是在衙门里，大声嚷些什么？放走了革命党，你们可担当得起？你们守候了许久，怎么还不动手？"那探警道："我们倒是亲眼看到有人到高阁上去的。起初也疑心是来游览的人。"邱作民道："胡说！这样大的风，谁跑到这种地方来游览。我也知道，你们是胆小，不敢去捉革命党，现在我奉了刘观察的命令来，你们拿革命党不力的，一律重办。"探警听了这话，对他脸上看看，没有敢作声。邱作民道："你们知道什么，逢到大风大雨，正是打仗的好机会。我们虽不是打仗，可是捉拿革命党，与捉拿旁的匪徒不同，那要用全盘力量的。趁着这个机会，你们就赶快杀上去。"他见着部属，精神也就跟着来了。一面说话，一面挺了胸脯子向前走。

走到那木牌坊下，忽然有一阵叮叮当当的声音，随了大风，破空而至，立刻就站住了脚问道："什么？哪里来的这一种声音？"探警对他脸上看看，见他脸上完全现出惊慌的样子，两只眼睛的目光都呆着不能转动了。便随手向他道："这没有什么关系。不过是阁檐上挂的铁马，让西北风吹得直响。"邱作民道："什么，屋檐上还会有铁马？"探警有一点儿笑容想涌上脸来，只是看他那只眼睛向人瞪着，这笑容立刻收了回去，低声道："我说的并不是真马，是屋角上悬的四方铁板子，风一吹，板子撞着旁边的一根小铁锤，自然会响了起来。"邱作民的脸上完全布了灰尘，纵然灌起血晕来，别人也看不见的。他顿了一顿，大声喝道："屋角上挂的铃响，我还不知道吗？我问你们，不是问的这个。现在到了这地方，不用说废话了，你们派两个人到平台上去看看，到底有多少人在上面。"在邱作民附近站着的几个人，都不免面面相觑，谁也没有答复一句话来。邱作民又喝道："你们胆子也太小了，有这么些个人在这里，上去看看都不敢吗？"

那些警察，虽然觉得这事情很有危险，可是邱作民奉了警备道的严谕，前来督促的，若是不去，透着违抗命令，因此大家簇拥了邱作民向石阶上冲。邱作民转着身子，两扭三扭地挤到人后面去，大声喝道："你们胡闹……"嘴张开着，只有这四个字，一阵大风，送进他口里一大把土。他转过头来低声道："打仗有打仗的势子，捉人有捉人的势子，像你们这样一群饿羊似的拥到上面去，你们是自己打自己，还是你们去打人。依着我的话，你们先沉住气，站定了脚。"这一句站定了脚，是大家所乐于听的，便哗啦啦的一阵皮鞋响，全站住了。作民对大家望着道："你们先放几下空枪吓吓那些革命党。他们听到枪声，必然地拼命向外跑。然后我们见一个开枪打一个，一点儿也不费力，这些人可以全捉到了。"这句话也是正合了大家的意思，于是噼里啪啦地连响了十几

187

枪。天空里的风沙，依然在呼呼之声里面，一阵一阵地由头上横盖过去。当那枪声响出以后，二三十股青烟，在风沙里腾绕着，倒也是一种奇观。

可是天空里虽有声有色的，看去很有些威风，那古吹台上面，却是一点儿反应没有。屋角上的铁马继续叮叮当当地响着，更显着是空放了。邱作民昂起头来向大家道："你们看看，革命党都吓破了胆子。趁这个机会，我们……你们抢了上去，一定可以把他们全捉到了。机会来了，还不上去。"邱作民口里说的时候，两只手像乡下妇人轰鸡一样，只管上下挥动。这些探警到了这时，不能不上，大家拼命地叫了一声杀，直冲到第一正殿里去。这个殿，正是一种穿堂式的，前后门洞开，并没有一个人影子。带队的巡官，胆子也跟着雄壮起来，就挥着警察，四面去寻找。三四十个人，各端着上好了子弹的枪，分着两班，由后门冲出去，再杀进来，还是没有一个人。

巡官道："我们分明看到有人在上面的，怎么会不见了？大家便到后面去捉，走走，快走。"这些警士们，又拼命地叫了一阵杀，就一直拥到后进屋子里来。里后屋进子，是上下两层，上层是空楼，下层是大殿。这殿屋里面空空荡荡的，连一张桌子板凳没有。大家凭了一股子劲，冲到这里来，以为多少有一点儿抵抗力发生，不想冲进了屋，却是空的，只落得大家面面相觑，在暗中各是呀的一声叫起来。警官先站在门外头，探头探脑地望着，把屋子里看得清楚了，然后也就走了进来，在屋子中间，笔挺地一站，抬起一只手，向楼口上连连地指了几下道："楼上一定有人。楼上一定有人。你们先向楼上开两枪。"这些弟兄们本来怕上楼，听到警官叫向楼上开枪，这很可以壮壮胆子，所以拿枪的人都对着楼口噼噼啪啪地开上十几枪。这时，只见满屋子烟雾，充满了硫黄硝药气味。这枪声响过来了，屋子里更见得静悄悄的，什么回音也没有。

邱作民原在外面站着，远远地看他们的动静。后来见枪放过了还是太平无事，料着有革命党藏在这里，也都跑掉了。这就跳进屋来叫道："楼下没有人，难道楼上还没有人吗？你们冲上楼去呀！你们手上有枪，还怕什么?"这些人始终没有遇到一点儿阻碍,胆子也就大了一些,加上邱作民又是拼命督促,不能不上楼了。有几个胆子大些的手上装着子弹一面开着枪,一面由楼梯上抢上去,抢到楼上看时,哪里有人?后面的这些警士,看到上去人,还是太平无事,也都放大胆子,一齐冲了上来。邱作民在楼下很用心地听着,听说果然是无人了,也就跟着上了楼。

到楼上看时,楼板正中,有几张千荷叶兀自油淋淋的。两个空酒瓶子,倒在地上,四周零散着不少的骨头。分明是有人在这地方饮酒作乐过了。邱作民将脚在楼板地上连连顿了几下,叫道:"你们快下楼到外面找去,准把他们找着的。"所有的警士们,胆子都跟着大起来,反正古吹台上没有革命党,大家落得抖一抖威风,于是嘻嘻哈哈地一拥下楼,就向殿前殿后分批地去搜罗。邱作民两手叉了腰,神气十足地就在殿门口站着,一步也不移动。但是看了许久,始终见不着一个穿平常衣服的人,全是些穿青色制服的警察,在面前跑来跑去。

这样纷扰了二三十分钟,完全也闹不出所以然来,看见那东北风刮得呼呼作响,实在有些不能忍受。邱作民向大家招招手道:"总算是你们大意,分明看到有人到这高台上来的,怎么会让他跑了?哦!我想起来了那木牌坊下面,不是系着一匹白马吗?那马就是秦平生常常骑的,马不能空来,必是驮着他来的。那么秦平生没有来,是谁来了?他虽是个留学生,我听到人说,他跟那些江湖上的人,很学了一点儿邪术,不定是用了什么隐身法逃走了。"人丛中有人答道:"是的,学会了剑术的人,他们会奇门遁甲,远远的一道白光,就会砍下人的脑袋。说不定他现时藏在什么地方,就是站在我们身后……"

这一句话不曾说完,恰是半空里来了一阵风夹着沙子向人身上乱扑,仿佛就有人在暗暗之中杀了来样。这一下子,来得恰如其分,吓得在场的警士们,都猛可地一怔,接着四周张望了去,又仿佛有人追来了一样。唯其是大家都担着心,所以你也回头看看,他也回头看看。有两个胆小些的,心里一虚,索性走下了两层台阶。这一来不要紧,所有在场的人,全都加上了一层惊骇。有几位是跟着多跑了几层台阶,余下二三十位，干脆拔步就跑。立刻一阵哗啦啦的皮鞋响声，把所有的台阶，完全跑干净了。邱作民隐在人丛里面，是跑得最快的一个，不多一会儿，把几重殿屋，全跑干净了。大家这样的一阵风地跑着，全都跑到木牌坊下平地上，才停止了脚步。回头一看，哪里有什么革命党？倒是那骑白马站立在一边，垂下头来，嘴里不断回嚼着食料。

邱作民道："人是给他们跑了，这也没有法子。好在还有这一骑白马在这里，我们可以把马牵回城去，多少可以交代一下。人既走了，我们空在这里守候，也是无用。"大家听说可以回去，都跟着兴奋起来，齐齐地呼喊了一声。虽然心中欢喜，所呼喊出来的声音还是很微细，但是许多人同时呼喊出来，也就是很大一种的声浪。邱作民勇气十倍，牵过那匹白马来，自跳上去。于是向马背上徘徊四顾地很是得意，警士们也像是战胜了革命党，欢天喜地地，簇拥邱作民走了。虽然有许多人亲眼看到秦平生进了古吹台，并不见他出去，却也并不以为奇。

其实平生既是到了高阁上，他并没有遁法，也不能飞，如何走得了。当着这些警士们一齐杀到楼下的时候，他却同了郁必来手抓着檐角，一个鹞子翻身，身子倒钩在屋瓦上。到了瓦上，两个人把身子贴靠了屋檐，同做蛇行，伏在瓦沟里。那些坐在楼里的人，越是靠了屋脊近，越看不到屋上有人。他们这里左一阵枪右一阵枪地向上放着，平生同郁必来都暗地里好笑。

第二十回

同过郑州旅窗谈大侠
独来华岳岭脊觅高人

　　这样鸟乱一阵，邱作民一群人算是功课完毕。等他们去远了，平生先站起来，因道："今天身上没有带火器，便宜了他们。"郁必来笑道："我也料着他们绝不会上房来寻找的。其实那是我们胆小，不在楼上等着他们。假使我们能在楼口上等住，有一两个无用的人上来，凑不冷子，将他的枪夺了过来，对楼下那些人开上两枪，我敢说他们一齐都要飞跑掉。"平生首先手抓住屋檐，把身子坠下去。走进楼里，四周观看了去，不见一点儿什么扰乱过的痕迹。开封城里开来了几十名警察，就像没有到过一只苍蝇一般的干净。平生笑道："清朝政府终年花了许多钱，养着这些官吏军警，不知道是什么意思。"郁必来也下来了，他笑道："这样不是更轻了你们一层挂累吗?"

　　平生扶了栏杆，对着开封城墙望着，因道："开封，开封，我可要久违了，只是我舍不得……"只说到这一句，郁必来便一手搭在他的肩上，笑道："平生，你不能把这话接着向下说。再要说下去，那就英雄气短了。"平生手一拍道："对了，我不应当这样说。今日天气，还不算十分的晚，我也可以先赶几十里路。只是我那匹马让邱作民给骑去了，实在是可惜得很。我这样步行，恐怕走不了多远。"郁必来道："今晚你就在黄辫子家里暂住一宿，明天一早，我送你上车站。万一发生什么事故，我也可助你一臂之力。"平生道："以老师看来，我还不能太平走开吗?"郁必来笑道："就算不太平，他们又岂奈你我何? 有我在场送你，大概还不至于出什么乱子吧?"平生听说，也就微笑着。

　　当时二人冒了大风，步行到黄小辫子家，住了一宿。次日，不等天

191

亮，平生换了短装，扮着一个小生意贩子模样。那时，大风兀自未息，他和郁必来，各戴了一副风镜，背了包裹雨伞，向车站走去。黄小辫子挑菜上街，也直送到车站附近。郁秦二人坐了三等车到郑州，同歇在东关小店里。到了晚上，郁必来叫店伙买了两条黄河鲤鱼，分作清燉、红烧两碗，又切了一大盘酱牛肉，打上一斤白干，关起房门来对饮。他俩兜起一个大泥蜡台，插了一支长蜡，二人便在烛光下，隔了桌面对饮。

郁必来酒喝了半醉，把两扇绵纸窗掩闭了，然后笑向平生道："难得你是个世家子弟，肯丢了一切富贵，拾起救国的大事，而且肯和我们这江湖人物来往。"平生道："老师伯这样夸奖，我不敢当。但国家衰败到了这种样子，我们年纪轻的人，都应该为国家出一点儿力量。何况我亲到外洋，看过人家那种强盛的样子，自己有个不动心的吗？至于富贵两个字，我本来就看得清淡。再转念一想，国家若是亡了，我就发了百十万家财，又有何用？"郁必来道："这很见你的高见。唯其是这样，现在我们要分手了，我要指示你一条大路，去会百年难遇的一位大豪杰。若见着他，他可以助你一臂之力。"

平生听了这话，不由得两手按住了桌子，突然站起来，瞪了两只眼睛，向郁必来望着，问道："老师伯真有这样的好意吗？但不知这人在什么地方？"郁必来道："这人说远不远，就在陕西境里华山上。他和我的师父老和尚在半师半友之间。但是他的脾气和老和尚两样。老和尚是主张出世救世。这位老前辈是入世救世。至于怎样入世救世，我现在且不说，你若是到了华山上看见了他，自然明白。"平生道："华山上都是道士所住的地方，庙也全是道观。那么，这位老前辈，一定也是道家了。我怎样找他呢？我又怎样去称呼他呢？"郁必来道："他的姓名道号一律不传，我们也只叫他老道。可是你别以为他真是老道，当道士，他是为了那一头头发。然而这一节你不追问，久后自知。华山最险的所在，都有他的住处，你找是不容易找的。但是每天日起或日落的时候，他爱在苍龙岭那条路上散步，你只要遇着了他，你不必向他请教，他自然会来盘问你。因为他一双眼睛是最能识人的。"

平生道："这样说，师伯一定是见过他的了，不知他是怎样一种形状，万一我在苍龙岭遇到了他，他并不理会我，那怎样办呢？我明知道是那位老前辈，也不去打招呼吗？"郁必来笑道："你想得倒也周到。但是他那两只眼睛，什么人也逃脱不过去，绝不能看到你不理会。我索性告诉你吧，这个老道看去约莫六十上下年纪，下巴上一抹带苍黄色的白胡子，长长的脸，两边颧骨上透着有两块红晕。他身上的道袍和平常的不同，不是夹的，也不能算是单的，厚厚的一层，像是毡子做的一样。他手上总拿了一根弯曲的拐棍，细细的，黑黑的。但是你不要碰上一下，你若是碰着了，就有性命之忧。话说明了，你还有什么问的没有？"

说到这里，端起桌上的酒杯，喝了一口，两手按着桌沿，向平生脸上注视着。微笑道："若是别人，我也不肯引见。因为你已经也是有一番救世深心的人，这正合了他的脾胃。平生，喝，喝一大杯。你见着这个人，你的事情就大有可为了。先喝这杯酒。恭贺你大事成功。"他说着话，自斟上一杯满酒，同时也向平生杯子里满上了一杯，口里连连地叫着喝。平生见他如此高兴，也就陪了他痛饮一番。虽然还有许多话是要问的，心里这就想着，在他的酒兴上把话都说了，怕他后悔。等等他明日酒兴完了，再详详细细地请教吧。当时酒喝了个八成，各自安歇。

一觉好睡，到了次日早上，睁眼看来，在大炕上却看不到有人，郁必来已是走了。平生一个翻身坐了起来，向对过炕上检查了一番，所有郁必来的行囊、雨伞一齐不见，谈话时卷的纸窗，依然封闭，房门却半开了。假使他偶然出卧室去一趟，绝不会把东西带走的。于是叫了一个伙计过来，问道："我们同伴这个老先生到哪里去了？"伙计且不说什么，却在身上掏出一张字条来，两手呈给平生。看时，上面写了四大字"后会有期"。平生捧着字条，很出了一会儿神。看到字条上的笔迹正是郁必来的字，那是他走了无疑，也就不再去惦念。当日写两封家书，一寄北京的父亲，一寄开封的母亲，托小店雇了一头牲口，就向陕西去。

路上所幸天气晴和，只走了五天，便到了潼关，在潼关歇了一宿，次日从从容容地到华岳庙镇上安歇，由华岳庙到华阴县是五里路程，华阴到华山脚下玉泉院，也是五里路程，再上便是登山了。平生打听得清楚了，第二日绝早起来，饱餐一顿，把行李都寄存店里，只带了一口袋口粮，就出门上山。恰好有一批游山的游客，大家同道行走，倒也不见寂寞，由玉泉院后身，走到山中间，顺了涧登山，一直二十五里，节节上升，直到了青柯坪。在山涧两边的山峰，直刺青空，中间闪下这条山涧，涧里大石头像房屋大，小的石头也像桌椅，杂乱地堆叠着，仅仅有一线清水在石缝里钻引。行人或在涧边小路上，颠倒踏了石级，或在干涧里绕着乱石蹦跳，这已经现着山路有些艰难了。路上不断地有些道观都是凿了石壁才空出地基来的，像大上方、小上方两处道观，索性是在石壁上嵌着的石屋，上下无路。只见悬梯垂到山涧里面，人抓了悬梯上去，这山路的艰难，也就可以了。

平生一路赏玩着，步行稍迟，到了青柯坪，已是正午的时候了。这青柯坪是一个独立的山峰，除了朝北是一条山涧而外，四周都是大山包围着。由青柯坪东边，弯了一道窄小的千山沟，曲窄的向前走到了终点，却是在石壁上刻了三个大字："回心石"，原来无路可通了。平生只看那群游人议论纷纷地道着此山难上，自己倒不怎么介意，在一群人后面闲闲地看着。原来这个地方，并没有山路可上，只是在光板板的万丈斜坡上，裂了一条口子。由这条口子缝里，随着高下，凿了层层的石级。由石缝的口子上面垂下两条粗铁链，上山的人，就抓住了铁链，缓缓地爬了上去。在进石缝的起首点，仰头向上看去。只是在这青隐隐的黑弄里，看到最上层一点白圈，那就是天了。

平生对于这山道，越险越感有趣味，先在山涧下面，只是看这群人上山，自己并不动脚，见所有的人，手抓了铁链一齐都到了此缝上层的洞口了。平生并不抓铁链，鼓足了一口气，将身子向上一蹿，其间并不停步，直奔上去，原来这个地方叫千尺幢，是上华山的第一险要。凡是胆怯力小的人，看到这难上的情形，不敢再走，就由山口子下面回去，所以望到进口那个山坡就叫回心石。虽然腰腿十分强健的人，到了这里，因为石级太陡的缘故，总要抓住铁链子从容地上去，而且走到半路，总还不免休息一会子。像平生这样开步之后，一口气奔到山上来的，那还真是少见呢。这千尺幢的上面，是一个洞口，在洞口上有两块大板，做了洞门，只要向下盖着，就没有了上山的路途。在这洞口外面，乃是上下层石壁，闪出来一个平坡。老道们在悬崖上用木料支住了两间木屋，聊避风雨，石坡上摆了两三套桌椅，作为游人歇足之处。由这石坡上再由石缝里钻上去，那就叫百尺峡，乃是到五峰处的一把总钥匙。上下山的人到了这里全累了，都得休息一下。

　　平生一口气蹿出了这里的洞门，在石坡上休息的人，有的站在洞口，看到他这种精神，都哄然的一声。平生到了石坡上，站定了脚，也向大家微微地笑着。这里伺候茶水的老道，随了众人的哄笑声，也就迎向前微笑道："这位先生，脚力很好。"平生一看这老道，身上穿一件短的衲袄，白布大领子，蓝布面子，头上梳拢着一个牛心髻，没有戴帽子，也没有戴网巾。唯其是他这样短装打扮，看出他两只手臂是相当的粗壮，脸腮上虽然也长了几撮胡子，但是两面颧骨上，透出两块红晕，一些儿不见着衰老的样子。心里头这样想着，莫非这个老头儿，就是郁必来所说的那位侠客吧？因之当他走近来的时候，平生很向他脸上注视了一会儿，很怕他说自己的本事了不得，却向他笑道："在学堂里当过学生的人，常常的练习着跑路。其实论起力量来，你们贵山老道长，哪一个也会比我强健。"那老道听说，哈哈地笑了。平生望了他道："老道长，你笑我这话不真吗？"那老头笑道："听你先生的话，倒好像我也比你强，我都八十五岁了。"他说话时，提了铜壶将左边桌上的一双空盖碗，泡上了茶，点点头笑道："先生你请喝茶吧。"这些游人，听到老道说有八十五岁，哄然一声地相应着，对了老道望去。平生让着那老道，也在桌子边坐下，笑问道："你有八十五岁了，还在这个地方吃这样辛苦。你看，这里向上是百尺峡，也险得了不得，向下是千尺幢，也险得了不得。这里光石板上，周围不过五六丈大小，道长就在这里过日子。"老道笑道："这是无所谓的。我们出家人，只要有个山洞子，让我们藏身那就好办了。唯其是这样吃苦，才能够活到八十多岁。这山上年纪大的人多了，有几个上了一百岁的。"几桌的游人，听了这话全都注意起来，把脸望了这老道，但是见他态度很自然，将桌上摆的两碟

195

红枣和核桃，只让客人吃一点儿。

平生看着是机会了，因笑道："是的，我也听到说，华山上专门出奇人。这几位一百多岁的，想必都有绝大的本事。"老头哈哈笑道："本事？人到了一百多岁，那也是个废物了。认识字的，看得懂经书，还可以静坐悟道，有不认识字的，那只有打坐一个法子的。"平生听他的话是脱口而出，并不会藏着什么机密的，这就笑道："也不尽然吧？真有本领的人，年岁限不住他。你们全山相信的陈抟老祖，不是很大年岁的人吗？"老道笑着拱拱手说："不敢，不敢！怎能比他老人家？那是仙人，于今哪里找去。"平生一看这老道虽是出家人，慢慢地有些露出俗气。说他是侠客，那竟是骂侠客了。因笑道："老道长，你说仙家这种人，世界上到底有没有？我想华山上就有。"老道说："这是一座仙山，当然有仙人。不过我们肉眼凡胎，却是看不出来的。仙人他会变个平常人，也会变山上一棵树，也会变天上一只鸟，说不定我们眼前这些人里面，就有一位仙人，但是我们哪里看得出。"他如此一说不要紧，大家全把眼睛你望着我，我望着你，看看到底谁是神仙？不到三分钟，大家就哄的一声笑了出来。平生笑道："不用张望，大概这位道长不是神仙，我就是神仙。"这话说毕，大家又哄的一声笑了出来。

在这平坡上面，是百尺峡的洞口，当大家哄笑的时候，就有一个道童，由那洞口里伸出头来望了一望。平生拍掌道："说神仙神仙就到了。"那道童只有十四五岁，头上梳着两个丫髻，穿件蓝布短道袄，圆头胖脸，两只大圆眼睛，走到了这平坡上，倒是睁开两只大眼，向这些人发愣。平生道："大家不要说这些吧，把这位道童哥的脸色都吓紫了。"那位老道说："不要紧，这位小哥就有点儿傻，见了人又不会说话，只翻了眼睛看人，我们就叫他傻道童。他见了人向来就是这个样子的。"那道童听了他这样说，索性走到平生这边的桌子来，露着牙对人傻笑。平生笑道："若照人相看起来，这位道童得天独厚，他一定可以活到一百多岁。"那道童翻着两眼对平生看了一看，张了大嘴笑问道："这位先生，今天赶到北峰去安歇吧？我同你去报信。"说完了这话，他扭转身子，就向百尺峡里面走了去。平生道："啊！这是道院里接客的。"老道笑道："他接什么客？他就是个傻子，每日无事，就在山上乱跑。"平生道："山上这样的险地，我们爬一次也就够了，他能终日乱跑吗？"老道道："所以他是个傻子了。"平生谈过了这些话之后，也不把这道童放在心上，随了这些人再向上走。

原来华山下，只有一条路上下。上山的客人多半是下山的时候，再会茶钱的。这百尺峡和千尺幢险窄差不多，都是一条石缝。由石缝里钻出，再经过猢狲愁、老君犁沟两处险地。这里是在山峰的一边，就着石壁，豁开一条石级小路，由上面垂下一条铁链，拦住在悬崖之上，人就扶了这条铁链子缓缓地上去。窄的地方，只能容人侧身陡走，加之石路不平，只见那一群游人，零零落落地走着，都是走几步就休息一会儿的。平生原是在最后的一个走着，一阵风地跑着，却是最先一个把老君犁沟跑完的。站在山口上向来路看了去，同来上山的人，还有看了去只剩一个黑点的。那些跑上山的人，都向他笑着说他跑得很快。平生等着这些游人到齐了，然后一同走到北峰庙里来。当晚就在北峰住歇。由北峰庙里凭栏向南看去，只见一道山路，顺了山巅凿着石级，一层一层地上去，直达到半天云里。据老道说，那就是华山有名的阎王边苍龙岭。当年韩愈曾在这里投书大哭。

平生倒不要去考古，一听到苍龙岭三个字，就联想到郁必来所说的那位不可一世的侠客，就出在这苍龙岭上的。次日天色刚明，他就跳下了床，推开窗子一看，还没有太阳光，按着时间说，这正是去找那侠客的时候了。匆匆地，洗过一把手脸，也不向老道索饮食，送了老道一两银子的香火钱，就出门向苍龙岭大路走来。这条路不但是险，而且是很长。顺脚走去，没有一尺路是平的，可也没有一个地方能宽到三尺。先到了阎王边，这里西边是高上白云的峭壁，东边是万丈悬崖，向下看去，只觉得青隐隐的。人就在这上不靠天，下不靠地，那一尺多宽的石级上走。而且这条路窄的所在，还得一手拉铁链子，一手扶着石壁，才可以缓缓地上去。

平生心里也就想着，这个地方，若是每天能跑几趟，不必说别的什么，这两条腿功的确不同平凡，那周身筋骨练到了什么程度，是更不待

197

言。郁必来听说的那位老侠客，每日在这里奔走，不是一个侠客，也是一个奇人，这次非见着他不可。于是一口气奔过了阎王边，又接着上苍龙岭。这条岭在没有来到以先，是不能想象它的陡险的。这岭乃是山岭的最高所在，两边峭壁向中间并拢起来，山岭成了鲫鱼背。在这鲫鱼背的山岭上，宽不到三尺，拱在长空四面无靠，向东西两边望去了，全是万丈深谷，加之路又很陡，只要走上七八步，那就喘息一阵。不过在这脊岭上，钉上了短短的铁柱子。由铁柱子上拦住了铁链子，人就扶着铁链子，战战兢兢地走着。因为扶了铁链子的人，全是俯了身子向上走的，眼光只看到眼前两尺路的石级，两边的悬崖全看不到。不过那呼呼的风声，却在耳边不断地响着。

平生先是一鼓作气地蹿过了阎王边，后来到了苍龙岭。这口气实在转不过来了，也就站在岭脊的一块拱出的高石头上站定脚，四周去观望。果然的，除了南向的山峰挡住了视线而外，回看昨日所到的北峰，已是矮在云雾下面。那北峰的道观，缩小得像一只鸟笼。去看左右的山峰呢，一层层地向外摊开去，一层层地也向外矮着，格外觉得自己这条身子是站在九霄云外。心里也就想着，这要是引起别人的注意，那就非有一种特别的举动不可。于是把两手掌合拢了嘴巴，放开了嗓子，做一种呼风的叫唤声。这样叫唤了四五声，只有那峰外的风，由身边吹过扇动了草木簌簌作响，却没有别的回响。平生又站着凝神了一会儿，向南看着苍龙岭的山巅，依然在半天空里顶着，这就鼓了勇气，继续地向上走。直把这一条长而且险的岭脊爬完了，才站住了脚。这是不是把苍龙岭完全走过了，还不得而知。

天气既早，并没有游人，有话也无从去问。他踌躇了一会儿，就在石头上坐着，想着心事，口里喘息着，大风呼呼地在耳边响，这一种境界，真是要说也无从形容。这时，太阳已经出了土，照着一片焦黄的颜色映在烟雾迷蒙的山色树影里。天空上起着片段的白云，镶嵌着金红色的丝绦，闲闲地掠着山顶而过。直到此时，还看不到郁必来说的那么一个老道出现。同时，山下出发的游人，也就陆续地上来了。平生看看这样子，今天是无法遇到这位大侠了，也就随了众人，漫游北峰以上的四峰。到了下午，依然回到北峰来安歇。而且故意耽搁在苍龙岭上，度过那日落的时间。但是经过了这度黄昏，依然看不到那老道。当晚平生同北峰的道士说过，爱华山的景致，要多耽搁两天。第二日还是照样，又上苍龙岭。

今天是预备好了的，带了干粮水果，到了苍龙岭上，就在那里休息着，并不走开。在中午的时候，倒是会着了百尺峡见过的那个傻道童。他见平生坐在路边石头上，这就笑道："你有些走不动吗？上面有个金锁关，也可以歇歇脚。何必在这空山上歇着。"平生道："上面去过啦，我知道。我是要在这里等一个人。"那道童对他脸上看看，表示着一种奇怪的样子，接上又是咧了嘴角一笑，他自回身走了。平生对这道童也没有加以理会，还是在苍龙岭上走走坐坐。上山的游人早已绝迹。下山的游人趁着光亮，也都纷纷地走去。苍龙岭上又寂寞起来。平生坐一会儿，又站起来观望一会儿，实在不见有侠客之流。郁必来是绝不会把话来骗人的，莫非这位侠客，不迟不早，就在这个时候，离开了华山了。想到这里，望到西边山头上，一轮朱红涂抹着的圆球，已接近了山顶。同时，在西面山头，满布了金黄色的云彩，和山头上青烟翠霭相接。看看当顶的天色，已由蓝色变成了灰色。深谷里露着两三星灯光，是那地方已经先行入夜了。这山头上过去的风，也不像白天那般温和，吹到人身上已经有些凉飕飕了。平生料着今天又是空候，且等明天吧。正这样犹豫着呢，忽然身后有人叫道："这位先生，你好大的胆，太阳快落山了，你还在苍龙岭上逗留不走。"平生忽然听到有人说话，倒吃了一惊。

第二十一回

绝顶斜阳喜逢逃世客
荒山冷月险过斗棋亭

平生回头看时，见有一个老道，约莫五十上下年纪，一把黑胡子长长地拖到了胸面前，头上半白的头发梳了一个朝天髻，并没有戴道帽。身上穿着一件蓝、白布块拼成的道袍。赤了双脚，穿着草鞋。手上拿根木头拐杖，弯弯曲曲的，在杖头上挂了一只黄色干葫芦。心里一看，便知道是那位大侠了，立刻躬身一揖，站在路边，诚诚恳恳地道："弟子等候多时了。"那道士抱住拐杖，连连地作下揖道："不敢当，不敢当，你这位少爷，大概是来拜访我们老师父的，你认错了人了。"平生道："我是有人介绍我来的。"那老道摸摸胡子，笑道："当然是有人介绍来的。若没有人介绍，怎么会找到这华山上来呢？"平生道："听道长这样说，老师父在什么地方，道长是知道的。那么，请道长引我去见他，可以吗？"老道道："足下来得不凑巧，老师父现在到终南山去了。"平生道："在终南山上哪一道观里安歇呢？"老道道："那倒没有一定的地方。不过，他迟早总是要回到这山上来的，你要会他老人家，就在这华山上等着吧。"平生道："我专程来拜访老师父的，当然可以等，但不知要等多少时候。"老道道："回来的时候，可没有一定，也许是三五天，也许是十天半月。假如他老人家在外面玩得高兴的话，也许周年半载才回来。"

平生听了这话，倒踌躇起来，望了那老道发愣，倒没有说什么。老道手扶了拐杖，摸摸胡子笑道："你若是不能等，不如把话对我说了，等老师父回来，我转告诉他。"平生道："我是有一件大事，在下个月要办，不然，我就在山上等过一年也不要紧。若是等一个月，我还可以

200

等的。"老道笑道："你阁下是客边人，我不能冤你，有道是江湖会的是有缘人。只要你阁下有缘，迟早总可以会着的，你看太阳已经快要落土，回北峰去安歇吧。"平生听他的话音，虽不是那位大侠，似乎也有点儿来历，便向他拱拱手道："老道长既是这样说了，我还是到北峰去住着，明日再到这里来等候。"老道微笑道："他并不在华山上，你要到这里来，不是多此一举吗？"平生道："向道长多多请教，也是好的。"老道笑道："我懂得什么，只会吃饭。"平生道："道长不必客气，我明日再来请教。"老道长摸摸胡子微笑。平生恭恭敬敬作了两个揖告别，回北峰来。到了次日日落的时候，再回苍龙岭去。

这日倒不寂寞，老道已是先在这里等候。谈些华山掌故、关中人情，却也很有趣。老道葫芦里带有水，说得口渴了，还相敬一杯，连过了三天，都是这样。平生有意无意之间也曾叩问那大侠的行踪，老道只是微笑。到了第四日，老道一见面就告诉他道："秦少爷，告诉你一个好消息，老师父今天上午回来了。今天他不愿出来，明天你到岭上来等候，总有一个相逢的机会。"平生道："道长已经替我先容了吗？"老道笑道："他老人家心里明白，用不着多说。"平生练武术，虽不相信神话，但是武越练得好的人，行踪越神秘，这是自己所知道的。老道如此说过，也就不去再问了，很高兴地回到北峰静宿了一夜。

到了第二日，天还不曾发亮，平生就一骨碌爬起身来，直向苍龙岭上奔去。到了岭上张望时，四周黑气沉沉的，什么也看不见。只有手扯了铁链，挑了一块干净些的石头，半侧了身子坐着，对着岭上下，眼也不眨地只管看来看去，一直熬到东方发亮，云彩变成了红色，这才把心定了下去，顺着石级，一步一步地朝上走去。但是把这条岭脊都走完了，还看不到一个人，更不用说有斑白头发的老道了。那太阳慢慢地由东边山峰上吐出，向下看山脚下的几处山谷中冒着青烟，正是那里的道观，开始烧火做早饭。那老道也曾说过，那位师父，太阳高过了三丈，他就不见人的。这上午又是不能见了，不过自己终究要等。也许他偶然地会在这时候出来，那就失过了机会了。因之挑了一块平坦些的地方，就露天睡了一觉。醒过来，吃些干粮，并不离开这山岭。

挨到这日下午，眼见太阳慢慢地靠近了西边山峰，自己兴奋起来，只是东张西望，太阳由夺目的白光，变成了金红，但看四处山头，都带一种如有如无的烟雾。山上的草木，不是绿的，变作青黑了。不由得叹了一口气道："要求见这老师父一面，实在是难极了。"一言未了，身后有人答道："有劳久候，对不住对不住！"这人虽是中州人，却还带了南方口音。回头看来，一位老道，将一根青布带束着半白的头发。头顶心梳了一只小小的牛角髻。身上穿一件黑白块百结短道衣，拦腰系了一根粗线绳。面孔圆圆的，一部长到半寸的白胡子楂围绕了腮帮子。下面穿一条系脚裤，赤脚登着黄布方头鞋。腋下夹了一棵两尺高的松树秧子，向人笑嘻嘻的，满脸皱起许多道条纹。虽然他满脸有皱纹，但是他皮肤里面，泛出一道红光，充满着春气。

平生一点儿也不考虑，立刻爬倒在地，恭恭敬敬磕了三个头，站起来又是一个深揖。那道人笑着拱手道："阁下是新人物，何以行此大礼。"平生道："见老师父，本当叩头。况后辈还是为了大众。"老师父笑道："仁兄辛辛苦苦到华山上来找我，难道不是为了自己不成？"平生道："虽然也为了自己，但是为自己还在小处。"老师父笑道："啊！这话很有曲折，请坐下来谈吧。"于是他坐在上面一层石级，平生坐在下面一层石级，半侧了身子相对说话，平生道："我曾听了郁师伯说，老师父是当今一位大侠，南北各省的豪杰，是功夫到了顶的，都知道老师父。只要老师父一句话，无论叫他干什么，没有不遵命的。"

老师父摸摸苍白的络腮胡子，微笑道："他又多嘴，我是个出家人，要终年处在深山。虽然江湖上认得几个人，恐怕他们也把我忘了。"平生道："那怎么敢忘了老师父？晚辈虽是年轻，倒也有一腔热血。平常读历史，见满洲人来统治中国，已经有了二百多年，很是不平。若是满洲人把中国治理得很好，那也罢了。但是举目一看在朝的人物，没有一个不贪墨又糊涂，列强居然高唱瓜分中国的议论，并没有觉得身上痒一痒。朝廷派专员到英国去贺英皇加冕礼。人家对于中国，当了四等国看待。连那个毫无知识的振贝子，也很是害臊。所以现在有点儿血气的青年，大家都想着，非把清廷推倒，重新整顿江山，国家是非沉沦不可。"

老师父笑道："听秦少爷这一番话，倒是一大大的热心人。你来找我，就是为了此事吗？"平生道："老祖师刚才自称逃世客，斗胆猜想一下，恐怕是自谦之辞。我想，老祖师一定有一副救世的菩萨心肠。老师父若不嫌我的话冒昧，我就斗胆直说了。据晚生所知道的，在嵩山脚下，有几个寨子，被一个姓黄的英雄笼统地占领了。因为那里山路曲折险要，官兵少了不能去，多了又费事。地方官粉饰升平，不敢让上宪知道这事，随了黄英雄闹去，所以那山下的寨子，由三四座加多到七八座，屯兵买马，很像一番事。不过有些可惜的，就是这位黄英雄，有了这样的好基础，不正正当当地做些事情。"老师父手摸擦了腮上的胡桩子："对了，这是他不好。我也曾托人带信给他们，千万不可胡来，你老兄是个有心人，特意上山来说这话，我很佩服，但是怕我不能把话去劝他们吧？"平生道："晚生还不止如此。我想着古人说的英雄豪杰，绝不止于锄强助弱，在社会上做点儿好事而已。所以项羽丢了剑不学，要学万人敌。老师父结交天下豪杰之士，虽然出家了，救世之心，那是和谈治国平天下的人一样。于今国家灭亡，不像以前，仅仅换个皇帝而已，所有中国土地上的人民，一齐要被那言语文字肤色不同的人来宰割。到了那时……"

老师父不等说完，两手一拍掌笑道："这事我早明白，就在华山上出家，也有些不行了吧？"平生躬身道："晚生也知道老师父早明白的，所以赶上山来。"老师父道："不过这班人，还不是鼓儿词上说的那吃人心汤的响马，留着他们在山洼里暂住一时，将来也许有用处。"平生忘其所以，两手一拍大腿，突然站了起来，笑道："听了老师父这话，正是合了我的口味，足见老师父是个有心人。现在一班有志青年，不忍看到国破家亡，都在做革命运动。一面发表文字，叫国人快快地醒悟，一面也就四面八方去联合同志，预备有了机会，四处起义。第一个目的，是把这昏庸无道的清朝政府推翻，建立一个崭新的国家。然后才谈得到向世界上去争一席地位。"师父似乎听得入神，微偏了脸，带了微笑。

平生接着道："晚生又看到救国的事虽然要有才智的人去做，究竟救国的力量，还在民间。所以极愿意认识隐居在江湖上的豪侠。我所知道的江湖上的人，在每一个城市上，多则上万人，少则千百人，全是同志式的兄弟。若是能把这一种力量，拿来为国家做事，那一定可以建立一种不可限量的功业。这又要说一句，不怕得罪江湖朋友的话，普通的人，都可惜智识低一点儿。非得联合这里面首屈一指的大豪杰不可。有了这种人出来登高一呼，才可以叫江湖上的朋友都来相应。老师父，就是我所最希望的一个了。"

老师父摸着胡子点了两点头，微笑道："你的志气很好。只是我一个出家人，又是这样大年纪，你把我当了大豪杰看，那不差点儿事吗？"平生躬身一揖道："老师父，你老人家若是说做晚生的来意不诚，或者还不配做这样的大事，都请你实说。但是在我们晚辈面前，千万不要说这种谦逊的话。并非我胡乱恭维，若是老师父还不肯做这样的事，中国之大，也就没有人再能做这样的事了。人生在宇宙间，只有两个办法。一个是自己做人，一是除了自己做人而外，还要帮助别个做人。老师父当然是居后一层。说到帮助别人做人，或者入世也好，或者出世也好，只要存着一个救世的心思，那是一样的。譬如孔子谈个治国平天下，入世那是救世。就是老子谈个清静无为，劝人不要纵欲斗争，又何尝不是出世救世。这华山上，胜迹留下来最多的，莫过明陈抟祖师。可是当家赵受了禅，他老人家会从驴背上笑着跌下来，说是天下从此定矣。这可以见他老人家，是怎样地关心天下兴亡。出家人要救世，就不能不救国家。自然，向大处着眼，望世界大同，人人都安居乐业。但是有一国受了灭亡之惨，这一国的人，就不能安居乐业，怎能说是不要去救他们呢。"老师父听了他这番话，也就鼓了两下巴掌，站将起来，拍了他的肩膀道："小兄弟，你说得很透彻，我为你的话所动了。你看，太阳已经落山，这山头风大，不是谈话之所，你随我到洞里，我们再长谈。"平生听着大喜，深深一揖，随着老道而去。

这位老师父住在东峰脚下，斗棋亭边。这棋亭是华山许多名险之一险，站在山崖上看到离此半里之远的所在，有个突立的石峰。再向石峰远些的地方看去，那石峰也是在半空中。但是由石峰看到旁边来，这石却又是立在脚下面百十丈低。所以那斗棋亭算是在一个上下不相连的所在。若是由这里前去，是一个断崖，断崖下面有多少深，绝对是看不着。前去的人，必定要手握了垂下去的铁链，把身子坠了下去。坠下去的时候，身子朝了石壁，只把两只脚在石壁上掏摸。等着两脚都已踏着石级了，然后把身一转，脸向着外，才可以一步一步踏了下去。所以这个地方，有一个通俗的名字，叫作鹞子翻身。到华山上来游历的人，当然不怕艰险，但是所到的险地，总要是眼睛所能看见的。鹞子翻身这个所在，脚要下去，根本就不能够知道脚所踏的是什么地方。来游的人，远远地看到那个亭子，早就要伸伸舌头，哪个还敢走下去。

这位老师父带了平生向东峰走来。到了东峰崖上，峰头上一轮碟子大小的月亮，投向地上照着。这看到那崖下面只是雾气沉沉的，不用走，便是站在悬崖上朝前望了，两脚也有些战战兢兢的。老师父走到悬崖边，向平生笑问道："老弟台，你到华山来了许久，鹞子翻身这个地方，你总听见说过。"平生道："此地也匆匆来过一次的。只因每日总要到苍龙岭上等候老师父，所以不敢在别的地方多耽搁时候。这崖子下面鹞子翻身的滋味，却是不曾尝过。"老师父笑道："既然如此。我就试给你看看吧。"说着，他身子一蹲，只将一只手握住铁链，就地一滚，便落到崖下去了。因为这崖是冂字形的，人下了崖，踏着石级下去。在上面的人就看不到了，只听他在崖下叫道："老弟台，我已经脚踏地了，你可以就下来吗？"

平生站在崖上，明知在这月亮地下，到不知脚落何方的地方去，这是一件很危险的事，但是看到老师父一翻身就下去了，这有些考试的意味，这不能畏缩，也学了他的样子，蹲在崖上，两手抓住铁链，把身子滚将下去。当两只脚已经落空的当儿，向凹进去的石壁上掏摸了一阵，果然踏得了石级，两脚稳稳钩去，这才把手松着铁链，一节一节地向下落着。及至两脚踏到了平地，回身低头看时，倒也是一条窄小的山路。老师父在他的肩膀上轻轻拍了两下道："小兄弟胆子不小。来游华山的人，一千个之中没有两三个人敢走鹞子翻身的。至于晚上下来，那更是没有人。"平生道："晚生本没有这样大的胆。因为有老师父在这里保护我，那是绝无危险的。"老师父笑道："你真会说话。马二得着你这样一个好徒弟，倒不枉费心机。你跟我来吧。"

说时，他在前面引路，月色朦胧中，顺了一条山岭的小路，走到一座峰顶上。这座峰头，几乎完全是光石壳，并没有一株草木。在峰顶上盖了一座四角亭。亭子里面有一张石桌，上面刻有棋盘。因为横直纹刻得很粗，在月亮地里，却还可以看得出来。棋盘上还有三五个棋子，都有茶碗大小，拿在手上，沉甸甸的，那可知道这是铁打的了。老师父将他让到亭子里，笑道："我并不住在这里。不过为了彼此说话便利些，所以我特意引你到这里来坐坐。"这石桌两边，正好有两张石凳，于是分着左右，对面坐了。平生初下悬崖来的时候。还不觉得什么，到了亭子里坐下以后，歇过口气，便觉到峰头以外的大风呼呼地吹了过来。不但是冷，连身体都有些坐不稳当。向外看去，两面是高峰插天，两面是悬崖万丈，心里一虚，两条腿也软了。

老师父笑道："老兄弟，看你这样子，有点儿怕冷吗?"平生道："在老师父面前，晚生不敢说谎。冷是有点儿冷，但是为了在老师父面前求请，漫说是冷，就是刀架在我颈上，我也不怕。"老师父点点头笑道："你虽然胆大心粗，到底在长辈面前很是有礼貌，老兄弟所说要我帮忙的话，不知道是指哪一层。在这里说话，是出于我的口，送进你老弟的耳。我知道你老弟是一位革命党，你是要我去做革命党吗?"说到这里，将手理一理胡子。平生做出一番失惊的样子，站起来笑道："老师父有这番雄心，当然是全革命党同志都要欢迎。"师父笑道："但是我是个出家人，这雄心两个字从何谈起。"平生笑道："老师父这话，当然是对的。但是虽不能发出雄心来，发出慈悲心来，是可以的。我所求的便是老师父发一点儿慈悲心，救一救中国人，免得他们全成了亡国奴。"老师父伸手摸了两摸胡子，笑道："你要我发慈悲心，请问这慈悲心是怎样地发出来呢?"平生道："依着晚生的意见，只要老师父一句话，答应劝了嵩山下面那位王君和我一同行动。假使我们有所举动，他立刻出兵，那就帮忙不浅了。"老师父道："啊! 你想到了他? 你知道他是一位寨主吗?"平生道："闻名久矣。但他不是一个平常的强盗。"老师父道："你老弟台，虽然是这样说着，但是那个王老五是不是听我的话，我还不敢断定。"平生道："只要有了老师父一句话，漫说是叫他带了部下对革命党遥为声援。就是叫他一人杀到北京去，他也不敢推辞。现在所要问的，就是老师父肯不肯说上一句话?"

老师父在月光朦胧之中，抬起手来搔了几回头发，又背了两只大袖子在身后，绕着这斗棋亭，走了几个圈子。因道："我是早已不管外事的人了。听了你这话，引动了我一番不忍之心。且依着你的意思，我们走着试试看。老弟台什么时候下山?"平生道："晚生并非为了游山而来，只在得见老师父一面。既是老师父肯提携后进……"老师父晃荡着大袖子，摇了两摇手道："不，不，我这样深藏在高山上的人，什么人物也不会摇动我的心，岂能为了老弟台这样一个生朋友，我就挺身出来帮忙? 说句老实话，这也无非为了你说的中国有亡国之惨。要救亡，现在第一招是要推倒清政府，你们这样年轻的小伙子都肯拼了一身血汗，我是眼见过一回兴亡的人，不能不动手了。若是在今日能把清廷推倒，了却我五十年来的心头之愿，倒也算是天地间一桩快事了。"说毕，昂头哈哈大笑。平生听了五十年这一句话，心里却是一动。五十年来这话，怎么样子解法?

这老道究竟是修道有德之士，一阵哈哈大笑过去，立刻省悟过来，停住了一口气，向平生注视看着道："你觉得我出家人，这样的大笑，有点儿出乎常情吧? 一个人是不能回头去想的。在这回头一想之下，笑声也有，眼泪也有。而这笑声和眼泪发出来的时候，是不能按捺住的。我只怪我自己不应该回想，倒不怪我自己发笑。话说到这里，索性告诉你吧。你总知道五十年前太平天国干得轰轰烈烈的那一番事情。不幸得很，那一班起事的人，没有一个是十全的人才。苟且偷安，这尤其是他们的大病。洪秀全到南京，城外还扎满了清国的大兵，他可是关起城门来，高高兴兴做他的天王。他做天王还不算事，又惹得那些东王、北王，大家全有要做大头皇帝的意思。后来杀得一塌糊涂，大家全无心北上，让曾彭这几个人捡了便宜，把天国消灭。其实那时候的清兵，不用说到打仗，听到长毛来了，他们早吓得骨软身酥，像这样的天下还不能取到手，那也实在可惜。"他说到长毛两个字，就联想到他的头发，立刻抬起手来，摸了两摸头。

平生看到，心里更明白了，郁必来不是说了他为着一头头发，才当老道的吗？老师父虽在这朦胧的月色里，对人还是看得极为清楚，向平生笑道："你看我像当年的一位长毛吗？"平生笑道："晚生也没有看过当年太平天国的人是怎么一种情景，怎么猜得出来？不过我心里想着，在当年太平天国时候，老师父一定是少年英雄，穿了红色战袍，紧着红色的头巾，骑着高头大马，在战场上跑来跑去。虽然有千军万马，老师父还是这样跑来跑去。"老师父笑道："听你这话，莫非把我当着神仙，呵呵！虽然不是神仙，如今回想起来，当年的事，真是一场大梦。我们出家人，把这过眼云烟的事仔细想上一番，那最容易悟道的。"平生笑道："老师父谈道，自然是正理，但是晚生为了请老师父救世而来，就怕老师父又把尘世上的事当了过眼云烟。"

老师父站起来以后，就没有坐下，这时，走出亭子来，抬头看看天上的月亮，笑道："华山上的月色，也是尘世中人，所不容易看得见的。我带着老弟台，上南峰顶去看看月色吧。"平生心想，这老道又要试我的胆力。反正南峰危险，也不过是鹞子翻身一般，凭着自己的脚力和腕力，大概不至于露怯，就慨然地笑答道："在华山看月色，这机会不可失，随同老师父一路看月色，这机会更不可失。"老师父说着话，已经在前面走，大袖飘然的，顺了风就跑。虽是那样的路，但是在他走着，犹如在平地走着一样，一点儿也不为难地就到鹞子翻身崖下。在下面看着老师父爬上石壁去，那是非常地清楚。只见他两手抓住铁链，两只脚尖只在石级上轻轻地一蹬，早就跳起了一丈高。两手继续地揪住，身子轻轻地上纵，只有几下工夫，他就到了崖上。当他手还抓住铁链，脚踏在崖沿上，还回转头来，向平生招了两把手，然后直蹿上崖去。

平生看到他身体矫健，如何能和他比，比起来，那更是让老英雄见笑，所以也像常人一般，两手抓住铁链慢慢儿地盘着石壁上去。当他跳上崖来的时候，老师父伸手搀了他一把，笑道："老弟台，你太谦逊了，在我面前，你一点儿不肯露出本领来。"平生拱手道："在这险恶的地

208

方，又是月色朦胧之下，我觉得这样跟了老师父走，已经是用尽平生之力了，这里头还会藏着什么能耐吗?"老师父笑道:"江湖上有一句话，真人不露相，露相不是真人。老弟台虽然年轻，养气的功夫倒还不错。本来嘛，一个人非有十足的养气和功夫，那是不能来走江湖的。"接着他又摇摇头道:"不对，老弟台，为了国家奔走，要干大事业的人是不能与一般走江湖的相比呢。"

平生谦逊着，随在这老道后面走。这东峰的路，完全是光滑得不带一根草，斜坡上，虽然将柱子架着铁链，可以扶了走，但是铁链很低，是要弯了腰的人才可以扶着的。这老道挺直了腰杆子，两脚像拨车水轮子一般，一口气就跑到了山底下来。平生笑道:"老师父，你可要走慢一点儿。若是走得这样子快，我要赶不上的。而且这样的月色，我也不认得走路。"老师父道:"这华山上的路由这里到那里，总是一条路。只要移得开脚，你决计走失不了的。"平生听了他这话，只得远远地跟着他的影子走了过来。

第二十二回

峭壁洞居烹茶作夜话
平原马到赠剑祝雄图

由东峰向西直走，再转而向南，到了一个坡子上，遥遥地有一所道观立在峰头上。再转而向西，绕过那重道观，便是一个不生片草的石峰。这石峰是由一幢石壁上突立出来的一个峰头。在峰头下面却是无穷深的山谷。在这月光之下，不但看不到底，而且呼呼有声的。由深谷里面倒卷出一阵风来，把人衣襟掀起倒推了向后。石峰右手，是一座矗立云霄的山峰。那山峰后壁，由上直达到下，全是刀削过的一样，光滑无痕。老师父站在这小小的石峰上，就向那石壁一指，笑道："那就是我的家，你也要去看看吗？"平生道："什么？老师父住在那里吗？这个地方，总算是只有来路，却无去途，非向回走，便是落下其深如海的大谷里去。"可是老师父将右手向石壁下一指，笑道："到我洞里喝杯茶吧。"平生向右看去，那石壁上不接天，下不接地，光光地直立着，那要怎样的过去，这个疑问，还没有说出，老师父向他招招手道："你随我来。"他也不管平生能来不能来，自己在前面走着。

平生虽然知道这是极险的路，可是有了老师父在前面引路，料着总有路可行。于是也不说什么，跟了他后面走。由这个石峰过去，和那石壁就中断了。这里有一座小小石牌坊，罩着一道梁，石牌坊是什么字，月下看不清楚。由石梁向下看，只听到脚下的风呼呼而过，黑沉沉地看不到什么。过了这石梁，就到石壁下。却不知古人是用了什么法子，在这石壁上，横钉下去几根铁梁。从铁梁上弯过来，便是朝天竖立的短铁柱，每根铁柱相离，约莫有一丈多远，用铁链子连系着，这算是栏杆。在铁梁上，搭了宽不到一尺的木板，做了栈道。沿了石壁，也横牵了一根铁链，人在这木板上走着，闪闪地动。那板子下面，就是不可用尺去丈量的山谷，假使要落下去了，便是个金刚也只有粉碎的成分了。

平生站在石梁上向前看去，正这样估计着呢，可是那个老道却态度坦然，将手微微地搭住石壁上挂的铁链，大开了步子向前走去。只听到他踏着那木板咯咯作响，也可以知道这板子架搭得是怎样的不坚牢。所幸这板子架的栈道，究竟只有七八丈长，老道三步两步的就飞奔过去了。平生等他把栈板走完，方才紧紧地抓住铁链走，走时站定了一只脚，方才移动另一只脚，无奈那木板子太架空了，人走到这上面，总觉得是人在腾云一样，脚下像踏在弹簧椅子上，有时站立不牢，胸下沉住一口气，慢慢地经过那栈板，直等脚踏到了石头，周身各毛孔闭住了的冷汗，齐齐地向外一涌，里面的小衣便已湿透。回头看看那栈板，只有那样宽，横在那峭壁之上，平生实在不明白，自己是怎样走过来的。

这横空栈的尽处是石壁，突出来了一块，倒有一个直了腰可以进去的洞门。在那洞门里面，已有一个人，举了一盏白纸灯迎将出来，笑道：“在这黑夜里，让秦少爷辛苦了，我们这待客的地方，实在不高明。”平生从灯光下看去，认得那人，正是在苍龙岭前会到的那个老道。他也住在这里，可见他们经过这长空栈，简直不算回事。平生拱手道：“啊，道长也在这里。幸而我是个糊涂虫糊里糊涂的，在月亮下跟了老师父走。若是胆子小一点儿的，不用说由这悬空栈道走过来，只在那边石头峰顶上一看，也吓死了。”老师父听说，就伸手抓住他一只袖子，笑道：“你还害怕吗？跟着我走吧。”

平生跟着他向洞里走，见正面有一座石案，上面供了三清的塑像，虽然这华山上是不产生果品的，可是这神案上一列摆了五个瓷碟子，里面全都堆列着鲜果。两盏风灯点着，亮灿灿的。照见一只玉石炉子，燃着沉檀，一只大瓷瓶，插了鲜花。平生便笑道：“啊！在这种悬崖峭壁上的洞子，还是这么齐全。”老道笑道：“我们进出惯了，住在这峭壁上，也就和住在平地差不多，要什么东西也可以拿进洞来的。我来引道，请到下面洞里去坐坐吧。”他说时，已是把那纸灯笼举着，向洞角落里去。老师父依然拖住平生的袖子，随了那灯笼向下走去。由一条极窄小的石缝，转了向下走，转出了缝口，又是一个石洞。这洞和上面的洞不同，对面对的陈设两张小木炕，还有一张矮茶几，人若是相对地坐在木炕上，正好就了矮茶几的东西，或吃或喝。老道先到洞中间，将灯笼柄向石壁缝里插下去，他立刻摸索着，走出了正面的洞门。在那洞门外，石壁上又突出一方平台，在平台外面，用石头围了一道栏杆。在栏杆里头，放着锅灶。隔了洞门，还可以看到那里炉火熊熊的。

平生道："老师父，那平台外面就是那万丈深谷吗？"老师父笑着点了两点头，笑道："这洞子是峭壁中间的，你想石洞以外，还有什么吗？"平生将舌头一伸道："这个地方，我们山下人只把眼睛瞧瞧，也就魂飞天外。若是时时刻刻在这里烧水做饭，那更是不敢。"老师父笑道："我在山上住了三四十年，若是看到后就魂飞天外，那我的魂早成了一阵清风，吹着不知道什么地方去了。"接着哈哈一阵大笑，接着这阵笑声，就是呼呼的一阵大风由洞门口直卷过去。在这风声里面，还夹杂着叽叽的鸟叫声。平生倒不由得愕然一下，向洞外望着。老师父笑道："这在我们洞口外乃是一种常事，莫名其妙地会刮上一阵风，莫名其妙地又会飞上一阵雨，那叽叽的叫着的是这石壁上的燕子。别处的燕子是秋去春来，有时候，这石壁上的燕子却是子子孙孙永远在这石壁上繁殖。"平生道："这大概因为这石壁上没有别的鸟雀和它们作对，所以养成它们这种割据的形势。这就可以说到现在的清朝了。"

老师父笑道："这又提到清朝了，你简直念念不忘他们。"平生道："因为这事情太相似了。请想，他们入了关，占据了中国，相传下来二百多年，就没有打算回去。这就像这些燕子一样，藐视着这石壁上没有大鸟，天气暖和就在天空里飞翔，天气不好，藏到山洞子里去，太太平平地睡觉，没有一点儿忧虑。"老师父笑道："你若是看着清朝是这样无用，你们要谈革命，那就更容易了。"平生本是坐在木炕上的，忽然站了起来道："老师父，你总要答应晚辈的要求，千万不能因为晚辈说过这话，就不帮助我。"老师父摸摸胡子笑道："我是不失信的，这个你放心。像你们住在城市里，生长在富贵人家的子弟，哪容易得到这峭壁上山洞里来安歇。既然到了，要好好地静坐，领略这山上的夜景，不

212

必再说山下的话，打断了清兴了。"

平生虽讨厌道家虚无清静的主义，可是既有求于老道，在老师父的命令之下，不得不依从，不多一会儿工夫，那位老道却捧了一瓦壶茶、两只瓦杯子，先放在矮几上。随着又捧了两只玉石碟子上来，一碟子松子仁，一碟子红枣。虽是山上的食物，却也干干净净的。老师父斟了一杯茶，放到他面前，笑道："你细细地玩味吧。"平生听他这话，倒似乎话里有话。石洞里只有一盏灯笼照耀着，洞外风声也停止了，什么声音也听不到，却有一种微微的冷气向人身上侵袭。不过心静下去，倒闻着这手上所捧的，有一股清香。在这种寂静的空气里，平生的心境就接连改变了四五次。可是这位老师父盘膝打坐，眼睛已经微微闭了起来。那个烧水的老道把事情做完了，并不向什么人打招呼，也在洞门口盘膝坐在地上。平生不懂他们道家的规矩，不敢搅乱他们的功课，只好静静地喝着茶。既无书看，又无人说话，坐着是十分地烦闷，先是微闭了眼睛，就有点儿前仰后合，后来就把床上的铺盖卷成一个卷儿，堆在炕的里头边，接着，就靠了那炕睡了去。

大概是连日劳累过分的关系，平生头一靠了枕，就睡得很香，一觉醒来，洞里发着微光。看看老师父和那老道全都不见了。平生想着这老师父是每日天不亮，就要到苍龙岭上去散步的，当然这是上岭去散步了。至于那个烧水的老道也许是陪同着老师父出去了。天气还早，出洞也没有什么事，因之二次又将眼睛闭上，放了心睡去。再睁开眼来，洞里虽不十分光亮，可是向洞外看去。那太阳的白光却是很强烈的，照在对过山峰上的一角。平生赶快起身向外看去，大概太阳起山是很久的时间了。自己揉揉眼睛，打了两个呵欠伸头到洞外又张望了一番。那石洞外面，云气腾腾的，虽然上面由太阳晒下来，然而那深谷下层，依然是寒风倒卷，人不敢接近悬崖，也看不到崖下面有些什么。

平生在洞口上出了一会儿神，只好自走上第一层洞来。这里神位的供案前，照样点了神灯，供着仙果仙花，拜垫也铺得整整齐齐的，自然这里地面上是没有一点儿灰尘，仿佛这地方早上又经打扫过一次的。主人翁收拾屋子这样久，何以客人还一点儿不知道，这也太奇怪了。平生在洞里这样盘旋着，四周观察，无心中却看到神案上的香炉下压住一张字条。抽起来看时，上面写着："贫道因事下山一行。阁下所嘱之事，当可办到。请今日午后下山至玉泉院，即可明白。本洞托迹人启。"

平生一看，想着这位托迹人，一定就是老师父。他下山去罢了，怎么和他做伴的老道也跟着不见，这样对待客人，倒有些奇怪。既是他留下了这样一张条子，那就照他的条子行事吧。再回看洞角上脸盆水壶，还有陕西人所吃的两个大锅块，全都预备好了，放在一块四方的墩上。这尤其可以证明他们是不再回来招待客的了。平生用过茶水，手里捏住那两张锅块，一面咀嚼，一面出洞下去。当午在北峰休息一会儿，用过了午饭，付过香火钱，看看天上的太阳，已经有点儿歪斜，也不敢再事耽搁，赶快地就背了小小的包裹下山。当他走到山脚玉泉院的时候，那太阳像个大鸡蛋黄，已离地平线不大远了。

当日匆匆上山，还没有把这座道院仔细参观，今天是不能再赶路了，就放慢了步子，在院外丛树流泉之间，四周观看风景。走到那股玉泉池边，一阵凉气，向人身扑来。见有一方紫石，正突在水里，且有一棵歪斜了半边树枝，在紫石上面遮着，那水都让树影子映了绿色，平生走热了，就侧了身子在石头上坐着。不多大一会儿，有一个戴瓦块巾的少年道士走了过来，远远地站定，就向平生打量了一番，因笑问道："你先生是由长空栈来的吗？"平生起身道："是的。我得了老师父一张字条，叫我下山来的。老师父现在这里吗？"小道士道："他老人家一早下山，已经出潼关去了。今日天色已晚，请先生就在敝院安歇。老师留有一点儿东西在这里，请阁下带去。"平生看他那个意思，倒是很诚的，就由他引进了正殿旁边的客室里安歇。小道士送过了茶水，平生就问老师父留下的东西在哪里。小道士道："这时拿出来无用，明早你先生动身，我自然会送到。"平生对于他的话虽感仿佛，然而以老师父为人而论，绝不会撒谎的，也就只好依了那小道士的话，静心在这客房里安歇了一宿。

到了次早醒过来，依然是那小道士叫开门，送进茶水来。他笑道："秦少爷大概一宿没安心睡觉，天不亮我就听到你只管咳嗽。"平生道：

"心里有事的人，睡觉总是不稳的。"小道士笑道："像你这样一位贵家公子出来游山玩水，正是快乐，有什么心事？"平生笑道："你年纪轻轻的出家当了道士，又怎会知道公子哥的心事？"小道士也笑道："出家人也不一样。有混饭吃的道士，有修道的道士，也有为了别的来出家的道士。你是见过老师父的人，应该明白。"平生一想，果然，这华山上的道士，看去都是在游人身上打香火钱主意，俗不可耐。可是这里真藏有莫测高深的人。那小道士见他沉思着，便笑道："我们这里只有素菜，你在山上住了这多天，恐怕吃得口淡了。若想吃荤，请你到岳庙镇上去用早饭吧。我这后院里有脚程很好的马，可以借你骑了去。你吃饭回来，老师父给你预备下的东西就该送到了。"平生道："老师父叫我在这里等着的，我自然不可乱离开一步。不过小师父说有好马，我倒是愿意试上一试。实不相瞒，我就是喜欢骑好马。"小道士笑道："那么，你随我来。"说罢，他引着平生出了道院大门，向树林边走去。

在一棵白杨树下，果然拴着一匹灰色花点马。那马的膘长得十分饱满，正耸着两只耳，仿佛在听什么。平生点点头道："这马果然不错，让我来试试它的脚力。"说着，就去解树上的缰绳。小道士道："我们备有现成的鞍镫，让我拿来。"平生一摆手道："这庙门外官马大道，又少人来往，随马遛一趟就是，还用不着小师父费神。"说时，已解下了缰绳，一拍马背，便骑了上去。那马却也识得内行，奔上门外大道，向北便跑。华山在关中东大道之南，这样走便是直奔东大道。

这已是八月初头，关中风景，颇似江南，山下初收割了庄稼，一望平原漠漠，直达白云脚下。大道两边，有些树林，正也木叶微脱，苍翠之中带些赭黄。东升的朝阳，照着大地黄黄的，西风刮着路边的冲天白杨树飒飒作响，秋高气爽，正好试马。平生两腿夹住马腹，手提轻缰，一口气便跑了四五里路。但是心里惦记着老道士的约会，没有敢再走远，兜转马头，便向玉泉院跑回去。

刚要转身，只见对面大道上，一股灰尘就地卷起，滚滚而来，分明是一匹好马到了。平生更心里一动，莫非是老师父来了，便将马头一带，让到路边，且不忙走。那时快，尘烟就地簇拥着四只马蹄，飞到了马前。平生眼快，看到那马长长的身体，一身黑漆也似的毛，却没有一根杂的，那四只蹄子却都拥有一丛白毫。这正是行家所说的踢雪乌骓。先不由得暗暗赞了一声好马。那马背上也配着是一套乌色鞍。只那马项脖上一串铜铃是黄色的，马头上竖了一撮红缨而已。鞍上坐着一个人，一部络腮胡子，浓眉大眼，圆圆的面孔，身穿一件青布袍子，拦腰束上一根鸾带，袍子掀起一角掖在鸾带里，露出下面紫花布裤子、青缎子快靴。头上系了青布包头，并不露出发辫。背上背了三尺长的绿鱼皮剑匣，剑柄露在外面，垂了两个大红穗子，长长的约莫七八寸，临风飘荡。

　　平生料着这不是个等闲人物，马上拱一拱手，欠着身子。而那人到了面前，也就停住了马，笑着一抱拳道："马上的本领不错呀，是哪路来的英雄？"平生笑道："岂敢，岂敢，刚才在庙门口和小师父闲话，看到这匹马膘长得很好，我就骑出来遛了，也没有来得及找鞍镫，可说胆大妄为，见笑见笑。"那人向平生周身上下打量了一番，也拱了两拱手，笑道："足下莫非是秦少爷吗？"平生道："不敢当此称呼，敝人正是秦平生。"那人笑道："既已在这里遇着，就不必到庙里去了，且请下马一叙。"平生听说首先跳下马来。那人下马笑道："足下必是在玉泉院等着老师父的消息。"平生道："兄弟没有敢远去，就在这里恭敬等着。"那人将身上背的长剑解下，两手托着，笑道："兄弟就是老师父差来的。老师父说，他即日出潼关去，不及奉陪。所托之事，请放心，一定代办到。现有这剑一口和这匹乌骓，一并借用。请背了这口剑，骑着这匹马到嵩山，自有人接待，恭祝你此去大展宏图。"平生听说，便恭恭敬敬地接住那柄剑。那人又把缰绳交到平生手上，拱了一个长揖，转身就要走开。

　　平生拱手道："尊兄且请缓一步走，兄弟还有话请告。"那人站住了，笑道："这一柄剑和这一匹马，就是老师父派的二个代表，奉陪秦兄去到嵩山的。阁下一定相信老师父，他不会骗人。你照我这式样背着剑骑了马去。无论路上有什么阻碍，你只说老师父派来的，就太太平平过去了。其实你背了这柄剑，也不会有人问你的。老师父并没有和兄弟多说什么的，兄弟也就无法奉告。你好好地干着吧。"平生道："既然如此，兄弟遵命就是。看阁下一表非凡，兄弟有意攀交，就请同到岳庙镇上共饮几杯，肯赏光吗？"他笑了拱手道："还有俗事在身，难于奉陪。"平生道："听兄台口音不是关中人士，可赐告贵姓台甫吗？"那人笑道："山野村夫，不足介意，后会有期。"说着又一拱手就散开大步走了。

平生望了他的去影，心里想着，这一定是老道士一位高足，可惜竟不能和他周旋一阵。呆立许久，才想起手上捧着一柄剑。于是左手拿住剑匣，执了剑柄，向外一扯，早是一道寒光夺入眼里，不觉举了剑，偏头左右望着，高高叫了两声好。看了很久的，将剑插了匣里，握了剑回头看到了马，又将手扶了马背，再叫了两声好。他一人在此，看看剑，又看看马，看看马，又看看剑，倒是出神了很久。偶然抬头，看到华山的白云才想出了自己有事。便背好了宝剑，骑着乌骓，牵了那匹金鞍马，回到玉泉院来。

那小道士还在庙门外站着，老远地向他拱着手道："秦少爷得着老师父的信了。"平生跳下马来，笑道："小师父，你怎么晓得？"小道士指了他肩上剑柄的红穗子，笑道："那不是老师父的记号？"平生正觉着这封穗子长而且过于红艳。现在小道士一说，才知上面还暗暗地设有关键，便笑道："你也认得它？"小道士道："好，我们在玉泉院的人，会不认识它吗？就是潼关内外几千里路上，也有不少人认得它呢。老师父的规矩，借人家剑挂，就不借人家马骑，于今借你剑又借你马骑，这正是十二分的大面子呀。"平生听了这些消息，心中十分高兴，走到殿宇外院子里，南向华山，深深作了三个揖，口里念道："老师父，你这样地深情，无以为报，只有将我这点儿诚心永远感激着你吧。"

第二十三回

一闪灯光破窗惊剑遁
同干杯酒露臂看刀痕

　　秦平生本来就胆略不小，有了这一马一剑，自己也就格外觉得胆壮。当日早上，别了玉泉院，将随身一个小包裹拴在马鞍，后身背一剑，骑了那匹乌骓回转马头，再向潼关来。由华山到潼关只有几十里路，这踢云乌骓脚程既快，何消半日，便已赶到。上次由此进关，一心要赶上华山去见那位大侠，就不曾赏玩这里雄壮千秋的风景。于今转向嵩山，并不是那样性急，还有半日时间，就不必走了。于是在西关外一所客栈门前，便下了马。

　　自己还不曾前去投店，便有一个店伙，由店里抢步迎面前来，笑嘻嘻地点了头道："客人，在我们小店安歇吗？"他说话时向平生肩上背的剑穗子瞟了一眼。平生道："我正要下店。我这匹马……"店伙不等他说完，两手拱了道："知道知道！少爷，你不用烦神，我们自认得这匹马，会牵到后槽去，好好替你上料。"说着，他向门里叫了一声："华阴有客人来了。"于是又奔出来一个店伙，满脸是笑容，代平生牵过了缰绳。原来那个店伙，便代提了包裹，引着平生到上房里安歇。那店伙更是不须客人说话，忙着送茶送水。平生小歇片时，身上揣了些散碎银两和铜钱，便出店，赏玩风景。

　　远远便看到西关城楼叠起几层，高临长空，足以显示着这一个城池的重要。穿城而过。出了东关，只见半环高城，由南向北抱着。南方是黄土山峰拥挤，挡了去路。北面就是黄河。一望黄流浩浩，由西向东，流入白云脚下。对岸山西省境的风陵渡，在烟尘浮荡之中，露出了一些中条山的影子。其下是村庄树木，在若有若无之间。这门雄峙在高坡上，下看黄河在十余丈下面。那河边沙滩上，一列停泊有十来只渡船。那船和下游的渡船差不多，船身扁平，并无舱篷。那过渡的行人车辆骡马，簇拥在船上，远远地听到一片喧哗之声。

平生见这些过黄河的人，颇为有趣，便下了坡，直走到水边上来。到了此地，已绕过了潼关的城垣，把城垣所遮掩的上半截黄河透露出来。那黄河在山峡之间，本是由北面而来，就在这潼关上游不远，那河身突然掉了一个转身，由西而东。站在这里向西北角看去，正是黄河转弯之所，越是看到河面广阔，但见一片黄黄的洪流，如龙蛇万头，由天脚下奔来。黄流四面，除却自己所站的东端，由远而近，慢慢地现出两岸而外，其余西、南、北三面，都是地面上的浮尘淡烟，与天脚下的白云相接笼罩了全河。这正到太阳西下之时，那一片金光，在上流头顺了水溜，斜斜地向下游照着，更是闪烁得水面上万道光芒，长短乱摇。平生背了两手在身后，走到水边，四处打量着。心里也就在揣想，这太阳还有两三丈高，景致便雄壮极了。假使到了落日变成一团鸡子黄，落到水面上去的时候，那阳光已不会强烈射目。伟大的河面上，将涂上一层幽丽的影子，那必是更加好看。

他正这样揣想着，对岸风陵渡，有一只渡船开到岸脚，船夫架上宽四五尺的跳板，过渡的架着大车，牵着骡马，纷纷地下来。其中有两个短衣汉子，只各背了一个小包裹，成对地走来。两人装束也差不多，上穿挖云头青布短夹袄，下是黄泥色，所谓紫花布单裤，上套着青布小快靴。竟是前面一人打着青布包头，后面一人戴山东宽檐麦草斗笠。每人手上各拿一根齐眉枣木棍，用钢铁包裹了头子。看那样子，颇像当日绿营里的兵士。那时各省的绿营名之为城守兵，其实他们全是城里的浮浪子弟军，或者是些小生意或买卖人。在营里顶上一名兵额，按月拿钱粮，既不住在营里，又不上操，除了耗费国币，毫无用处。有些不成器的东西，索性成群结党，在外招惹是非。城市里那些浮浪子弟，倒羡慕绿营兵士的行为，故意做成那份装扮，招摇过市。看这两人颇有十之七八相像。只是他们两人手上，各拿一根齐眉棍，又有些像当时走远路的情形。虽看不出这究是哪路人物，谅也不是什么安分之徒，因之不免多看了他两眼。

　　那个在前走的人，手握住了棍子，站着向他瞪了眼道："这小伙子，直上直下看我们做什么？"平生道："你不看我，怎么知道我看你？不许我看你，你为什么看我？"后面那人道："小子看去是个斯文人，倒这样狠！"平生喝着："你这两人好生无礼，开口小子，闭口小子，你说谁是小子？"前面那人把棍子夹在胁下，两手去解胸前扣着的包裹疙瘩。身子可向前一挤，挺了胸说："我就说你这个小子。"平生昂头冷笑道："你做了这个架势，你要讲打，你以为手上有根棍子，又是两个人。"那人解下小包裹，向地上一丢，把枣木棍子笃的一声插在地上，答道："打你不用棍子，更不用两个人。"平生见他这样容易动气，未见很有多大本领，犯不上和他出手，就从地上拿过那插在地面上的棍子，两手横拿，向下平放，抬起右腿，向上一顶，两手将棍子两头压了下去，只听啪的一声，手臂粗的一根枣木棍，像小孩撅甘蔗一般，齐中两断。平生将两截棍子向地面一丢，笑道："你欺侮我是斯文人，要和我讲打，你那皮肉也不会比枣木还结实，你可省一点儿事。"

　　这个人倒没有料到平生还有这股劲，显然是个行家，动手怕吃亏。不动手时，河滩上围了一群人，正看热闹，那人有些下台不得，插了两只拳头，斜站了个丁字步，只是发呆。他后面的人，却忍耐不得，已两手提起棍子，闪过前面这人，横腰向平生扫了过来。他觉得这个冷不防，一是可以把平生打倒，弄回了面子，不伤人命，打一个哈哈走去，可就完了。但是那棍子扫过来时，平生已看到了，平地一跳，跳起三四尺高，将棍子由鞋底下让过去。那人势子虚了，身子也向前一歪。平生脚落了地，却向前一蹿，手抓住棍子向怀里一带，那人再一虚势子，跌了个仰面朝天。平生将棍子拿在手上，照前一样，右腿一顶，两手一压，把这根棍子，又压成两截，也丢在地下说："除了你这两根棍子，免得你两人在四处吓人！"那河滩上看热闹的人，见平生穿了蓝绸长夹衫，上面加着空青缎子背心，头戴青纱瓜皮小帽，帽前两块玉牌子，分明是个公子哥儿。轻轻悄悄地把这两根棍子接过，本领绝不平凡，便是齐齐地喝了一声彩。平生抱拳，作了个罗圈揖，笑道："各位明鉴，是这两人依恃他有家伙，欺侮兄弟，并非兄弟好事。我在这里，他两人下台不得，我躲开他们吧。"说着，举步便走。走上了几十步，老远地听到那两人喊骂，叫好小子不要逃跑。平生越走得远，他那里越叫得凶。回到客栈里想起河边上的事，自己也不由得哈哈大笑。

休息一会儿，店伙问得他不曾用饭，过了一会儿，却送着一提盒食物来。共有一盘牛肉、一只整鸡，用大瓦钵盛了，另是一大锡壶酒、一大瓦盘子馒头。这些，都放在桌上，笑道："秦少爷，不成敬意，请随便用些。"平生想着，这无非店伙看自己是个阔少爷，敬些酒菜，要讨几个赏钱，说一声多谢，也就独自坐下，宽怀畅饮。饭毕，有几分醉意，店伙送了油灯茶水来。平生净了手脸，便闭了房门休息。正是连日在华山劳动过甚，醉饱之后，便睡着了。

平生一觉醒来，听全客店里都寂静无声，想已夜深，看看桌上的油灯，焰火只剩了一点点微火，隔着窗户，见外面月华满地，一片白色。便起来剔亮了灯草，关闭了两扇花格子纸窗户，将桌上瓦壶里冷茶斟着一杯喝了，觉得一阵凉透肺腑，酒便醒了七八成。呆坐一会儿，便颇觉得无聊，于是将墙上挂的宝剑取下，将小包裹卷了一卷放在床头上做枕头，解了长衣，展开布被，便放身睡下。

正蒙眬间却听到房门有人敲着响，平生问声是谁时，外面有很短促的本地口音答道："查店的。"平生答声请稍等等，便披上了长衣起身开门。可是打开门看时，却不见有人。院子里静悄悄的，那斜照着地面的月光，将院子里的地划着一条很整齐的黑白线，看着前面店房柜上，还有灯火，平生便向前两步，探头向面前张望着。就听到身后窗户啪嗒一声响。这声音来得突然，平生倒有些愕然，回头看时，自己屋子里的灯却又熄灭了。想是风吹开了窗子，把灯闪熄了。于是在身上摸出火柴擦亮了，回房先把灯点上，当灯光一亮，不由自己大吃一惊，便是这当窗的桌上，印了一只灰尘脚印。他是个懂技击的人，讲个眼观六处，耳听八方，如何不省得，立刻奔向床头，去夺取那柄剑。等自己奔到床前时，又是一惊，原来那个小包裹和那柄剑，都不见了。

一时急中生智，抓住桌下一条板凳，赶着将灯吹熄，就闪在门后墙

221

边立着。过了一会儿，屋脊上的月亮，反映着白光，射进屋来，内外看得清楚，眼前并不曾有个人影，呆站了一会儿，觉得这戒备是多余的了。他追出屋来，向上下四周一看，依然是不见一些人的踪影。心里这就想着，这必是来了一位高手，故意和我为难，若跳上房追了出去，自己手无寸铁，利剑却在人家手上，徒然遭人家的暗算。若是不追出去，这包裹失落了不要紧，那柄剑是老师父借用的，事情办不成不打紧，却拿什么东西交回老道士呢？

自己在院子里出了一会儿神，心里想着，这一定是黄河边那两个拿枣木棍子的人搬请了救兵，要和我见个高低，报河边上打折两根棍子的仇。若追出去，他必定在这客栈前后等着我，道途生疏，又在黑夜，知道他们用的是什么诡计，又是多少人，而且刚才来的那个人，拿去两样东西，手脚十分轻快利落，和他放对，恐怕敌不过他。自己自有一番大事业要干，岂可逞这匹夫之勇？可是不出去的话，他将自己包裹宝剑拿去了，在行家面前一宣扬，自己这面子可丢大了。心里这样一踌躇，却不知怎样是好。约莫想了十来分钟，再转念一下，这关中大道上，不知有多少能手，还是鲁莽不得，这事反正瞒人不得，明日且回到玉泉院，找机会向老道请罪，今天晚上这笔账，不妨留着慢慢来清算。于是手提了板凳且回到房里坐在床上，不擦火，不点灯，也不关窗户，眼睁睁地望着院子里，且看那人是不是再来。

这样又有十分钟，店堂外却有了人说话声。只见店伙在前面道："这位秦客人熄灯睡觉了。"平生一想，来了，既是正正堂堂地来了，再要躲避，就太现着无用了。便高声答道："是哪一位找我，我还没有睡呢！"口里这样说着，便先抢出房门外来站着。只见院子那边屋檐下，高举着一盏灯笼。灯光下照着一个人背了包袱雨伞，像个投店的旅客。店伙却先迎到平生面前道："秦少爷，有个姓冯的客人拜访你。上房灯盏里没有了油吗？我来替你亮灯。"平生还不曾答言，那灯笼高举着已到了面前。那人忍不住笑了，因道："老弟台，久违呀！"说话的是开封口音。平生听出来了，正是那个冯兽医，便一拱手道："啊！原来是师叔，快请屋子里坐。"

说时，店伙已在屋子里亮上了灯。二人进屋，平生见他穿了一件青布长夹袄，头上垂着发辫，不像个走长路的人，肩上倒是背了个大包袱。远看的雨伞影子，不是雨伞，只是将蓝布衣袖裹了一截棍子，那衣服搭在包袱上。他且不坐下，先向店伙道："你去和我打一壶酒来，无论什么荤素下酒的，给我弄一点儿来。"身上掏出一元银币交给店伙道："怕你不放心，我先付钱。"店伙接着钱去了。冯兽医代平生掩门，又关上了门，将包裹解下交给平生，笑道："我小小一件行李，请你代收着。"平生接过来，那衣袖卷了的棍子，露出一截红丝线穗子，一抖那衣袖，里面不是棍子正是剑柄。不觉哈哈笑道："刚才这一个能手，原来是师叔，可真把我骇了一跳。"冯兽医轻轻拍了拍他的肩膀，笑道："老弟台，你像刚才粗中有细那就行了。若像今日下午，在黄河边上那种行为，登封你就去不得了。你那包袱，我另把一件布衫包着的，你解开来看看，短了什么没有？"平生笑道："说起来，十分惭愧，师叔这意思，学生业已明白，以后多多谨慎就是。"

冯兽医便自向前来，将包袱抖开，把包袱和宝剑点明了交给平生，笑道："在你进关来的那一天，我已看见你了。你师父与我分手之日，料着你一定入关，曾再三地托我，一路照顾你一点儿。我是不能不多一点儿事，昨天你在黄河边上的事，我在东关街上，就听到行路人说了。我要试试你出门人的见解，所以没有在白天来探望你。"平生连连拱拱手道："谨受教，谨受教。"说时，店伙取了一支蜡烛，用个泥灯台插了，随着送了一壶酒、一只熏鸡、一盘酱牛肉和杯筷，都放在桌上。平生让客人正面坐了，自己打横，提着壶向客敬酒，笑道："这支烛足够坐半夜的，我要向师叔多多请教。"冯兽医先举起那杯酒，一口干了，不用筷子，先拨了一只熏鸡腿，用手掐了脚爪，送到嘴里咀嚼。

平生又给他满上了一杯酒，笑问道："师叔既来到潼关，必定知道华山上这位老师父的为人一二。大概登封这位王五爷是很听他的话吧？"冯兽医道："这个你放心，只管去就是了。我实告诉你，我就是这老师父的徒弟。他为人和老和尚完全两样。老和尚不喜欢管闲事，他可喜欢管闲事，不过他手下的及门弟子，本事不十分到家，他也不许管闲事。

223

我和你师父就是喜欢打抱不平，这点儿对劲，所以我们就拜把子了。"

平生道："师叔也是在华山上向老师祖学艺的呢？"冯兽医道："不，他原先不在华山上住，有道观的地方他都去。北京西郊的白云观，他也去过，我是在北京从他学艺的。"平生道："他的弟子比老和尚多些吧？"冯兽医道："有十四个人。其间有两三个人，大概去世了。他收徒弟和老和尚不同，他要收那有心入世的。"平生道："可是他自己为什么出家呢？"冯兽医笑道："你在华山上和他谈了一夜，难道还不知道他出家是不得已。他是长毛。"平生道："这一层，他老人家说过的，我也不敢多问。"冯兽医道："我也只知道他是石达开手下一员战将，余事不详。大概石达开离开南京向湖广川贵走，他看到事不可为就走开了。他不肯再剃头蓄辫子，一直就在各道观里混。他的年岁已在一百开外。因为他养生有术，所以他还是那样康健。他常常就笑说：'我一定可以看到清朝亡国，现在我还不会死。'"平生道："王五爷是他的徒弟吗？"冯兽医笑道："笑话，他手下哪会有恶霸徒弟？"平生道："那么，王五爷怎么很信服他呢？"

冯兽医端起杯子，干了一杯酒，将一个手指指了鼻子尖，笑道："你把这话问我，就算问着了。王五爷在前两年，是嵩山脚下一个大混混，无所不为的。而且他胆子很大，常常假扮了大商家或者过境官员，常到汉口、郑州、石家庄一带去狂嫖浪赌。因为名声闹得太大了，后来他变了一个方向，要到西安来。当他到了观音堂的时候，老师父就到他的寓所里，亲自向他说，关内是个荒瘠之地，请他远走高飞。他虽也知道老师父这个人，就还不明白有多大本领。他说，我本来是带钱进关去花，并不沾陕西人的光，各走各的路，请不必多管。老道知道这个人非口舌所能屈服，说了一声再会，也就走了。那时候，我正到华山上来探望老道，老道就派我和杨得山去路上拦劫他。这个杨得山你会过，就是送这匹马和这宝剑给你的人。他是山东人，可是常在关内外走镖，于今是多年不干了。

"我们两人就在潼关等着他。派了几个年轻小伙子一路去打听他。知道他快到关了，我和杨得山迎出关去三十里路，在一条土山峡道里等着。半上午的时候，他来了。一群有两辆大车、一辆骡车，另外七八匹牲口。王五爷本人坐在骡车上，大车上载着行车，都是双头牲口拉着。马匹上坐着七八个年轻力壮的伙伴，少不得是他帮上的小头目，装扮成阔人的家丁。我们在路边看了，彼此望了一眼，打一个暗号。于是在路当中一挤，并排地慢慢走着，故意挡住了他那一群车马。我们两人也各背了一个小包裹，仿佛是走路的行人。他们前面一个骑高头白马的假家丁，将马鞭子扬着，叫了一声借光。他是以礼而来，我们自然不好立刻翻脸，回转头来看一眼，略向旁边，让了大半步，我们还是慢慢地走我们的。那个家丁便喝道：'叫了借光，你为什么不让路？'他一翻脸，我们就有办法了，我们索性扭转身来，当路站住。我笑道和他一抱拳说：'朋友，这条潼关大路，是你们私有的吗？你走你的，我走我的，我凭什么要让你。'我们这样抵住马头说话，在这山峡缝子里，他们一行人全拦着走不了。有几个人骑马拥到前面来，喝道：'两个小子好不讲理？'杨得山便说：'你们倚仗人多，欺压善良百姓不成？这里到潼关只二十多里，是有王法的地方，我们不让路，你敢怎样？'

"你想，他们做混混的人，怎样受得了这种言语，早有一条马鞭，当头劈了下来。他们讲打，这就更好了。我们是早预备好了的，马鞭子一下来，我伸手夺住马鞭子就扯了一个人下马。那人倒栽葱地向地上一撞，看看要落地，我抬腿一钩，又将他钩起，手抓住他的衣服一提，让他站定，立刻反扭了他两手，一手捉住，将他抓到面前。杨得山也是照我样子，捉了一个人在面前。那为什么呢？因为我们料着王五爷必然暗中带有手枪，怕他放枪，且把这两个人当了挡箭牌。我们还各有一只手空着呢，就各人借重夺来的一条马鞭子，把前头的几匹马打得竖起前蹄，向后倒退。王五爷坐在骡车上，早是忍不住了，跳下车来奔到了面前，将手一抬，叫着说，先别动手，有话慢讲。这是个四五月天气，他身上穿着一件蓝绸长衫，光头垂着辫子，斯文一派，空着两手。我们料着他没有带火器，先放下了心。我便说：'并非我们先动手，是你们的人先用马鞭子甩人。你老兄大概是这一班人的正主儿了，你老兄出来讲话，那就很好。'那王五爷的眼睛是管事的。他见我们各抓住的一人，都动弹不得，料我们不是无能之辈，便向我们打了一个江湖暗号，并自说了名姓，请我们高抬贵手。我们也就照着江湖规矩，先把人放了。然后同向王五爷一拱手，说是久仰得很，算我们有眼不识泰山，请包涵一二。但是听敝师说过，已经和王五爷声明过，关中是个穷地方，挡过大驾。没想到王五爷还是来了。

"他一听这话，就知道我们是老道的徒弟了。便说：'令师是华山上的老师父了。我也已经说过，是带钱来花，并不打搅贵地。'我就笑说：'王五爷到什么地方都不打搅的话，这群骡马车辆哪里来的呢？闲话不用多说，我们今日既然相遇就要领教一二。五爷大概还没有知道华山老道是一副什么本领，今日何妨试试他徒弟的手段。'我们就向他自报了姓名。王五爷一听，哈哈笑了一声，说是'我姓王的没有怕过事'。就在这一笑之下，土山上溜出了几十个小伙子，都是拿着家伙的。'你总该明白，这是我们老早埋伏下的伏兵。'"

平生向他杯子里斟着酒，让他干了一杯，笑道："这下面有热闹的了。"冯兽医夹了一块牛肉，送到嘴里去咀嚼着，摇了头道："你以为像你去十里堡砰砰砰砰乱打一气，那就太无聊。我就叫着，大家不许动手，我们只向王寨主一个人请教。王寨主一个人出来，我们也推一个人奉陪，多让一个人嚷一声打，也算华山老道栽了跟头。王五爷将手一挥，连喝着叫他们的人退后，自己就来解着长衣纽扣。他就问我和杨得山两人哪个赐教，我因和他说的话太多，我就答应愿领教。他就问我们愿意比拳足，还是愿意比家伙。我因为我的虎头钩还有点儿拿手，就说亮家伙，于是我解开包袱，把那个当了大雨伞包着的双钩取出。王五爷可见的是单刀，他从骡车垫子下取出的。那时，他看见我们人多，还声明了一句，双方的人不许用暗器，不许开枪。我们这里去的人，也有带着转轮子手枪和来福枪的。两方的人都答应了谁不遵约，谁就算栽了。说完双方的人都退后一二十步，我们就在大路上动起手来。"

说着冯兽医端起杯子来，连干了两杯，笑着一扭脖子道："老弟台，这一点你可别学我。就是好个胜，你师父是常常说我的。"平生道："动手之先，彼此没有约定赢了怎样、输了怎样吗？"冯兽医点头道：

"是你细心，问到这一点，我们怎能不约定呢？我们说了，我们输了，我师父会来请教，师父也输了，那不用说，姓王的爱怎么办就怎么办。他也说了，他输了，不但立刻回马就走，而且愿尊老道为师。以后只要有老师一句话，水里来水里去，火里来火里去。约明，我两人就亮起家伙来，论起他这口单刀，真是神出鬼没。还有他那一身腾挪并蹦跳的功夫，配合了他那口刀，完全出的是快手法，真是鼓儿词上说的话，杀得是一团白影，可是……"

说到这里，冯兽医端起杯子来先干了一杯酒，然后将手掌一摸短胡子，笑着一扭脖子道："你冯师叔也不含糊呢。我左手一把钩，处处照顾了它的刀光，无论如何，不让他近身。我右手这把钩，除了照顾他的刀，得空就还手。我上次在黄小辫家里和你说过，钩这玩意儿有个长处，借了人家的力量打人。所以我先后都取着守势。因为他的手法快，一会儿就打了七八十个回合。他没有讨着我一点儿便宜，大概是初次领着双钩的滋味，有点儿心慌了。他来个绝招，凭空一跳，跳到我身后去，半转身，刀横砍过来。我已来不及闪开，也用了个绝着，人向后一仰，躺在地上。将右手头子斜着向外一削，早把刀锋钩住，两下相碰，嘎嗒一声。我一个鲤鱼打挺，人向上一翻，右脚踏在他肩头上，踢得他人向前一扑，栽倒在地。他大概是急了，竟来了个甩手铜的手法，将刀向我丢来。我真没有料到这一招。将两手的钩，同向上一举，两下的月牙儿刀，也只挡了半截刀，刀尖落在我左手臂上。连衣服带肉，削去了一小块。可是王五爷身子落地，又打出一手，那要输透了地。杨得山可就抢向前，空手将他挽起，连说打了个平手，打个平手，我们师兄挂彩了。我也立刻奔向后面几十步，丢了双钩，右手抓住左手伤口，怕是血出多了，人要倒地，那可真成了平手。在场的小伙子们，带有刀伤药，立刻给我敷上。王老五总算是个漂亮人儿，老远向我一抱拳，叫道：'冯师兄，姓王的输啦。多谢你手下留情，没有在地上扎我一钩。君子一言，快马一鞭，我们立刻就向回走。请你回禀老师父，如容许我做个徒弟的话，改天到华山上去磕头。'我见他服软了，也和他客气，强请着他们一群人到潼关住了三天，然后亲自送他出境。自此以后他才佩服华山老道，名不虚传，陕西境内，他就没有来过。不用说老道了，就是我姓冯的，在他那班人里面，也有点儿小小的面子。我不是吹，我这也是鼓儿词上的话，有诗为证。"

　　说着，他右手掀了左手衣袖，露出一大截手臂，果然在手臂外方，一条两三寸长的疤子，他放下袖子来，笑着摇摇头道："王老五那一刀，若是再正中一点儿，还不就砍在我脑袋上吗？"平生道："他既是把兵刃扔出去了，人又跌在地下，师叔上前随便补他一手，他也没有了性命。"冯兽医摇摇头道："那何必！他虽然飞了我一刀，我和他也没有什么大仇恨。可也为了我这点儿忍心，他事后越想越是我讲交情，常常托人向我致意。"平生将桌上两杯酒斟得满满地笑道："这一段话，比鼓儿词有趣。来，师叔，我们同干这一杯。"

　　冯兽医果然和他把酒干了，还照照杯，笑道："你看，王五爷还不错，和平常江湖恶霸不同。可是成全他的是两个人，一个自然是我们的老师父了，另一个，你不会想到，是一个千金小姐。"平生笑道："怎么着是一个女人？有趣，有趣。来，再来一杯。"说着，向两个杯子里斟了酒，再和冯兽医干了这两杯。他接着笑道："老师父有能耐，只能叫他不进关作案。这个小姐，可了不得，她能够说得他洗手不干，改邪归正做了好人。听说，他有整一年了，不曾为非作歹，只是带了他手下一群人自耕自食。"平生道："这个小姐那应该是儿女英雄传上那位十三妹了，怎么有这样大的本领呢？"冯兽医道："你去找王老五，你应当认识。"于是再把这位小姐的故事说了一番。这小姐并非外人，就是王老五天柱的夫人。

第二十四回

林木参天单骑访古堡
月华满地双影跃高枝

  冯兽医把王天柱五爷的为人大致说了一遍，最后却说到了他的夫人，更是了不得的一个人。这夫人叫周玉坚。于是平生心里除了想着如何对付王天柱这个人，又添上如何对付周玉坚的计划了。两人谈了大半夜，一大壶酒喝干，菜也不曾剩下，直到蜡烛头点着将完，冯兽医才告别向另一个房间去安歇。平生因并无急事，次日倒睡得日高三丈，方始起床。冯兽医进屋笑道："快起来吧，肉也烂了，馒头也熟了，就等着你吃呢。"平生以为是他要做东，自己不曾介意，匆匆漱洗完毕，店伙就送着一大盘馒头来，另有一大盘红烧肉、一只熏鸡。他笑道："冯老师说，秦少爷要赶路，对不住，早上没有预备酒。"平生也只谢谢他的客气。和冯老师同吃过早饭以后，店伙已牵了那匹乌骓马在院子里等着。鞍镫是早已备好了。

  平生觉得这店伙伺候周到，叫他代向柜上算账时预备多给他几个小钱。可是那店伙却走上前来，向平生打了一个拱道："这一点儿小意思，如何敢收少爷的钱？"平生这倒吃了一惊，因道："素无来往，人的饭食、马的草料，也费钱不少，怎样白白打扰？"冯兽医在一旁笑道："老弟台，你就不必客气了，你忘了你昨日一到门，两个伙计接到街上来吗？这就是这柄宝剑和这匹马的力量。你还没有进店，他们就预备款待一阵的了。到了我一来，你想他们也生有一双眼睛，肯再收你的钱吗？漫说你昨天来，今天走，你就是在这里住上十天半月，店家也不会收你一个钱。"平生料着这是实话，只得向店家重重谢了一番，然后牵马出院。冯兽医随在后面送出东关。

平生站在路边，向他一拱手道："不知师叔还有什么吩咐没有，却是不敢再劳远送了。"冯兽医笑道："我昨晚告诉你的话，就足够你运用的了。只是我看你一个人坐着的时候，常是有点儿出神，是不是还有什么为难之处呢？"平生昂头想了一想，笑道："这两日心里闲一点儿，有时就不免想到家庭，因为我离开开封的时候，突然走的，并没有向家母告别。虽然一路之上，也写了两封信回去，可没有告知家里通信地点，其实也是自己行踪不定的缘故，心里未免悬念着，不知道家母怎样的挂怀我。就是这样的一点儿心事，难道被师叔看出来了？"冯兽医道："你这意思是不是想得着家里一封信？"平生道："虽然有这个想法，却叫家里向哪里给我去回信呢？"冯兽医道："这事好办，这里不断有人东去，有到洛阳、郑州的，也有到开封、徐州的。趁便，我托人和你家小三儿去个口信，叫他悄悄地向登州给你去封信，我自知道王五爷通信的地方。"平生道："若是这样那就很好，我在王五爷那里总要等些时候的。但不知师叔托转口信的是哪一种人？"冯兽医一拍胸膛道："这个你放心，姓冯的办事，你在扮假钦差那一台戏里可以看出来了。小伙子，上马吧，这个不用烦神。"平生果然就在他这一声"不用烦神"声中上了马，取道直奔登州。

这匹乌骓走起来很快，两个半日子，已经到了登州县界。平生远远望到嵩山，带了一重重的巍峨影子，直伸入白云深处，这和华山又是一番景致。平生一路行来，并无什么阻碍，虽然偶然遇到行人，对这胯下的马、肩上的剑，不免注意一下，可是也没有谁多问一句话。倒是先一日晚上投的客店，也像潼关店里一样，房馆钱全都奉送了。他料着老道和冯兽医的话，不会打一点儿折扣，自也坦然地走入登州县境。约莫走了二十里路，平原上拥起一丛大松树林子，车马大道，绕着松树林子走，却有一条较小的路，微微地在地面上印着两道浅薄的车辙，向松树林子里走去。就在这路头上，三四棵冲天白杨树下，有根绳子拴缚了树干，织成双十字网，绳网上盖了一张芦席，其下有张桌子、两条板凳，有人在这里陈设了两瓦盘馒头、一瓦缸小米稀饭，胡乱配着些碗筷。又有人放了一担水桶。这是中原乡下，卖水酒给行人解渴的。

当头正是大太阳照着，平生虽戴了宽边草帽，额上还是汗出如珠，于是一跳下马，向那个卖酒的买水酒喝。那人在桶边柳条篮子里取出了碗勺，在前头桶里勺了一撮酒酿，在后头桶里提起一把大瓦壶，便向碗里冲下水去。旁边那个卖稀饭的人，却向他摆手道："笑话儿，你把水酒款待人家，这是五爷的上客。"平生便向旁一拱揖道："兄弟正是来拜访五爷的。口渴得很，不要紧，让我先买一碗酒喝。"他道："客官，你由这松树林子穿过去，不到一里半路，自有人款待。"那个卖酒的听说他是上客，也就不肯卖酒了。平生料着不能相强，道了一声劳驾，便骑马穿进林子去。

　　看这些松树生长得十分茂盛，高入云霄。其间又夹杂了一些白杨、垂柳、刺槐、榆木，都是肯长大的树，却是新栽的，还不曾高出松树梢。这时节已过初秋，淡黄的叶子，在强烈阳光里，摇撼着西北风，倒有一种悦人的景色。穿过这林子，现出一座小岗子，满山都是几尺高的松秧，遮盖得不见一寸黄土，远看一片绿茸茸的。行路两边，却夹道插着白杨，很是整齐，显然是经过人整理了的。平生正打量着呢，旁边一丛树木，约莫有一二十株高大榆树，那里却是呛呛的一阵锣响。到了这里，平生是每走一寸路，都警戒着的，这就一带缰绳，将马带住了看时，那树林里有一幢黄土墙的矮屋子，灰泥为顶，四四方方的，缩在树影子里。这是可留意的地方了，便拱手相待。

　　就在这时，有三四个短衣人，奔上了路头，平生先开口道："华山来人，借宝路经过。"其中有一位大个儿已奔到马前，啊哟了一声道："原来是贵客，惊动，惊动。"平生便下了马拱手道："兄弟初到贵地，不懂规矩。一切都请原谅。第一是想和各位讨一口茶喝，第二是就烦哪一位仁兄将小弟引上一引，小弟要到松云堡去拜访王五爷。"那大个儿仿佛是个头目，连声称是，就把平生引到路旁矮屋子里去。在外面看来，这矮屋也像像豫西土窑子外边那些黄泥平房，并没有什么奇异，至多是屋子门口，有块三合土捶平的打麦场，端方干净，不同平常。可是到了那屋子里，却让人一惊，屋子宽四五丈，两条长板凳，夹门列着，两面墙下，各有两列枪架，上面插了红缨长枪刀剑之类。另外一只小木架子，上面悬了一面大铜锣。正中墙角上，斜放了一些卷着的五色旗帜。正中一张长桌，系了绿沿的红桌围，颇像当年衙门的公案。一看之下，就大不谓然。心想，这里就在路边，如何官场上就毫无闻知？这个排场，庙不像庙，衙门不像衙门，绝不是安分人所住之地。

他心里一不自在，眼光自然四射。这里有五个短衣人，都垂手站立着，偷偷看他的动静。当时那位大个儿，便请平生到屋旁一间小屋里休息。这里有土炕桌椅之类，土墙上还挂了一支来福枪，又看出这是一个入境的关口了。那人倒是很恭敬地招待了茶水，便问平生姓名。平生道："兄弟姓秦，自华山来。那里老师父有件要紧的事，托我面告五爷。"那人道："秦先生可来得不凑巧，五爷和他太太出门去二十多天了。"平生道："五爷哪里去了，没有预定什么时候回来吗？"那人道："我们只听说五爷要陪太太到上海去玩一趟，什么时候回来不知道。"平生听了这话，却大为扫兴，不免伸起手来，搔着头发。那人道："秦先生既然来了，且到我们庄子里去暂住一两天。我们这里有东西两个庄子。西庄子是盘松堡，在嵩山脚下。原来五爷家住在那里。现在家里的事，有四爷、六爷管着。这是他两位同胞兄弟。他们是新由山东曹州来的。东庄叫松云堡，有一位刘先生在那里，他是开封人，是我们这里育才学堂的堂长。外客来了，他可以招待。"平生道："什么，你们这里还有学堂吗？那我倒要去参观参观。"于是就请这人引路，立刻骑马向松云堡来。

那人也骑了一匹马前引，又穿过松树林子。这松林绿荫参天，几乎不漏下一丝日光。但听到风吹得松枝哗哗之声，如江海里涌起了一阵波浪。人在这林子里四处张望，只见那合抱的松干，如无数大柱排立着在绿巷子两边。地方这样幽深，风声这样汹涌，倒像是在海岛上。有时这林下道路放宽，头上松枝松叶互相遮盖，又像在高大的绿屋子里。风声一住，松涛停止，那四只马蹄，踏着路面扑扑作响，格外清晰。那松枝上偶然有剥杂窸窣之声，正是松鼠跑着，触了枯枝落地。向马前看，简直不见道路，人马就在这木柱巷子里钻动。人在这浓荫底下凉飕飕地，衣服都绿了。平生虽是倚仗了老师父的一剑一马，却也不能毫无戒心，在那引马后面，处处留神，心里说不出一种什么滋味。

　　这样走了七八里地，突然面前拥出一排嵩山的高影。松树缓缓稀少，现出了一片平谷。大路顺了平谷走，迎面有一座木牌楼，中间一块横额，大书松云古堡。平生心里也就想着，在这个地方住着，真是如同隔世了。由此一想，在马上面看那一片大松林，与苍天相接，没有河南平原一点儿尘沙的气味。马穿过了木牌坊，路更是修得平整，夹道新栽了杨柳，都只有两三丈高。树叶子半黄了，被风吹着，洒下了两片黄叶落到人身上，大有诗情画意。再走半里路，面前拥出百十棵大柳树，挡了去路，在那西北风闪动之下，树林里闪出了一堵城墙。平生这就暗下点头，古人说，深山大泽，实生龙蛇。这地方不出悠闲的隐士，就可以出法律难管的强徒了，自己一骑一剑来到，总也胆略不小。

　　想时，他走到柳树林边，看到不是城池，正是一座大寨子。那寨墙用砖石砌了，一排排的垛口林立，修得整齐如城墙一般。穿过柳树林，闪出一个半圆。庄门庄外沿寨墙一道护墙河，有三四丈宽，里面注满了水，一道木吊桥由大路通到庄门。庄门口有两个蓝布短衣人，手拿着红缨铁尖木棍枪，站在桥头，居然是守卫格式。那人下了马，平生也下了马。那人先去通知了，便请平生在庄外小等。约莫十来分钟，一个穿蓝竹布长衫的人，约莫三十上下年纪，由庄门里抢步而出。那人便告诉了平生，这是刘堂长。平生见他白净面皮，头上梳着光溜的发辫，斯文一派，绝没有一点儿江湖气色，觉得他倒不是难与商量的，先是一喜。平生已取下了头上的大草帽，他也就看出了来客不是平常与王五爷往返一流，便拱手相让，笑嘻嘻地把平生引进庄去。

　　他们这庄子自也和河南境内那些寨子堡子相同，进得庄子来穿过一丛树林，人家是接连的盖着屋子，其间夹杂了茶园水井。可是有一个特点，房屋没有一所歪倒的，也没有一所破烂的，墙是整齐的墙，屋是整齐的屋，不像其他的庄园，百年前的破屋，总是和新盖的房子杂陈，而且家家屋外，阵列的栽着树木，大小门窗，都掩映在半黄半绿的秋叶中间。人家门外的道路，用石板铺着，平坦得像格板，十足地表现了这个庄子富足与洁净。正是这样赏鉴，平生面前闪出了一大片敞地，四周都是上十丈高的大柳树，中间直径倒有一箭之远。对面一列红墙，柳树下半露出来，树下有一个戏台，大概那是一座庙宇。戏台面前，搭着有木杠子、秋千，还有七八个大小石锁、两副千斤担，是一个庄丁练武娱乐之所了。

正看着呢，那戏台外一株高柳树梢上，突然露出一个小孩子来。那小孩约莫十二三岁，穿了一身青衣服，衣服上用黄条子滚着袖口，系着裤脚管，正是当年一部分学生的制服模样。那小孩两手扯住一根粗柳条子，正如打秋千一般，由柳条堆里缝里荡了出来，凭空一个鹞子翻身，抛了出去，却落到对面一棵大柳树上。只见他手一伸，又抓住了那棵树上的一枝柳条。这一种功夫，在平生看来，虽不见得高超，然而他是一个小孩，自是难得的，不免停脚看了一下。那刘先生便招手道："强哥儿，你又淘气，有贵客来了，别让人家见笑。快下来，快下来。"那小孩改抓了一枝细柳条，吊鱼似的轻轻飘飘地落在地上。这时，平生已走到戏台面前，见他面孔红也不曾红一点，又暗点了一下头。刘先生便介绍着道："这是五爷向来和你说的华山老师父那里来的上客，快见礼。"他果然站定一鞠躬。刘先生又向平生道："这是四爷的大令郎，念书罢了，却是喜欢这样闹着玩。"平生看在主人的分上，自和他回了礼，还笑着点了两点道："这位小兄弟，将来的本领是未可限量的。"那小孩子垂手站着，只是微笑了一笑，并没有答言。刘先生看了那孩子一眼，自引了平生向前走去。

过了那柳树林子，走到那戏台前，看去也和平常的戏台差不多。只是那戏台前檐下，悬了一幅横额大书"学万人敌"四个字。于是也就看到那所庙门了，八字大开，正额写着关帝庙。庙左右两侧，各有小门两扇。左额是育才学堂，右额是迎宾馆。刘先生引着平生，后有庄客牵了那匹乌骓，一同进了馆门。这里三进，四合大庄屋，深廊大柱，雕花窗户，竟是大城市里的大公馆模样。刘先生将平生让到后进东厢房客厅款待，那里面红木椅案，配合了字画古董，平生在开封的公馆布置也不过如此。这可以想到王天柱十分富有，也是很结交朋友的，平生心里自然坦然了许多。这里的仆役，也不必主人吩咐，茶水点心陆续地搬了来。平生在进客厅之后，自是解除行装，先摘了肩上的小包裹，又除解下那柄剑，都放在临窗的一张琴案上。这琴案上原有一只紫檀架子，放了一个玛瑙盘木瓜、一只花瓶、几项古董。

平生正和刘先生在一圆桌上用着茶点呢。却有个怪相的老头子，手里拿了一束桂花进来，向那琴案的花瓶里换花。他剃着半头的苍白头发，小辫子在顶心上挽了个朝天公鸡髻，尖削的雷公脸并没有胡子。驼着背穿了件青布单褂子，下面倒是穿一条蓝布棉裤，踏着双厚底鞋，走起路来慢吞吞的，像是相当衰迈。平生却也未加理会。可是当他走出去的时候，他把低垂的眼皮睁开，向客人看了一眼，倒是灿亮的一双眼珠，英光射人。平生不免心里一动。但那个老头拿了一束瓶里的陈花，走出去很快。等他去远了，平生便向刘先生问道："这个老人家倒好生面熟，一向在这个庄子里的吗?"刘先生道："也是新来的。他拿了我一个洛阳朋友的八行到这里来的。原说投五爷找一碗饭吃。五爷出门了，兄弟留下他在这里打扫院子、收拾花草。人倒是很忠厚的，终日不多言语。他自说有寒腿毛病，兄弟也未曾给他重事做。如何安置，等五爷回来再说吧。他一点儿规矩不懂，有客来了，还到客厅里来打扰。因他年纪很大，又是新来的人，兄弟也就没有说他。请原谅，原谅。"

平生笑道："兄弟问他，不是为他进来不懂规矩，只是因为面熟而已。"刘先生道："也许秦先生见过的。他自说是沧州人，姓张，没名字。我们就叫他老张。他说原做小生意，跑码头赶集的。"平生问不出一个道理，觉得是自己多疑了。刘先生款待了一阵，把平生让到后进上房里安歇，说是学堂里还有事务料理，暂且告辞，晚上当来奉陪。平生自说听便，因想到五爷有兄弟在此，便说要到西庄子去拜访四爷、六爷。话一提，刘先生两道眉毛却微微地有点儿皱动，笑道："这事不忙，贵客来到，四爷、六爷自当前来款待，因为他两位也是初来，像做客一般。等兄弟明日前去邀约。"平生看这样子，料着这里面含有什么困难之处，只好不说了。

刘先生去后，却剩平生一人住在这大庄屋里。他料着这种地方不会有多少客人来往，于今主人不在家，自是客人更为稀少。因之闷坐在屋里。无聊时便也走到院子里来散步。看这房屋显然是古庙改建的，北方的平房外面，院子里高大的老柏树，共有四株，绿森森地挺立在高空。有几只老鸦缩了颈脖子，站在树枝上，默然无声。又有几只老鸦绕了树顶飞，呱呱地叫着。这地方正是过分的幽静，鸟雀都不避人。

他在院子里来回散步若干次，却见那个驼背老人老张，手上拿了一把长柄竹竿扫帚夹在胁下，慢慢地走向前来。平生越看越觉得有几分奇怪，便向他一抱拳，点着头笑道："老人家，很辛苦啊！"他张口笑了，却见他嘴里落了一个牙齿，点头道："我们穷人辛苦还不是应该吗？可是上了年纪了，做不动什么事了。"说着又走近了一点儿。平生道："你老人高寿了？"老张摇摇头道："若在别人早在家园享福了，我还是到处奔波。"说话时，他向平生看了一眼，正是英光一闪。平生笑道："老人家，据我看来，你一身本领，也不是没有饭吃的人吧？"老张咯咯笑道："我一身本领，在人家庄院里干这个？"说着，拿了手上的扫帚，在地面上轻轻涂了两下。平生笑道："这地方不同平常，你老人家不说实话，我也不敢多问。"他便笑道："你既然知道这个地方不同平常，又怎样敢来呢？"平生道："我也是有点儿要紧的事想和五爷谈谈，好在我是有人保荐来的。"老张笑道："你认得五爷，不知四爷、六爷在这个日子也到这里来了吧？"平生听他话中有因，越是注意，便肃然地立着，又拱了两拱手道："老人家望你不吝指教。"他手扶了扫帚，向身后看了一看，低声笑道："你这样客气，叫我指教你？叫我指教打扫院子吗？"说着，他笑着走了，但走了几步，却又回转身来，问道："你的老师，不是姓马吗？"平生答应了一声是，正想向下说着。他又笑道："今天晚上那刘先生款待老兄，单身出门人，可要少喝一点儿酒。晚上有什么响动，提防一二，少管闲事。"说毕，取扫帚向上一举，扛在肩上，两只棉裤脚管拖了一双大棉鞋，踢踏踢踏地走了。

平生这就格外疑心了，觉得这个老张，必定有点儿来头。自己是初来此地做客，遇事当谨慎，若追着张老头子去问吧，又怕有不便之处。只好静坐在屋子里，且看什么变化。料着华山老道，一世大侠，绝不会送自己入虎口。自己还有些本领，也不致睁眼吃亏。

这样忍耐到日落西山，那刘先生却带了学堂里几个教员前来陪话，接谈之下，都是受有新知识的人，他们是被王五爷特地请来教书的。这里东西两个庄子，有二三百儿童，都在这里读书。分明这地方也不是不受教化的地方。只是谈起王天柱一兄一弟，刘先生说是由山东曹州新来，他们也不十分熟，这透着有点儿蹊跷。

　　晚间，刘先生在客厅里大大地明着灯火，办了一桌很丰富的酒席款待。刘先生代表东家，各位教员陪席，也极其恭敬。平生倒看不出这里面有什么意外。好在主人并不十分劝酒，自己落得推杯。初更之后，席散，刘先生又亲自送平生到卧室来陪话一番。恐怕平生寂寞，还送一叠书报杂志前来，请他解闷，这才告辞而去。这里有十来岁的小伙子，不时送着茶水。平生因问道："你们这里有个老张晚上看不到他。"小伙子笑道："这个老头子，你别看他无用，倒是好酒量。今天晚上刘先生请他客剩下来的酒，他一个人喝了。醉得昏天倒地，早睡觉去了。"平生无可再问也就算了。

　　自己在灯下翻一阵书，却听到墙外巡更的梆锣敲过二更二点，扭小了煤油灯上的灯芯，只留豆大的一线红光，便解衣上床安歇。猛抬头看到院子外西边墙上，有一片白色。这正是月之下弦，秋夜的残月刚是东升。微微的西风在长空里吹过，把田野里叽叽喳喳的虫声，牵连不断地送进窗户来。平生听听这迎宾馆里，已没有一点儿人的言语和脚步声，这就觉得听了那个怪老头子老张的话，自己有点儿神经过敏。隔着窗户，看了看院子，除了那四株老柏树的高影，别无所见，也就落枕安睡了。

　　但不知是自己睡着了被什么声浪惊醒，也不知是自己根本未曾睡着，蒙眬中听到长空里唆唆有声。那柄宝剑一向不离开自己的，一个翻身下床起来，乘势就把枕头下的宝剑抽在手上握着。且不敢直立身子，蹲在地上，蛇行了几步，蹿到窗子脚下。向外看时，那半轮残月，已升上了天空，照见院子里面地面雪白，那四株柏树，有四个大圆影子铺在地上，黑白分明很是清楚，但此外却不见什么。可是那唆唆之声在半空里响得格外厉害。同时，呱呱地一阵老鸦乱叫，扑哧哧有几十只飞了出去。平生猛可地想起，昨天初进这堡子时，有个小孩在柳树上荡秋千，莫非是他来了？怪不得那老张告诉我晚上有响动，提防一二。这样一个小孩，就算他有点儿小小能耐，自己也不至对付不了。只是人地生疏又毫无帮手，当然也小心为妙。老张又说了，少管闲事，似乎这柏树上有一阵鸟乱，还不是来对客人的，那么自己就不必出去了。

这样想时，只见一个黑影，唰的一声，落在院子里，随后又是一条黑影子跟了下来。平生这倒吃了一惊，心想，这是老虎窝里，若是他们倚仗人多，一个个的只管由树上蹿了下来，那自己就有三头六臂，也免不了遭他们的毒手。于是紧握了剑柄侧身站在门后，两眼隔着玻璃窗户，盯住了外面院子里。那两条黑影落到地上却不走回廊檐，只在月光地上来回地蹿扑。平生这又看出来了，这正是两人遇着，倒不是来对付客人的。他既不来，自然落得省事，只管加倍留神便是。这两条黑影又蹿扑了一会儿，其中一个，忽然向屋檐上一蹿，并一跳又一跳上了柏树梢头。另外一条黑影，也不迟延，一般地跳到树枝上去。接着窸窣窸窣地又发出声来，想必这二人又在半空里动手。

平生想着，论起上下翻腾这点儿功夫自己也不是毫无所能，若说在这样高大的树上和人动手，可真没有这本领。老张说少管闲事，那就真正的少管闲事吧。静听那树上的响声，杂乱了一阵，忽然停住。惊动的老鸦先是飞腾在半空里，绕了四棵大柏树叫着，后来也就听到扑哧哧陆续飞入鸟巢去，慢慢地只剩了二三只老鸦叫，最后鸦声没有了，田野里的秋虫声，随着阶檐石下的蟋蟀，又叽喳叽喳互相酬答起来。夜还是和平常的一般，那涂刷在地面上的月华，依然是一片银光，四团树影，不过树影子歪斜着长了一点儿而已。

第二十五回

一举回天病身惊快事
双枪中的妙手卜前程

这件事发生，平生虽不觉得是意外，可是那个黑影子是什么人，倒是值得他研究。若说这件事与自己有关，他们何以只在院子里相扑，不敢向廊檐下来。若说与自己无关，哪里不好动手，何必打到这院子里来？因之事情虽是过去了，他也不敢安然去睡觉，只静坐在窗下守着。眼看着院子里一片月光渐渐地淡下去，树上的老鸦又在叫，天色大亮了。不久的时候，迎宾馆里的佣工陆续送着茶水来，却并没有一点儿异乎平常的样子，平生自不便径直去问人家。心里有事，不免背了两手在廊檐下来回地走着。

就在这时，看到那个老张夹了一把扫帚，慢慢地由院子前面扫了过来。平生老远地就向他拱了一拱手，他抬起头来，嘻嘻地笑了，笑得眼角上发现许多条鱼尾纹。平生道："老人家早！"老张笑道："昨晚上睡得好，没有什么惊动吗？"平生近前一步，低声道："老前辈，我不知道怎样称呼你是好，这里我又是客边不懂规矩。"老张对他周身上下看了一看，将扫帚放下，踢拖踢拖走进了他的客房。平生明白，赶紧追了进来。老张向窗子外看了一看，笑道："你老师有六个师兄弟，你会到过几个？"平生听着心里一动，因道："会到两个。"老张道："他没告诉过你，有一个驼背老张吗？"平生立刻深深地作了个揖，因道："这是师伯了。"正待跪了下去，行着大礼。老张一把将他揪住，低声笑道："你说了，这是客边。"平生又拱了一揖道："老师只说他有七兄弟，却不曾一个个地说出姓名来。"

老张道："实不相瞒，我是老和尚的大徒弟，和你老师也是多年前

239

在新乡偶然见过一面。前些时他在山东遇到了我，知道我要到豫西来看过几个朋友，便说，有个徒弟秦平生，也许要到松云堡来，若是来了，请我照拂一二。我就慨然答应了。我到了洛阳，听到王天柱是个汉子，我就特意来看看，不想他又走了。可是在洛阳的时候，我又得着郁必来一个口信，说老马有个徒弟，不久要到登封来，务必请我多多照应。所以我到这里虽没遇见王五爷，我可不能走，就静等着你啦。"说着话时，又向外张望了一下。平生连连地拱着手道："那么，昨晚之事，多得老师伯相救。但不知另外一个是什么人？"老张笑道："你立刻就会知道那个人是谁了。却是一件，有人问起昨晚的事，你就说不知道，不能说出我来。一两天内，我就要走，我不愿在这里受纠缠。"正自说着，外面有哈哈一阵笑声。老张说声"来了，来了"，他变了那踢拖踢拖走路的样子，轻轻地两个箭步，就蹿到了院子里去。

果然，随着哈哈笑声，刘先生进来了。但发笑的不是刘先生，刘先生后面，有两个人跟着进来。前面一个，约莫五十上下，虽然有点八字黑须，却是粗眉大眼，红光满面。后面一个，约三十上下，却是个长削的脸子。两人都穿的是蓝绸夹衫，大袖郎当的，各卷了袖口。他们在走廊外，就连连拱着手道："失迎，失迎！"刘先生抢进来，介绍着说，年纪大些的是天佑四爷，年纪小的是天辅六爷。平生自是恭敬相迎。宾主坐下，那王天佑倒是很大的嗓门子，笑道："昨日在西庄住着，不曾相迎，今天特来赔罪。"平生道："昨日就托刘先生致意，要去奉看四爷、六爷，刘先生只是不允。"王天佑向着天辅微笑了一笑。天辅拱手道："秦先生本领果然高明得很，领教。"

平生一听这话，就料着昨夜那一台戏是他唱的。看他身躯虽然矮小，可是筋肉紧张，小小的一条发辫，虽然垂在肩上，还有些弯曲，可想他放下辫子未久。这更足以证明他是一个不能安静而善于跳跃的人。便笑道："兄弟实无本领可言。这次来到贵地，实不曾预先知道四爷、六爷也在这里，只是有几句话想和五爷谈谈。领教二字，怎样敢当？"天佑一摸八字胡，笑道："人家都说王老四、王老六不好惹，其实是不对的。这几年，我改行走镖，老六在曹州一带开有几个字号，早干好的了。回到老五这里来，我们多少顾着弟兄一点儿面子，他不在家，还能得罪他的上客不成。昨天听说尊驾年纪很轻，骑着一匹马，背着一口剑，就闯进来了。实不相瞒，我们庄子外那一片七八里松树林子，还很少有这样大胆的年轻朋友敢闯进来。来的人必在外面等着这里去人相迎……"

平生连连拱手道："这千万请四爷原谅。兄弟是没有懂得贵庄规矩。"王天佑一摆手笑道："不忙，秦兄，你听我说完。你当然是相信了那老道的话，这样来的。的确，老师父那边，以往也派过了两个朋友来过，都是凭了这口剑为号。"说着向床头一指那柄剑，接着道："巧啦，以往二次，我哥儿俩都不在这里，都是凭了这口剑为号。我就觉得我们老五太怕老师父这个人了。他再三地对自己人说，一柄双红穗子的长剑、一匹踢雪乌骓，那是华山老师父的记号，只要遇着骑这马背这剑的人，千万千万客气。我们不信这老道会像神仙一样，长毛手下的大将还活着。又巧啦，你老哥来了。老五不在家，我哥儿俩又在这里先就有点儿请教的意思。后来听到我小孩子说，秦先生看到他在大柳树上荡秋千的玩意儿，很不算回事，我们就更觉得你是艺高人胆大。我哥儿俩商量着，要在昨晚上给你个下马威，要把这柄剑给你偷了去。然后在酒席筵前，把剑奉还，臊你一臊。因之三更多天，我哥儿俩来了，我们在屋上站着，就要进屋来动手。不想你老早在月亮地下等着了，身子真是利落，三蹦两跳你就上了那树。老六当然是不必进屋了，你的剑还不在身上吗？老六以为你要过来哩，就在屋上等着你老哥。蒙足下客气，只是在四株柏树梢窜动躲避，不敢相碰。两次你落地，老六追下来，你又跳上树去了。我想，主人让客三千里，你这是客让主人三千里啦。凭你那样一身纵跳功夫，我弟兄虽自小生长在大松树林子里，就练得是这一套，实在甘拜下风，哪还打你什么主意？所以我们就回去了。大丈夫明人不做暗事，今天特来说明，不但佩服那华山老师父，老哥年纪轻轻，这样了不得，我们佩服极了，佩服极了！"

平生听了这一番话，才如梦初醒。但是人家说了，明人不做暗事，自己怎样好把驼背老人的功夫掠美了。因拱手道："兄弟年轻学浅，今天来拜访贵地，实在只有事请教的，怎么敢在孔夫子庙前卖书文？四爷所说昨天晚上的事，兄弟实在不明白。"四爷笑道："你老哥何必客气，我们也不能那样不知进退，还敢向你老哥去麻烦。"天辅也笑道："你老哥尽管放心，除非是我们招待不周，若再有人碰了老哥一根头发，我哥儿俩都愿负全责。"说着，他伸手拍了一下胸膛。平生这倒为了难，要承认这件事，那非英雄本色。若不承认这件事，必定说出张老头子来。可是他又不许人说，在不知怎样措辞是好的当儿，他只是微笑了一笑。王老四、王老六也就不去再谈昨晚上的事，只是说了些闲话。坐了一小时，他们双双告辞，约着中午请平生过西庄午饭。

平生把三位主人送走了，坐着出了会儿神，见有人来，就叫他们把驼背老人再请了来。他见屋内无人，就肃立着道："老师伯，晚辈有一件事情请教。施公案小说里，那个黄天霸，是真有这么一个人，还是假的？"老张道："据我们老前辈相传，是有这么一个人，不过做了一个小武官，没什么了不得，鼓儿词上的话，信他干什么？"平生道："窦尔敦这个人呢？"老张笑道："是康熙年间一个侠盗，有的。"平生道："我们就把鼓儿词当一件真事谈吧。黄天霸一人探山，胆子大不大？"老张笑道："大呀。这儿可不是连环套，你是有志的青年，学黄天霸那种巴结官府的奴才干什么？"平生笑道："那么，朱光祖盗了窦尔敦的虎头双钩，把黄天霸的刀插在窦尔敦床上，你老人家看来这事怎么样？"老张道："朱光祖不够朋友，约好了比武，为什么暗下用蒙汗药害人？"平生更忍不住笑了，因道："那么黄天霸干脆冒顶了朱光祖这档子事情，说是自己插刀盗钩，骗得窦尔敦束手就缚，你老人家是不赞成的了。"

老张哈哈笑道："好孩子，你绕了脖子说话，叫你老师伯没得话说。"平生一揖道："老师伯，你做长辈的，自然望晚辈做一个汉子，哪有让晚辈冒充人家本领之理。"老张笑道："虽然江湖有一句话，许充不许赖，自然冒充也不是好汉做的事。我倒并非要做朱光祖让你学黄天霸。我有二三十年了，在江湖上不曾露面。王氏兄弟是个多事的人，这一说穿了，就隐瞒不住了。这两天我就想走，你把我说出来了，王氏兄弟还让我走吗？"平生道："他们不让老师伯走，那无非是佩服老师伯的本领，绝不能有恶意，凭着老师伯这一份能耐，还不是要什么时候走，就什么时候走吗?"老张也就笑着点点头。平生见他业已同意公开出来，心中大喜，立刻写了一封信，托这里佣工向王天佑兄弟送去。大致说，昨晚上的事是老张干的。这人是自己师伯，无意在贵地遇到，也是今早他才说破。万望不要看他外表的样子，重加优待。

这本王氏弟兄接信之后，倒疑信参半，根本还不知道东庄有这样一个打扫院宇的老张，便立刻奔到东庄，向刘先生来打听。及至知道老张是这样一副形状，又是这样一个来路，天佑便向天辅道:"不错，我知道山东、直隶一带，有一个驼背老头，大半年穿着棉裤，是个了不得的老前辈，走镖的人，都只闻其名，不想他会到我们这里来，我们快去赔罪。"说着，拉了兄弟的手，就奔向迎宾馆。正好走入第二进院落的时候，就看到老张拿了一柄扫帚，在扫院子里落叶。这院子里正有两棵合抱不拢的大槐树，枝干撑入天空，那树荫遮蔽了这整重院落不算，还遮了前进半个院子。这已是八月天气，树叶子半黄着，不断地三片两片由漏着阳光的树荫里落下来。他好像是闲得很无聊，看到地面上有黄叶子落着，立刻扫起。

王天佑凭他一双保镖的眼睛，立刻断定了这个驼背老头就是江湖上闻名的那个老头，立刻奔向前来，深深地作了三个大揖道:"真不会想到是老前辈驾临敝地，请到敝庄。我弟兄两个要负荆请罪。"天辅赶向前来，也是连连作揖。张老头丢了手上扫把，连忙作揖回礼笑道:"这不怪主人短礼，自怪我姓张的藏头露尾。话我也要交代明白。我到贵庄来就是受了我师弟之托，照顾他的徒弟一二。他现时在这里蒙贤仲昆十分看得起，我就放了心了。我原来等五爷回来，有几句话要奉劝，现时这位姓秦的老弟在此，他是个东洋留学生，他一定会比我说得好，我就不用饶舌了。这个人来意不差，二位日后自知，一切请看我驼背老张三分老脸。"说着，又打了一拱。王氏兄弟听了他这套话，不知用意何在，自是连连地回揖。

老张抬头看了看树上，笑道:"二位知道北数省有个驼背老张，究竟没见过面，不知我是真是假。这树顶上有一窝老鸦，我活捉两只下来，验验我这老头子真假。献丑了。"就在他最后三个字声中，身子一纵，两手抓着垂下来的槐树枝，便跳上了树干。只看他两手两脚并用，就像一只猴子，在树上跳跃，越跳越高，渐渐地看不到人，最后他在树上叫着："四爷、六爷，诸事拜托，后会有期。"接着树叶沙沙一阵响，从下仰头向上看，但见一个人影蹿上了前院就不见了。王天佑呆立了一阵，因道："这位老前辈向来是不肯露面的，于今说破了，大概挽留不得，恭敬不如从命。老六，我们追到门口，恭送一下吧。"于是二人立刻奔到迎宾馆大门口，四处一望，却不见个人影。天辅摇摇头道："这样大的年纪，这样快的手脚，实在可以佩服，我们自练半辈子的爬树功夫，还没有他这样利落。"

兄弟二人赞叹了一番，便来向平生说知。认他既与老张头以师徒关系相称，当然一脉相传，有同样的能耐，就十分客气相待。除了当日请平生到西庄，正式招待了一顿午宴，又连来东庄宴会过几次。平生虽承他兄弟的优礼，但是正主儿王天柱不在家，所劝之话，虽可以请王氏兄弟转告，却得不到答复。住在这幽深的一古堡里，虽也有开封的报纸可看，只是递到的日子很迟，新闻成了故事。这样与外界隔绝，谈革命的人是不能耐的，住了四五天，就向王氏兄弟告辞。主人哪里肯依，一定挽留着。

恰是天气转上了秋露，斜风细雨，气候十分恶劣。平生对穿衣又大意了一点儿，忽然得了一场恶性感冒，病倒在床。那个刘堂长已和平生相处得十分投契，停了学务不办，每日不住地到病榻前来和平生谈话。这日在大雨过后，檐溜上不断地滴着雨点，院子上空重云乌黑，直盖到古柏树的梢上，西风吹着，屋外的秋林沙沙有声，宽大的客室里冷飕飕的，平生躺在床上，烦闷不过，不觉叹了一口长气。

就在这一声长叹中刘先生走了进来，拱手笑道："秦兄又在发烦?"平生在枕上点头道："请坐坐。不是发烦，兄弟此来，满心想与王五爷会面，成就一点儿事业，不料他又不在家，病在这里，只是拖累主人。"刘先生在床边一张方凳上坐下，也就是他老坐的地方，将手按了一按平生盖的被头，因道："秦兄，你听我说，你既到了此地，应该得到些结果再走。你若是有意培植革命势力，这个地方不可放过。关于王天柱的

244

事，上海报纸曾登载过两次，可是不实不尽。今天你既无聊，我可以和你谈谈。"平生听说，便将身子升了一升，点头道："我极愿领教。"

刘先生道："关于王五爷的为人，我到这里来了一年多，听到的比外面传说的要详细得多。他的老太爷，就是豫西的一个帮首，积下不少钱，看定了这嵩山脚下一片大松林里，安下了脚跟。这些年来，清廷官场腐败，地方军队又都是废料，他兄弟三人在面子上只要不犯官规，又在县府衙门里花上几个钱，官场也就不过问这树林以内的事。由得他们关起门来做皇帝。老四、老六不甘寂寞，远走山东，这七八年来，这里就是王五爷一个人的天下了。这附近十几个寨子的人，王五爷一声招呼就可以叫拢来，这还不说豫西的秘密结社，他全可以打招呼，不说十万八万吧，三五万人真没有问题。再说钱，他家两代所积蓄的就不少，这七八年来，这一带百十里路，除了敷衍少数钱粮，他要什么东西，只挑它百姓家里有的，谁也不敢驳回。这样，就可以谈到他的太太了。

"他的太太，本是开封一个女学生，不合到登封来探亲，被他看见了。他硬请人做媒，要讨了来。这位太太周小姐，却不是个平常女子，她料着不答应，逃不出县境，她慨然地答应了婚事。但是有一个附带条件，要五爷当面求婚。二三十年后也许这事不新鲜了，在于今这古色古香的嵩山脚下，学西洋人那样求婚的事，真是一件奇闻。我们王五爷是一位大马阔刀、什么不含糊的人，可是叫他登门向女人求婚，他倒为了难。照办吧，不知道说些什么，不照办吧，显着他还不如一个女学生来得开通，后来硬着头皮，找了几位上了岁数的老前辈一路同去。这倒正中周小姐的意。她是毫不在乎，穿了裙子登着皮鞋，照平常女学生的样子出来会见。五爷见了人家，只说得一声久仰，没的说了。还是去的老前辈代为说了。文绉绉地说一套王五哥久慕淑女，要学君子好逑，同结丝萝。

"周小姐就爽直地说了，王天柱先生是个英雄，做事自不同凡俗。既然王先生看上了我，我自也乐得嫁这样一个丈夫，况且在这个地方，不答应也不行。可是我也不是一个平常的女子，不是鼓儿词上说的千金小姐，房了去就可以服服帖帖做压寨夫人的。于今我当面要提出三个条

245

件，第一，王五爷从今以后，不可以做鼓儿词上的那种恶霸。你既有钱又有势，可以大大地在地方上做个好人，将来还可以为国家出力。至于怎样做一个好人，将来我自有办法。这一层五爷一口就答应了。第二件呢，周小姐说她不能终年关在家里，每年要五爷陪她出去游历一趟。当然，这一件事五爷也毫不为难。第三件呢，这事情可小，五爷倒不好答应。她说嫁过去了，要五爷跟她念书。每天念熟一课书，念不熟不许进房。听了这话，连陪去的两位老先生都忍不住笑了。可是周小姐一本正经，毫不难为情。最后，五爷说叫我念书，怕不是好事。我这个心野惯了的，怎么收得起来呢？周小姐说，只要你答应，我自有办法教会你念书识字。不然的话，你不能做新中国一个人才，我就不能答应这婚事。说着，她在裙子下面，抽出一把雪白解手刀，对准了自己脖子，然后说，五爷最厉害的手段是要人死，我就不怕死，死在你这英雄面前，我也很有面子。五爷倒没有想到她这样干脆，也就一拍胸道，好，我都答应了。你做事这样爽快，也很对我王老五的劲。周小姐说，我嫁过去了，你若不照办呢？五爷也起了兴子，他说，你这个人真叫我佩服，我们可以喝碗血酒，凭天起誓。果然的，取了预备下招待娇客的酒，就用那解手刀割了两人中指，一同滴在酒杯里，同干了那杯酒。当天，周小姐在亲戚家里亲自招待五爷，就算订了婚。不到十天，这盘松堡大办喜事，周小姐就欢欢喜喜地嫁过来了。

“真是一物降一物，五爷那样目空一世的人，就服了这位太太，说什么，办什么。周小姐嫁过来第一件事，就是办学堂，除了小孩都进学堂不算，不认识字的庄稼人，还要进补习班念夜书呢。周小姐第二件事，就是禁止妇女缠足，禁止男人吸鸦片烟，清廷叫了多年办不通的事，这里可办得很顺利。所以我们在开封住不下去，到这个山脚下来，倒住得很痛快。秦兄所说要找革命同志，这种人你岂可以放过。”

平生道：“这周玉坚小姐的为人，我也听说过的，知道她能做五爷一半的主，但不知道他们是这样结合的。”刘先生笑道：“秦兄这个远大的志趣，你说给五爷听，他还会觉得自己有些高攀。你若说给五奶奶听，她必是十分赞成。只要五奶奶肯加入革命，王五爷他没有法子可以

246

拒绝的。"平生想了一想，因道："据刘兄这样说，这五奶奶是个维新人物了。可是看你们这几个庄子里的情形，依然是关起门来做皇帝。"

刘先生道："这话诚然。但是你要晓得王五爷这个人除了爱上那侠义结交四个字，有点儿不同凡人，其余完全是封建思想，甚至是帝王思想。在这两年多的光景，他变到现在这般情形，已经是不容易。别的罢了，你叫他躲在松林里做个头儿的滋味都没有了，那他还干什么。而且由他父亲手上就是这样做起，他就要变，由他自己的哥哥算起，一直到这远在百里内外的百姓为止，也不肯变。我和学堂里这些先生都是受过新教育的人，对于几个庄子里的事本来也看不惯，可是想到他要钱有钱，要人有人，要办学堂，就办学堂，要禁大烟，就禁大烟，也靠了他关门做皇帝这点儿威风养成的。"

平生摇摇头道："虽然如此说，这种情形，究竟不可长此下去。"刘先生道："要改变这里的情形，只有把新知识灌入老百姓的脑筋里，慢慢地向正路上引导。我们干的，也就是这一招棋。"平生笑道："若是这个样子，我们革命青年，就没有法子谈革命了。"刘先生对于平生这种意见，虽不能赞同，可是想到他是一个斩钉截铁的革命党，自有他的见解。他们继续地又谈了一些闲话，看看窗子外的天色，还没有一些开朗的样子，刘先生料着单身做客的人，一定是闷得慌，还想跟着把话说下去，那边学堂里却接连地来了两批人，请堂长快回去说话。刘先生便告辞去了。

平生一人躺在床上，眼看着窗外细雨变成了白烟，被凉风吹着，一团团地卷着在空中飞舞，那正是表现了这阴雨天还没有止境，望了天色，好生烦恼。自己头脑昏沉沉的，虽不见得病体加重，料着一时也不会有什么起色。刘先生带了笑音，老远地叫着："秦兄，恭喜恭喜！这回可大喜了。"说着，他不但满脸是笑容，走路都带着跳跃的姿势，门外就作了揖，走进来，一直将揖作到床面前。平生看到，倒为之愕然，因问道："有什么事，叫你这样高兴？"刘先生笑道："说起来，你会不相信，革命党在武昌起义了，总督瑞澂逃跑，革命军已占了武汉三镇。"

平生突然地站了起来，睁了眼睛，望着道："我兄是哪里得来的新闻？"刘先生道："我们这庄子里，有人从汉口回来，亲眼看见的事。武汉是八月十九日起的事，他是二十一日离开汉口，起早跑到孝感，才挤上了火车。一路之上都是人心慌慌的，就是县城里也有了这个消息了。只是这两天天气太坏，没有人到城里去，所以把这消息耽误了。你不信，他还抄有一张革命军都督黎元洪的安民布告在这里呢。"说着，在身上抽出一张稿纸，交给平生。

平生坐在床上，两手捧了看着，接着就一拍床跳了起来，两只脚伸到床下，也不问是否踏着了鞋子没有，两手高高地举起，大声叫道："不想也有今日。好了，好了！黄帝子孙有希望了！"说着，提了两脚在屋子里乱跳。刘先生笑道："秦先生，你是喜欢得太高兴了。你可别忘了你的贵恙。"平生笑道："我的病好了，没有病了。就烦刘先生转告四爷、六爷，我要告辞了。"这样说着，才提起卷在床梁上的长夹衫向身上加着。刘先生指了窗户外的雨烟子道："这样的天气，秦先生打算到哪里去？就是不怕上面雨淋，地下泥浆路滑，也不好走。"平生道："人生遇着这样的大事，就没有躲在深山古洞之理。何况我还是个革命青年，早储蓄了一腔热血，预备得一个机会报答我的祖国。于今时机来了，我怎样忍耐得住？漫说不过天雨路滑，就是有一座火焰山挡着路，我也要走。"一面说着，一面坐在床沿上穿鞋袜。

刘先生见他的志向这样坚定，料着是挽留不住，便道："听了秦先生的话，我们也应该胆壮起来。只是今日天色已晚，走也不能赶好多路，你身体刚好，今日休息一天，明日动身如何？这样也好让四爷、六爷和你叙谈一番。"平生想了一想，点头道："兄弟在此打搅许久，在情理上自也应当向主人道谢。那就烦刘先生陪我走一遭，我向四爷、六爷辞行。"刘先生还不曾答应，只听到外面答应了道："不用辞行，我们送行来了。"随着这话，是天佑兄弟撑着雨伞进了院门。他们在廊檐放下了伞，隔了门就向平生连连地拱着揖，同道大喜。平生等他们进来，一只手抓住一个人的手，连连地摇撼着笑道："这回算是大功告成了。绝不像春天在广州那回起事。我就常说，革命总会在我们手上干起来的。二位怎么也知道了这消息？"天辅道："上午有人从县里冒雨回来，说是武汉已有革命党起义。我们还将信将疑，以为又是上次广州起事一样，不过闹一阵子。刚才那个由汉口跑回来的王子兴到西庄里和我报信，说的和县里来的消息大致相同，这是错不了的。你是有志向的人，你要赶到汉口去轰轰烈烈干一场，这是大丈夫做的事，我们不能拦着你。只是今天实在太晚了，你走也走不了多少路。今晚咱们痛痛快快地喝一顿，明天我兄弟两个陪你一同上县城，假如能得着确实的消息，高兴，我们就有一个人再陪你走上一程，北到郑州，或者南到信阳，看看实在的情形。"平生道："若是二位肯陪我走一程，我就晚走一两天也可以。"天辅一拍手道："百年难遇的事，谁不愿意瞧瞧这热闹呢?"

　　平生一想，王天柱虽没有回来，若是他兄弟两个，有一个拉到革命军里面来，也就不愁这嵩山脚下一支势力拉不过来，于是就依了主人的挽留，暂不言走。由于心里有一阵生平不曾发生的高兴，那一切感冒病已丢到九霄云外。当晚王氏兄弟邀了小学堂里几位教员作陪，就在迎宾厅里摆下盛席，开怀畅饮。这几位先生，虽不是革命党，却都是醉心革命的人，得了汉人光复河山的消息，就上自吴三桂请清兵谈起，说起三百年来，每次都想推倒清朝专制政体都没有办到，这回大概是一劳永逸了。到底恢复河山的大事，在我们眼里出现，实在高兴。越说越有趣，越有趣也就越喝酒。到了席散，不问宾主，大家都醉了。平生究竟是病后之身，兴奋过了分，定神之后，已是十分疲倦，加上这酒量过分，一睡倒了，就不晓得醒。

　　次日在床上平生被嘡嘡几下钟声惊醒过来，睁眼向外一望，已是红日满窗。自己暗暗连叫两声糟了，正待起身，无奈脑子昏沉沉的，却不由人做主。于是又合眼在枕上养了一会儿神，方才缓缓地爬起床来。漱洗过了，这里的佣工，又送上茶来，便坐着出了一会儿神。掏出衣袋里的挂表，看了一看，不想已是十一点钟。心里也就懊悔着，喝酒误了大事，从今以后，再也不喝酒了。

　　正想到这里，忽听到哗啦啦一阵呼喊的声音，上震云霄，不由得吃了一惊，手扶了桌案，立刻站起来向外看去。可是那四棵高大的老柏树被雨水洗过了，绿油油地挺立在干净的阳光里，并没有一点儿意外的动

249

静。凝神听了一听，那呼喊声又掀起了一阵，而且尾声拖得很长，哗哗的像下着大雨。平生这就不能忍耐了，手拍了额头几下，抢步走出院子来。正有一个佣工经过，便问他是什么事。他笑着道："我们五爷回来了，现时正在操场上开会。他说我们汉人已经齐心动起手来了，要赶走清兵，弟兄们都有出头之日了。所以大家听了欢喜。"平生道："哦！你们五爷回来了，是什么时候到的？"佣工道："我也不知道他什么时候回来的。刚才秦先生没有听到我们庄子上撞钟响吗？我们这里规矩，有什么大事，在操场上集会，关帝庙里就撞钟。大家都跑到操场上时，五爷一个人已经站在戏台上等着了。我去看了一看，见戏台柱子上，贴了红纸条，上写着庄主报告大汉光复。我正想向下听，刘堂长怕秦先生醒了没人伺候，叫我回馆来了。"平生道："那好极了，我去看看。"说着，便向外走。

只听到一阵脚步响，有几个人抢进院子来。当头一个，头上挽着蓝布包头，扎成了个云堆式。上穿羽缎对襟密纽扣窄袖夹袄，下穿皂布裤，蹬着一双薄底乌绒快靴。长方的面孔红红的，两只灿亮的吊角眼远远射了过来。平生料着这是王天柱，还不曾开言，五爷抢着跑到面前，站定，两手一抱拳笑道："秦先生，失迎，失迎！总算我冒夜三百里的快马，还赶着回来了。"那刘先生和天辅兄弟都在身后，立刻向前介绍。平生回礼道："我到底是在宝庄等着五爷了。"王天柱将一只手牵住平生的手，对他周身上下看了一看，然后回转身向随在后面的一群人，伸了一伸大拇指道："不错，是一位英雄。"说着，拉了平生一同走入客室。他还不曾等平生坐下，先一拱手道："秦兄，我猜着你恨不得立刻就飞到武汉，要看看天下大事。可是我新由外面回来的人，知道得很多，你要走，绝不忙在一两天。我们既相会，总要畅谈一下，你今天不能走，明天也不能走，后天我陪你去郑州，你答应不答应？"平生犹豫着笑了一笑道："五爷回来了，兄弟有要紧事和五爷商量，今天自然是不便告辞。"王天柱将大巴掌一拍肚子，笑道："你不是要知道革命军起义的情形吗？都在这里。上海报开封报我带了一大卷来，你要知道时局情形，这上面比我说的还会多。

平生见他站在屋中间，两手上下乱比，满脸是笑容，不肯坐下，便微微拱了一拱手笑道："五爷这样高兴，兄弟自当勉遵台命。"王天柱道："我为什么不高兴，现在大汉光复，我们弟兄都有了出头之日。这荣华富贵不该是让旗人独占的了。"平生心里想着，难道他满腹高兴，都为的是最后一句话？可是话又说回来了，现在全国草泽英雄不明革命大义，以为这一般是古来换朝代的老规矩，可以给不安分之徒许多升官发财的机会，他既在豫西有一种民间势力，他这种想头更不会少。就凭这一点，也当在这里再耽搁一半天，把革命的大道理给他说个大概。

　　便伸手抓住他，同在一排两张椅子上坐下，笑道："兄弟在这里盘旋几天，在四爷、六爷面前领教良多，贤仲昆都是爽快人。兄弟有什么话说，也就毋须吞吞吐吐，老实地说出来。我之此来，就是要拉五爷做个革命同志。"王天柱将手拍平生的肩膀，笑道："老弟台，不用你说，我早明白了。你当革命党的人不辞劳苦，天霸拜山似的，冒险跑到我这松林堡来，为着什么？我还告诉你一个消息，我在郑州遇到冯兽医，他告诉我你到敝庄来了，把你的意思也告诉我了。你们看得起我，愿意带我玩一个，我还没有什么不干的。可是我也不会辜负你们的希望。不是我夸口，我这关帝庙里钟声一响，立刻就邀合三五千人。你别看我是父传子练把式，新家伙我也会弄。"

　　正说到这里，佣工们将茶盘子托着茶来，他一挥手道："不用这个，来酒。"平生笑道："兄弟昨晚一高兴，醉得人事不知，所以五爷回庄来了，我都不知道。可不敢再喝了。"王天柱笑道："不要紧，喝醉了，明天再睡一天，反正我们定期后天走。"平生笑道："五爷回来，当然有些事情要办理，我不能那样不识时务，还要五爷陪我一路出去。"

　　王天柱笑道："你说急于想走，我要出去，比你还着急呢。我因为要赶着回来布置布置，把太太丢在郑州，我一个人就跑来了。你想，这样兵荒马乱，我放心她一个人在郑州吗？我立刻要去接她。你一定会说，你想到汉口，和我不同路。我再告诉你，京汉铁路恐怕没你搭火车的机会了。八月十九日，武昌起事，八月二十日北京就下了一道御旨，派荫昌带两队新兵南下平乱，这一条铁路都在运兵。你怎样走得了？我知道你老太爷上北京了，你老太太可在开封。天下无事则已，天下有事，河南就是血战之地，你难道不回去看一看老太太？你也许说革命党于今谈不着家事，可是你想走南想走北，只有先回郑州最方便。你由郑州坐火车到开封，由开封到徐州，去上海也可以，坐外国轮船到汉口也可以。你走过开封，顺便看看老太太，岂不甚好？上海报大登特登民军的新闻，开封报也登，革命党只管闯开脸子在大路上走，官府怕惹事种仇，动也不敢动。报上还登着社评，叫朝廷开党禁呢。你还怕回去？"

他一连串地说了，平生还犹豫着。佣工听了王天柱的话，已经用大木托盘，托着许多菜碗来，预备午饭，另外还有两大壶酒。五爷笑着招招手道："你们替我满上两杯酒。我要占个卦。"佣工果然在桌边斟酒。王天柱两手在短衣襟下一抄，却在板腰带里，抄出两管六轮子手枪，笑着向平生点点头道："你来看，这柏树梢上有两个老鸦窝，我两只手同时发枪，左手打左边一个，右手打右边一个。若是两只都打中了，我们的事业大吉大利。你依着我后天一道去郑州。若是只打中一只窠，那算我输了，你今天走，我也不敢强留。"平生果然看时，见他将枪指着窗户外面，对过一棵老柏树。树顶上高约五六丈，弯枝八字分开，一高一低，靠在一枝有个鸟窠。右边另一棵柏树，比这树要远一丈多，更高的树枝上，也有一个鸟窠，却被柏叶隐藏了一半。平生这就想着，打一只鸟窠，这还罢了，两只鸟窠。一高一低，一远一近，一左一右，要同时发枪去打中，这是怎样的瞄准法？王天柱笑道："秦兄，你看，这事不大容易吧？"

平生笑着，还没有说话，只见他两手举了手枪，手掌心朝天，枪口反了过来，在左右肩头朝着向后，枪把子倒向了前。平生心里纳罕，瞄准之前，还做这样一个姿势，这是什么意思？这个念头还不曾完，只见他两手向前一伸，把枪一甩，枪口向了前，砰的一声两道青烟直射了出去。向外看时，右边那个鸟窠，打得小树枝枯草叶子乱飞，左边这个鸟窠，有一只乌鸦带了一撮窠草，向下面一滚。他两手把枪向衣襟底下插去，空出手来，向平生一抱拳头道："献丑，献丑！"平生更不答话，先拿起桌子上一大杯酒，两手举着，送到王天柱面前笑道："兄弟借花献佛，恭贺恭贺。"王天柱拱手道："不敢当，我转敬了。"说着自取了另外一大杯酒，送到口边，一仰脖子喝完，然后翻过杯子向客人照了一照杯，哈哈大笑。

第二十六回

黄叶庄中看刀布妙局
红鸳烛下举盏庆良缘

在这种情形之下，秦平生虽然余醺犹在，也不容稍有踌躇，把那杯酒喝了，也照了一照杯。喝酒虽是小事，可是把这杯酒喝过之后，平生就不能不依允了王天柱的约会，因之和齐集在客厅里的人，从容谈说着吃过了这顿午饭，不再做今日离开松云堡之想。饭后，王天柱去料理着庄子里的事，便把带来的一大卷报，送给客人慢慢地欣赏。

这已是到了九月初旬，上海报是八月下旬的，开封报是前三五日的。上海所登的民军消息，十分热闹。就是开封报纸上也都直率地登着民军字样，并没有什么顾忌。而且所载扬子江一带，都是兵心摇动，仿佛随时可以发生事情。荫昌所带的两镇军队，只是刚刚南下，还不曾与民军接仗。开封报纸，除登了几次官场安定人心的告示，也没有像以前查拿党人格杀勿论的那些字样。心里这就想着，王天柱说的话也是对的。于今中原鼎沸，革命同志必已潜伏在四处，预备响应武汉义军。想由京汉路前去武汉，大概是不行。何妨就依了他的话，先到郑州看看形势，然后看看哪里有机会，就向哪里去投效。若是前往徐州的话，经过开封，回家去看看也好。

这样想了，也就安心在松云堡再住两天，和王天柱谈了些革命意义。他再三地说，现在中国人谈到革命，以为就是杀鞑子，这是错了的。百分之九十几的满人早已与汉族同化，连满话也不会说，根本现在是汉满不可分。我们革命，只是要推翻清朝政府，并不完全是推翻满人。革命成功之后，我们是要联合国内各种民族，一律平等待遇，建立共和政体。说你不相信，满人也有加入革命的。王天柱在两天之内，已经听到他说了许多革命的话，他大概明白了如今大汉光复山河，并非古时的换换朝代。那么，他说现在是推翻清朝专制政府，并非排除满族，自也相当的了解了。

到了第三天，天还不曾亮，平生就听到院子里人声杂乱，赶快起床，这时王天柱在院子外叫道："秦兄，不忙，天还没有亮呢。昨日晒了一天，路已经干了，今天大概没有风，也没有沙土。咱俩都有一匹好马，肚子吃得饱饱地赶他个三四百里。"平生打开门来，见满院子的人站在朦胧的曙色里。每人的手臂上，都缠了一圈白布，在不大看得清人面目的时候，这种白影子倒更是显然。王天柱手臂上，也缠了一圈白布。他走进屋来，指着左手臂笑道："我知道，在武汉一带起义的地方，挂着白旗为号，百姓手上圈着白布作为光复了的记号。我是个急性人，知道我们这一带城池，什么时候光复？我今天要离开松云堡，我就要先瞧见了这里光复才高兴。所以我这里今天算光复了，也让你瞧瞧，我们都革命了，王老五说的话算数，绝不反悔，你高兴不高兴。"说着，哈哈大笑，将大巴掌连拍了两下胸。平生见他做事痛快，自也高兴。

就在天色黎明之中，和王氏兄弟以及育才学堂里各位先生，共同吃过了早饭。平生也改了短装，将那柄长剑，负在背上。王天柱拉住他的手，陪伴着他出了迎宾馆，一大群人跟着送出庄屋来。老远看到那操场的大柏树上，用竹竿子挑出两面四方大白旗，上面用红笔写着，光复大汉，还我河山。自己骑的那匹乌骓马和另一匹灰色高头马，备好了鞍，有人牵着，站在路头。王天柱笑道："秦兄，在敝庄屈居了这么久，我们是惭愧着没有什么招待。可是我兄弟懂得一点儿惺惺惜惺惺，好汉惜好汉。你的意思要我们做个好百姓，做个中国男儿。你看，我们就把这一带地方先光复了，用这两面的旗子表明我们的心迹，欢送你一程。"平生便先和他一抱拳，又回转身来，向大家作了个罗圈揖，笑道："各位这番抬爱，我一辈子不忘记。于今暂时告别，后会有期。"王天柱手牵着灰色马的缰绳，向大家点点头道："你们等候我的消息吧。"说着，一拍马背，两脚一顿，上了马背。从他上马姿势那样矫健之下，可想到他是善于骑术的，平生随着他上了马，各一抖缰绳，便骑上了马。只一声再会，八蹄掀开，跑出庄门。

平生以为他这必是一直奔上大路，可是到了松林外，在当日入林的那个路口上，他忽然把马停住，回头向平生笑道："请下马少歇，我要在这里交代几句话。"平生以为他真有什么话交代，却同他一路下了马鞍，走进那丛小树林下的矮屋子里去。看时，那原来系红桌围的公案，已经拆除了。正面墙上贴了一张红纸，写了面盆大字四个，大汉天下。十字交叉的，用竹竿挑了两方白竹布旗，全写着还我河山。他笑道："我听刘先生说，你就不愿意我这里官府排场，我立刻把它换了。可是我只能管到这里为止，出了这哨口，是官府管着，非大干一场，不能把白旗扯出去。不过这一带地方，迟早是要由我来光复的。我这样做，算是先给官府通大信。这在早年，就叫造反了。我这样做，一点儿不含糊，你现在可以放心拉我做个同志了吧？"平生笑着向他伸了大拇指。他扬着马鞭子哈哈大笑。这里七八名把口子的壮丁，都肃然排立站在一边，王天柱向他们点头笑道："哥儿们等着吧，我再出去一趟，多则半个月，少则几天，我就回来，我会带着好新闻回来的。秦兄，走哇，放心上路吧。"他说完毕，大跨步子又出去上马了。平生骑着马跟了他，心里头也就想着，王老五这个人虽然粗鲁一点儿，说得投机，却也勇于改过，这样一个人，又有这样一般势力，自不可放过了他。心里如此想着，一路之上又不免随时和他谈些革命大义。

快马跑了三天，又走的是小路，在这日下午，太阳还不曾偏西，背着阳光，远远望见东北地平线只一丛灰腾腾的烟雾。王天柱在马背上将马鞭子遥遥地向前一指，笑道："秦兄，快到郑州了。你不听到一阵雷响，那是京汉路上开着火车呢。"平生向那发雷声的地方看去，长堤似的，地平线上微拱一条长埂，带着一片树林，正是行近了京汉路。又在马背上加了一鞭，渐渐地看到那烟雾丛中现出楼阁人家的影子。然而王天柱却不奔往郑州，将马头微微带着向北走去，马也放缓了步子。

平生道："王兄，不能够按着这样的方向走吧。"王天柱让平生的马赶着并排了，将手一拍腰，又指了平生背的剑，笑道："凭咱哥儿俩这副扮相，就能到兵荒马乱的郑州城里去吗？好说，人家猜我们是练把式。不好说，可会把我们当了歹人。王老五不在乎，可别害了你呀。就这样一直走，我有个落脚的地方。我们洗一个澡，换上一套衣服，顺便打听时局情形。我们从从容容进城，找个小馆，闹上两壶白干，吃它两条黄河鲤，你说好不好？"平生道："原来五爷有落脚的地方，那就好极了。我心里正愁着这一副打扮，可是又不敢说，怕五爷笑我胆怯。"王天柱笑道："你别看我是个老粗，我在南北走过上十省，混了这些个年，若全是干粗的，我有几个脑袋？随我来吧。"

于是扬着鞭子一口气跑了七八里路。这里一带少沙土岗子，有一条人行路直通到这一丛新树林子去。这树林只有几棵高大的白杨和青桐，其余全是手臂粗的树干，一望而知是新培植的森林。这些新树，有枫树，有枣木，有洋槐，有榆柳。中原秋早，一大半叶子都黄了。夕阳照着，一片黄光，颇是好看。行近那疏林，略看到一层屋脊。直把树林子钻尽了，才看到一所单独的平房，四周围了短墙，敞着八字大门，门上一块直匾，大书黄叶山庄。门外一排半黄半绿的柳树依然是嵩山脚下那个排场。马到了门前，还不曾下鞍，拥出来七八条各色长毛狗，汪汪地叫着，直扑过来。王天柱只将马鞭子一扬，狗就摇头摆尾，转着那匹灰色马欢迎。

就在这时，门里抢出来个青春少妇，看去约莫二十多岁，清秀的脸儿，架上托力克眼镜，上身穿了蓝竹短褂，下系青绸长裙，头上挽着钻天髻，竟是一位当年学校的女教员。平生倒是一怔。王天柱跑上前去，笑着招招手道："来来来，我和你介绍，这是你们维新同志。"那少妇便迎向前一鞠躬道："这是秦先生。"平生只是鞠躬回礼，还不知道怎样称呼。王天柱摇撼着身体笑道："这就是我们那口子，周玉坚女士。"平生这才明白，因道："哦！原来是周女士。"王天柱笑道："听你这口气，你没想到我有这样一位太太吧？"周玉坚笑道："一路风尘辛苦，不说笑话，屋里休息吧。"随着这话，有一个小伙出来，给牵了马进门。

平生被主人让进了屋子。看时，是三进四合平房，各屋子大半掩了窗门户扇，静悄悄的，不见人迹。院子里栽着冬青松秧，都修剪得整整齐齐的，顺着地面，拢了百十盆盆景。菊花、秋海棠等类，正开得鲜艳，这里像是人家一所别墅。王天柱直引着客人，到后进东厢房里落脚，又是开封城里公馆客厅排场。主人笑道："秦兄，你张望些什么？这也可以算是我的家。我一年由郑州来来去去，南北乱跑，不能不有个落脚的地方。可是，不是十二分知己的朋友，不会到这里来，很少人知道我在郑州外邻有个家。"平生听了，自不便说什么。原来这里是不见什么人的，不到十分钟，男女佣工，却不断地来往，送着茶水糕点。王天柱笑道："太太，你奉陪着秦兄稍坐一会儿，我进去先换了这套行装。秦兄急于要知道的，就是这一程子的时局消息，你挑好的告诉他一点儿。"平生道："嫂夫人请便吧，兄弟也应当换去这套行装。"王天柱道："那也好。找干净房间，让你休息，我们把这几天的报，送一卷让你自己去看就是。"于是派人提了平生的包裹长剑，引到旁边小跨院来。

　　这里有三间小房并排列着。进了靠外一间屋子，洞明的四开玻璃窗下，列了一张红木雕花长桌。上面除有一只花瓶和一套茶具外，居然有两套书摆在桌子角上，翻过来看时，却是一部《儿女英雄传》、一部《七侠五义》，还有一部新出的《孙子浅释》。心里想着，有点儿意思。横头设了一张时兴的宁波床，被枕配得齐全。床头有衣架和洗脸架，简直是特设的客房。窗对面放了一张红木方桌，放有一只象棋盘、一只红木大盒，装着杯子大的乌木象棋子。桌子里面，墙上悬了一幅关羽秉烛读春秋的图画。两边悬一副虎皮纸对联，豪气吞湖海，雄心慕汉唐。旁边落款华山道人。平生不觉肃然起敬。再看那湖字，三点水特别细小，现着胡字特别大，这又觉得这位太平天国的遗民，处处都有他的个性流露出来。因故意向送茶的佣工道："这里是五爷的内室吧？怎么好来打扰呢？"他道："不要紧，这里向来是待客的。"

　　平生也不多言，看看这院子里有一棵极大的柳树，垂枝把全院都笼罩了。大树兜下，有个小月亮门，却紧紧地闭着。这所屋子，本来就幽静，看院子里石板面的人行路，两边青苔长了很深，这里更是幽静。随着佣工送了茶点和一大卷报纸来，平生就坐在长案前的太师椅上，展开报纸来看。这比在松云堡看的报，更热闹了，报上登的新闻，几乎是东南半壁都在摇动之列，尤其看到让人兴奋的，就是长沙、九江两处，都已入民军之手。安庆、镇江都有独立的消息。

平生不觉把桌子一拍，站了起来，自言自语地道："我立刻就走。"窗子外面这就有人答话道："忙什么呀。哪个地方等着你去做都督？"平生看时，王天柱穿着蓝湖绉夹袍，套上青花绸马褂，头戴青纱瓜皮小帽，倒像个官僚的样子。便迎着他进来，连连地拱着手道："兄弟实在是要走了。长江一带，大概早晚都要入民军之手。我应当赶快到上海去和同志会面，找一个投效的地方。不然的话，津浦路一断，我就走不过去了。"王天柱向他身上看看，笑道："你不说换衣服吗？"平生低头一看，笑道："我一拿着报，就看入了神。什么都忘了。"王天柱不曾答话，周玉坚也来了，她笑道："秦先生，我们不留你，但是你在报上看的消息，总不能透彻。你应当在郑州找找你的同志，问问时局内容。这样一个贯通南北的要道上，也许你们会有同志在这里暗下布置的。趁今日天色不晚，你就请行。我们明日不出门，静等着你的消息。"平生想了一想，因道："我一去，大概不会回来了。我一柄剑和这一匹马留在贵处，请转交华山老师父。但是我到哪里去，我会写一封信专人送来。我看了报，我的心都飞了。"说着，连连拱揖。周玉坚道："这里去郑州还有上十里路。我们派一个人预备一头牲口送你去。索性让秦先生走快一点儿。天柱，我们外面等着，让秦先生换衣服。"说着，她竟是拉着王天柱走了。

平生匆匆地换了长衣，提着一只小包袱，就到前面来告辞。主人双双的在客厅里等候，桌上摆了四大盘菜、一把酒壶、三副杯筷。平生道："还要叨扰？"周玉坚已提起壶站在桌子边斟酒，笑道："并不留秦先生坐下，门外已预备好了马。"说着，向旁边站的一个男工道："把秦先生的包袱接过去，拴在马上。"平生将包袱交过去了。她两手捧了一大杯酒过来，笑道："恭祝秦先生马到成功。"王天柱将盘子里红烧整鸡，拔起一只腿子，交给他，笑道："是为老哥办的，你也不能一点儿不尝。"平生只好笑着一手拿了鸡腿，一手捧了酒杯。天柱道："且慢，我们同陪你一杯。"于是站在桌前，就对立着把酒杯端起来干了。主客放下酒杯，平生也只好把鸡腿送到嘴里咀嚼。王天柱挽了他的手道:"我送你上马,不再啰唆。"平生笑着和他夫妇一同出门。果然门外有两匹马、一个长工等着。在那一片斜阳,满林黄叶之下,平生跳上了马,只一拱手,随着那匹长工的马,直奔郑州。

　　平生自己以为是不会再到这里来的了,在马上还不住回头看看,觉得对这主人翁的殷勤,是太对不住了。可是在第三天的下午,照样大地上一团盆大的红日西下,他又独自地提了小包袱走了回来了。在这前一晚,正刮了一晚西北风,这时不但树上的叶子,飞去了一大半,便是没有刮去的树叶,也更加地变着焦黄了。天上的红霞,火烧了西方地平线半个天空。红光笼罩了一簇黄色树林子,在稀疏的枝叶缝里,露出半堵白色的粉墙和两只灰色的屋角。在一望无际的平原上,觉得这里一堆黄色,特别有些令人留恋之处。紧张了两天的胸襟,倒是轻松了一下。平生慢慢地走近了那树林子,却在树干的空当里,看到一个人影子一闪。那人上面是蓝衣下面是青裙,分明是周玉坚了。心里也就想着,前天是那样的慷慨,迫不及待地走去,今天又回来了,首先就见到女主妇,这话颇不好说。

　　想着想着,人走近了,那个妇人影子,却半藏在一棵树下。自己还不敢冒昧地叫着嫂嫂,再迎向前两步。她出来了,红着脸,叫了一声:"大少爷。"半鞠了个躬。平生哦哟了一声道:"是鹿小姐!您怎么会到这里来了?"鹿小姐道:"大少爷没有在城里见着王五爷。"平生道:"没有呀。"她道:"没有见着小三儿?"平生道:"他也来了?这真是意想不到的遇合。"

　　她手扶了一棵小桐树干,低头想了一想,因道:"大少爷原来全不知道,我告诉你吧。现在不是风声很紧吗?家父让家母带我先回北京去。秦伯母也是惦念得您了不得。据小三儿在一位冯老师那里得来的口信,知道大少爷在登封。现在反正开了党禁了,回去没关系。派小三儿来找你。我们由开封到郑州,打算再坐京汉车。小三儿顺道送我们一程。昨天到了郑州,没搭上车,只好住在客栈里。昨天上午,小三儿在街上走,又遇到了冯老师,他说你在王五爷家里。小三儿喜欢得了不得,悄悄来告诉我,我就让他来找你。不想他没有找着,说是你到上海

260

去了。我一急，瞒着家母，带着一个老妈子，让小三儿引我到这里来了。来了之后，蒙这里周玉坚女士款待着我，她说，你要走，有一封信送来的，现在准没走，把我留下。王五爷带着小三儿进城找你去了。我想，一不做，二不休，就在这里等你的消息吧。家母那里，我让小三儿送个信去，说是下午准回客栈。你瞧，太阳落土了，王五爷和小三儿全没有回来，急得我只管在这树林子里张望。周女士陪了我半天，看看天色不早，她只得答应送我……"

一言末了，林子里面一阵马铃铛响，只见周女士坐着一辆骡车出来。车上果然还坐着一个女仆。她一见，从骡车上跳下来，拍着手笑道："秦先生来了，好了好了。鹿小姐，怎么着，我说他会来的吧？"鹿小姐哧的一声笑着，她脚上踏着一双黑皮鞋，拨着地面上堆积的黄叶。周女士道："站在门口，不是说话之所，请到家里坐吧。"鹿小姐皱了眉道："怎么办呢？天色晚了，家母在客栈里，岂不等了着急？"周女士笑道："你好容易找着他了，难道一句话也不说。"鹿小姐低了头，脸上红晕红到耳朵根后去了。平生想了一想，因正色道："鹿小姐家规很严，这的确是不能耽误了。嫂嫂，我那匹乌骓马还在这里吗？"周玉坚道："自然在这里。"平生道："那么，鹿小姐坐车，我骑马……"周女士不等说完，笑着点头道："好的，我叫人去和你牵来，你等一等。"说着，她竟走了。

平生隔着那树干，望了鹿小姐道："以前好几次蒙你通知我走，我都大意了。后来我走了，我也没有给你一个信，惭愧得很。鹿小姐今天又这样冒了大不韪来看我，我是感激万分。"鹿小姐抬起头来，看到前面有个女仆，又有一个车夫，只笑了一笑，又把头低了下去。就在这时，又是一阵马铃响。只见林子外一道尘烟飞起，直旋到面前。王天柱骑着那匹马飞奔而来。到了面前，一跳下马，一手拿鞭子一手握住平生的手笑道："现在不急于到上海去了。"平生笑道："言之甚长。"他看到这里停了一辆骡车，问道："怎么样，鹿小姐要走吗？"鹿小姐道："天不早啦！"王天柱笑道："鹿小姐，说你不相信，我把你们老太太请了来了。小三儿跟着呢，车子快到了。大家里面坐吧，不用走了。"鹿小姐道："哦！家母也来了，那我在这里等着吧。"王天柱道："老弟台，我们先到屋里坐吧。我有话和你说。"说着，拖了平生，一直向里走。

到了客厅里，把马鞭向地下一扔，拍手哈哈大笑道："老弟台，我明白你的话了。现在根本是汉满不可分。我们革命，只是要推翻清朝政府，并不要完全推翻满人。"平生没想到松云堡和他说的革命正义，他现在拿去开玩笑，因笑道："五爷，你误会了。"他笑道："我不误会，我还得喝你一杯喜酒呢？"平生道："我正要问五爷怎么把鹿夫人也请来了。"王天柱道："还说呢，为了找你，没把郑州城跑光了。我遇到你们一位陈同志，说你又下乡找我来了。我和小三儿一商量，我们来反串一出能仁寺吧。我就到客栈里去见了鹿夫人，说是你和鹿小姐都在我这儿呢，请她也来吃顿便饭。我可没敢说出城有这么远，好容易雇好了骡车，把她老人家诓上了车，我还怕你没来，这出好戏唱不成。一路打听着，果然有你这样一个人走来了。我打着快马，就追了来。我说，老弟台交朋友，交咱们这样的朋友，没什么话说吧？"他站着一面说着，一面在衣服里抽出一条手绢，擦抹头上的汗。工人送上茶来，他也不管是敬客的，接过碗来，咕嘟咕嘟，一口气喝干。

平生虽觉得他是彻底地误会了，可是看他这样热心，倒是盛情可感。便笑道："今晚上我和你长谈吧。"正说着，外面周女士一阵笑语声，正是迎着鹿夫人进来了。平生想着，尽管越来越误会，总有说得清楚的时候，现在且不必分辩。便走出院子，对着进来的鹿夫人，向前作了一个揖，口称伯母。鹿夫人于今也是短褂长裙，不着旗装了，两手环抱在左襟上，作了一个汉揖道秦少爷好。看她脸上和和平平的，并没有什么不然的样子，周玉坚引着她到上房去，平生只随行到走廊上就回到客厅里。小三儿穿了一身短装，由院子里迎上前，把头上草帽摘了向平生一鞠躬，笑道："少爷，不请安，我们行汉礼了。太太特意打发我来请少爷回去。"平生道："我全知道了，找个地方你去休息休息，有话慢慢再说。"

平生回到客厅里，已亮上了灯火。王天柱坐在一把围椅上，直伸了两腿，还是舒服地捧了一碗茶喝。平生靠住他坐了，因道："五爷，我之后又回来，不但你想不到，我自己也想不到，我在郑州遇到许多同志得了确实的消息，西安已经起义了。太原起事，也就在这两天。这样一来，河南起义，势子就不孤了。几位在郑州的同志，都是久仰我兄大名的，说是我为什么丢了这现成的局面不干，倒要向上海跑？主张我立刻和五爷回松云堡去，带几千人出来，占袭洛阳，响应秦晋。王兄，你在民间有那样大的潜势力，只做地方上一个关门皇帝，充其量言之，只是图个私人快活。在公言之，与国家社会，毫无用处，在私言之，你王天柱空有一身本领，不过一般的与草木同朽。遇到这样五百年难有的一个机会，不轰轰烈烈干上一场，白顶着这颗英雄脑袋。"

王天柱突然站起来道："我为什么不干？不干，我还不到郑州来呢？我就怕人说白顶着这颗英雄脑袋。"说着，拍了两拍自己颈脖子，于是又回转身来向平生拱了一个揖道："老弟，你明白，我是个老粗。你说出兵洛阳，响应山西、陕西，我有那力量，也敢做。可是你说的，这不是躲在松树林子里关门做皇帝的事，必得你多多地帮忙。"平生道："这何用说？不但是我，还有几位同志，大概今晚八九点钟，会到这里来拜会你，就借你这里开一个会，要怎么样子干，大家出主意。我知道你是赞成革命的，我们关于这事也谈得很多了。可是到了现在要你正正当当地加入革命军，我必得先来征求你的同意。"王天柱一拍胸脯道："我一百二十个干。你们同志在哪里，我亲自去欢迎。"平生道："那用不着，他们分散在各地方，你找不到的。你和他们不认识，见面也多一番周旋。还是我去引了他们来。"王天柱道："好的好的，我立刻叫厨房里预备一点儿酒菜，你立刻就去接。咱们商量大事，闲话少说。"平生道："嫂嫂不是一个平常女人，应当通知她。"

外面周玉坚笑着进来道："我已经听着多时了。我就爱听人说我不是一个平常女人。回头开会，我要参加一个。"平生道："那是自然。"周玉坚笑道："天柱说，我们这里今天要唱能仁寺，你瞧过《儿女英雄传》没有。他要硬给你做媒。"平生笑道："现在哪有工夫谈这个。"说着，向主人一拱手道："马预备得现成，我这就去郑州了，大概来的有

263

七八个人。"他一面说话，一面就走了出去。

王天柱笑着张开口，不住地搓手摸头，在屋子里乱转，见周女士还站在这里，便笑道："你也乐忘了，有客在上房，你不去陪着。"她走近一步，向他低声笑道："你不说给人家做媒吗？"王天柱搔搔头发道："现在哪有工夫谈到这个？"周玉坚道："你先说唱出能仁寺，那还是笑话，现在倒真成了。这段婚姻，鹿小姐是千肯万肯，秦先生也是求之不得。作碍的就是鹿小姐父母摆着旗人架子，不肯与汉人通婚。咱们把鹿太太诓来了，原也利用过旗人倒霉的年头，和她好好说成这喜事，还能握刀动杖不成。今天这里一开会，这就好办了。我有一条小计，保管一试就成，而且一点儿也不耽误大事。"于是悄悄地把自己的意思向他说了。王天柱一拍手笑道："就这么办。我王老五好事，遇着你这五奶奶又好事。"周玉坚道："人家秦先生提拔咱们做一番大事业，咱们也当替人家完成一段心愿。那小姐长得刚健婀娜，别说秦先生和她自小儿长大的，我是一个女人，一见也就爱她。"王老五笑着点头称是。于是夫妻两个，分途行事起来。

在三小时之后，主人翁已抬过鹿夫人和鹿小姐的晚饭，周玉坚陪着在上房闲话。红木桌子上点着白瓷罩子的赛银灯台的煤油灯，梁上还另垂下来一盏草帽式的吊灯，屋子里雪亮。灯下是当年少见的五彩玻璃碟子，装着下茶的干点心、瓜子杏仁之类。杏黄瓷彩龙盏碗，泡着香茶敬客。鹿夫人手上捧着的，是一管银制水烟袋。这在客人眼里看来，主人翁总是一个官绅世家了。周女士坐在紫缎子椅垫上笑道："鹿夫人，你曾问我们五爷是什么官阶，我是含糊地答应你。其实不是，咱们不见外，我引你参观我们这房子。"说着，叫佣工点了一盏手提玻璃罩子灯，便请客人同行。

客人以为主人要夸示他的富有，便含笑跟着走来。另一个佣工在前走，走进旁边小跨院。在一棵大柳树下，有一个月亮门，反锁着。佣工开了门，先抢前去，然后里面有一线灯光。可是灯光在地面下发出来的，原来这里照西边人开土窑的法子，平地挖下去一道深沟，约莫下去两丈。在沟壁一边开着窑门，挖了土窑。窑上的地面，却是葡萄架。鹿夫人看到，这已觉得奇怪了，可也不能说不参观。沟是有石梯子下去的。周女士先走到沟心，让佣工高举了灯引客人下来。大家向土壁子里进了窑门，先是个小巷子，只能走一个人，倒转了两个弯，但转弯的地方，都有灯悬在洞壁上。再进一所门，土窑忽然开朗，是一间很大的土窑子。上面悬着大吊灯，照着四壁都是白粉糊的。可是鹿夫人和小姐，越看得清越吓得心里乱跳，脸都青了，作声不得。原来四处都放着是刀枪剑戟，而且这不是练把式弄的玩意儿，有快轮子步枪，有来福枪，靠在壁上的大刀，柄上悬一方红布，立着的矛子尖下垂了一撮红缨，白的白，红的红，好闪眼睛。周女士笑道："鹿太太，不要紧，我引你来看，是表示我们可以和你保险啦。"于是她笑嘻嘻地，再引客人回到上房坐着。

鹿小姐究竟胆子大些，定了神，笑道："五爷原来是官居武职。"周女士摇一摇头笑道："我再说一句不要紧，请放心。说明了别害怕，五爷就是嵩山脚下有名的王天柱，又叫王老五。"鹿夫人哦了一声。周玉坚笑道："别害怕，自我嫁了他，他早已是个善良百姓了。要不，秦少爷怎么会和他交朋友呢？他现在要做革命党报效同胞，补救以前的过失了。地窖里那些东西，根本是不用的，不过自己哥儿们，没事练着把式而已。我索性告诉夫人小姐一件事。夫人不是问秦少爷哪里去了吗？他是到郑州请革命同志，借舍下开会，现时正在前面客厅里开会。秦少爷一再地说了，于今革命，是推翻腐败的清朝政府，与平常的旗人无干。而且革命成功之后，要五族共和呢。"

鹿夫人呆呆地坐着，简直说不出话来。鹿小姐听说平生在这里，胆子就壮了，因笑道："其实我们也是汉人，我们是汉军旗。"周玉坚笑道："是呀，秦先生和我们提过，说鹿小姐就有革命思想呢。"说着，她在桌上花瓷筒子内，取了一根纸烟煤点着，将那银烟袋装上一袋烟，双手递给鹿太太。鹿太太起身接着，说不敢当。周女士又抓了一把松子仁儿，递给鹿小姐，笑道："小姐你是进过学堂的维新人儿，有什么想不透的。愚夫妇请二位到舍下来，完全是一番好意。"鹿小姐道："那我怎么不明白呢？你瞧，五爷为了找秦大少爷，在郑州城里城外跑了一天。"周女士坐在她下手，向她瞟了一眼笑道："为你两人，可也为了他自己。二位请坐一会儿，前面开会，有我一份，我也得去参加一下。我马上就来。"说着，她起身走了。

鹿太太坐着，只管抽水烟袋，看到屋子里有两个大脚老妈站在一边伺候着，只望了自己小姐，不敢说什么。鹿小姐微笑着道："不要紧，还有秦大爷、小三儿在这里呢。"鹿太太这才逼出一句话来道："你瞧，怪尴尬的。"然而这句话，仍在不可解之列。母女二人约莫默坐了十来分钟，只听王天柱在门外先说了一声失陪，然后进来。他站着先作了一个揖，笑道："照说，鹿小姐在此，我不便进来。可是小姐是一位维新人物，不会见怪的。"她母女都站起来让座。鹿小姐道："凡事都有打扰，怎敢说那不知进退的话。"

王天柱坐在靠外一张椅子上，请客人坐下，又让老妈子敬过一遍茶烟，然后笑向老太太道："王老五是个粗人，不会说话，也拦不住话，有错儿请别见怪。听说鹿府上和秦府上是世交，是吗？"鹿夫人捧了烟袋，坐在正面，见他粗眉大眼的，说了一个话帽子，以为有什么惊人之笔，及至听到是一句轻松的话，便答道："是的，我们是世交，要不，我们怎么不避内外呢？"王天柱道："听说，秦兄是和鹿小姐自小一块儿长大的？"鹿小姐斜坐过，便微侧了身子，把头低着，鹿太太这又不知他什么用意了，这话当了人家千金小姐的面问着，实在也粗鲁。便笑道："是的。我们原来在北京做过街坊。"王天柱道："这我就有点儿奇怪了。两家既是世交，这郎才女貌的一对儿，又是一处长大的，为什么两下不提亲呢？莫非鹿府上说满汉不通婚，嫌秦府攀交不上？"

听到这里，鹿小姐十二分明白，心里想着，睡里梦里想问的话，今天亲耳听到人家质问母亲，真是痛快。这位王五爷，不要是书上说的昆仑奴这一类侠客吧？可是她心里喜欢得乱跳，跳得衣襟都在动，头却格外地低下去了。鹿太太道："哟！那可不是。我们原是汉人啦。"王五爷道："那为什么没提过亲事呢？我说，鹿小姐，你是文明小姐，你不嫌我当面问这话有点儿冒犯吧！"说着，向她起身作了一个揖。鹿小姐虽侧过身子去坐着，眼光可是由眼角上不住看这位猜想着的侠客。这就立刻站起来回礼。也是百忙中没有顾虑到年月不同，竟蹲着身子，请了个双腿安。王天柱倒也不介意这礼节失时，又回过脸来向鹿太太道："我还告诉你一个消息，今天傍晚听说，太原也起义了。民军再迈一步，就到直隶啦。我王老五多这么回事，要喝你两家一杯红媒酒，大概没说的吧？凭我面子不成，还有前面那些开会的同志，都是这样说，这面子可大了。"

鹿太太听他的话音，知道是做媒，可是他又扯到太原起义，不知他什么意思。便道："五爷，您坐着说，好商量。"他道："还有什么商量的？我们等不及啦。"周玉坚在门外先咳了一声，接着道："五爷，你这是怎么说话？像你这样做媒，把吴刚的斧子砍折了，也不能成事。"说时，她笑嘻嘻地进来了，向大家勾着头道："请坐，请坐。"大家坐了，她也端起桌上一碗盖茶，坐着先喝了一口。放下碗，还摸出胁下掖的手绢，擦了一擦嘴，这才向鹿太太道："明人不说暗话，这两年的婚姻，本来就不兴父母之命、媒妁之言啦。我是个女学生出身，我知道女学生的心事，鹿小姐不能有个例外，也是主张婚姻自由的。她和秦先生自小儿兄妹一般长大，要说她心眼里不愿意秦鹿两家联亲，那才……"

鹿小姐身子略挺一挺，想接着辩论一句。周玉坚笑道："您别忙，等我说完。我早知道你们在旗的家规重，谈不上婚姻自由的，何况还有汉旗之分呢？可是鹿家伯母……"她掉过脸来很郑重地向鹿太太道："打八月十九日起，你们在旗的，也不能再守旧家规了。这两位既是郎才女貌，性情相投，您那家规又不能行了，所以我们出来要做这一件红媒。您必定说为什么这样急哩，好像绑票似的硬做啦。这也有个原因，第一，是难逢难遇，大家碰在一处。第二呢，五爷不是说太原又起义了吗？可惜他只说了半截，没让你们明白。就是北方事情也这样紧急了，五爷和秦先生被外面开会的同志公推，他们明儿一早，就回登封去，有大事要办，在这里就剩半晚了。若是这事今晚不说定，你秦鹿两府的人，将来自会得着见面，可是我们姓王的，不知道将来在哪里，还能巴巴地追着你们去说媒吗？这还是小事。第三呢，据秦先生说，鹿小姐向来赞成革命，秦少爷逃出开封，不就是她通知的嘛！开会的那几位同志，说他二位不但是青梅竹马之交，还是患难朋友呢。他们愿意这二位在今天当他们的面订下白首之约。有了这三个原因，所以我们就急着说媒了。还为着你是旧家庭，我们才转这个圈子，向鹿夫人请示，要不，把他二位请到客厅上，由他们宣布订婚就完了。说到这里，可得替你反问一句，你说婚姻自由，你准知他两人都愿意吗？这好办，他两人都在这里，您可以当面问一声，若是有一个不愿意，我们全算多事，什么不说了。若是两人都愿意，那就请你别拦着。国家都要革命党来改良，私人儿女婚姻，可就由不得老前辈守旧专制。话完了，你瞧着怎么样？"

她说完了，顺手把桌上另一支水烟袋取过来。五爷立刻取了一只纸煤，在灯上点了火递给她，她不慌不忙地，笑嘻嘻地呼烟。鹿太太听了她这一套软中带硬的话，心里也有《儿女英雄传》那套故事。心想，她虽没提刀动杖，她可像十三妹一样的强横。别说这一对小冤家早就情投意合，不用问了。便是问，自己小姐在王五爷家里，敢说个不字吗？何况今日冤家路窄，又赶上革命党在这里开会。便笑道："承五爷和五奶奶的好意，我还有什么话说，何况我和秦府就是世交。不过我答应了这婚事，回家去，要在我鹿大人面前担一副重担子。"王天柱道："那怕什么？鹿太太您总听到说湖广总督瑞澂逃到上海去了，差一点儿丢了命。鹿大人将来也不会是鹿大人，他……"周玉坚口里喷着烟笑道："你怎么一点儿也不客气？你可知道你是在说媒。鹿夫人这个你不用为难。将来鹿大人要怪下来，什么担子，都推在王天柱夫妇身上就是了。这婚事您算答应了。"

鹿太太心想，我不答应你饶我吗？便笑着点头道："我高攀秦府了。"周女士放下水烟袋，就向前握住鹿小姐的手，笑道："你也总得说一句话呀，不然，现着我们做事太武断了。"鹿小姐低了头，只是咯咯地笑。周玉坚道："你光笑不成呀。你难道笑我们多事？"鹿小姐这才抬起头来笑道："我还能那样不知好歹呀！"王天柱拍着手哈哈大笑道："成啦！成啦！鹿夫人你预备下见面礼吧。我去引秦兄进来认亲。"说着，一路笑着出去了。

不到五分钟，主人就引着平生进来。他到了这时，只好绷了面孔，站着向鹿太太一鞠躬道："蒙伯母俯允亲事，十分感激。不过今天晚上这样提亲，都是五爷和各位同志好意，小侄原不敢怎样冒昧。"鹿太太道："咱两家是世交，能够这样也完了我一件心事。我也学学五爷的样，来个干脆。"说着，望了那坐在屋角椅子上的小姐道："凤英，你把手上那个宝石戒指取下，交给平生，就当了我、五爷、五奶奶订婚。"王天柱听说，只管拍了掌声叫好。鹿小姐本已取下戒指，站起来了。这好声喊着，她又扭转身去了。周玉坚正色道："这是正事，别小家子气。"鹿小姐这才向母亲请了一个安，把戒指递过去。鹿太太一摆手道："你俩自小像兄妹一样，不用害臊，你就文明点儿，交给平生吧。"母亲这样说了，她只好半低了头，微抬了手，走到平生面前递了过去。平生倒是一鞠躬接着。王天柱笑道："老弟，你得把东西敬过去呀。"平生道："我身上没有预备什么。我那小包袱里有只金表。"王天柱道："你的小包袱我收着呢。"说着，他快步到后厢房里取金表去了。一会儿，他取着金表来了，将表交给他，他又一鞠躬交给了鹿小姐。周玉坚站在一边，便鼓了两下掌。

王天柱一手挽在身后，这时高举出来，却是一张小画。画上一个时装美女，不就是鹿小姐吗？他笑道："鹿夫人，你瞧瞧我们秦家老弟，连出门的简单小包袱里，都带着鹿小姐，他们愿意到什么程度，你还用得着问吗？"于是全屋人笑了，鹿小姐也笑。可是鹿小姐的笑，是完了她送画的那桩公案，可没有人知道啊。

后面这一阵笑，已惊动了前面开会的同志，大家得了消息，一定要请鹿小姐出去会面。主人翁夫妇，也大为高兴，在客厅里并排陈列了两张圆桌，设下两桌盛席。左席上特地燃上一对桃红色的鸳鸯烛，还是专人到郑州去买来的呢！右席上主人夫妇，陪着六位同志。左席邀了秦鹿两位，也陪着六位同志。秦鹿两位走进门，全体起立，热烈地鼓了掌。鹿小姐只觉得今天晚上这一会儿，如同做梦。除了见人鞠躬便是抿嘴微笑。

大家入席，已是一点多钟了。在左席，一位张同志站起来道："今天我们是两大喜庆。第一，难得王天柱先生和夫人周女士慨然加入我们革命队伍里，愿把他所有的力量，相助革命。第二，是这位向来同情革命的鹿小姐，倒和我们秦同志订了婚。原来她相助革命，以后更可以相助革命了。你看，这红烛的光彩照着大家脸上喜气洋洋，便是佳兆。至于私人的好事完成，那还是小事。我们今晚做个通宵之欢，但不可喝醉，以便天亮了，我们恭送王秦二位登程，举起另外一支革命力量。"说完，全席又是一阵鼓掌。于是大家开怀畅谈到夜深。

王天柱突然站起来道："今天晚上既然有两件喜事，我王老五也当凑一份热闹。"说着，就离座出去。这样一来，不但大家不知道他什么用意，就是周玉坚也不知道他什么用意。一会儿工夫，他拿了一把剪刀进来，站在两席中间道："我太太老早就劝我剪掉这条辫子。我因为在南北跑来跑去，没有辫子，怕官场注意。现在当了许多同志的面，我把辫子剪下来，也可以说我表示决心革命。"说着，左手在背后捞过辫子来，右手举起剪刀，叱咤叱咤一阵响，齐根将一条辫子剪下。全座一阵鼓掌，都举杯向他祝贺。

这时远远有几声鸡叫，周玉坚看那红烛，已烧得只剩下了一小半截，便道："天色一亮，秦先生就要动身了。趁着还有一点儿时候，应该让他和那位新岳母告别一下。"大家说是，就请秦鹿二位进上房去。鹿小姐还是没说话，含笑向大家一鞠躬，随着平生进去了。鹿太太本和衣已睡了，听说女婿来告别，只好坐起来，陪话一阵。眼见窗外天色大亮，随后小三儿笑着进来，向大家道了喜问道："大爷要走不带封信回家去吗？"平生道："你瞧，这多事，叫我写哪一件是好。我又忙，没工夫写。你明天就可以回去，把你所见的事告诉太太就得了，而且鹿小姐答应替我写一封信，你回去也交得差。"说时，王天柱依然换了短装，进来向鹿太太告别，平生也就赶着换了行装，依然背上了那柄长剑，走向前来向岳母一鞠躬。鹿太太道："你有国家大事在身，我是旧式老太太，不会说什么。可是你现在是我姑爷啦，我膝下又只有这个姑娘，指望着你的就多啦，你一路保重。王五爷和你许多朋友，都在门口等着，你动身吧。凤英，你们是文明订婚，可就别再小气了，你送了平生出去。见着五爷，说客人多，我不便出来送行。"鹿小姐站在一边，低声说着是。

平生先走，她随后跟了，走到二进院子里，平生见没有人，便停步向她笑道："昨晚上闹了一夜，我竟没有工夫和你说一句话，你怎么老是笑，什么也不说呢？"鹿小姐笑道："怪害臊的。你瞧我长了二十岁，什么时候这样文明过。昨晚上真也是没法子。"平生道："这婚事你不愿意吗？"她笑道："不，不，我说的是陪着你许多朋友闹酒。我说，你怎么把我那轴画还带着出门？将来是个笑话。"平生道："岂但带着出门，自从你暗下送我这一轴画后，始终用个橡皮袋儿收着，放在身上。我没想到有今天。"鹿小姐站在一丛菊花旁边，低头看着出神，便摘了一枝金黄色的并蒂菊在手上玩弄着。平生道："你有什么话对我说？"鹿小姐低头看了花许久，才笑道："我也是没有想到有今天。"平生道："这就是你和我说的话吗？"鹿小姐道："你多保重，什么时候回来呢？"平生道："革命成功我就回来，完了我们自小儿心里搁着的那个心愿。"鹿小姐哧的一声笑着，把头低了。这时大门外一阵掌声传了进来。鹿小姐道："走吧，大门口许多人等着呢。"

二人含了笑，走出大门口，只见连那匹乌骓马在内，一列有六匹马并列着，都备好了鞍镫。王五爷带了四个年轻小伙子，都穿了行装，在马边立候，周女士和许多同志，站在敞地里相送。他二人出来，大家又是一阵鼓掌，平生道："五爷，有劳久候了。"周女士向鹿小姐笑道："你这两朵并蒂菊花是送你们秦先生的了，怎么不给他插在衣襟上？"她弄着花抿嘴一笑。王天柱笑道："人家革命青年，也没有身上戴花之理。"送行中的张同志道："菊花是象征着革命精神的，可以带。鹿女士，你给他插在剑鞘上吧。"大家都叫好。她笑着，没作声，只是低头站着。周女士便向前扯了她的衣服道："你没听说吗？这是象征革命精神，大家公推你代表送给远行的秦同志。这是公事，你不可以推辞。"平生点头笑道："你就插上吧！"说着向前一弯腰。鹿小姐满脸绯红，紧抿了嘴，将这枝并蒂菊花，在剑鞘里插上。平生道："五爷，我们上马吧。在郑州的各位同志，还有事呢。"于是同行的六个人都上了马。

王天柱在马背上一拱手，张同志道："且慢，我们同来唱一首明太祖的《菊花诗》，祝贺前程吧。"原来清朝末年，人民未能公开唱革命歌，就唱着这首《菊花诗》暗寓革命，会唱的人是很多的。张同志一提议，连旁边站的小三儿在内，一致赞成，于是大家向着行人一排站了。向着行人，张同志喊过了一、二、三，大家唱道："百花发时我不发，我若发时人吓煞，要与西风战一场，满身穿着黄金甲。"歌唱完了，马上人齐齐一拱手，二十四只马蹄掀开地上飞尘，穿林而去。

这时太阳已经出了土，黄澄澄的一团金光照着庄前满林菊叶。送行人站在阳光里，一遍两遍地向南行大路唱着《菊花诗》。周女士和鹿小姐站在并排，只管拉了她衣袖低声道："唱呀，唱呀！"鹿小姐终于加入了，低声唱那最后两句："要与西风战一场，满身穿着黄金甲。"

图书在版编目（CIP）数据

中原豪侠传／张恨水著. — 北京：中国文史出版
社，2018.3
（民国通俗小说典藏文库·张恨水卷）
ISBN 978 - 7 - 5034 - 9897 - 8

Ⅰ . ①中… Ⅱ . ①张… Ⅲ . ①长篇小说 – 中国 – 现代
Ⅳ . ①I246.5

中国版本图书馆 CIP 数据核字（2017）第 316297 号

责任编辑：卢祥秋
整　　理：澎　湃

出版发行：中国文史出版社
网　　址：http：//www. chinawenshi. net
社　　址：北京市西城区太平桥大街 23 号　邮编：100811
电　　话：010 - 66173572　66168268　66192736（发行部）
传　　真：010 - 66192703
印　　装：廊坊市海涛印刷有限公司
经　　销：全国新华书店
开　　本：720 × 1020　1/16
印　　张：18. 5　　　字数：275 千字
版　　次：2018 年 3 月第 1 版
印　　次：2018 年 3 月第 1 次印刷
定　　价：53. 00 元